ENDER
IN EXILE

安德的流亡

▷ ［美］奥森·斯科特·卡德 著
▷ 吴倩 译

四川文艺出版社

果麦文化 出品

CHARACTER

莎士比亚星

安德・维京 Andrew "Ender" Wiggin
（总督）

华伦蒂 Valentine
（安德的姐姐）

阿莱桑德拉・托斯卡诺 Alessandra Toscano
（殖民者）

赛尔・梅纳赫 Sel Menach
（外星生物学家）

阿芙拉玛 Afraima
（外星生物学家的助手）

坡・托洛 Po Tolo
（外星生物学家）

阿布拉・托洛 Abra Tolo
（坡的弟弟）

恒河星

维尔洛米 Virlomi
（总督）

兰德尔·菲斯 Randall Firth
（殖民者）

尼切尔·菲斯 Nichelle Firth
（殖民者）

联合舰队殖民运载1号

昆西·摩根 Quincy Morgan
（飞船船长）

朵拉贝拉·托斯卡诺 Dorabella Toscano
（阿莱桑德拉的母亲）

阿克巴 Akbar
（飞船船员）

CHAPTER 01

第一章

收件人：jpwiggin@gso.nc.pub, twiggin@uncg.edu
发件人：hgraff%educadmin@ifcom.gov
主题：安德回家

亲爱的约翰·保罗及特蕾莎·维京：

　　想必你们已经了解到，近期 W 条约组织在试图夺取国际联合舰队的控制权。在这场风波中，我们教育部唯一关心的只有孩子们的安危。现在，我们终于可以正常开展后勤工作，护送孩子们回家了。

　　我们向你们保证，安德将继续受到全面的监护。在将他从国际联合舰队转交至美国政府的旅程中，我们会派专人保护他的安全。至于后续将如何保障安德的人身安全，我们目前也在协商之中，看看还需国际联合舰队提供多大程度的协助。

　　教育部所做出的一切努力，都是为了确保安德能尽可能地拥有一个正常的童年。不过，我也在犹豫，也许让他留在这里，与外界隔绝，反而是更好的选择？对此我想听听你们的建议。毕竟，教育部近期正在接受调查。很可能会有人提供对安德不利的证词，控诉他在战争中的言行,以此达到利用他(和其他孩子)来攻击教育部的目的。如果他留在这里,国际联合舰队委员会能保证他免受干扰,至少听不到那些最不堪的证词。一旦回到地球,他不仅得不到庇护,还很可能被传讯去"出庭做证"。

希伦·格拉夫

特蕾莎·维京坐在床上,拿着格拉夫的邮件打印稿。"'出庭做证'?那就意味着把安德带到民众面前公开展览,就像对待一个……什么呢?一个英雄那样?或者说更像怪物秀吧?毕竟已经有那么多议员谴责国际联合舰队虐待儿童了。"

她的丈夫约翰·保罗说:"正好教教他怎么拯救人类。"

"注意你的用词,现在可不是随便开玩笑的时候!"

"特蕾莎,冷静点儿,我想让安德回家的心情跟你一样急迫。"

"不,你不是!"特蕾莎激动地说,"你才没有像我这样,每天想他想到心痛。"虽然嘴上这么说,但她心里也清楚自己有点儿无理取闹,便蒙着双眼,摇了摇头。

保罗充分理解妻子,便没有再与她争辩自己的内心感受,表现得很大度。"我们无法挽回他们夺走的那些时光,他已经不是我们熟悉的那个男孩了。"

"那我们就去重新了解现在的他,在这里,在我们的家里。"

"还在安保严密的监控之下?"

"关于这点我无法接受,谁会想要伤害他?"

约翰·保罗放下了那本他一直佯装阅读的书。"特蕾莎,你可是我认识的最聪明的人。"

"安德还只是个孩子啊。"

"他赢得了一场实力悬殊的战争,敌人的力量比我们强大得多。"

"他只不过扣动了某种武器的扳机,既不是他发明的武器,又不是他部署的战斗。"

"但正是安德让那种武器具备了有效射程。"

"虫族被消灭了!他成了英雄!危险已经解除了!"

"好吧,特蕾莎。安德是一个英雄,现在你指望他怎么回归中学课堂?哪个八年级的老师能教他?他适合参加什么样的校园舞会?"

"是需要一些时间适应,但只要在这里,让安德和家人在一起——"

"是啊,我们是如此温暖有爱的一个大家庭,他可以很容易地融入其中。"

"我们确实相爱!"

"特蕾莎,格拉夫上校不过是在提醒我们,安德不仅仅是我们的儿子。"

"可他也不是别人的儿子。"

"你知道是谁想要杀掉他。"

"不,我不知道。"

"每一个视美国军事力量为眼中钉的政府。"

"但安德不会参军,他会成为——"

"眼下也许不会,但他今年才十二岁,就已经打赢了一场战争。想想吧,特蕾莎,一旦安德回到地球,你凭什么保证他不会被我们仁慈又民主的政府征召?或者被保护性地拘禁起来?他们可能会允许我们跟他一起,也可能不行。"

特蕾莎任由泪水流过脸颊。"你的意思是,在安德离开家的那一刻,我们就已经永远失去他了?"

"我是说,一旦孩子出门打仗,他就回不来了,即便回来也不再是从前的那个小男孩了,他会完全变个样子。问题是,你更愿意让他冒险回到地球，还是留在相对安全的地方呢？"

"你觉得格拉夫是想让我们回复他，应该让安德留在太空里，跟他待在一起？"

"我认为格拉夫是真的关心安德的，并且他想让我们明白安德正面临巨大的危险，只是他不能明说——他寄给我们的每一封信都有可能成为日后庭上对他不利的证据。你忘了吗？就在安德赢得胜利后，不到十分钟内，R国人就展开了争夺国际联合舰队控制权的屠杀，他们的士兵杀害了成千上万的舰队官员，直到国际联合舰队反击成功才迫使他们投降。天知道要是他们赢了会做出什么事！把安德带回来，再给他安排一场盛大的游行？"

特蕾莎对这一切心知肚明。至少在内心深处，当她读到格拉夫的信件时——不，甚至早在这之前，在她听说与虫族的战争已经结束的那一刻，她就明白了，并且感到一阵恐惧、恶心——安德不会回来了。

约翰·保罗把手放在妻子肩头，却被特蕾莎甩开了。他又用手轻轻抚摸她的手臂。特蕾莎躺在那儿，背对着他哭泣，不仅因为输掉了这场争论，更是因为在这场争吵中，她甚至连自己都无法说服。

"从他出生的那一天我们就知道了，他不属于我们。"

"不，他是我们的。"

"要是安德回家，他的生命就属于能够保护他、利用他或杀死他的任何政府。他是那场战争中幸存下来的最重要的财富、最致命的武器。那就是他生命的全部意义——像他这样的名人，再也不可能拥有一个正常的童年了。而我们能为他做些什么？特蕾莎，我们了解他过去七年的生活吗？面对这样一个男孩——或者说男人，我们要怎样履行父母的职责？"

"我们会是非常出色的父母。"她回答说。

"可不是，我们是'完美'的父母，那两个留在我们身边的孩子足以证明这点。"

特蕾莎翻了个白眼："唉，可怜的彼得，知道安德可能会回家，他肯定难受得要命。"

"他会万分沮丧。"

"这倒不一定，"特蕾莎说，"我敢说彼得已经想好要怎么利用安德回家这件事了。"

"他会发现安德很聪明，不会轻易受他摆布。"

"安德这些年一直待在军队里，对政治一无所知。"

约翰·保罗笑出了声："是的，不过军队和政府是一样的，充满了政治斗争。"

"不过，你是对的。"约翰·保罗接着说，"安德在那儿得到了保护，尽管他也被人利用，但不必亲自参与任何官场争斗。他在这方面完全是个新手，不会耍什么花招。"

"所以说彼得确实能利用他？"

"这倒不是我担心的，我真正担心的是，一旦彼得发现他无法操控安德，他会做什么。"

特蕾莎坐起来，面对着她丈夫。"你不会认为彼得会对安德动手吧？"

"彼得不会亲自去做任何困难或者危险的事。"

"你清楚他是怎么利用华伦蒂的。"

"那也是因为她愿意被他利用。"

"这恰好证明了我的观点。"约翰·保罗说。

"安德不会受到来自家人的威胁。"

"特蕾莎，我们必须做出判断：什么对安德最好，什么对彼得和华伦蒂最好，什么又是对整个世界的未来最好的。"

"所以，此刻我们俩坐在床上，在半夜里决定全世界的命运？"

"亲爱的，在我们怀上小安德鲁的那一刻，世界的命运就已经确定了。"

"怀他的过程倒是挺愉快的。"她补充道。

"回家对安德有好处吗？会让他开心吗？"

"你真的认为他已经忘掉我们了吗？"她问丈夫，"你觉得安德完全不在乎他能不能回家？"

"回家只需要一两天，但在这里长期生活就是另外一回事了。他会面临来自外国势力的危险，会有不适应校园生活的烦恼，别人也会肆意侵犯他的隐私，我们还不能忽略彼得那熊熊的野心与妒火。所以，我再问你一次，回家后，安德的生活是否真的会更好？"

"你想问回家是否真的比让他留在太空中更好？那么留在那儿，他又将过一种什么样的生活？"

"国际联合舰队已经许下了承诺，将对地球上的一切事务保持完全中立的态度。如果安德跟他们待在一起，那么全世界——每一个政府都会明白，最好不要与舰队对着干。"

"也就是说，不回家，安德还可以不断地拯救世界，"特蕾莎说，"大有可为。"

"关键是，没人可以利用他。"

特蕾莎的语气变得柔和、甜美起来："所以你认为我们应该给格拉夫回信，告诉他我们不希望安德回家？"

"我们千万不能这样做，"约翰·保罗说，"相反，我们要给他回信，说我们已经迫不及待想要看到儿子了，并且强调保卫工作毫无必要。"

特蕾莎花了点儿时间才反应过来为什么丈夫的说法跟之前发生了一百八十度的大转变。"我们发给格拉夫的任何信件，"她说，"将像他给我们的信一样公开、一样空洞,我们什么也不做,就让事态顺其发展。"

"不,亲爱的,"约翰·保罗说,"眼下在我们自己家里,恰好就住着两个最具影响力的公共意见领袖。"

"但约翰·保罗,你别忘了,名义上我们表现得并不知晓孩子们正在偷偷对国际重大事件施加影响。彼得利用他的人脉网络,华伦蒂则拥有出色的蛊惑人心的力量。"

"他们还觉得我们愚蠢至极,"约翰·保罗说,"仿佛他们是被仙女带到我们家门口的,而在他们小小的身体里没有丝毫来自我们的基因。对他们来说,我们就是无知民众的样本,那么,就让我们给出一些民众的意见吧,来诱导他们做出对安德最有利的选择。"

"什么是最有利的?"特蕾莎回应说,"我们不知道什么是最有利的。"

"的确,"约翰·保罗说,"我们只知道什么看起来是最有利的,但有件事是确定的:我们了解的信息比三个孩子要多得多。"

从学校回到家时,华伦蒂怒火中烧。那些愚蠢的老师!有时候她觉得快要被逼疯了:当她提出问题时,他们慢悠悠向她解释的样子好像在暗示没听懂是她自己的问题,而不是老师的责任。不过华伦蒂还是耐着性子坐在那里,默默承受着一切。她看着方程式以全息影像的形式呈现在每个人的课桌上,听老师逐字逐句地讲解。

随后,华伦蒂在空中画了一个小圆圈,指出了老师没有说清楚的部分——为什么答案不正确?当然,她的圆圈不会显示在所有课桌上,只有老师的电脑有这个功能。

于是,老师又在那个数字的周围画了一个圈,他说:"华伦蒂,你没注意到的是,即便有了解释,如果你忽略了这个要素,你也还是无法得到正确答案。"

老师明显在维护自尊,当然只有华伦蒂看出来了。对其他没掌握材料的学生来说(尤其这些材料还是由一个不善观察的无能教师灌输给他们的),就是华伦蒂忽略了被圈起来的部分,可问题是,那正是她一开始提问的原因!

老师冲她假笑了一下,寓意很明显:我不会让你当着全班的面击败我,让我下不来台。

但华伦蒂并不想羞辱他,她根本不在乎他,她在乎的是同学们是否能掌握教材里的知识。如果在座的某位学生后来成了土木工程师,但愿他修筑的桥梁不会垮塌,造成人员伤亡。

这就是华伦蒂和世界上那些蠢货之间的区别。他们竭尽全力只想显得聪明,保住社会地位,而她根本不关心社会地位,只想把事情做对,在能够揭示真相的时候揭示真相。

她什么也没对老师和同学们说。她还知道,回家也无法寻求到任何同情。彼得会嘲笑她,说她太把学校当回事,竟然让一个小丑老师惹她生气。父亲则会看一眼问题,告诉她正确答案,然后回归工作,根本不会注意到她寻求的不是帮助,而是共情。

至于母亲,她肯定会冲到学校大做一番文章,把老师骂个狗血淋头,完全不会听华伦蒂解释。其实她并不想羞辱老师,只是希望有人能说一句:"在这所为天才儿童设立的高等学校里,有一个滥竽充数的老师,这不是很讽刺吗?"这样她就能附和说:"确实如此!"然后感觉好受一些,像是有人和她站在同一战线,有人能懂她,让她不那么孤单。

我想要的不多,也很简单,华伦蒂心想,吃饱、穿暖,有一个安乐窝睡觉,身边没有蠢货。

但没有蠢货的世界注定是孤独的，况且她也不一定有资格生活在那样的世界，她自己也不是没犯过错。

比如任凭彼得把她塑造成他个人的德摩斯梯尼。直到现在，他还会在她放学后逐字逐句地指导她应该写什么，好像经过了这么些年，她还没有把这个角色内化似的——实际上，她现在闭着眼睛也能写出德摩斯梯尼的文章。

况且，就算她需要帮助，也只需听听父亲就国际事务发表的一通"高见"，因为他似乎相当认同德摩斯梯尼的观点——尽管他声称从未读过那些专栏，他的观点却跟这位古希腊演说家所有极具煽动性的好战言论有所呼应。要是他知道自己天真无邪的宝贝女儿就是这些文章的作者，肯定会气得半死。

她怒气冲冲地走进屋里，直奔电脑，扫了一眼新闻，便开始酝酿彼得肯定会布置给她的文章——一篇抨击文章，指明在R国放弃所有核武器之前，国际联合舰队不应结束与W条约组织的敌对关系。他们公然发动了侵略战争，难道不应该付出一些代价吗？当然，这一切都不过是她作为德摩斯梯尼——一个反派人物惯常的表达。

或者说，作为德摩斯梯尼，我才是彼得的真身？我已经变成一个虚拟人物了吗？

她点击鼠标，发现收到了一封新邮件。现在不管什么都要好过她正在写的东西。

是母亲发来的，她转发了一封格拉夫上校的邮件。邮件中说，安德回家时，会有专人保护他的安全。

母亲写道：

> 我想你会乐意看到这封邮件的。安德鲁回家的日子近在眼前了，多么激动人心啊！

别嚷了,母亲。你为什么要用感叹号强调?太幼稚了。她常常跟彼得抱怨,母亲就像个中学的啦啦队长。

母亲的邮件以同一种风格续道:

把安德的房间恢复原样花不了多长时间,现在也没有任何借口再拖延一秒钟了,我们得赶紧打扫干净。还是说,你觉得彼得会愿意跟他弟弟共用一个房间?这样他俩才好彼此亲近,重新培养感情。另外,你觉得安德回家后的第一餐会想吃什么?

食物就行,母亲。任何可以吃的东西都能"让他觉得足够特别,让他感觉到家人的爱意与思念"。

无论如何,母亲真是太天真了,只能读懂格拉夫的字面意思。华伦蒂又把邮件读了一遍。监护、保镖。格拉夫这是在发出警告,而不是为了激发母亲对安德回归的兴奋之情。安德会有危险,难道她看不出来吗?

格拉夫问他们要不要把安德留在太空中,直到调查结束。但这需要好几个月的时间,母亲怎么会认为安德会马上回家,应该赶快清理堆积在他房间里的垃圾了呢?格拉夫想让她提出暂时别把安德送回家的要求,理由是安德有危险。

她眼前立刻浮现出安德将面临的各种危险:R 国人会认为安德是美国人用来对付他们的武器;X 国人也会有同样的想法——美国,一旦手里有了安德这张牌,可能会再次入侵 X 国的势力范围。要是安德死了,这两个国家都会松口气。当然,他们会把暗杀伪装成某种恐怖主义运动。这意味着他们不会单独狙击安德,而是会把他的整个学校炸掉。

不，不，不要！华伦蒂告诉自己，就算这是德摩斯梯尼会说的话，你这么想也是不对的！

但那些画面始终在她脑海里挥之不去——要不就是有人要炸死安德，要不就是狙击他，要不就是用其他方法解决掉他。这难道不讽刺吗？一个拯救了全人类的英雄，到头来却被人暗杀。不过仔细想想，似乎又很符合人性。在亚伯拉罕·林肯与穆罕达斯·甘地身上，人们看过同样的悲剧。总有人认不清拯救他们的是谁。即便安德本身还只是个孩子，这些人也绝不会心慈手软。

他不能回家，她心想，母亲看不穿这点，我也不能直接告诉她。即便没人暗杀安德，他在地球上的生活又能怎样？安德从来不是一个追求名利和地位的人，但他所做的一切最终都会呈现在视频里，任人评论。人们会对他的头发指指点点（你喜欢还是讨厌安德的发型？请投票！），还会对他在学校里上的课发表高见（英雄长大后会从事何种职业？请投票！）。

真是一场噩梦。安德不会回家了，他们永远都不能把他带回家。他所离开的那个家已经不存在，而当年被带走的那个孩子也已经变了。就在不到一年前，安德还在这里时——华伦蒂去湖边那次，他们一起待了几个小时。那时候，安德看起来已经很老成了。尽管他偶尔也会轻松地开玩笑，但他始终肩负着全人类的重担。现在这个负担算是卸下了，但后遗症还会死死纠缠他、束缚他，摧毁他的生活。

无忧无虑的童年时光已经过去、结束，安德不曾有机会在父母的房子里长成一个青少年。从年龄和荷尔蒙水平来看，他现在还是青少年，但从他所承担的责任来说，他已经算成年人了。

如果学校对我来说都显得那么空洞乏味，它又怎么可能让安德感到满足呢？

华伦蒂写完了那篇有关 R 国核武器以及失败代价的文章，又开始在头脑中构思另一篇，解释为什么不应该让安德·维京回到地球——他将成为所有坏人、间谍、狗仔队和刺客的目标，不可能过上正常生活。

但她没有动笔，因为她知道这将面临巨大的阻力：彼得不会喜欢的。

彼得早有自己的计划：他的网络化身"洛克"早就在为安德的回归做铺垫。华伦蒂清楚，安德回来后，彼得打算公开身份，作为洛克文章的真正作者出现，也就是那个制定 W 条约组织和国际联合舰队停战条款的幕后操控者。彼得想要利用安德的名气炒热自己——安德从虫族手中拯救了人类，而他的大哥彼得则将人类从这场胜利带来的内战危机中挽救了出来，双子英雄！

安德厌恶受人瞩目，而彼得却极度渴望出名，为此他想尽办法蹭安德的名气。

噢，但他是绝不会承认的，华伦蒂心想，彼得会找到种种借口为自己辩护，声称这都是为了安德好，可能正是我想到的那些理由。既然如此，我的行为又和彼得有什么区别呢？我想了这么多安德不该回家的理由，是不是因为在内心深处，我不希望安德回来？

想到这里，一股强烈的情绪涌上心头，华伦蒂在书桌前哭了出来。她是多么希望安德能回家啊！即便她心里清楚他确实不能回来——格拉夫上校是对的——她的内心仍在渴求安德，那个被人从她身边偷走的弟弟。这么多年，我不得不和我厌恶的哥哥待在一起，而现在，我还必须努力让亲爱的弟弟远离。

远离我吗？不，我没有必要让他远离我。我讨厌学校和现在的生活，讨厌被彼得牵制。那我为什么还要留在这儿？为什么不能飞到太空去和安德会合？我们至少能在一起待一段时间。我是他最亲近的人，也是他过去七年里唯一见过的人。要是他不能回来，那么我作为这个家的一员，就应该去找他！

关键在于如何说服彼得，既要让他认识到安德回归地球并不符合他的最大利益，同时也不能被他察觉这是她在试图操控他。

彼得绝不是个容易被操控的人，想到这点华伦蒂就感到疲惫。他总能看穿一切，因此她必须开诚布公地跟他谈，说明她正在做什么，但要巧妙地使用谦逊、恳切与冷静的语调，让彼得收起那副居高临下的姿态，让他以为这其实也是他一直以来的想法。

而我的真实动机呢？是让我自己离开地球吗？这究竟是为了安德，还是为了我的自由？

二者皆有，两全其美。我也会对安德直言不讳：我并不是为了跟他在一起而放弃一切。我愿意跟他一起待在太空中，永不返回，因为这无论如何要好过留在地球上。留下来，不管有没有安德，我的生活都注定是痛苦的，要么就得忍受没有他在身边的空虚，要么就要眼睁睁地看着他度过悲惨、沮丧的一生。

华伦蒂动笔给格拉夫上校写信。母亲粗心地暴露了格拉夫的邮件地址，几乎算安全泄密事故了。她有时候真的太天真了，如果她是国际联合舰队的官员，老早就该被开除了。

当天晚餐时间，母亲一刻不停地念叨着安德回家的事情。彼得听得有点儿心不在焉，母亲沉浸在她个人的小情绪中，一心只想着她"离家的小男孩要归巢了"，当然看不透安德的回归是多么复杂的一件事。要准备的东西太多了，不单单有那个无关紧要的卧室，需要的话，彼得甚至可以让安德睡自己的床。他一心只想着他的大计划：安德将在短期内成为世界瞩目的中心，这时洛克将从幕后现身，揭露自己全人类"救命恩人"的身份。此前，由于一直保持低调、隐姓埋名，他未能获得诺贝尔和平奖（尽管他完全担得起这个奖项），但是他带领人类结束了最后的战役。

这句话来自洛克的一个狂热粉丝，此人恰好也是英国反对党的头目，他天真地认为，新 W 条约组织夺取国际联合舰队控制权的尝试会是"最后的战役"。要想终结战争，只有一个办法，那就是让全世界统一在一个强大、高效，又拥有民望的领导人麾下。

而向世人介绍这位领导人的最佳方式，就是让人们在镜头前看到他，看到他站在伟大的安德·维京身旁，手臂紧紧搂住英雄的肩膀。原来"战争之子"和"和平使者"是兄弟！这不是理所当然的事吗？

现在，又轮到父亲喋喋不休了。不过他是直接对彼得说的，所以彼得不得不扮演一个孝顺的儿子，认真聆听。

"彼得，在你弟弟回家之前，我觉得你需要决定自己想要追求的事业了。"

"为什么？"彼得问。

"别装糊涂了。难道你没意识到，作为安德·维京的哥哥，你可以轻易进入任何一所大学吗？"

父亲一字一句地说出这些话，仿佛其中包含着无上的智慧，是从某个即将被古罗马元老院封神，或是被教皇或其他什么人封圣的人口中说出的。父亲从未想过，彼得完美的成绩和他在所有大学入学测试中取得的满分，都足以让他进入任何一所大学，根本没必要沾弟弟的光。然而父亲不这么看，对他来说，彼得生活中的一切美好都来自安德。安德、安德、安德！多么愚蠢的名字！

要是父亲都这么认为，难怪其他人也会这么想——至少智力低于一定水平的人都是这么看他的。

此前，彼得一直关注的只是安德的回归给他带来的宣传效应，但父亲的话提醒他注意到另外一件事：因为他是伟大安德的哥哥，他所做的一切都会在人们心目中打些折扣。诚然，公众会看到他俩肩并肩站在一起，但他们也可能在心中泛起疑惑：为什么安德的哥哥没有被召入战斗学校？这会让彼得看起来软弱无力、低人一等。

他跟安德站在一起，会因为身材高大而引人注意，更会成为人们眼中那个留在家里一事无成的哥哥。"哦，但我才是所有洛克文章的作者，因为我，与R国的冲突才没有演变成世界大战！""好吧，要是你真这么厉害，为什么不帮助你的弟弟把人类从灭顶之灾中拯救出来呢？"

这是他公关的机会，但也可能变成一场噩梦。到底怎样做才能使安德的伟大胜利为他所用，而又不会让人们反感，觉得他不过是个吸弟弟血的附庸？如果他的宣言听起来像是一种可怜巴巴的跟风行为，就太可怕了。噢？你觉得我弟弟很酷？好吧，那我告诉你们，为了寻求关注，我也同样拯救了世界，不过是以一种可悲的方式。

"彼得，你还好吗？"华伦蒂问。

"噢，怎么了？"母亲问，"亲爱的，让我看看。"

"我可不会脱掉衬衫，或者让你用肛温计测量体温，母亲！华伦蒂产生幻觉了，我好得很。"

"要是我真的出现了幻觉，我会告诉你的。"华伦蒂说，"我会想一些更好的东西，怎么也胜过你那张像吃了苍蝇的脸。"

"多棒的商业创意呀！"彼得几乎下意识地回应道，"自主选择你的幻觉！哦，等等，市面上已经有同类产品了，不就是'非法致幻剂'吗？"

"别嘲笑我们这些需要帮助的人，"华伦蒂说，"那些沉迷于自我的人才不需要致幻剂。"

"孩子们，"母亲说，"这就是安德回家之后要面对的场景吗？"

"没错。"华伦蒂和彼得同时答道。

父亲开口了："我希望他回家时能发现你们比以前成熟一点儿了。"

但彼得和华伦蒂已经笑得前仰后合，停不下来了，父亲只好把他们赶下了餐桌。

彼得扫了一眼那篇关于 R 国核武器的文章："太无聊了。"

"我不这么想。"华伦蒂说，"正因为他们拥有核弹，其他国家才不能轻易打压他们。"

"你对 R 国有什么看法？"

"不是我，是德摩斯梯尼反对 R 国的一些做法。"华伦蒂装作不经意地说。

"那就好，"彼得说，"因为德摩斯梯尼担心的不会是 R 国的核武器，而是他们可能染指的目前最有价值的武器。"

"分子瓦解设备？"华伦蒂问，"国际联合舰队绝不会把它带到地球的射程范围之内。"

"不是'设备医生'，可怜的笨蛋，我是指我们的小兄弟，我们那位摧毁了整个文明的亲弟弟。"

"你再敢用那种轻蔑的语气说他试试！"

彼得换上一副嘲弄的表情，他在假笑，但华伦蒂知道，这张面孔背后隐藏着愤怒与伤痛。她还是有把握说服他的，只需让他明白她有多爱安德。

"德摩斯梯尼需要立即发表一篇文章，指出美国必须尽快安排安德·维京重返地球。这件事不能再拖延了。全球危机四伏，美国急需得到这位世界首屈一指的军事领袖的帮助。"

瞬间，一股对彼得的恨意涌上了华伦蒂的心头。一方面是因为她意识到他的方法要比她此前写的文章有效得多，她并没有像自己以为的那样完全内化德摩斯梯尼的思想。德摩斯梯尼会毫不犹豫地把安德召回地球，加强美国的军事力量。

这样做铁定会破坏和平稳定的局面，效果如同呼吁部署核武器。德摩斯梯尼的文章一直受到美国敌对方的密切关注，一旦他呼吁安德立即回家，各方力量势必会展开行动，确保安德留在太空里，而至少会有一部分人公开指责美国有发动侵略的意图。

然后就该洛克发挥作用了，他会在几周乃至几天之内想出一个万全的妥协方案，把安德留在太空里。

华伦蒂非常清楚是什么让彼得转变了心意，是父亲在饭桌上的那番言论点醒了彼得——不论他做什么，他都将永远活在安德的阴影之中。

看来，即便是对政治一窍不通的跟风者也能贡献有用的言辞，这下华伦蒂不需要大费周折劝说彼得让安德远离地球了，这已然成了他发自内心的想法。

特蕾莎又一次坐在床上哭泣，身边散落着署名德摩斯梯尼和洛克的文章打印稿，她知道这些文章会让安德无法回家。

"我控制不了自己。"她对丈夫说，"我知道这么做是对的，就像格拉夫想让我们理解的那样，但我原以为我又能见到他了，真的。"

约翰·保罗坐在她身边，用手臂环抱着妻子。"这是我们做过的最艰难的决定。"

"最艰难的决定难道不是从一开始就放弃他？"

"那很难，"约翰·保罗说，"但我们当时也别无选择，他们肯定会带他走的。而这一次，要是我们在网络上发布视频，请求让我们的儿子回家，我们很有可能会如愿以偿。"

"我们亲爱的小儿子也会想知道，为什么我们没有！"

"不，他不会的。"

"噢，你觉得他聪明绝顶，肯定会明白我们的苦心？明白我们什么都没争取？"

"为什么不呢？"

"因为他不了解我们，"特蕾莎说，"他没法感受我们的感受、理解我们的想法。在他看来，我们已经彻底忘记了他。"

"在这一团乱麻里，"约翰·保罗说，"我感觉最好的一点就是我们依然擅长操控我们几个天才孩子的想法。"

"哦，"特蕾莎不屑地说，"只要让孩子相信你是个十足的傻瓜，操纵他们就不是什么难事。"

"最让我难过的是，"约翰·保罗说，"人们会把保护安德的功劳全部记在洛克头上。当他的身份被揭示时，彼得会显得比任何人更关心他的兄弟，一直忠心耿耿地保护着他。"

"彼得也是我们的孩子呀，"特蕾莎说，"他可真是个狠角色。"

"我有一个哲学问题：我们所谓的'善'是否只是一种无法适应环境的特质？如果大多数人都具备'善'，并且社会规则将其作为一种美德来推崇，那么天生的统治者就有了一个明确的行为框架。正是安德的善良让我们在地球上拥有了彼得。"

"唉，彼得也很好。"特蕾莎苦涩地说。

"是的，我几乎忘了，"约翰·保罗说，"他是为了全人类的福祉才想当世界的领袖，这么做完全是出于无私的牺牲。"

"当我读到他那些虚伪的文章时，我恨不得把他的眼珠子挖出来。"

"不过，他确实是我们的儿子，"约翰·保罗说，"跟安德和华伦蒂一样，是我们基因的产物。而且，他的行为也受到了我们的诱导。"

特蕾莎知道丈夫是对的，但这并没有什么帮助。"他不必这么拼命，不是吗？"

CHAPTER 02

第二章

收件人：hgraff%educadmin@ifcom.gov
发件人：demosthenes@LastBestHopeOfEarth.pol
主题：你知道真相

　　你知道是谁决定要写什么。毫无疑问，你甚至可以猜到为什么要写。我不打算为我的文章辩护，也不管别人怎么解读它、利用它。
　　你曾利用安德·维京的姐姐，让她劝说安德回到太空中，为你们赢得所谓的战争。她做到了，不是吗？华伦蒂是一个好女孩，总能完成别人交给她的任务。
　　现在，我也有一项任务要委托她。你曾经把安德带到她身边，向她寻求安慰和陪伴。现在，他比任何时候都需要姐姐的慰藉，但这次他没法去找她，他不能去湖边的小屋了。但是，我们没有理由不让她去太空与弟弟相聚。请让她加入国际联合舰队，聘她当个顾问什么的，只要让她和弟弟待在一起就行。他们需要的是彼此，而非地球上的生活。
　　不要猜疑她做此事的动机。请记住，她比你聪明，也比你更爱安德。况且,你也是个正直的人,相信你能了解这么做是正确而有益的——一直以来,你都在努力做这样的事,不是吗?

最后,帮我俩一个忙吧,把这封信撕碎,扔到永不见天日的地方。

您忠实而谦卑的奴仆

效忠您、效忠所有人、效忠真理和崇高的强国主义的德摩斯梯尼

一个十三岁上将的一天是怎样度过的呢?不是指挥飞船——这在安德接受委任的当天就明确了。"你的军衔与你的成就相称,"查马拉贾纳加尔上将说,"不过你承担的职责将与你接受的训练相匹配。"

他受过何种训练呢?在模拟器上打虚拟战争——而现在,已经没有对手可言了,因此他受过的训练可谓一无是处。

哦,他还会一件事:带领毛头小孩作战,榨干他们的精力、注意力、天赋和智慧。但现在他们已经没有必要留在这里,于是便一个接一个地回家了。

他们每个人都来向安德告别。"你也很快就能回家了,"韩楚说,"他们总得准备准备,迎接英雄凯旋。"他要去战术学校完成剩余的学业,取得高中文凭,"这样我很快就能上大学了。"

"十五岁的少年总能在大学里如鱼得水。"安德说。

"首先我要专注学业,"韩楚说,"等念完大学,找到人生的方向,再结婚,组建家庭。"

"继续生命的循环?"安德问。

"一个没有妻儿的男人,对文明是种威胁。"韩楚说,"一个单身汉是种烦恼,而一万个单身汉就是一场战争。"

"我最欣赏你引用 X 国智慧的样子。"

"我是 X 国人,所以能够出口成章。"韩楚冲他咧嘴一笑,"安德,记得来看我。X 国是个美丽的国家,文化的多元性胜过其他任

何一个地方。"

"如果可以，我会去的。"安德说。他没有心思点明X国也充斥着形形色色的人，有好有坏，有强有弱，有的勇敢，有的懦弱……鱼龙混杂，就跟其他任何一个国家、任何一种文化和文明一样，也跟一个小村庄、一个家庭、一个人的内心一样。

"噢，你当然能！"韩楚说，"全世界都知道，你带领人类打了胜仗，你可以做任何想做的事！"

除了回家，安德默默地想道。他开口回答说："你不了解我的父母。"

他本想用韩楚那种开玩笑的语气说，却学不像。这些天来，好像没有一件事对头。也许是他忧郁的情绪影响了他的语言，说出的话总是在不知不觉间变了味；也许是韩楚完全无法想象从安德口中说出的笑话；也许是他和其他孩子一起经历了太多，尤其是最后阶段，他们一度担心安德可能会失去理智。

但安德知道自己没疯，相反，他找到了真实的自我：一个思想深刻、灵魂透彻，具备同理心而又残酷无情的人——他可以深刻地去爱别人，并因为爱而了解对方，同时又保持超然的态度，能够利用这种了解来摧毁对方。

"父母啊，"韩楚快快地说，"我父亲在监狱里，你知道的。他也有可能被放出来了。为了让我入选，他安排我在考试中作弊。"

"你根本不需要作弊，"安德说，"你有真才实学。"

"但他需要，这样仿佛是他赐予了我成功，会让他感到自己很有用。如果我是靠自己成功的就不好了，这一点我到现在才明白。我想成为比他更好的父亲，我要当个好男人——好家长！"

安德笑了，拥抱了韩楚并与他告别，但他们的对话一直萦绕在他心头。他意识到韩楚会利用自己受过的训练成长为一个完美的父亲，在战斗学校和指挥部所学的很多东西他都用得上：耐心、自制力，以及了解下属的能力——他总是知道他们的不足之处，并通过训练来弥补。

我又受过什么训练呢？

我是属于部落的人，安德心想，我是首长。我总能为部落做正确的决定，他们可以完全信任我。这种信任也意味着我是一个掌握了生杀大权的人。我是法官、刽子手、将军、上帝。他们把我训练成了这种人，做得很成功。我的表现完全符合预期的训练目标。然而，现在我搜遍了网络上的招聘广告，却找不到任何一份需要这些资质的工作。没有哪个部落在招募首长，没有哪个村庄在寻找国王，没有哪个宗教在等待战士先知。

严格说来，安德不被允许得知前上校希伦·格拉夫接受军事法庭审判的进展。官方的说法是，安德年龄太小，牵涉其中的程度又太深。经过几次烦琐的心理评估，青少年心理学家认定安德目前非常脆弱，无法承担自身行为的后果。

好吧，现在你们倒是开始担心了。

但这正是审判的目的，不是吗？审查格拉夫及其他官员——主要是格拉夫——是否恰当地任用了那些被他们照护的儿童，一切都需要被非常认真严肃地对待。安德清楚，他的行为导致了非常可怕的后果，每当他进入房间，那些成年官员都会突然陷入沉默，要不就目光躲闪，避免与他对视，这些说明了一切。

审判前，安德找到马泽，提出了他对目前情况的假设："我想，格拉夫上校之所以被送上法庭，是因为他要对我的所作所为负责。但我怀疑这不是因为我炸毁了虫族的母星，毁灭了这个有意识的物种——这得到过他们的首肯。"

马泽明智地点了点头，一言不发。这是他一贯的反应，早在他当安德的教练时就养成了这种习惯。

"那么就是我做的其他事,"安德说,"现在我只能想到两件会把我的责任人送上法庭的事:一次是我在战斗学校里的纠纷,一个比我大点的孩子伙同他的喽啰把我逼到浴室角落,警告我不要再自作聪明,否则就揍死我。我羞辱了他,挑衅他和我单挑,然后一招就把他放倒了。"

"是吗?"马泽说。

"他叫邦佐·马利德——邦尼托·德·马利德,我觉得他已经死了。"

"你觉得?"

"第二天,他们就把我从战斗学校带走了,再也没提起过他。我想那表示我确实对他造成了伤害,我觉得他已经死了。军事法庭就是为这种事设立的,不是吗?他们必须向邦佐的父母解释为什么他们的儿子死了。"

"有趣的思路。"马泽没有回应他的猜想是对是错,安德也就没有去细细琢磨,"还有吗?"马泽问。

"还有一些政府和政客试图诋毁我。有人阻止我返回地球,我看了网上的消息,他们说,我只是一个政治足球,是刺客的目标,或者国家用来征服世界的资产,诸如此类的废话。我认为有人打算利用格拉夫被军事法庭审判的事公开关于我的秘密消息,一些让我看起来像某种怪物的谣言。"

"你知道这些话听起来像发神经吧?认为格拉夫的审判与你有关。"

"这样显得我更应该留在这个疯人院里。"安德说。

"你明白,我不能告诉你任何事。"马泽说。

"你不必说。"安德回答,"我还在想另一个男孩。好几年前,那时我还小,他也比我大不了多少。不过,他有一群人跟着,我说他不要靠他们，就跟我一对一单挑，就像我对邦佐做的一样。那时候我还不会跟人搏斗，不知道该做什么，只能拼尽全力疯狂地攻击。我把他伤得很重，让他再也不敢挑我的事，让他的小团体也放过我。我必须发疯才能吓唬他们。我想那次事件也会成为庭审的一部分。"

"你真心相信自己是宇宙的中心？这种自我陶醉简直有点儿可爱。"

"应该是这次军事法庭审判的中心，"安德说，"肯定与我有关，否则人们不会这么急于对我保密。我对此毫不知情，这本身就说明了问题。"

"你们这些孩子真是太聪明了。"马泽的语气中饱含着讽刺，安德笑了。

"史蒂生也死了，对吗？"安德问，其实他知道答案。

"安德，不是每一个与你交过手的人都死了。"然而马泽说完迟疑了一下。安德察觉到了，于是他明白了，所有和他斗争过的——真正交战过的对象都死了。邦佐、史蒂生，整个虫族：每个女王、每只成虫和幼虫、每颗卵——不管他们是如何繁殖的，都结束了。

"你知道吗？"安德轻声说，"我总是想起他们。他们再也不可能有孩子了，这就是生命的意义，不是吗？复刻自己。即便是那些没有子女的人，他们的身体也一直在制造新的细胞，不停再生。但对邦佐和史蒂生来说，一切都完了。他们没能活到繁衍下一代，生命的脉络就被切断了。对他们来说，我就是残酷血腥的自然，把他们淘汰出局了。"

安德说这话时就知道这样做是不公平的。马泽受命禁止与他讨论这些，就算他猜对了也得不到证实。但如果现在结束对话，就意味着安德说的是对的，甚至马泽否认他的话，也能证实这点。安德其实是在强迫对方开口,想从他那里得到确认,让自己放心。"你不用回答我,"安德说,"我没听上去那么绝望,我并不自责,你知道的。"

马泽的眼神闪烁了一下。

"我没发疯。"安德说,"我对他们的死感到遗憾,我知道我应当对杀死史蒂生、邦佐以及宇宙中所有的虫族负责。但我不该是替罪羊,不是我主动去挑衅史蒂生和邦佐的。是他们找上了我,言之凿凿地威胁我,要狠狠地伤害我。请把这些告诉军事法庭,或者给他们播放我们的这段对话,我知道你肯定在录音。我绝对无意杀死他们,只不过想阻止他们伤害我,唯一的办法就是采取残忍的手段。他们因此受到重伤、死去,我深感遗憾。如果可以,我希望能挽回这一切。但我做不到既阻止他们,保证这类欺凌不会再次发生,又不至于了结他们,或不对他们造成任何已经造成的伤害。要是他们精神上受到了重创,或者身体残疾了,我愿意为他们做一些力所能及的事,除非他们的家人阻止我靠近。我不想再造成更大的伤害。

"事实是,马泽·雷汉,我很清楚自己的所作所为,而让希伦·格拉夫因我的行为受审是很荒谬的,他根本不了解我的真实想法,不知道我对史蒂生的看法,不知道我会对他做出什么举动。这一切只我有自己清楚。我想伤害史蒂生,狠狠地伤害他。这与格拉夫无关,要怪就怪史蒂生自己。如果他不来招惹我——我给过他很多次机会,求他别来烦我——如果他乖乖听话,就不会死了。这是他自己的选择。就因为他错误地估计了形势,以为我比他软弱,以为我无法保护自己,最终导致他丧命,这不代表他就没错。他选择攻击我,正因为他以为不需要承担任何后果,可惜他错了。"

马泽清了清嗓子,然后开了口:"你说得够多了。"

"至于我和邦佐的那次纠纷,格拉夫冒了个险。要是邦佐和他的跟班真的伤到了我会怎样?可能我会死?也可能脑部受损?又或者只是被吓到,变胆怯了?总之他会失去我,失去他所锻造的武器。其实,即便没有我,'豆子'也能赢得战争,但当时的格拉夫无法预知这点。他进行了一场可怕的豪赌,因为他知道,如果我能从跟邦佐的对峙中活下来并取得胜利,那么我将信心倍增,相信自己有能力在任何情况下取胜。赢得模拟的战争游戏并不能教会我这些,那只是游戏。是邦佐让我认识到,在现实生活中,只要足够了解敌人,我就能再获胜。你明白这意味着什么吗,马泽?"

"就算你说的这些都是真的——"

"把这段视频录像用作证据吧。或者,万一没人录制我们这段对话,也请你为他做证。让军事法庭上的那些人知道真相,告诉他们格拉夫的行为是合适的。我曾经对此感到愤怒,我现在也是。但要我换位思考,我会做出和他一样的选择。一切都是为了赢得战争。战争中就是会有人死。你把士兵送上战场,你也清楚他们中的一些人回不来。但邦佐不是被格拉夫派去的,他自愿选择了这个任务,通过攻击我,让所有人都知道,安德永远不会允许自己失败,就像虫族一样自愿前来,想要铲除人类。要是它们不打搅我们,就不会被我们伤害。军事法庭必须认识到这一点。我是战斗学校的产物,是全世界想要培养的人。格拉夫不应该受到责备,他只是帮助制造、磨砺了武器,并没有拿着它肆意挥舞。没人会这么做。是邦佐发现了一把刀,用它割伤了自己。他们应该这样看待这个问题。"

"你说完了吗?"马泽问。

"怎么,你的录音设备内存不够了吗?"

马泽起身离开了。

他回来后,并没有再提起之前的对话,但安德现在可以自由出入任何地方了,他们不再试图对他隐瞒什么。他也能够阅读格拉夫的提审记录。

全都被他说中了。

安德也明确了格拉夫不会被判处任何严重的罪名,也不会进监狱。军事法庭的设立只是为了诋毁安德的形象,好断绝美国任用他当军事领袖的可能性。安德曾是一个英雄,没错,但现在他被正式塑造成了让人恐惧的孩童。军事法庭将在公众心中强化这种形象。人们可能会团结在救世主的周围,而追随一个谋杀其他孩子的残忍儿童,就算他是出于自卫,也太可怕了。总之,安德在地球上将没有任何政治前途可言。

安德追踪了时评人德摩斯梯尼自庭审以来的反应。接连几个月——自从明确了安德不会被立即送回家之后——这位著名的美国沙文主义者就一直在网络上挑唆"让英雄回家"。即便到了现在,安德的谋杀案在庭审中曝光,被用作了攻击格拉夫的不利罪证,德摩斯梯尼依然多次宣称,安德是"属于美国人的武器"。

显而易见,任何一个国家都不会对这番言论坐视不管,任由"武器"落入美国人之手。

一开始,安德只是把德摩斯梯尼当作彻头彻尾的蠢货,认为他完全搞错了策略,后来才意识到,德摩斯梯尼可能是有意激起反对意见的。毕竟,他最不希望看到的,就是出现一个挑战美国政治领袖地位的对手。

这人如此老谋深算吗?他还想要什么?安德仔细研读他的文章,从中看出了一种自我毁灭式的风格。德摩斯梯尼文风雄辩,但总是有点儿用力过猛,足以激活美国内外的反对派,消解掉他自己的每一个论点。

他是故意的吗?

也许不是。安德了解那些历史上的领袖，尤其是古希腊那位德摩斯梯尼本人。雄辩并不等同于智慧或深度分析。真正信奉某种伟业的信徒往往以某种自毁的方式行事，因为他们以为，只要清晰直白地陈述目标，其他人就能看到他们事业的正义性，到头来却发现自己在每件事上都败下阵来，不明白为什么遭到了所有人的联合反对。

安德看到了各种争论在网络上展开，看到了不同派系的形成，看到了以洛克为首的"温和派"如何不断地从德摩斯梯尼的挑衅中获益。现在，随着德摩斯梯尼继续挑唆向安德表示支持，他实际上成了对安德造成最大伤害的人。在每一个害怕德摩斯梯尼运动的人，也就是美国以外的整个世界眼里，安德不是英雄，而是怪物。他们不会容许安德回家，带领美国进行新帝国主义的狂欢；他们不会让他成为美国的亚历山大、成吉思汗，自此征服全世界，或者迫使世界在残酷的战争中联合起来，共同抵抗他。

幸好安德并不想成为征服者，不会为错过了尝试的机会而遗憾。尽管如此，他仍然希望有机会跟德摩斯梯尼解释清楚，但此人肯定不会同意跟安德这样的杀人英雄独处一室。

马泽从不跟安德讨论庭审的实际情况，但他们可以谈论格拉夫。

"希伦·格拉夫是个完美的官僚，"马泽告诉他，"不管担任何种职位，他总能比别人早想十步。他能利用所有人，不管是下属还是上级，陌生人还是熟人，都能为他所用，来完成任何他认为对人类有益的事。"

"我很庆幸他选择利用自己的这种天赋来做好事。"

"这我就不知道了，"马泽说，"他用在了他认为是'好'的事上，但我不确定他是否擅长分辨是非善恶。"

"我们在哲学课上,将'善'最终定义为一个无限递归的术语,任何善都不能绕开善本身的含义来定义。善是好的,因为它比恶好,但为什么行善比作恶好,取决于你怎么定义善,如此循环往复。"

"瞧瞧现代舰队给他们的上将教了些什么啊!"

"你也是一名上将,想想你现在在做什么。"

"给一个拯救了全人类却不做家务的任性男孩当导师。"

"有时候,我真希望自己可以任性一点儿,"安德说,"我做梦都想藐视权威,但即便我下定决心要这样做,也无法摆脱自己的责任感。人们全指望着我,这牢牢控制着我。"

"除了职责,你没有任何野心吗?"马泽问。

"现在我连职责也没有了,"安德说,"所以我很羡慕格拉夫上校先生,他所有的谋划、所有的目的。我想知道他对我有什么计划。"

"你确定他有吗?"马泽问,"我的意思是,他为你安排了什么计划?"

"也许没有,"安德说,"他费尽苦心打造我这件武器,但现在他不需要了,也许只会把我放在一边,任我生锈,从此不再想起我。"

"有可能。"马泽说,"我们必须牢记这点,格拉夫不是好人。"

"除非他需要当一个好人。"

"除非他需要装一个好人。"马泽说,"他会不惜撒谎来布局,引诱你做他希望你做的事情。"

"这也是他让你来到这里,在战争期间担任我教练的原因?"

"哦,当然了。"马泽叹了一口气说道。

"你现在要回家了?"安德问,"我知道你有家庭。"

"我有曾孙子,"马泽说,"还有曾曾孙子。我的妻子已经去世了,我唯一活着的孩子也老糊涂了——这都是我孙子告诉我的。他们说得很轻松,已经完全接受了。他们认为自己的父亲和叔叔已经度过了充实的一生，况且他年纪真的已经很大了。但我怎么接受得了呢？剩下的这些人，我谁也不认识。"

"对英雄的热烈欢迎也不足以弥补失去的五十年，不是吗？"安德问。

"欢迎英雄？"马泽喃喃自语道，"你知道怎么欢迎吗？他们还在考虑是否要把我跟格拉夫一并起诉呢。我想这很有可能。"

"要是他们把你们一起起诉，"安德说，"那么你就会和他一起被无罪释放。"

"无罪？"马泽无奈地说，"我们不至于进监狱什么的，但会受到惩戒。我们的过错会被记录在档案中，格拉夫还可能被开除。这场军事法庭审判的发起人不会善罢甘休，为了不让自己显得很愚蠢，他们一定会证明自己是对的。"

安德叹了口气。"所以为了他们的面子，你俩都会受到惩罚，格拉夫还可能丢掉自己的事业。"

马泽笑了。"没那么糟，真的。早在第二次虫族战争之前，在我击溃那些虫子之前，我的档案就已经劣迹斑斑了，我的职业生涯是由惩戒和谴责铸就的。而格拉夫呢？军队从来不是他想发展事业的地方，这只是一种获取影响力和权力的方式，为的是完成他的计划。现在他不再需要军队了，也很乐意被踢出局。"

安德点点头，笑了。"我敢打赌你是对的。格拉夫可能正在策划怎么利用这件事。那些因为他出局而受益的人，他将利用他们的负罪感来获得自己想要的东西，那个安慰奖才是他的真正目标。"

"噢，他们不会因为同一个原因，既把他送上军事法庭，又给他颁发一枚奖章。"

"他们会批准他的殖民项目。"安德说。

"噢，我还不能确定他们的负罪感是否这么深，情愿花费几十亿美元来把舰队改造、武装成殖民船。何况现在还无法保证会有人志愿永远离开地球，更别提为战舰募齐船员了。"

"他们会为这支庞大的舰队和人员配置想办法的，这些飞船必将起航，而且在那些被征服的地方，还有幸存的国际联合舰队的士兵——我们不会派飞船去接他们回家，而是会派遣新的殖民者加入他们——我想格拉夫会通过这种方式得到他的殖民星球。"

"而我想你已经领会了格拉夫的全部论点。"

"你也一样，"安德说，"而且我打赌，你会跟他们一起去。"

"我？我太老了，不适合当殖民者了。"

"你能驾驶殖民飞船再次远航，"安德说，"你已经有这方面的经验了，为什么不能再来一次呢？以光速旅行，将飞船开到一颗古老的虫族星球上。"

"也许吧。"

"既然你已经一无所有，还有什么可失去的呢？"安德问，"更何况，你也对格拉夫的所作所为坚信不疑，这才是他一直以来的大计划，不是吗？将人类种族散播到太阳系的各个角落，这样我们就不会被束缚在唯一的一颗行星上。我们尽可能将自己分散在各个星系中，就能成为一个无法被消灭的强大种族。这才是格拉夫为之奋斗的伟大事业，而你也认为这值得一试。"

"我可从未对这个问题发表过任何看法。"

"但每当这个议题被提起，格拉夫阐述他的观点时，你脸上也从未流露出反对的神色。"

"噢，你觉得你已经能够读懂我的面部表情了。我是毛利人，从来都不露声色。"

"你算半个毛利人，而我已经研究你好几个月了。"

"你看不透我，哪怕你自以为能看透也没用。"

"目前在太空中，殖民计划是唯一有价值的项目了。"

"还没人请我驾驶任何载具，"马泽说，"你知道的，作为一名飞行员，我已经老了。"

"不是让你当飞行员，是当飞船的指挥官。"

"他们允许我在小便时自行瞄准，我已经够幸运的了。"马泽说，"他们并不信任我，所以我才要接受审判。"

"审判结束之后，"安德说，"你对他们来说就没有更多的利用价值了，就跟我一样。他们需要把你发配到很远的地方去，以保障国际联合舰队官僚的安全。"

马泽看向一边，等待着，但他身上的某种气息告诉安德，他即将说出一些重要的话。

"那你呢，安德？"马泽终于开口问道，"你会去吗？"

"去一颗殖民星？"安德笑了，"我才十三岁，在那儿我能做什么？种田吗？你知道我擅长什么，那在殖民星毫无用武之地。"

马泽一阵大笑。"噢，所以你想派我去，自己却不去。"

"我不想派任何人去，"安德说，"尤其是我自己。"

"你总得为自己的人生做点儿有意义的事。"马泽说。

安德对此心领神会。马泽默认了一个事实：安德不会回家，他永远不会回到地球，过普通正常的生活。

其他的孩子都一个接一个地收到了指令，每个人在离开前都跟安德说了再见。但告别的场景越来越尴尬，因为对他们来说，安德越来越陌生了。他不和他们一起行动，即便碰巧参与了他们的一场谈话，他也从未真正投入，而且常常不会逗留太久。

他不是故意这么做的，只是对他们做的事和谈论的话题不感兴趣而已。他们的话题无非与今后的学业和回归地球后的生活有关：

他们会做什么；怎样能在回家后找到时间和办法重聚；他们会得到军队的多少遣散费；他们会从事什么职业；他们的家人会有什么样的变化；等等。

这些都不适用于安德的情况，他也无法假装适用，假装自己拥有未来。那些萦绕于心、真正困扰他的事，他完全没有办法谈起，他们理解不了。

其实，就连安德自己也不明白。他已经能够放下一切，放下他曾为之注入全力的一切。现在，他不再对军事战术或战略感兴趣，也不再浪费时间思考避免与邦佐或史蒂生发生冲突的方法——他曾经对此怀有强烈的情绪，却缺乏理性的思考，但如今他已放弃了思考，就像他也放弃了去深入了解他的战队中每一个聪明又出色的孩子，他曾带领他们赢得了那场被当作训练的战争。

曾经，认识并了解那些孩子是安德工作的一部分，也是最后获胜的关键。在那段时间里，他几乎快把他们当成真正的朋友了，但他从未真正融入，成为其中一员——他们之间的关系太不平等了。安德爱过这些孩子，以便真正了解他们，而只有真正的了解才能让他充分地利用他们。现在他不需要他们了，这不是由他决定的，只是没有任何目标需要让他去维持这样一个集体了。因此，他们也不再作为一个集团存在。他们只是一群孩子，一起参加了一次漫长而艰辛的野营之旅，仅此而已。安德现在就是这样看待他们的。他们曾团结一心，为返回文明社会拼命努力，但现在，他们都该回家了，彼此之间的联结断了，除了在回忆之中。

因此，安德把他们都放下了，即便是对那些仍在这儿还没回家的孩子也一样。他也能察觉到他们受到了伤害，特别是那些希望与安德建立更亲密联结的孩子。但安德没有让他们的关系升华，也不让他们占据自己的想法。事实上，并非他主动想把他们拒之门外，只是他无法三言两语向他们解释明白是什么东西一直占据、困扰着他的思绪，有时候，他不得不强迫自己去想些别的才能逃避：

那些虫族女王。

虫族的行为毫无意义。他们并不愚蠢，却犯了一个致命的战略错误：把他们所有的女王集中到了一起——不，不是"他们的"女王，做决定的就是女王自己，而女王就代表了整个虫族。她们全部聚集在自己的母星，好让安德能轻而易举地使用"设备医生"，他也确实这么做了。

对此马泽的解释是，早在很久之前，女王们就开始在母星集结了，那时他们并不知晓人类舰队拥有"设备医生"。根据他们上次远征人类太阳系被马泽击退学到的教训，他们只知道女王是他们最致命的弱点，要是敌人杀死女王，就等于摧毁了整支军队。因此虫族从前线撤离，让女王全部聚集在母星上，然后动用全部兵力来捍卫这个星球。

是，是，这点安德能理解。

但让他想不通的是，他在入侵虫族世界的早期就使用"设备医生"击溃了一支虫族战舰，而虫族女王立刻就明白了这种武器的杀伤力，再也没让战舰靠在一起，避免了让"设备医生"轻易地建立起自持反应，摧毁一切。

既然虫族已经清楚这种武器的存在，而且明白人类将不遗余力地使用它，为什么还会留在唯一的星球上呢？他们必定知道人类舰队即将到来。当安德赢下一场又一场的战斗时，他们一定清楚自己是有可能战败的。对虫族来说，登上星际飞船从母星分散开来并不难，在最后一场战斗开始之前，他们完全可以逃离"设备医生"的有效射程。

这样一来，人类就不得不一艘一艘地追捕虫族的战舰，一只一只地猎杀女王。虫族将继续在他们的星球栖居，从每一颗星球向人类发出反击，与人类展开殊死搏斗；同时，他们也能建造新的战舰，组成新的舰队来对抗人类。

然而，他们留在了母星，全死了。

是因为害怕吗？也许。但安德并不这样认为。虫族女王就是为战争而生的。自第二次虫族战争以来，所有解剖过虫族尸体、研究过他们生理和分子结构的科学家都提出了同样的猜想，得出了同样的结论：虫族诞生的首要目标就是进行战斗与杀戮。这意味着在他们生活的世界，战斗是必要的，虫族会在战斗中进化。

至少对安德来说，最合理的猜想是他们在母星上战斗不是为了对付某种掠食者。跟人类一样，虫族也在早期就消灭了任何可能形成威胁的掠食物种。他们的进化是为了互相残杀。女王与女王之间展开厮杀，繁衍出庞大的虫族大军，并为她们开发出各种工具和武器。她们争相成为占据支配地位或者唯一幸存下来的女王。

然而，不知何故，她们突然停止了争斗。这发生在她们具备空间旅行能力、开始殖民其他星球之前吗？还是说有一位特别的女王发明了接近光速的飞船，建立了殖民地，并用她掌握的力量碾压了其他竞争者？

这无关紧要，因为她会被自己的女儿背叛——历史会一直重演，新一辈毁灭老一辈。地球上的蚁巢就是如此运作的：构成竞争关系的蚁后会被驱逐或杀死，只有那些没有生育能力的工虫被允许留下来，因为它们不过是奴仆，不构成威胁。

这也跟有机体的免疫系统类似。每个虫族女王都必须确保工虫生产的所有食物都只用来滋养她自己的工虫、幼虫、配偶以及她自身。因此，任何其他虫子——不管是女王还是工虫，只要试图渗入她的领地，掠夺她的资源，都会被驱逐或者消灭。

但是现在，虫族停止了残杀，开始团结合作了。

如果他们能够彼此协商，在长期的敌对竞争中相互促进，演化成为高智能、有意识的生物，他们为什么不能对我们做同样的事呢？为什么虫族没有尝试与人类交流，达成某种协议，就像他们彼此之间所做的那样？比如在银河系划界而治，既延续自身，也让别人生存？

在这些大大小小的战役中，哪怕虫族有一次让安德察觉到他们有想交流的迹象，安德也能马上意识到这不是一场游戏——他们的教练没必要模拟和谈，他们认为那不是安德的职责所在，因此无须接受此类训练。要是虫族真的尝试进行某种交流，那些成人军官肯定会立即制止安德，假装"演习"已经结束，然后自己接管一切。

但虫族女王既没有尝试沟通，也没有采取分散逃离的措施来拯救自己，只是坐以待毙。最后安德赢了，以他唯一能成功的方式——借助毁灭性的力量赢得了战斗。

这是安德惯常使用的方式，以终结战争的方式赢得战斗，通过这场胜利确保解除所有危险。

即便我事前知道这场战役是真的，我也会尽力而为。

因此，在安德的脑海中，他一遍一遍地追问虫族的女王：为什么？即便他清楚虫族全死了，再也无法回答他了。

为什么决定让我杀了你们？

他的理性思维列举了很多种可能：也许他们真的很愚蠢；或者他们缺乏管理平等社会的经验，无法达成理性的决定；或者……或者……再或者……他一遍遍地想着所有可能的解释。

现在，安德不需要完成某人——也许还是格拉夫，也许是格拉夫的死对头——布置给他的任务，他的学习内容就是研读士兵的报告。他曾经在无意中指挥他们。每一颗虫族殖民过的星球上现在都有人类活动，而每一组勘探队发回的报告都一样：所有的虫族都死了，腐烂了，剩下大量农田和工厂供人使用。这些由曾经的士兵组成的勘探队始终保持着警觉，提防着敌人的伏击。然而好几个月过去了，袭击没有发生。报告的内容也全是他们从随行的外星生物学家那里学到的东西：在虫族的星球上，人类不仅能呼吸，还能食用他们大部分的食物。

因此，每一个虫族星球如今都成了人类的殖民地。士兵在昔日敌人的家园废墟中安营扎寨，开始定居。殖民者中缺乏足够的女性，但他们制定出了一套社会模式，最大程度地提高了族群的繁育能力，避免出现太多无望繁衍下一代的男性。在一到两代人的时间里，只要婴儿按照正常的比例出生，一半男性，一半女性，那么人类就可以恢复一夫一妻的正常模式。

不过安德对人类在新世界的所作所为兴趣不大，他研究的是那些虫族的造物，比如虫族选取栖居地的模式。那些曾作为虫族女王繁殖地的巢穴里挤满了幼虫，它们长着坚硬的牙齿，能咬穿石头，打出许许多多条隧道。虫族在地面耕种，但在地下繁衍后代、养育幼虫；而这些幼虫也和成虫一样具有致命的杀伤力，能咬穿岩石——勘探队在其中发现了一些幼虫尸体，它们很快就腐烂了，但幸好还能拍照或解剖，供人研究。

"原来你是这样消磨时间的，"佩查说，"看虫族隧道的照片。这属于'回归母体'情结吗？"

安德笑了，把他正在研究的照片放到一旁。"我以为你已经回家了，回到亚美尼亚了。"

"还早呢。我要等着看这个愚蠢的军事法庭审判结果，"她说，"还要等亚美尼亚政府预备好盛大的仪式，迎接我的凯旋——也就是说，他们要想好是否需要我。"

"他们当然需要你。"

"他们不知道自己的需求，他们是政客。我的回归对他们有好处吗？还是说把我留在太空中更好？当你别无信念，只想继续掌权时，这是非常非常难决断的事。我们没有从政，这难道不值得庆幸吗？"

安德叹了口气。"我再也不会担任任何职务了，指挥飞龙战队对我来说已经够了，而那不过是一个孩子的游戏。"

"我也是这样向他们保证的。我不想接替任何人的工作，我不打算支持任何官员。我只想和我的家人一起生活，看看他们是否还记得我，而我是否还记得他们。"

"你的家人会很爱你的。"

"你有什么把握这样说？"

"因为我也爱你。"

她惊讶地看着安德。"我该怎么回答这样的表白呢？"

"噢，那我应该说什么？"

"我不知道，难道我应该为你编写台词吗？"

"好吧，"安德说，"也许我应该用戏谑一点儿的语气：'他们会爱你，因为总有人会爱你，只是这人肯定不在这里。'或者带一点儿种族偏见的口吻：'他们会爱你，因为……哎，他们可是亚美尼亚人啊，而你是一个女人。'"

"那是什么意思？"

"我是从一个阿塞拜疆人那里听说的，当我在战斗学校经历'圣·尼古拉斯节风波'的时候，他们显然觉得唯一会认为亚美尼亚女人有魅力的是……算了，我不想再进一步解释含有种族侮辱的部分了，佩查，它们是可以无限传递和扩散的。"

"他们什么时候能放你回家？"佩查问。

安德没有回避问题，也没有含糊其词，这一次他如实地回答："我在想，我可能回不了家了。"

"什么意思？难道你认为这个愚蠢的军事法庭最后会判你有罪？"

"我才是真正的被告，对吧？"

"当然不是。"

"只因为我是个小孩，就能免于承担责任，但这改变不了我是个邪恶小怪物的事实。"

"你不是。"

"网络上铺天盖地都是，佩查。全世界都发现了，他们的救世主有个小问题：他谋杀过儿童。"

"你遭到了欺凌，那是自卫，人人都能理解。"

"并不是每个人。有人发出评论，把我比作希特勒或波尔布特，是个屠杀平民的刽子手。是什么让你认为我愿意回到地球去面对这一切呢？"

佩查不再开玩笑，她坐到了安德的旁边，握住他的手。"安德，你还有一个家。"

"我曾有过。"

"唉，别这么说！你仍然拥有属于你的家，就算你离开家八年，家人也始终会爱他们的孩子的。"

"我才离开了不到七年。是的，我知道他们爱我，至少他们中的一部分人是这样。但他们爱的是曾经的我，一个可爱的六岁小孩。我一定可爱极了，让他们迫不及待想要拥抱我，而我也是个会谋杀其他儿童的恶魔。"

"这就是你痴迷于虫族色情图片的原因吗？"

"色情图片？"

"看你研究虫族的方式，你显然上瘾了，看得越多就想要更多。那些幼虫腐烂的高清照片、尸检的照片，还有分子结构的幻灯片……好了，安德，它们都死了，但凶手不是你。如果说你有责任，那么我们全都有。但我们没有，我们只是玩了一场游戏，接受了备战训练，就是这么回事。"

"如果那真的只是一场游戏呢？"安德问，"等游戏结束，我们毕业了，真的被他们分配到舰队上，要去实际驾驶战舰、指挥中队，我们会怎样呢？难道我们不会执行命令吗？"

"我们会的，"佩查说，"但这事没有发生，我们没做。"

"发生了，而虫族全死了。"

"好吧，但是研究它们的身体结构或者细胞的生化反应并不能让它们起死回生。"

"我不是在尝试让它们复活，"安德说，"那样太可怕了。"

"不，你在试图说服自己，你符合他们在军事法庭上描摹的那个邪恶形象，如果确实如此，你就不配回到地球。"

安德摇了摇头。"佩查，我想回家，即便我不能久留；而且，对战争我也并不困惑，我很高兴我们战斗过，最后胜利了，并且现在都结束了。"

"但你与我们所有人都保持着距离。我们可以理解、同情你，或者说假装同情你，但你把我们拒之门外。每当有人尝试靠近，找你聊天时，你都会故意做出一副停下手头一切工作的姿态，但就是这说明你根本不想理我们。"

"你说得太夸张了，我只是想保持基本的礼貌。"

"你甚至不说一句'稍等我一下'，而是直接停下一切动作。很明显，你想传达的信息就是'我现在很忙，但仍不忘对你们负有责任，因此只要你们需要，我不管在做什么都会立即停下来'。"

"哇，"安德感叹说，"你真的很了解我。佩查，你非常聪明，他们真该在战斗学校里好好培养像你这样的女孩。"

"现在你说的都是真心话了。"

"我之前的话也是真心的。"

"是'你爱我'那句吗？行了，安德，你既不是我的心理咨询师，又不是我的牧师，不用哄我，不要对我说你以为我想听的话。"

"你说得对，"安德说，"没必要在朋友来的时候放下手头的事。"说完他又重新拿起了那些文件。

"放下！"

"噢，所以你这么粗鲁地要求我就没问题吗？"

"安德，"佩查说，"我们都从那场战争中走出来了，只有你没有，你还沉浸其中，还在与未知的什么东西战斗。我们总是谈起你，不懂你为什么不来向我们寻求帮助，我们期待着你能敞开心扉。"

"我愿意与每个人交谈，我可是个话匣子。"

"你在周围竖了一堵石墙，而你刚刚说的话就是构成这堵墙的砖头。"

"石墙？那怎么是用砖头呢？"

"所以你把我的话听进去了！"她用一种胜利的语气说，"安德，我无意侵犯你的隐私，你可以保守你的秘密，不管它是什么。"

"我毫无隐瞒，"安德说，"我没有任何秘密，在网上可以查到我的整个人生，它现在属于全人类了，而我一点儿也不在乎，就好像我根本就不在我自己的身体里，而仅仅存在于意识之中。我一遍一遍地思索着问题的答案，一个纠缠不休的问题。"

"什么问题？"

"我反反复复问虫族女王的问题，但她们从来没有给我解答。"

"什么问题？"

"我不断问她们：'为什么你们会死？'"

佩查很认真地看着安德的脸，却没有发现一点儿开玩笑的迹象。"安德，她们死了，因为我们——"

"为什么她们留在母星上不走？为什么不驾驶飞船离开？在明知我们拥有什么武器、见识过它的威力，也知道它的使用原理的情况下，她们还是选择了留下，正面迎接我们的到来。"

"她们拼尽全力同我们战斗，她们并不想死，安德。虫族没有利用人类士兵完成自杀。"

"虫族清楚我们一次又一次地击败过她们，应该知道这是很有可能再次发生的，但她们还是留下来了。"

"那又怎么样呢？"

"她们并不需要向兵虫证明自己的忠诚或勇气。那些工虫和兵虫就像她们自身的零部件。那样做就仿佛是：'我必须这样做，因为我希望我的双手能知道我有多么勇敢。'"

"看得出来，你对此思考得很深入，想法已经有点儿偏执而近乎疯狂了。不过，只要能让你开心就好。你看起来总是很高兴，你知道吗？整个艾洛斯星的人都说，那个叫维京的男孩真是开朗。不过，你最好减少吹口哨的次数，快叫人发疯了。"

"佩查，我已经完成了人生使命。我想他们不会让我回到地球了，哪怕只是去看看都不行。对此我很不满、很愤怒，但也能理解。在某种程度上，我已经接受了。我已经尽到了所有想尽的职责，我做完了，退休了。我对任何人都没有任何责任了，所以现在我要考虑真正困扰我的事，解决我必须解决的问题。"

他把那些照片倒出来，铺在图书馆的桌子上。"这些人是谁？"他问。

佩查看了看照片上那些死去的幼虫和工虫，说："他们不是人类，安德，他们是虫族，而且已经死了。"

"佩查,好几年了,我绞尽脑汁去了解他们,我对他们的了解甚至超过了我生命中出现的所有人。我去爱他们,这样才能利用我的所学所知去击败并摧毁他们。现在,他们的确被毁灭了,但这并不意味着我可以立马将注意力从他们身上转移开。"

佩查的神色明亮起来。"我明白了,我终于明白了!"

"明白什么?"

"为什么你这么古怪!安德·维京先生,其实这一点儿也不奇怪。"

"佩查,要是你觉得我不怪,只能说明你还不了解我。"

"我们其他人打了一场仗,赢了,然后都要回家了。但是你,安德,你却娶了那些虫子。战争一结束,你就成了鳏夫。"

安德叹了口气,脚一蹬,将椅子从桌前滑开。

"我没开玩笑,"佩查说,"这就跟我曾祖父去世时一样。曾祖母一直照顾他,对他言听计从,而他总是对她颐指气使,看了叫人心疼。我母亲总对我说:'你千万不要嫁给一个这样对你的人。'但后来他死了,你以为曾祖母就解脱了吗?终于自由了?完全没有。她无所适从,总是想找他。她一直念叨那些她为他做的事:'不能这样,不能那样,傻老头不会喜欢的',直到她的儿子——我祖父——告诉她:'他已经死了。'"

"我知道虫族已经死了,佩查。"

"我曾祖母也知道啊。她说:'我知道,可我就是想不明白,为什么我没有跟着他一起去了。'"

安德拍了拍自己的额头。"谢谢医生,你终于把我内心深处的动机揭示出来了,现在我可以继续我的人生了。"

佩查没有理会他的挖苦,继续说:"虫族没给你答案就死了,成了你忽视周围人和事的借口。为什么你不能像个正常的朋友那样对待别人?为什么就连地球上有人想阻止你回家你也无动于衷?你赢得了胜利，他们却想把你永远流放在外，对此你也无所谓，因为你心里只有那些死去的虫族女王，她们是你放不下的亡妻。"

"这不是什么美好的婚姻关系。"安德说。

"但你还爱着她们。"

"佩查，我可不想搞什么跨越物种的恋情。"

"你自己说的，你必须爱她们，才能击败她们。你不必现在就赞同我，你之后会想明白的。某一天，你会一身冷汗地惊醒，大叫一声：'我发现了！佩查说得没错！'到那时候，你才会开始争取重回你曾经拯救过的地球的权利。到那时候，你才会重新关心真正重要的人和事。"

"佩查，我关心你。"安德说。而他没说出口的是：我也关心能否了解虫族女王，但你不把这个算在内，因为你无法理解。

她摇了摇头。"我还是没有越过那堵墙，"她说，"但我想值得最后再试一次。不过，我是对的，你会明白的。你不能让那些虫族女王改变你接下来的人生。你需要放下她们，继续好好生活。"

安德笑了。"佩查，我希望你能回到地球，找到幸福和爱情；我希望你能拥有你想要的孩子和美好而充满意义的人生，并成就一番事业。你很有追求，我想你追求的东西都能实现：真正的爱情、美满的家庭和伟大的成就。"

佩查站起身。"为什么你会觉得我想要小孩？"她问。

"我了解你。"安德说。

"你以为你了解我。"

"就像你以为你了解我那样？"

"我可不是一个痴情的女孩，"佩查说，"就算是，也不会是为了你。"

"啊，所以说，当有人探究你最深层的内在动机时，你就会感到很不安。"

"我感到不安是因为你是个傻瓜。"

"好吧,而你让我特别开心,阿卡莉小姐。您能屈尊来看望我们这些傻瓜,真让我备感荣幸。"

佩查带着愤怒和挑衅的语气说出了临别的话语:"安德·维京,其实我是真心爱你、关心你。"说完,她转身就走。

"我也爱你、关心你啊!只是我说的时候,你从不相信。"

她站在门边,回过头面向他说:"安德·维京,我说的时候可没有用那种讽刺或居高临下的口吻。"

"我也没有!"

但她已经走了。

"也许我选错了应该研究的外星物种对象。"他轻声说。

他看着桌上的显示屏。显示屏虽然是静音的,但还在运行,播放着马泽做证的片段。他看上去很冷静、很淡漠,仿佛对整件事都不屑一顾。当他们问及安德的暴力行为是否给他的训练增添了不少难度时,马泽转过身来直面法官说:"对不起,我不明白,这里难道不是军事法庭吗?在座的每一名士兵接受训练,难道不都是为了实施暴力吗?"

法官敲击木槌示意马泽坐下,对他进行了训斥。但马泽已经挑明了自己的论点:暴力是军队存在的意义——当然,是针对适当的目标、受到控制的暴力。他完全不用提及安德就已经说得很明确了:暴力不是缺点,而恰恰是训练的重点。

这让安德松了口气。他关掉了新闻链接,重新开始工作。

他站起身,伸手把桌子那头被佩查动过的照片恢复原位。那是一张死去的虫族农民的脸,他来自遥远的星球,正盯着安德。他的身体被剖开,器官整齐地排列在躯体周围。

我不能相信你放弃了，安德默默地对着照片说，我不相信你们整个物种都失去了生存的意志。为什么要让我杀死你们？

"不把你们了解透彻，我是不会罢休的。"他低声说。

但虫族已经灭绝了，这也意味着安德将永远永远追寻下去，无法停止。

CHAPTER
03
第三章

收件人：mazerrackham%nonexistent@unguessable.com/imaginary.heroes
发件人：hgraff%educadmin@ifcom.gov
{自动销毁协议}
主题：来次短途旅行怎么样？

亲爱的马泽：

　　跟所有人一样，我已经通过你上一次的航行了解到你几乎拒绝了回家的可能性。现在，我肯定不会让他们把你派遣到其他地方。但你出庭为我做证（也许是为了安德，或者是为了真相和正义，我不想妄自揣测你的动机）冒了很大的风险，事情正在发酵。我认为目前最好的做法是让你从大众的视野中消失，以免遭到进一步打扰。我们要让人们知道，你将成为某艘殖民飞船的指挥官。这艘飞船也将带上安德，把他送去安全的地方。

　　一旦你踏上这趟长达四十年的旅途，人们便很快会将你彻底遗忘。等到出发之前，我们会在最后关头把你重新分配到另一艘飞船上。第二艘飞船不会那么快启程，我们也不会对外公开，你只是碰巧没去而已。

至于安德，我们会从一开始就告诉他事情的真相，他不需要也不应该被蒙在鼓里。更何况，他如今也不再需要你我的保护了，我想他已经不止一次地向我们证明过这点。

希伦

又及：你在"猜不透"网站上使用真实姓名作为你的秘密身份真是太巧妙了。谁能料到你这么有幽默感呢？

父亲和母亲都不在家，这是件坏事——意味着彼得完全可以陷入疯狂模式，如果他愿意的话，而事情确实在朝着这个方向发展。

"我不敢相信我被骗了！"彼得说。

"被什么骗了？"

"让洛克和德摩斯梯尼联手阻止了安德的回归。"

"你没注意到吗？"华伦蒂说，"德摩斯梯尼是在推进安德的回归，让美国恢复往日的荣光；洛克则是起调节作用的温和派，在设法找到折中方案。这是他一贯的做派，可悲地和稀泥。"

"噢，闭嘴吧，"彼得说，"你现在开始装傻太晚了。但我怎么也没想到，他们会把那场愚蠢的军事法庭审判变成针对维京家族的批判大会。"

"哦，我懂了，"华伦蒂说，"这不关乎安德，而是关乎你自己，你原本打算揭露自己的身份，从扮演洛克的角色中获利，现在却不能这么做了。真实的你是安德的哥哥，眼下这个身份对你可没什么帮助。"

"要是我不能爬到一个有影响力的位置，就什么也做不了。现在，这变得难上加难了，都是因为安德杀了人。"

"他是出于自卫。"

"当他还只是小孩子的时候就杀了人。"

"我还清楚地记得,"华伦蒂说,"你曾经发誓要杀死他。"

"可我不是认真的。"

华伦蒂心里有她自己的疑虑。几年前的一个圣诞节,彼得突然变得非常友善,似乎是受到了圣诞老人或者尤利亚·希普[1]的感召。华伦蒂是唯一对他表示怀疑的人。"我的意思是,安德并不会杀掉每一个威胁过他的人。"

那股旧日的怒火出现了,但仅仅是一闪而过。华伦蒂饶有趣味地看着彼得把它强压下去,控制住自己的情绪。

"现在改变我们对安德回家的立场已经太晚了。"彼得的口吻好像在指责华伦蒂,说一切都是她的主意。从某种程度上来说的确如此,但她并非直接的实施者,其实一切都是按照彼得的剧本来的。

"在我们向公众揭晓洛克的真实身份之前,必须恢复安德的名誉。这件事比较棘手,我也拿不定主意该由谁来完成。一方面,德摩斯梯尼应该是正确的人选,但公众会怀疑他动机不纯;另一方面,如果洛克公然这么做,那么当我揭晓身份时,大家又会觉得我有私心。"

华伦蒂连假笑都懒得笑,但她好几年前就知道了。格拉夫上校和国际联合舰队一半以上的指挥官肯定都清楚洛克和德摩斯梯尼的真实身份,但他们一直保守着这个秘密,以免对安德不利。然而风声总有一天会走漏,这由不得彼得。

"不,现在我们应该做的,"彼得说,"还是让安德回来,但不

---

1 狄更斯所著小说《大卫·科波菲尔》中的人物,是一个虚伪狡诈的角色。

应该让他回美国,至少不能让他处在美国政府的控制下。我想洛克可以发表一番充满同理心的讲话,谈谈我们年轻的英雄是如何受尽剥削、任人摆布的。"彼得装成洛克的声音,那是一种哀怨、息事宁人的腔调,要是他真的在公开场合使用这种声音,洛克马上就会被逐出公众的视野。他说:"让安德回家!他有权作为公民生活在他拯救过的世界,让联盟政府保护他,只要没人威胁他,这个男孩就不会造成危险。"彼得得意地看着华伦蒂,又换回了自己的声音,"看到没有,我们能把他带回家,然后揭示我的身份,我不仅是一个忠诚的哥哥,更是超越了美国国家利益、为全世界的福祉忧心的英雄。"

"但你遗漏了几件事。"华伦蒂说。

彼得狠狠地瞪着她,每次华伦蒂指出他的错误,他都怒不可遏,但又不得不耐着性子听。即便他总是摆出一副早已想到过她的反对意见的样子,他心里也清楚,华伦蒂常常是对的。

"首先,你假定安德想要回家。"

"他当然想回来。"

"你不能确定这点,我们并不了解他。其次,你还假定如果安德真的回来了,他会好好当一个天真可爱的孩子,然后大家就能得出结论:他不是一个杀害儿童的怪物。"

"我们都看了军事法庭上的视频。"彼得说,"你能从那些人做的每件事、说的每句话看出来:人人都爱安德·维京。对他们来说,保护安德是头等大事。这就跟安德在地球上生活的时候一样。"

"但实际上,他从来没在这里住过。"华伦蒂说,"记得吗?他离开后我们就搬家了。"

彼得又瞪了她一眼。"安德让人心甘情愿为他而死。"

"或者让人想把他杀死。"华伦蒂微笑着说。

"不会的,安德有本事让成年人喜欢。"

"所以我们又回到第一个问题了。"

"他当然想回家。"彼得说,"他也是人,人都想回家的。"

"但哪儿才算安德的家呢?"华伦蒂问,"他人生中超过一半的时间都在战斗学校度过,跟我们一起生活的日子,他还记得些什么呢?一个总是在欺负他、威胁要杀了他的哥哥?"

"我会道歉的。"彼得说,"我真的很抱歉曾那样对他。"

"但要是他不回来,你就没法道歉。别忘了,彼得,他是个聪明的孩子。他比我们都聪明,所以他能进战斗学校,而我们没有。他一眼就能看穿你想怎么利用他。联盟政府不过是个幌子罢了,他才不会乖乖活在你的掌控之下。"

"他接受的训练是为了战争,不是政治方面的。"彼得说。

他流露出的一丝自以为是的微笑让华伦蒂想拿球棒在他脸上来一下。"这不重要,"华伦蒂说,"不管洛克写出什么,都没法把安德带回家。"

"为什么?"

"因为人们恐惧他、害怕他回归的原因不是你造成的,你只是利用了这点。现在人们不会改变心意了,即使洛克出马也没用。另外,德摩斯梯尼也不会放任你这么做。"

彼得用一种轻蔑和讥笑的神情看着她。"哦,你要自己单干了?"

"我可以在民众中制造恐慌,让人们不敢让安德回来,这会比你让人们对他心生怜悯,想让他回来更奏效。"

"我认为你是最爱他的,希望他回家。"

"彼得,在过去的七年里,我没有一天不盼望他回来。"华伦蒂说,"你才是庆幸他离开家的人。但现在带他回来就等于把他置于联盟政府的保护之下,也就意味着他在你的掌控之中,因为那里充斥着你的追随者。"

"是洛克的追随者。"彼得纠正她。

"我是不会帮助你把安德带回来,好让他成为你平步青云的工具的。"

"所以说,为了报复你讨厌的哥哥,你宁愿让心爱的弟弟永远在太空中流亡?"彼得问,"哇,我真是庆幸你爱的不是我。"

"你说得没错,彼得。"华伦蒂说,"这几年我一直受你掌控,我了解那种滋味。安德会讨厌这种生活的,我知道,因为我也讨厌。"

"你一直很享受。作为德摩斯梯尼,你尝到了权力的滋味。"

"我只知道权力从我手中滑走再落入你掌心是什么感觉。"华伦蒂说。

"原来是这样?你突然对权力有了渴望?"

"彼得,你真是个傻瓜,对最应该了解的人你几乎一无所知。我想表达的意思并不是我想夺走你的权力,而是我要摆脱你的操控。"

"无所谓,我会亲自以德摩斯梯尼的名义写文章。"

"不,你没法写,人们会发现破绽的,你扮演不好德摩斯梯尼的角色。"

"任何你能做的事情——"

"我已经更改了所有的密码,也把德摩斯梯尼的账户和资金都藏起来了,你找不到的。"

彼得怜悯地看着她。"只要我想,就都能找到。"

"彼得,没用的。德摩斯梯尼即将宣布退出政坛,他会以健康状况不佳为由退休,并大力推举洛克。"

彼得慌了。"你不能这样做!德摩斯梯尼的支持会毁了洛克!"

"你瞧,我确实握有一些令你害怕的武器。"

"你为什么要这样做?我们合作了这么多年,现在你却说走就走?突然之间就决定收拾起你的娃娃和杯盘,离开我们的茶话会?"

"我从不玩洋娃娃,彼得。很明显,你倒是深陷其中。"

"够了,"彼得厉声说,"这真的一点儿也不好笑。让我们把安德弄回家吧,我保证不会像你说的那样去控制他。"

"你是说不像控制我那样控制他吗?"

"来吧,华尔[1],"彼得说,"只要再过几年,我就能揭开自己作为洛克的面具了;同时我也是安德的哥哥,挽回他的名誉显然对我有所帮助,但也会同样帮到他。"

"我觉得你的确应该这样做。去挽救他的名誉吧,彼得,但我认为安德不该回家。相反,我会去找他。我敢打赌,爸爸妈妈也会和我一起去的。"

"他们才不会浪费钱让你去太空旅行——现在艾洛斯星正处于太阳的另一面,需要好几个月的时间才能抵达,不可能的。"

"这不是旅行。"华伦蒂说,"我要告别地球了,我会去跟安德会合,和他一起流亡。"

有一瞬间彼得相信了她。看到他脸上惊慌失措的表情,华伦蒂很欣慰。不过他很快放松下来。"爸爸妈妈不会让你去的。"他说。

"十五岁的女性无须征求父母的同意就可以自愿成为殖民者。他们觉得我们正处于最佳生育年纪,而且很容易被热血冲昏头脑,报名当志愿者。"

"这跟殖民地有什么关系?安德又不会成为殖民者。"

"他们还能拿他怎么办?殖民计划是国际联合舰队仅存的任务了,而安顿好安德又是他们的职责。这就是我现在四处奔走,希望

---

[1] 华伦蒂的昵称。

能和他分配到同一颗殖民星球的原因。"

"你从哪儿冒出来的这些不存在的想法?"很可惜,她可能听不懂战斗学校里用的俚语,"殖民地、自愿流亡,这太疯狂了。未来属于地球,不在遥不可及的银河系深处!"

"虫族世界和我们都在银河系的同一条旋臂上,更何况跟星系本身的广袤比起来,它们并不算遥远。"华伦蒂正色道,想激怒彼得,"而且,彼得,是你的未来和地球紧紧相连,你穷尽毕生想要做世界的主宰,但这并不意味着我也要一直与你捆绑,余生都当你的跟班。你已经耗尽了我的青春时光,榨干了我的价值。亲爱的,现在我要走了,去没有你的地方度过下半生。"

"你说得就跟我们俩是一对结了婚的夫妻似的,真恶心。"

"我是在模仿老电影里的台词。"

"我从来不看电影,"彼得说,"我不知道。"

"你'不知道'的事多着呢!"华伦蒂说。有一瞬间,她很想把安德上次回到地球的事告诉他,当时格拉夫想让华伦蒂来劝说心理崩溃的安德恢复正常工作;她还想告诉彼得,格拉夫知道他们在网上的秘密身份。要是彼得知道了这些,恐怕就笑不出来了。

但那又能怎么样呢?让彼得沉浸在无知的幸福中,对大家都有好处。

在他们交谈的同时,彼得一直在工作台面上断断续续地打字。这时,他在全息屏幕上看到了什么,突然怒不可遏,华伦蒂从来没见过他气成这样。"怎么了?"她问,以为他看到了什么可怕的新闻。

"你把我的'后门'关了!"

华伦蒂过了一会儿才反应过来他在说什么。显然彼得以为她不会发现他拥有所有可连入德摩斯梯尼重要网站和身份的秘密端口,真是个傻瓜。当他夸夸其谈怎么大费周章为她创立了这些有用的身份和账号时，她当然能想到他会留一手——为这些账户建立"后门"，这样他就可以随时登录并更改她发布的内容。难道他以为她会这样放任不管，一走了之？几周内她就找齐了这些秘密端口，能够撤销网络上所有彼得能对德摩斯梯尼的账户进行的操作。因此，当她更改所有的密码和访问代码时，自然也关闭了那些"后门"。他怎么这么天真？

"彼得，"她说，"要是我给你留下钥匙的话，还需要锁干吗？"

彼得站起身，脸涨得通红，双拳紧握。"你这个忘恩负义的小贱人！"

"你能怎么办？彼得，想打我吗？来吧，恐怕你打不过我。"

彼得又坐了下来。"走吧，"他说，"去太空吧，注销德摩斯梯尼。我不再需要你了，我不再需要任何人。"

"所以你永远是一个失败者。"华伦蒂说，"你永远也无法统治世界，除非你想明白不跟别人合作就不能成功。你无法愚弄大众，也不能强迫他们。你要做的是让他们自愿追随你，就像士兵追随亚历山大大帝，为他战斗一样。当他们不再情愿作战的时候，亚历山大的力量就会消失。你需要所有人，但你太自恋了，看不到这点。"

"我需要的是在地球上有影响力的人甘愿与我合作。"彼得说，"但你不在其中，不是吗？走吧，去告诉爸爸妈妈你要做的事，去伤透他们的心吧。你在乎什么呢？你只想去找你的宝贝安德。"

"你还在恨他。"华伦蒂说。

"我从未恨过他，"彼得说，"此刻我恨你，恨得不多，但也足以让我想在你的床上撒尿！"

他们经常开这样的玩笑。华伦蒂忍不住笑了。"哦，彼得啊，你真是个孩子。"

父母意外地接受了华伦蒂的决定，但他们拒绝和她一起去。"华尔，"父亲说，"我想你是对的，安德不会回家了。认识到这点让我们很心痛。但你能加入他，和他一起真是太好了。就算最后你们不能抵达殖民地，就算只能让你和他一起在太空中待几个月或几年，你们的重逢对安德也是好事。"

"要是你们俩可以一起去，那就更好了。"

父亲摇了摇头；母亲用手指按住双眼，好像在示意说："我不会哭。"

"我们走不了，"父亲说，"我们在这儿还有工作要做。"

"他们可以给你们放一两年的假。"

"你说得轻巧，"父亲说，"因为你还年轻，几年的时间对你来说不算什么，但我们年纪大了。我们不算老，但比你的年纪大多了，对我们来说时间更加珍贵。我们爱安德，但也不能光为了看看他就花上几个月甚至几年的时间，毕竟留给我们的时间不多了。"

"这正是问题的关键啊，"华伦蒂说，"正因为你们时间不多，能够与安德重逢的时间就更少了。"

"华尔，"母亲的声音在颤抖，"无论我们现在做什么，都无法挽回失去的那些年了。"

母亲是对的，华伦蒂明白。她不懂的是那跟现在又有什么关联。

"也就是说，你们会当安德已经死了？"

"华尔，"父亲说，"我们知道他没死，但也清楚他并不想念我们。自从战争结束，我们一直在给他写信，但回信的是格拉夫，那个正在受审的人。安德不愿给我们回信。他看完信，然后告诉格拉夫，他没有什么要说的。"

"格拉夫是个骗子，"华伦蒂说，"他很可能根本没给安德看信。"

"有可能，"父亲说，"但安德的确不需要我们了。他已经十三岁了,正在成长为一个男人。他自从离开家,表现一直很出色,但他也历经了很多可怕的事情,而我们没能陪在他身边。我甚至不确定他能否原谅我们放他离开。"

"你们别无选择,"华伦蒂说,"不管你们是否同意,他们都会把他带去战斗学校。"

"我知道,理性上他明白这一点,"母亲说,"但是情感上呢?"

"所以说,只能我一个人去了。"华伦蒂说,她从未想过父母不愿意跟她一起去。

"你早晚都会离开我们的,"父亲说,"孩子们理应这样,总有一天要离开父母。而等他们走了,情况就再也不同了。就算他们回家看看,甚至搬回来住,也跟原来不一样了。你以为没什么区别,但并不如此。安德是这样,有一天你也会这样。"

"往好处想,"母亲有点儿哽咽了,"你不必再跟彼得住在一起了。"

华伦蒂不敢相信这话能从母亲口中说出。

"你和他待在一起的时间已经够长了,"母亲说,"他对你有很多不好的影响,让你不开心。彼得强行把你拽进他的生活,让你无法拥有自己的人生。"

"现在,轮到我们来承受这些了。"父亲说。

"祝你们好运。"除此之外,华伦蒂无话可说。她的父母真的清楚彼得的为人吗?如果清楚,这么多年以来,他们为什么还放任他肆意妄为?

"你看,华尔,"父亲说,"要是我们现在去找安德,就需要承担父母的责任。但实际上,我们在他面前已经没有任何权威,也无法向他提供任何东西。他不再需要父母了。"

"他现在需要的是姐姐,"母亲说,"一个可以依赖的姐姐。"她握住华伦蒂的手,好像在请求什么。

于是华伦蒂向她许下承诺，这是目前她唯一能想到的母亲需要的东西。"我会始终跟随在他身边的，"华伦蒂说，"只要他需要我。"

"亲爱的，我们知道你一定会的。"母亲握了握华伦蒂的手就放开了。显然，这正是她所希望的。

"你总是这么善良、体贴，"父亲说，"这一直是你的本性。"

"而安德始终都是你亲爱的小弟弟。"

听到他们儿时亲昵的称谓，华伦蒂皱了皱眉。亲爱的小弟弟，有点儿恶心。"我保证这么叫他。"

"那太好了。"母亲说，"安德会很高兴想起这些美好往事。"

难道母亲真的以为，她对六岁时安德的了解还适用于现在十三岁的他吗？

母亲好像读懂了华伦蒂内心的想法，她说："人是不会变的，华尔，他们本性不会发生改变。对真正了解你的人来说，从你出生那时就能看出你长大后的样子。"

华伦蒂笑了。"既然这样，为什么你们还让彼得活到现在？"

他们都笑了，但笑得有点儿不自在。"华尔，"父亲说，"我们并不奢望你能理解，但让彼得变得难以相处的一些特点可能有一天也会使他变得伟大。"

"那我呢？"华伦蒂问，"既然你们能预知命运，那我会怎么样？"

"噢，华尔，"父亲说，"你只需要过好自己的生活，就能让周围的人得到幸福。"

"也就是说，我不会有什么伟大的成就了。"

"华尔，"母亲说，"善良永远比伟大重要。"

"但历史书上可不是这么写的。"

"因为总是错误的人在书写历史，不是吗？"父亲说。

CHAPTER 04

第四章

收件人：qmorgan%rearadmiral@ifcom.gov/fleetcom
发件人：chamrajnagar%polemarch@ifcom.gov/centcom
{自动销毁协议}
主题：加入还是退出？

亲爱的昆西：

  我很清楚指挥战斗与驾驶殖民飞船之间有着天壤之别，更别说要航行几十光年了。要是你觉得自己在太空中的使命已经完成，那么我完全支持你退休，并享受所有的福利；如果你选择留下来，继续待在近地太空，我不能保证你可以在国际联合舰队里继续晋升。

  你看，转瞬之间，我们竟开始感受到和平带来的困扰，对那些尚未达到职业生涯巅峰的人来说，这尤其是一场灾难。

  你曾多次提到，登上殖民飞船等于主动选择被人遗忘（昆西，也许你会发现，谨言慎行是有好处的），但事实并非如此，退休才意味着被遗忘，我的朋友。而且，一段长达四五十年的航行将使你比我们所有留下来的人都要长寿。你的朋友都将死去，而你会活着，还能结交新朋友。而且，你还是一艘巨型飞船的指挥官，它性能卓越，速度超群。

目前整个舰队面临的问题是我们的英雄浴血奋战，而最后的胜利都归功于那个男孩。我们已经把英雄们遗忘了吗？目前，国际联合舰队所有重要的使命都需要花费几十年的航行时间，而我们必须派出最优秀的指挥官去带领这些舰队。因此，在未来的大多数时候，中央指挥部的人根本不认识我们最优秀的指挥官，因为他们有半生的时间都在航行。

到最后，所有国际联合舰队的核心成员都将成为星际旅行者。他们将会切断与地球时间线的联系，利用安塞波传输的记录相互认识；同时，也会对那些没有进行过长途旅行、跨越几十年时光的人嗤之以鼻。

我希望把这次机会提供给你：登上殖民飞船将成为你唯一可能的晋升渠道。

何况，这还不是一艘普通的殖民飞船，船上将载有一名年仅十三岁的殖民总督。我想你应该明白，你此行的目的并非让你充当他的"保姆"，而是肩负重任，确保这个男孩去远离地球的地方，成就一番新的伟业。如此一来，当人类后代回看这段历史时，就没法指责他遭受过不公正的待遇。

跟往常一样，就当作我没有给你寄过这封信，你也没有读过它吧。信中的任何内容都不应该被理解成什么秘密指令，仅仅是我个人的一些浅见：一名执政官向你提供了这次机会，因为他相信你有巨大的潜力，能成为一名伟大的国际联合舰队上将。

你愿意加入还是退出？我需要在这周内起草文件，给出答复。

你的朋友

查姆

安德知道，任命他当殖民地名义上的总督是个笑话。当他抵达时，殖民地早已在当地民选领袖的领导下独立运转很久了。而安德呢，不过是一个十三岁——那到时应该是年满十五岁的毛头小孩。他掌权唯一正当的理由，就是在四十年前，他曾指挥过这群殖民者的祖辈（或至少是父辈）赢得过一场早已载入历史的战争。

那时候，殖民者早已紧密团结在一起，形成了一个封闭的社群。可想而知，他们会激烈反抗由国际联合舰队派遣的总督，更别提这位总督还是个十几岁的小孩子了。

不过，他们也会很快发现：安德对执行总督的权力并不在意，他只是希望去一颗虫族的星球，探查他们留下的遗迹。

到那时，他们解剖的虫族尸体早已腐烂殆尽，但一定还有大量虫族的建筑和文明遗迹留下来，未经殖民者探索，更别提在附近定居了。对安德来说，管理殖民地是一项烦人的工作，他一心只想找出办法，去了解那些他爱过也征服过的敌人。

即便如此，他还是不得不做好当总督的准备。例如，接受法律专家的培训——这些专家起草了适用于全殖民地的宪法。目前，所有殖民者都是由过去的舰队士兵构成的，根据他们发回的报告，殖民项目取得了切实的进展。安德对此并不在意，但他也发现，所有格拉夫做过的以及未来计划做的事都进行得很顺利。

此外，还有一些更无关紧要的课程：星际飞船的工作原理。安德对此毫无兴趣，反正他不会进入常规的舰队，也不想担任任何船舰的舰长。

这已经是第三天了，安德在那艘即将运载他和殖民者的飞船上，听着船员使用那些假模假样、照搬航海术语的星舰俚语，内心十分厌倦，忍不住想发表一些讽刺言论。好在他并没有真的说出口，只是在心里默想：噢，伙计，是不是该洗刷甲板了？水手长会不会带我们上船？长官，舵角应该调到多少度？

"要知道，"今天负责培训安德的船长说，"星际飞行的真正障碍不仅是达到光速，更重要的是如何避免碰撞。"

"你是说在这广袤的太空中？"从船长的一丝微笑中，安德意识到自己落入了一个小小的圈套，"哦，你是指空间中的垃圾碎片。"

"在早年的视频中，我们看到过飞船躲避小行星群的画面，就跟那差不多。一旦你以接近光速的速度飞行，只要撞上一个氢分子，就能释放出巨大的能量，相当于低速撞上一块巨石，会让你粉身碎骨。在过去，我们的前辈想出的屏蔽方案都需要增加额外的质量，或消耗巨大的能量——即燃料，非常不切实际。飞船质量越大，需要携带的燃料就越多，最后哪里都去不了了。"

"那么，最后你们是如何解决这个问题的呢？"安德问。

"很显然，我们没能解决。"船长说。

安德再次感觉到他在耍糊弄新人的老把戏，便知趣地给了船长一个机会，炫耀他渊博的学识。"那我们是怎样从一颗恒星航行到另一颗恒星的呢？"安德问。他没说，噢，原来他们靠的是虫族的科技。

"是虫族为我们解决了难题，"船长愉快地说，"他们抵达地球时摧毁了X国的大片地区，也差点儿在前两次战争中把我们打垮，但同时也教会了我们许多东西。他们到访地球这件事告诉我们星际旅行是可行的，他们甚至好心地留下了几十艘完好的星际飞船供我们研究。"

舰长带安德穿过几扇需要最高安全权限的大门，来到了飞船的最前端。"这里并不开放给所有人参观，但我收到指令，你应该了解飞船的一切。"

安德看到一个晶体构成的卵形物体，后部顶端缩成一个尖尖的小点。"请别跟我说这是个蛋。"安德说。

船长笑了。"别告诉任何人,但飞船的引擎和全部燃料都只是用于推动飞船在靠近行星和卫星的区域前进。一旦我们达到光速的百分之一就会打开这件宝贝,余下的工作只需控制一下强度和方向就行了。"

"什么的强度和方向?"

"驱动场。"舰长回答说,"这种解决方案堪称优雅,但迄今为止,我们还没在支撑这项技术的理论科学领域取得任何突破。"

"什么领域呢?"

"强力场动力学。"船长说,"人们一般认为强力场会将分子撕裂,但事实并非如此。它真正的作用是改变强核力的方向,而当所有组成原子核的质子和中子开始以光速朝某个特定方向移动时,分子就无法维持自身的稳定性了。"

安德知道船长是故意掉书袋,用一连串的术语吓唬他,但他已经厌倦了这个游戏。"你的意思是,这个装置产生的驱动场能让沿途遇到的所有分子和物体都朝着运动方向移动,并通过强核力把它们全部加速到光速。"

舰长咧嘴一笑。"说得对。长官,您是一位将军,所以我教给您的都是我向将军们展示的那一套。"他眨了眨眼,"他们中的大多数根本听不懂我在说什么,还非常自大,既不愿承认不懂,更不愿屈尊向我请教。"

"当分子分裂成原子时,释放的能量跑到哪儿去了?"

"长官,那就是推动飞船的能量。准确说来,这些能量就是驱动这艘飞船的动力,很巧妙吧?由于我们自己不能制造分子,一开始就靠火箭推动飞船前进,接着熄掉引擎,并打开那颗蛋——没错,我们把它叫作蛋,然后驱动场就形成了,形状和这个水晶球一样。它会上升，前缘开始与分子发生碰撞，并撕裂它们，随即产生的原子顺着驱动场汇集到尾部，形成巨大的推力。我曾与物理学家探讨过，他们至今还没把原理搞清楚。根据他们的说法，分子键中储存的能量不足以产生这么大的推力。为了解释额外的能量从何而来，物理学家也提出了各种理论。"

"这些都是我们从虫族那儿学到的。"

"是的，而在第一次运行其中一颗蛋时，还发生了件可怕的事故。当然，我们没有在太阳系内试用这些装置，但当时正好有一艘巡洋舰停靠在虫族舰前面。蛋一启动，那艘巡洋舰就"噗"地凭空消失了。显然，巡洋舰上的每一个分子——包括那些史上最不幸的船员——都被吸入了驱动场，再从尾部被喷射出去，变成了让虫族飞船运行的动力——驱动它像子弹一样高速飞行，跨越了半个太阳系的距离。"

"那些虫族飞船上的人呢？这么快的加速度没有杀死他们吗？"

"并没有，因为船上启动了虫族的反重力装置——准确说来是反惯性装置——它也是由那个蛋驱动的。有了它，太空中的所有分子都成了唾手可得的廉价燃料。总而言之，反重力装置避免了突然高速启动引发的问题。而真正的难题是，如何跟国际联合舰队联系，告诉他们发生了什么。没了巡洋舰，他们只能靠短波无线电进行交流。"

船长继续讲述那些虫族飞船上的船员如何巧妙地引起了救援人员的注意，但安德的心思早已飘到了别的事情上——一个突然的发现令他大为震惊，甚至坐立不安、头晕目眩。

那颗蛋，即强力场生成器，显然就是分子瓦解设备的原型。船长刚刚描述的一切，正是"设备医生"的工作原理，是在"小大夫"内部发生的反应——安德曾用它摧毁了虫族母星，杀光了所有虫族女王。

安德曾以为这是人类独立研发的技术,但现在看来它显然是基于虫族的科技。只需要去掉控制驱动场形状的部分,就等于拥有了可以撕裂一切的强力场,它会沿途嚼碎分子,再吐出原子,并利用强核力产生能量维持自身运转——相当于一台行星吞噬器。

当安德第一次使用"设备医生"时,虫族肯定立刻就发现了——对他们来说,这个东西并不神秘,就是把他们飞船的驱动原理应用到了野蛮的杀伤性武器上。

自那场战斗之后,到最后的决战之前,虫族显然拥有充足的时间去做同样的事:把强力场生成器改装成武器,在人类发动进攻之前先发制人。

虫族百分之百清楚那件武器是什么,只要他们愿意,随时可以自己制造。但他们没有,只是坐等安德的到来。

虫族给了我们用以追赶他们的星际引擎,以及用于杀死他们的致命武器。虫族给予了我们一切。

我们人类,一向被认为聪明绝顶、富有创造力,却根本无法企及虫族科技的边缘。人类能造出配备全息显示屏的桌面,在上面玩各种有趣的游戏,还可以跨越恒星,实现超远距离通信。然而,与虫族相比,我们甚至不知道如何正确地杀人——虫族知道,却拒绝以这样的方式使用技术。

"我知道,这部分介绍很无聊。"船长说。

"没有,我一点儿也不觉得无聊,只是刚刚在思考。"

"思考什么?"

"一些高度机密的事。除非使用心灵感应,我不能用其他任何方式谈论。"安德说。他没说假话。除非确实有必要,一般人根本不知道"设备医生"的存在,而且所有人都严格保密,就连那些部署和使用这些武器的人也不清楚它们实际的运作方式和功能。那些目睹"小大夫"毁灭一颗行星的士兵都死了,死于同一场巨型连锁反应;而那些在早期的战斗中看见过它的人,也只把它当作一枚杀伤力惊人的超级炸弹。只有高层了解真相——还有安德,因为马泽·雷汉坚持认为,安德需要了解他携带的武器是什么、怎么运作。正如马泽后来所说的那样:"我告诉格拉夫,你不能只是把一包工具交给一个人,却不告诉他里面都有些什么、该怎么用,以及可能出现什么问题。"

又是格拉夫,格拉夫就是做决定的人。最后他同意了马泽的看法,让他们告诉安德"设备医生"是什么、怎么运作。

这颗蛋里,包含着我得以对虫族展开屠杀的工具。

"您又走神了。"船长说。

"我在想,星际旅行是多么神奇啊。不论我们对虫族有什么看法,确实是他们为我们开辟了通往星空的道路。"

"我懂。"船长说,"我也曾想过,要是他们绕过了我们的太阳系,而不是直接入侵地球并试图清除人类,我们永远不会知道他们的存在。以我们目前掌握的技术水平,可能需要很久之后才能走出太阳系,进入群星之间。到那时,我们会发现,附近的每一颗行星都被虫族占据了。"

"船长,这是我参与过的最有意思、收获最大的一次飞船参访之旅。"

"我知道,不然您怎么能在每一层甲板上辨明方向呢?"

安德笑了。这个笑话有真实的成分:在为期几天的学习中,他每天都要找好几次洗手间。

"我猜,您会在整趟旅途中保持清醒。"船长说。

"我不想错过任何风景。"

"噢,当您达到光速时,根本没有风景可言——啊,您是在开玩笑,对不起,长官。"

"看来我需要加强一下我的幽默感了,不让别人听了我的笑话以后道歉。"

"抱歉,长官,不过您说话的语气不像个孩子。"

"那我说话的语气像个上将吗?"安德问。

"既然您是一位上将,那么您说话的语气就是上将的语气,长官。"船长说。

"问题回避得很巧妙。船长,告诉我,您会和我一起出航吗?"

"我在地球上有家庭,长官,我的妻子不愿意去别的星球殖民地。我想她恐怕缺乏点开拓精神。"

"您拥有自己的生活,这个理由已经足够了。"

"但您即将启程。"船长说。

"我要去看看虫族的故乡,"安德说,"或者别的什么好东西,毕竟他们的母星已经不存在了。"

"关于这点,我真的非常高兴,长官。"船长说,"要不是您把它们消灭殆尽,在接下来一万年的时间里,人类都不得不小心翼翼、如履薄冰。"

他的话让安德感到一阵刺痛,也许其中包含了某种真知灼见。虫族女王为什么会这样思考?他们让安德杀死自己的目的是什么?安德想了一下,又让它从思绪中溜走了。

好吧,如果真相是这样,我需要重新思考。

安德希望这种乐观的想法是正确的。

当安德完成了全部的参访和训练课程后,他终于得到了机会,与殖民部长见面。

"请不要叫我上校。"格拉夫说。

"我也不习惯叫您殖民部长。"

"根据官方规定,联盟政府的部长应该被称为'阁下'。"

"还要板着脸?"

"有时候需要,"格拉夫说,"但我们是同事,安德,我会直呼你的名字,你也可以叫我的名字。"

"绝对不行。"安德说,"对我来说,您就是格拉夫上校,这一点永远都不会改变。"

"无所谓了,"格拉夫说,"在你抵达目的地之前,我就不在人世了。"

"听起来真不公平,跟我们一起走吧。"

"我必须留下来,完成我的使命。"

"而我的使命已经完成了。"

"我可不这么认为。"格拉夫说,"我们过去交给你的任务确实已经完成了,但未来你会有什么使命,你还根本不清楚。"

"我知道肯定与管理殖民地无关,长官。"

"可你还是接受了它。"

安德摇了摇头。"我接受的是这个称号,等我们到了殖民地,就会发现我实际能掌握多少总督权益。你们起草的宪法固然很完备,但人们真正遵循的规则始终不会改变:一个领袖的所有权力都来自他的追随者。人们给他多少,他就能拥有多少。"

"你在整趟航行中希望保持清醒,而不是休眠。"

"旅途只需要几年时间,"安德说,"当我们到达时,我就十五岁了,希望能长高一些。"

"希望你带了足够的书来看。"

"船上的图书馆里有他们为我储备的几千本书,"安德说,"但对我来说最重要的，是在飞行过程中，您持续用安塞波向我们传输的关于虫族的最新信息。"

"当然，"格拉夫说，"信息将被同步到所有的飞船上。"

安德微微一笑。

"好吧，没问题，我当然也会直接发送一份给你。所以，你怀疑船长会限制你获取信息的自由吗？"

"如果您处在他的位置，不也会做同样的事吗？"

"安德，我绝不会试图操控你，让你做违背自己意愿的事。"

"过去六年，您一直在这么做。"

"我为此上了军事法庭，你应该注意到了。"

"而您受到的惩罚是得到了梦寐以求的工作。让我看看，作为殖民部长，无须回到地球，受制于联盟政府，您得以留在太空，与国际联合舰队共进退。因此，即便霸主换人，您也不会受到任何影响，除非他们解雇您——"

"他们不会的。"格拉夫说。

"您有十足的把握。"

"这不是预测，而是表达意愿。"

"长官，您真是个人才。"安德说。

"说到人才，"格拉夫说，"你听说德摩斯梯尼要退休了吗？"

"那个网上的家伙？"安德问。

"我当然不是指古希腊那位《反腓力辞》的作者。"

"我不在乎，"安德说，"他只是在网上活跃。"

"网络如同战场，这个煽动者的叫嚣就是宣战，而你已经输了。"格拉夫说。

"谁说我输了？"安德问。

"好吧，"格拉夫说，"我的重点是，这个人的真实年龄要比大多数人想象的年轻得多。所谓的退休跟年龄无关,而是因为那个人要离开家,离开地球了。"

"德摩斯梯尼会成为殖民者?"

"这奇怪吗?"格拉夫说。听他的语气,好像这对他来说一点儿也不稀奇。

"请别告诉我他还会登上我的飞船。"

"准确地说,是昆西·摩根上将的飞船。法律规定,在踏上属于你的殖民地之前,你都无权掌管大局。"

"您又在回避我的问题,跟往常一样。"

"没错,你会和德摩斯梯尼乘同一艘飞船。当然,没人会使用那个名字。"

"你一直在避免使用阳性代词或者任何代词,"安德说,"所以德摩斯梯尼是女性。"

"而且她急切地想要见到你。"

安德陷进椅子里。"噢,长官,求你了。"

"她不是以往那种狂热的粉丝,安德。既然她也将在整趟航行中保持清醒,我想你应该提前见见她,做好准备。"

"她什么时候来?"

"她已经到了。"

"在艾洛斯星上?"

"就在我那间舒适的小会客室里。"格拉夫说。

"您想让我现在就见她?格拉夫上校,我不喜欢她写的文章,更不喜欢由那些文章引发的后果。"

"她值得一些赞许。是她率先向世界发出了警告,提醒人们警惕 W 条约组织争夺国际联合舰队控制权的企图,那时候还没任何人拿这场威胁当回事。"

"她还大肆宣扬美国一旦拥有我，就能征服全世界。"

"你可以就这个问题问问她。"

"我可没有这种意愿。"

"让我告诉你一个简单的事实吧，安德。她写下的所有关于你的文章，都是为了保护你免受伤害。一旦你回到地球，人们就会做出各种可怕的事，利用你、摧毁你。"

"我自己应付得来。"

"我们谁都无法保证，不是吗？"

"以我对您的了解，长官，您刚刚的意思是您一直在背后操控这一切，阻止我回到地球。"

"不完全是，"格拉夫说，"我只是顺应了大局。"

安德觉得筋疲力尽，几乎快哭出来。"因为您总是比我更清楚怎样做能维护我的最大利益。"

"安德，我认为你可以应对任何挑战，除了你哥哥彼得。他决心要统治世界。你要么沦为他的工具，要么变成他的敌人，你会选择哪一个？"

"彼得？"安德问，"你认为他真的有机会达成这个目标吗？"

"以一个青年人的标准来看，到目前为止，他做得极其出色。"

"他不是已经满二十岁了吗？不对，我想他应该还是十七八岁。"

"我没去记你们全家人的生日。"

"要是他真的这么厉害，"安德说，"为什么我从来没有听说过他？"

"噢，你当然听说过。"

这意味着彼得在使用别名活动。安德迅速在头脑中过了一遍网络上的活跃人物，谁最接近于取得世界的统治权？当他想到答案时，他叹了一口气。"彼得就是洛克。"

"那么，聪明的孩子，你说谁是德摩斯梯尼？"

安德站起身来，泪水不争气地流了出来。一开始他还不知道自己在哭，直到泪水打湿了他的脸颊，模糊了他的双眼。"华伦蒂。"他轻声说。

"你们俩好好谈谈吧，我先离开办公室了。"格拉夫说。

他出去时没关门，然后她就走了进来。

CHAPTER 05

第五章

收件人：imo%testadmin@colmin.gov
发件人：hgraff%mincol@heg.gov
主题：我们要筛选什么样的人？

亲爱的伊莫：

我一直在思考我们上次的对话，我想你应该是对的。我曾经的想法很愚蠢，居然想要测试志愿者的意愿和能力，以便为殖民地组建一支力量均衡的理想团队。然而报名的志愿者人数并不太多，我们无法任意挑选。同时历史经验也告诉我们，当志愿者参与殖民项目时，人们的自主选择往往要比任何测试系统都有效。

采取外部筛选机制，就跟过去按照理想的性格特征来挑选、操控去美国的移民一样愚蠢至极。历史上定义美国人的唯一特质就是"甘愿抛弃一切，来到这片土地生活"；至于澳大利亚的殖民者筛选方式，就更不用说了。

殖民者的意愿是唯一重要的标准，不过这就意味着其余的测试都是……怎么说呢？

也不全然像你说的那样毫无用处吧。相反，我认为测试结果是有价值的。就算全体殖民者都是疯子，总督也总应该有一份病历档案，清楚地记录每一位病人的疯癫特征吧？

我知道，你不会选择需要依赖药物保持清醒的人，也不会让瘾君子、酒鬼、有反社会人格的人或者患遗传病的人通过测试。在这一点上我们能达成一致，这也是为了避免让殖民地负担过重。也许这些殖民者的后代会演化出自己的基因问题或大脑缺陷，但就目前而言，还是让他们有一些喘息的空间吧。

至于你质疑的几家人——那些计划把女儿嫁给总督的人——我想没什么问题，你也一定会同意我的看法。纵观漫长的殖民历史，在所有加入远征殖民大军的动机中，婚姻绝对是其中最崇高也最具社会效益的。

希伦

"阿莱桑德拉，你知道我今天干了什么吗？"

"不知道，妈妈。"十四岁的阿莱桑德拉把书包扔在前门旁的地上，从母亲身边走过，到水槽边给自己倒了一杯水。

"你猜！"

"让电力恢复了？"

"精灵拒绝与我对话。"母亲说。这曾经是个很有趣的玩笑，她们总说是精灵在给她们供电。但现在，这个笑话不好笑了。亚德里亚海边的夏天非常闷热，可她们不能冷藏食物，没有空调调节温度，也没有视频可看，无法分散注意力。

"那我真不知道你干什么了，妈妈。"

"我改变了我们俩的生活，"母亲说，"为我们创造了一个未来。"

阿莱桑德拉愣在原地，默默祷告。她早已放弃妄想，知道她的祈祷不会得到任何回应。但她认为，每一个没有得到回应的祷告都可以记在她那份苦难清单上。有机会的话，她可以找上帝申诉。

"什么样的未来呢，妈妈？"

母亲再也控制不住自己了。"我们将成为殖民者。"

阿莱桑德拉松了一口气。她从学校里听说过有关"扩散计划"的一切，其主要的设想是：虫族如今已经被消灭殆尽了，人类应该占据他们以前的星球，如此一来，人类的命运就不会被束缚在唯一的一颗行星上。但对殖民者的挑选要求非常严格，像她母亲这样情绪不稳定、缺乏责任心的人——不，应该是"富于幻想、不切实际"的人——应该通不过考核。

"妈妈，那真是太好了。"

"你听起来一点儿也不兴奋。"

"审批申请需要很长时间，而且他们为什么要选择我们呢？我们怎么知道要做什么？"

"阿莱桑德拉，你太悲观了，你要是总拒绝新鲜事物，就不会有未来可言。"母亲在她身边跳起了舞，把一张飘动的纸递到她面前，"几个月前我就提交了申请，亲爱的阿莱桑德拉，今天收到消息，我们已经被录取了！"

"你把这个秘密保守了这么久？"

"我最擅长保守秘密。"母亲说，"我有各种各样的秘密，但现在这不是什么秘密了。这里白纸黑字写着，我们将前往一个新世界。在那里，你将不再是一个受人欺负的多余人了，你会被需要，你所有的才华和魅力都能得到关注，被人赏识。"

她所有的才华和魅力——在学校里，可没人注意这些。她只是一个笨手笨脚的女孩，坐在教室后排，安分守己，从来不惹是生非，只有母亲认为她是个非凡的、有魔力的孩子。

"妈妈,我可以看看那张纸吗?"阿莱桑德拉问。

"为什么?你怀疑我在瞎说?"母亲拿着那封信,跳到了一旁。

阿莱桑德拉又累又热,没心情玩耍,也没有去追母亲。

"我不相信。"

"你今天真没意思,阿莱桑德拉。"

"即便这是真的,也是个可怕的想法。你应该问问我的意见。你知道殖民者的生活是什么样的吗?像农民一样,汗流浃背地在田里劳作?"

"别傻了,"母亲说,"这些都会由机器来做。"

"还有,他们也不清楚我们能不能吃当地的植物。当虫族第一次攻击地球时,它们降落在X国,一举摧毁了当地所有植被。它们不吃地球上生长出来的任何东西,我们也不知道地球的植物能否在他们的星球上生长,所有的殖民者都可能死去。"

"当我们抵达时,那些战胜了虫族的舰队幸存者早已把这些问题解决了。"

"妈妈,"阿莱桑德拉耐心地说,"我不想去。"

"那是因为你现在被学校里的老古板洗脑了,他们说你是个普通孩子,但你不是。你有魔力,你应该远离这个布满尘埃和苦难的世界,去一片绿意盎然、充满着古老力量的地方。我们将居住在那些死去的食人魔的洞穴里,收割曾经属于他们的田地!在凉爽的夜晚,当甜美的微风吹拂你的裙摆时,你将和那些小伙子共舞,用你的美貌和优雅征服他们!"

"我们上哪儿去找这样的小伙子?"

"你会找到的。"母亲边说边唱了起来,"你将看到!你将发现!一个前途无量的好小伙儿,将为你献上他的真心。"

终于,阿莱桑德拉抓住了个机会,从母亲手中抢过那张纸,读

了起来。母亲在旁边弯下了腰,轻轻摇摆,露出了仙女般的微笑。是真的:

> 朵拉贝拉·托斯卡诺(二十九岁)和阿莱桑德拉·托斯卡诺(十四岁),获准前往殖民地1号。

"显然,他们的筛选测试不包含心理测验。"阿莱桑德拉说。

"你想伤害我,但我不会被伤害。妈妈知道怎么做对女儿最好,你不该跟我犯同样的错误。"

"我不会,但还是要为你的错误付出代价。"阿莱桑德拉说。

"想想吧,我亲爱的,美丽、聪明、优雅、善良又大方地噘着嘴的小女孩,你留在意大利,在莫诺波利的路易吉·因代利大街尽头的一所破旧公寓里住着,能有什么出息?"

"这条街就没一幢房子不破。"

"所以你也赞同我的观点。"

"妈妈,我没幻想过嫁给王子,骑着白马奔向夕阳。"

"这是件好事,因为这世上根本就没有王子,只有男人和装成男人的动物。我就嫁给了后者,但他至少提供了部分基因,让你拥有了可爱的颧骨和迷人的笑容。你爸爸还长了一口好牙。"

"要是他骑车能当心点就更好了。"

"亲爱的,那不是他的错。"

"有轨电车是在轨道上运行的,妈妈,如果你远离轨道就不会被撞。"

"你爸爸不是天才,不过好在我是,因此你身上也流淌着一些仙女的血液。"

"谁能想到仙女这么爱出汗呢?"阿莱桑德拉撩开母亲脸上一绺

汗湿的头发,"唉,妈妈,在殖民地我们没有好日子过,还是不要去了吧?"

"我去隔壁用网络查了,航行要花费四十年的时间。"

"这次你和他们打招呼了吗?"

"我当然问了,现在他们连窗户都锁上了。听说我们会成为殖民者,他们都吓坏了。"

"我不难想象。"

"但由于某种魔力,我们只需花两年时间。"

"多亏了近光速飞行的相对论效应。"

"我的女儿真是个天才。而且,我们还能进入休眠状态度过那两年的时间,因此也不会变老。"

"不会老太多。"

"就像我们的身体沉睡了一周,醒来却已经是四十年以后了。"

"我们在地球上认识的所有人都会比我们老四十岁。"

"那时候,他们中的大部分人都已经死了,"母亲又唱起来,"包括我那讨人厌的老妈。当我跟我爱的男人结婚时,她和我断绝了关系;现在,她也休想见到我的宝贝女儿!"母亲唱到这句时,语调总是很欢快。阿莱桑德拉从未见过她的外婆,但现在她突然想到,也许外婆可以帮她一把,把她从加入殖民大军的命运中拯救出来。

"我不会去的,妈妈。"

"啊哈,你只是个未成年小孩,我去哪儿你就必须跟到哪儿。"

"哼,你是个疯女人,我会上诉,然后退出项目。"

"你先考虑清楚。不管你去不去,我都会去的,要是你觉得跟我一起生活很糟糕,就等着看没有我的日子怎么样吧!"

"好,我会的,"阿莱桑德拉说,"让我跟外婆见面。"

母亲瞬间瞪大了双眼,但阿莱桑德拉继续说:"让我跟她一起生活，你自己去殖民星球吧。"

"亲爱的，我一个人加入殖民军没有意义。我这么做都是为了你啊，没有你，我也不会去。"

"那就告诉他们，我们不去了。"

"我们要去，还要高高兴兴地踏上旅程。"

母亲并不介意这样无休止地循环论证她的观点，就像坐旋转木马似的。但阿莱桑德拉想离开了，她感到厌烦。"你到底撒了什么弥天大谎，让他们录取了我们？"

"我一句假话都没说。"母亲装出对这项指控感到震惊的样子。

"我只是证明了我的身份。所有的调查都是他们做的，所以要是有任何错误的信息，也是他们自己的错。你知道他们为什么想要我们吗？"

"你知道？"阿莱桑德拉问，"他们还会告诉你这个？"

"这很容易想到，你不需要是天才，甚至不用是仙女。"母亲说，"他们想要我们，因为我们都处在适育年龄。"

阿莱桑德拉厌恶地哼了一声，母亲却假装对着镜子搔首弄姿。"我还年轻，"母亲说，"你也刚刚进入女人的花季。他们那儿有舰队的男人，那些年轻人还没结过婚，他们会急切地等待我们的到来。到时即便我将嫁给一个六十岁的糟老头子，在他死之前为他生儿育女我也无所谓。但你将成为年轻男人追逐的珍宝，他们会把迎娶你当成最高奖赏。"

"你的意思是，珍贵的是我的子宫吧？"阿莱桑德拉说，"你说得没错，那正是他们考虑的重点。我敢说任何健康女性的申请都会得到批准。"

"我们仙女总是很健康。"

这倒是真的。从记事以来，阿莱桑德拉就没有生过病，除了一次食物中毒。那天非常炎热,在母亲的坚持下,她们在街边摊吃了晚饭。

"所以说,他们把女人成群结队地送过去,就像运输母牛一样。"

"你要是把自己当成母牛,你就是头母牛。"母亲说,"现在我唯一需要决定的是,是一路睡过去呢,还是在降落之前都保持清醒,利用这两年的时间接受培训,掌握技能,成为第一批殖民者中的佼佼者。"

阿莱桑德拉肃然起敬。"你竟然认真阅读了文件。"

"阿莱莎,亲爱的,这可是我们生命中最重要的决定,我当然会万分小心。"

"要是你也能看看电力公司的账单就更好了。"

"那些账单没意思,只说明了我们的贫穷。可是现在我看到上帝为我们准备了一个没有空调、视频和网络的地方,一个自然的世界。我们精灵族人就是为自然而生的。你会用仙女的风度迷住王子,他将与你共舞,深深地爱上你,为你心碎。至于要不要选他作为共度一生的伴侣,就由你来决定了。"

"那儿会有国王吗?我表示怀疑。"

"没有国王也有总督或者别的高官,还有前途大好的年轻人。我会帮你挑选的。"

"我才不要。"

"爱上富人和爱上穷人一样容易。"

"你当然知道了。"

"我知道的当然比你多。我已经有过一次错误的经验了,被热血冲昏了头脑,这是一种黑魔法,在觅得良人、付出真心之前,你必须小心克制。我会帮你的。"

没必要再争论下去了。阿莱桑德拉早就学会了,与母亲争辩不会有什么结果,直接忽略她更奏效。

但这次不同,她们是要去外星殖民地。她必须马上找到外婆,她好像住在附近的滨海波利尼亚诺,另一座亚德里亚海滨城市。这就是阿莱桑德拉所了解的一切了。另外,她还知道母亲的母亲不会姓托斯卡诺,她需要做一些深入的调查。

一周之后,母亲还在犹豫要不要在旅途中保持清醒,阿莱桑德拉却发现很多信息是小孩子无法掌握的。她在房子里东翻西找,找出了自己的出生证明,但这没有太大用处,上面只列出了她父母的名字。她需要找到母亲的出生证,但它不在这间公寓里。

政府的公务人员几乎不知道阿莱桑德拉的存在。听清她的要求后,他们直接把她打发走了。最后她想起天主教堂,这才有了点儿进展。尽管从阿莱桑德拉很小的时候起,她们就没有参加过弥撒了,但教区的值班牧师还是帮忙找到了她受洗的记录。他们保存着小阿莱桑德拉·托斯卡诺父母和教父教母的记录。阿莱桑德拉推断,要么教父教母就是她的外公外婆,要么他们知道她的外公外婆是谁。

她利用学校里的网络查到莱奥波尔多·桑坦格罗和伊莎贝拉·桑坦格罗也住在滨海波利尼亚诺。这是个好兆头,因为那里也是她外婆居住的地方。

她没有回家,而是刷学生卡搭上了去滨海波利尼亚诺的火车。在那儿,她先花了四十五分钟围着城镇走了一圈,寻找地址。让她失望的是,她最后在一条破旧的小巷尽头找到了,它就在安东尼奥·阿迪托街旁边,是一栋看上去很破烂的公寓楼,就在火车轨道后边,连个门铃也没有。阿莱桑德拉艰难地爬上四楼,敲了敲门。

"敲什么敲,敲你个头!"一个女人在里边吼。

"您是伊莎贝拉·桑坦格罗吗?"

"我是圣母玛利亚,我在忙着回应祷告,滚开!"

阿莱桑德拉的第一个想法是:母亲骗了她,说自己是仙女的孩子,她其实是耶稣的妹妹。

不过她知道今天不能轻率无礼。她未经允许就擅自离开莫诺波利已经有麻烦了,现在她需要从圣母那里搞清楚她到底是不是自己的外婆。

"抱歉打扰您,我是朵拉贝拉·托斯卡诺的女儿,我——"

那女人肯定一直站在门后等着,阿莱桑德拉话音未落,门就飞快地打开了。

"朵拉贝拉·托斯卡诺是个死人,怎么可能有女儿?"

"我妈妈没死,"阿莱桑德拉愣了一下,"根据教区登记簿上的记录,您是我的教母。"

"那是我一生犯下的最大错误。她嫁给那个猪猡,一个蹬自行车的送信员,她那时才十五岁!为什么?就是因为她怀了你,肚子变大了,就是这个原因。她以为一场婚礼就能洗刷一切罪孽,让一切纯洁如初。然后呢,她的笨蛋丈夫就把自己搞死了。我告诉她,上帝真的存在!现在,下地狱去吧!"

大门在阿莱桑德拉的面前"砰"地关上了。

她好不容易才找到这儿。外婆怎么能这样?她不可能真心想赶她走,她们两人甚至还没有工夫仔细看对方一眼呢。

"但我是你的外孙女啊。"阿莱桑德拉喊。

"我女儿都没有,怎么会有外孙女呢?帮我告诉你母亲,在她把小杂种送到我面前讨饭前,最好先自己上门来,真心诚意地道个歉。"

"她要去外星殖民地了。"阿莱桑德拉说。

门又被拉开了。"她比以前更疯了,"外婆说,"进来,坐下吧,跟我讲讲她又做了哪些蠢事。"

房间里非常整洁。所有的东西都非常廉价，质量很差，但数量却多得惊人。其中有陶瓷制品和带框的小件艺术品，每样东西都被擦得锃亮、一尘不染。沙发和椅子上堆满了被子、毯子，还有古怪的绣花枕头，几乎没地方落座。伊莎贝拉外婆没帮她挪地方，阿莱桑德拉最后坐在了一堆枕头上。

她突然感到自己有些孩子气，就跟学校里打小报告的人一样，在向外婆告状。于是她开始找一些话来平复外婆的怒气。"我知道她有她的理由，我也真心认为她是为我好——"

"什么？是什么！她到底做了什么为你好但违背了你意愿的事？我可没有一整天的时间。"

一个有空绣出这么一大堆枕头的女人肯定有充足的时间，但阿莱桑德拉没把她的俏皮话说出口。"她为我们俩报名要上一艘殖民飞船，他们已经接受了申请。"

"一艘殖民船？现在已经没有殖民地了，所有地方都已经独立成为国家了。意大利也从未真正拥有过殖民地，罗马帝国时期除外。那之后的意大利男人个个都没种，一个比一个窝囊。你外公——愿他安息——就一直是个孬种，他从不敢为自己出头，任凭别人像踢皮球一样把他踢来踢去。但他至少努力工作，赚钱养家，直到我那个忘恩负义的女儿丢尽了我的脸，嫁给了那个蹬自行车的小子。你爸就更没用了，从来没给家里赚过一毛钱。"

"确实，死人也没法赚钱。"阿莱桑德拉回嘴说，非常气愤。

"我说的是他活着的时候！能偷懒就偷懒，绝不多干一点儿。我觉得他有毒瘾，你还是婴儿时多半被影响了。"

"我看不是。"

"你知道些什么？"外婆说，"你那时候连话都不会说。"

阿莱桑德拉不发一言，静静等着。

"然后呢?告诉我吧。"

"我说了你又不信。"

"你说什么了?"

"一艘星际殖民飞船,去某颗虫族的星球,在那儿耕田、探索新世界。"

"那虫族不管吗?"

"已经没有虫族了,外婆,他们全被杀死了。"

"真是一件脏活,但总得有人做。要是那个叫安德·维京的男孩有空,我这里还有一份名单,还有一些人需要他解决。好了,你到底想要什么?"

"我不想跟妈妈一起去太空。但我是个未成年人,要是你能签字当我的监护人,我就解放了,能留在家里,这是法律规定的。"

"当你的监护人?"

"没错,监护我、供养我,我会来这儿住。"

"滚出去。"

"什么?"

"站起来,出去。你以为这儿是个旅馆吗?你觉得你能睡在哪儿?打地铺,然后半夜里我被你绊倒,摔伤屁股?这里住不下你。我早该料到你会提出要求。滚!"

没有继续争论的余地了。阿莱桑德拉既愤怒又羞愧地冲下了楼梯,这个女人甚至比她母亲还疯狂。

我无处可去了,她心想,但法律不会允许母亲强迫我去太空,不是吗?我不是婴儿,也不是个小孩子了。我已经十四岁,能读会写,可以做出理性的决定。

火车驶回莫诺波利后,阿莱桑德拉没有直接回家。她必须编一个好借口向母亲解释她去哪儿了,为什么这么久还没回家。也许这会儿"扩散计划"办公室还开着。

但办公室已经关门了,她连一本宣传手册都没拿到。不过这有什么关系呢?一切有用的信息都能在网上查到。她本来可以放学后留下来,查到她想了解的一切,结果却去了外婆家。

我的选择是多么明智啊!

母亲坐在桌子前,面前摆了一杯巧克力。她抬起头,看着阿莱桑德拉关上门,放好书包,什么也没说。

"抱歉,妈妈,我——"

"在你开口说谎之前,"母亲轻声说道,"我想告诉你,那个巫婆给我打电话了。她朝我吼了一顿,指责我把你派去她那儿。我跟往常一样把她的电话挂断了,还拔了墙上的电话线。"

"对不起。"阿莱桑德拉说。

"你觉得我是无缘无故把她排除在你生活之外吗?"

出于某种原因,这句话触动了阿莱桑德拉的内心,她没有退缩,而是爆发了:"你有没有理由都不重要。你可以有一千万种理由,但你从来没告诉过我其中任何一个!你希望我盲目地服从,但你从来不会盲目地服从你的母亲。"

"你的母亲可不是一个怪物。"

"怪物的种类有很多,"阿莱桑德拉说,"你是像蝴蝶一样飞来飞去的那种。但你从没有长时间陪在我身旁,你甚至不了解我是谁。"

"我所做的一切都是为了你!"

"没有一样是为了我,一切都是为了你幻想中的那个孩子,一个并不存在、完美又快乐的孩子。你以为处处和你妈妈反着来,培养出来的孩子就能如你所愿。告诉你吧,我不是她!另外,你妈妈的家里有电!"

"那你就去她那儿住吧!"

"她不同意!"

"你会讨厌那种生活的,她绝不会允许你碰任何东西,所有的事都要照她的心意办。"

"比如登上一艘殖民飞船?"

"我是为了你才签字报名的。"

"这就像你帮我买的那件加大号胸罩一样。在替我决定我需要什么之前,能否请你先了解我一下?"

"让我来告诉你你到底是谁。你是个年轻的小姑娘,缺乏经验,不知道一个女人需要什么,我在那条路上领先你十公里。我知道会发生什么,我努力为你准备各种各样用得上的东西,好让你的路途轻松又顺利。你明白吗?尽管没有你的配合,我也已经做到了。你步步与我为敌,但我应对得很好。你不肯承认我的功劳,因为你不清楚你原本会变成什么样。"

"我本来会变成哪样?像你一样吗,妈妈?"

"你永远不会变成我这样。"母亲说。

"你到底在说什么?难道我会变成你妈妈那个样子?"

"我们没办法知道你原本会成为什么样,不是吗?因为你已经成为我所塑造的那个人了。"

"你错了。我只是为了在你家生存下去而把自己伪装成了应该成为的模样,但内心深处的我——真实的我对你来说是一个彻头彻尾的陌生人。你连问都不问一声就打算把我拉到太空里去,过去人们曾用一个词语来形容被这样对待的人,那就是'奴隶'。"

阿莱桑德拉愤怒到了极点,想狠狠地摔门而出,冲进自己的卧室。但她睡在厨房兼餐厅的沙发上,没有独立的卧室。

"我理解你的心情。"母亲说,"我会回房间,你可以把那道门甩在我脸上。"

事实上,母亲了解她在想什么,这才是最让阿莱桑德拉恼怒的。但她没有尖叫,没有动手抓母亲,没有瘫在地上发脾气,也没有一头栽在沙发上,把脸埋进枕头里。相反,她坐到了母亲的对面,平静地说:"晚餐吃什么?"

"就这样?讨论结束了?"

"我们可以边做饭边继续,我饿了。"

"我们家没东西吃了,因为我还没把最后的签字文件交上去,我还没想好要不要在航行中休眠,因此我们还没拿到签约的奖金,没钱买食物。"

"那晚餐怎么解决?"

母亲只是移开了目光。

"我知道了,"阿莱桑德拉兴奋起来,"我们去外婆家吃吧!"

母亲的视线转回来,瞪了她一眼。

"妈妈,"阿莱桑德拉说,"我们不是有救济金吗?怎么会没钱呢?其他领救济金的人都有钱买食物,还能交电费。"

"你觉得呢?"母亲说,"看看你的周围,我把政府发的钱都花在哪儿了?奢侈品在哪儿?打开我的衣橱看看,数数我有几件衣服。"

阿莱桑德拉想了一会儿。"我从来没想过这些。你是欠了黑手党钱吗?还是爸爸在死前欠了债?"

"没有。"母亲轻蔑地说,"你已经长大了,也很聪明。你已经掌握了所有必要的信息,却依然想不明白。"

阿莱桑德拉听不懂母亲在说什么,她没有任何新线索,肚子也和脑袋一样空空荡荡。她站起来翻箱倒柜,找到一盒螺纹意面和一罐黑胡椒。她拿了一个平底锅从水槽里接了些水,放到炉子上,打开了煤气。

"没有酱汁拌意面。"母亲说。

"有胡椒，也有油。"

"只放胡椒和油的面怎么吃？就像直接往嘴里塞一把湿面粉。"

"我没问题。"阿莱桑德拉说，"都到这个地步了，要么吃意面，要么啃鞋皮。你要小心了，守好你的衣橱。"

母亲试图缓和气氛，换了一种轻松的语调："当然了，女儿都一样，你会把我的鞋吃掉。"

"你就偷着乐吧，我没继续啃你的腿就不错了。"

母亲继续装作在开玩笑的样子，云淡风轻地说："孩子生吃他们的父母，从古到今都一样。"

"那为啥那个可怕的生物还活着，住在滨海波利尼亚诺的公寓里？"

"我咬她肉的时候崩坏了牙！"母亲最后一次试图展示她的幽默感。

"你一直在讲女儿们会做出各种可怕的事，但你也是一个女儿，你做过这些事吗？"

"我嫁给了第一个向我示好、让我感到快活的男人，我的婚姻很愚蠢。"

"你嫁的那个男人，我身上有一半他的基因，"阿莱桑德拉说，"这就是你觉得我太蠢，无法自主决定在哪颗星球上生活的原因吗？"

"很显然，你想活在没有我的星球上。"

"是你想出了去殖民地的主意，不是我！现在我明白了，你已经把你的理由说明了。就是这个原因！你想去另一个星球当殖民者，是因为你妈不在那儿！"

母亲瘫坐在位子上。"对，这是一部分理由。我不打算假装我没想过，这可能是去那儿的最大好处之一。"

"所以你承认了，这件事也不全是为了我。"

"这不是真的，我不承认，我都是为了你。"

"离开你妈，这是为了你自己。"阿莱桑德拉说。

"是为了你。"

"你怎么可能是为了我？在今天之前，我甚至不知道我的外婆长什么样子，我从未见过她的脸，也不知道她的姓名。"

"那你知道为了这些，我花了多大代价吗？"母亲问。

"你什么意思？"

母亲望向别处。"水烧开了。"

"不，你听见的是我沸腾的怒火，告诉我你到底什么意思。为了让我远离外婆，你付出了什么代价？"

母亲起身走进了她的卧室，把门关上了。

"你忘记摔门了，妈妈！到底谁是一家之长？谁表现出了责任感？谁在准备晚餐？"

又过了三分钟水才烧开。阿莱桑德拉扔了两把螺纹意面进去，然后拿出书本，坐在桌边开始学习。结果，她把面煮糊了。这些意面品质太差，结成一团，油也融不进去，只是溢在盘子里，就算撒了黑胡椒，这团面糊也难以下咽。她一边读着书和论文，一边机械地做着吞咽动作，直到被嘴里的一口面噎住。她赶快站起身，把它吐到水槽里，又喝下一大杯水，差点儿把吃进去的东西又原封不动地吐出来。她在水槽边干呕了两下才抑制住恶心。"嗯，好吃。"她喃喃自语，转身回到桌子前。

母亲坐在那儿，拿手指挑了一小块面团放进嘴里。"看来我这个妈还算称职！"她柔声说。

"我在做家庭作业，妈妈，我们已经用光了今天吵架的时间。"

"说实话，亲爱的，我们几乎从不争吵。"

"这倒是真的。你只会轻松快乐地飞来飞去，无视我的话。但我告诉你，争论一直在我的脑海中继续。"

"我会告诉你一些事,因为你说得对,你已经长大了,该明白一些事理了。"

阿莱桑德拉坐下来。"好吧,告诉我。"她直视着母亲的眼睛。母亲移开了目光。

"你要是不想说,那我就要开始做作业了。"

"我要说,"母亲说,"只是不想看着你的眼睛说。"

"那我也不看你。"她继续看她的作业。

"大约在这个月的十号,我妈打了个电话来,我接了。要是不接,她就会坐火车过来,而我很难在你放学回家之前把她弄走。我接起电话,她开始抱怨我不爱她,是个没良心的女儿,因为她孤零零地一个人住,没钱,不能拥有任何美好的东西。'搬来和我一起住吧,'她说,'也带上你的漂亮女儿。我们可以在我的公寓里共同生活,平摊花销,钱就够了。''不,妈妈,'我告诉她,'我不会搬去跟你一起住。'她开始又哭又闹,说我可恶,因为我丢下她一个人身无分文,我把她生命中的欢乐和美好都毁了。于是我答应她会给她寄一些东西。她说:'别寄,那样浪费邮费,我会来拿的。'我说:'别来,我不在家,坐火车比邮寄花得更多,我会寄给你的。'好说歹说我才让她在你回家前挂了电话。我坐了一会儿,好不容易才忍住没有割腕自杀。我装了一些钱到信封里,拿到邮局去寄了。她收到钱就去买了一堆丑陋的破玩意挂在墙上、放在小架子上,直到把家里堆满了,那都是我掏的钱。这些钱原本该用到我女儿身上的,结果给她买了那堆垃圾。每个月我都是这样把钱花光的,哪怕我领到的救济金跟她一样多。不过我觉得这很值得。饿肚子是值得的,让你对我发脾气也是值得的,因为这样你就不需要认识那个女人,不需要让她出现在你的生命里。所以,没错,阿莱桑德拉,我做这一切都是为了你。要是我能让我们俩离开地球,我就再也不用给她寄钱，再也不用接她的电话，因为等我们抵达另一个世界时她早就死了。我多希望你足够信任我，这样在我们到达之前你都不必见到她那张邪恶的脸，听到她邪恶的声音。"

母亲从桌子前站起身，回到了她的房间。

阿莱桑德拉完成了作业，把它放回自己的背包，然后走到沙发前坐了下来。她盯着那台坏掉的电视，回想起这么多年，每天放学回到家，她都能看到母亲在房间里转来转去，满口说着关于仙女、魔法的疯话，讲述她在白天所做的好事。原来，一直以来，她在白天做的事就是与怪物搏斗，阻止它进门，把魔爪伸向小阿莱桑德拉。

现在一切都解释得通了。她们为什么挨饿、交不起电费，原因都清楚了。

这并不意味着母亲就不疯。不过，现在她的疯癫说得过去了。殖民地对母亲意味着最终的解脱，并不是只有阿莱桑德拉想要得到解放。

她站了起来，走到门前轻轻敲了敲。"照我说，我们还是一路睡过去吧。"

她等待了很久，门那头终于传来了声音："我也是这么想的。"过了一会儿，母亲补充了一句："会有一个年轻人在殖民地等你的，一个前途无量的小伙子。"

"我想会的，"阿莱桑德拉说，"我还知道他也会喜欢我快活又疯狂的母亲，而我亲爱的妈妈也会喜欢他。"

那头沉默了。

公寓里非常闷热，令人难以忍受。即便窗子开着，由于空气不流动，也没起到任何缓解作用。阿莱桑德拉仅仅穿着内衣躺在沙发上，只希望沙发面料不那么软，别紧紧地粘在她的皮肤上。过了一会儿，她又躺到了地板上，想着热空气会上升，也许那儿会凉快一点儿。不过,楼下的热空气肯定也在上升,加热了地板,所以并没有好到哪儿去,而且地板躺起来太硬了。

或许也不是全然没用。第二天早上,她在地板上醒过来,一股从亚德里亚海吹来的微风拂过,母亲正在厨房煎东西。

"你哪儿来的鸡蛋?"阿莱桑德拉从卫生间出来后问。

"我讨来的。"

"从邻居那里?"

"从邻居的鸡那里。"

"没人发现你吗?"

"不管有没有人发现,反正没人拦我。"

阿莱桑德拉笑了,抱了母亲一下。她去上学,还吃了学校的慈善午餐,这一次她没有因为自尊而拒绝食物,她觉得这些都是妈妈为她花了钱的。

那晚回家,桌子上摆着食物,而且不是普通的食物,有鱼、酱汁,还有新鲜的蔬菜。母亲肯定提交了最终的文件,拿到了签约奖金,她们要出发了。

母亲非常谨慎。她带着阿莱桑德拉去了养鸡的两户邻居家,还了之前的鸡蛋钱,并感谢他们没有报警抓她。邻居一开始拒绝了,但母亲坚持说她不能带着这样的债务离开小镇,即使还了钱,他们的善心在天堂还是会作数的。于是他们相互亲吻,哭泣道别。母亲离开了,不是以她造作的仙女姿态,而是迈着轻盈的步伐,像一个刚从肩头卸下了重担的女人。

两周之后,阿莱桑德拉在学校上网,一则新闻让她重重地倒吸了一口气。由于她正在图书馆里,好几个人都冲了过来,她不得不切换到另外的界面。其他人都猜她在看色情图片,但阿莱桑德拉并不在乎。她迫不及待回到家里告诉母亲这个消息。

"你知道谁会成为殖民地的总督吗?"

母亲不知道。"重要吗?他要不就是个肥胖的老男人,要不就是个鲁莽的冒险者。"

"要是他不是个男人呢?要是他还是个男孩,年龄不过十三四岁,聪明、善良,曾经拯救过全人类呢?"

"你在说什么啊?"

"他们公布了我们所属的殖民飞船的船员名单,飞行员是马泽·雷汉,殖民地总督是安德·维京。"

现在轮到母亲倒吸一口凉气了。"一个男孩?他们任命一个孩子当总督?"

"他曾在战争中指挥过舰队,当然也能管理殖民地。"阿莱桑德拉说。

"一个男孩,一个毛头小子。"

"也没那么小,跟我同龄。"

母亲转向她:"什么,你以为你有多大?"

"我不小了,你知道。这是你说的,到了可以生孩子的年纪了。"

母亲陷入思考。"而且跟安德·维京同龄……"

阿莱桑德拉感到一阵脸红。"母亲!别以为我不知道你在想什么!"

"想想有什么坏处?在那个遥远孤独的世界,他反正都是要跟某人结婚的,为什么不能是你?"说完母亲的脸也红了,她用双手拍打着自己的脸颊,"哦,哦,阿莱桑德拉,我本来不敢告诉你,但现在我很高兴,你也会高兴的!"

"告诉我什么?"

"我们不是决定要在旅途中休眠,直到目的地吗?我去了他们的办公室交文件,但我发现自己不小心在另一个框框里打了钩,选了在旅途中保持清醒,学习怎么成为第一批殖民者。然后我想,要是他们不让我改怎么办？于是我下定决心要让他们改掉！当我跟那个女士面对面坐下来时，我却胆怯了，甚至不敢开口提出来，就直接把文件交上去了，我太懦弱了。但我现在明白了，不是我懦弱，是上帝在指引我的手，一定是这样的，因为现在你会在整趟旅途中都保持清醒了。你想想，船上能有多少个十四岁的孩子醒着呢？只有你和安德了，这就是我在想的，就你们两个。"

"他才不会爱上像我这样的傻女孩。"

"你在学校里的成绩也是数一数二的，况且一个聪明的男孩不会想找一个比他还聪明的女孩，他会想找一个爱他的人。他是一个永远无法离开战场、回到家乡的士兵，而你会成为他的朋友，很好的朋友。在你们结婚之前，还会有很多年的时间。但时机成熟后，他会重新认识你的。"

"也许你会嫁给马泽·雷汉。"

"如果他有那个福气的话。"母亲说，"不过，只要看到你幸福，随便哪个老头子向我求婚都可以。"

"妈妈，我不会跟安德·维京结婚的，不要寄希望于不可能的事。"

"别跟我说应该抱什么希望。不过，只要你能跟他成为朋友，我就已经很满足了。"

"只要我见他的时候不尿裤子，我就已经很满意了。他可是全世界最有名的人，历史上最伟大的英雄。"

"不尿裤子，这是很好的第一印象，湿漉漉的裤子可不会给人留下什么好印象。"

这一学年结束了。她们收到了指令和车票，将搭乘火车去那不勒斯，再飞往肯尼亚，跟其他来自欧洲和非洲的殖民者会合，然后搭乘飞船进入太空。在莫诺波利的最后几天，她们把喜欢的事情全都做了一遍：去码头散步、去她小时候玩耍的小公园、去图书馆，跟这座城市里她们喜爱的一切事物道别;她们还去了父亲的坟前,献上最后一束花。"我多希望你能跟我们一起走。"母亲轻声说。但阿莱桑德拉在想,要是父亲没死,她们还需要去太空寻找幸福吗?

在莫诺波利的最后一晚,她们很晚才到家。快到公寓时,只见外婆坐在房子的台阶上,一看到她们就站起了身,大声尖叫。不过两人还离得很远,连她说什么都听不清。

"我们别回去了,"阿莱桑德拉说,"家里没什么我们需要的东西。"

"我们需要衣服,去肯尼亚的路上要穿,"母亲说,"而且,我并不怕她。"

于是,她们迈着沉重的步伐继续往前走,邻居纷纷伸出脑袋,看外面发生了什么事。外婆的声音变得越来越清晰:"你这个忘恩负义的女儿,还打算抢走我心爱的外孙女,把她带进太空!我以后再也见不到她了,而你连说都不说一声,让我跟她道别!你是怎么当妈的啊?怎么做得出来!还有,你也从不关心我!我老了就把我一脚蹬开,你是怎么尽女儿的义务的?邻里乡亲,快出来看哪,你们快瞧瞧这是个什么样的女儿?看看你们跟什么人住在一块,一个不知感恩的东西!"她重复着同样的话。

但阿莱桑德拉并不感到羞耻。明天这些人就不是她的邻居了,她完全不用在乎。另外,但凡有点儿理智的人都看得出来:难怪朵拉贝拉·托斯卡诺要把女儿从这个卑鄙的老巫婆身边带走。要远离这个老女人,逃到太空还不够远呢!

外婆径直走到母亲面前,直冲着她大吼大叫。母亲一言未发,只是侧身绕过她,走到门口。但她没有开门,而是转过身,伸出手来,让外婆不要再说了。

但外婆不愿罢休。

母亲只是继续举着手。终于,外婆发泄完了,说:"现在她愿意跟我讲话了！这几周她忙着去太空，拒绝跟我说话。直到我今天自己找上门来，伤透了心，满脸伤痕，她才愿意跟我说话。直到现在！"

"那你快说啊，还在等什么？说出来！我听着！谁不让你说了？"

终于，阿莱桑德拉挤到两人中间，冲着外婆的脸大吼了一声："闭嘴吧！否则没人能说话！"

外婆扇了阿莱桑德拉一耳光，狠狠的一下，把她打到一边去了。

母亲拿出一个信封："这是剩下的签约奖金，是我们所有的钱。除了我们要带去肯尼亚的衣服，这是我在这个世界上的最后一点儿东西了，全给你。现在我们两清了，我不会再给你任何东西了，除了这个。"

她狠狠地扇了外婆一耳光。

外婆踉跄了一下，正准备叫骂，此时母亲——那位无忧无虑的仙女朵拉贝拉·托斯卡诺——把脸凑到了外婆脸上，尖叫道："没人能碰我的小女孩，永远永远永远都不行！"她把装有支票的信封塞到了外婆的上衣里，一把抓住她的肩膀，把她转过身推到了街上。

阿莱桑德拉扑进母亲的怀抱，泣不成声："妈妈，我终于明白了，我以前从来不知道。"

母亲紧紧地抱着她，从她的肩上抬起头，望向那些目瞪口呆的邻居。"是的，"她说，"我是个糟糕的女儿，但我是个非常非常好的母亲！"

几个邻居为她鼓掌，大笑起来，也有些人在小声嘀咕，背过身去。阿莱桑德拉一点儿也不在乎。

"让我看看你。"母亲说。

阿莱桑德拉退后一步，母亲仔细地检查她的脸。"有点儿擦伤，但不太严重，很快就会好的。我想，等你见到那位前途似锦的年轻人时，伤痕早就无影无踪了。"

CHAPTER 06

第六章

收件人：GovNom%Colony1@colmin.gov
发件人 GovAct%Colony1@colmin.gov
主题：为殖民地命名

  我同意您的想法，把这个地方叫作"殖民地 1 号"很无聊，我也赞成现在给它命名，肯定要比五十年后等您和您的飞船降落时再来改名更好。

  不过目前看来，你所提议的"普洛斯彼罗[1]"恐怕不会引发多少共鸣，我们正在以隔天一人的速度安葬我们的前战斗机飞行员。与此同时，我们的外星生物学家正在与尘埃虫进行艰苦卓绝的抗争，寻找控制、清除它们的药物及治疗手段。这些虫子通过空气传播，被吸入人体后会在我们的血管里钻来钻去，直到穿透血管，导致人体内出血而死。

---

1 出自莎士比亚剧作《暴风雨》中的人名，双关"繁荣、昌盛"之意。

赛尔（那位外星生物学家）向我保证，他刚给我们的药物能延缓蠕虫（尘埃虫）的行动速度，为我们争取一些时间。所以，我们还是有机会在你们抵达之前把殖民地建造起来的。

关于尘埃虫的任何问题，您可以发邮件详询赛尔（SMenach%Colony1@colmin.gov\xbdiv）。

我的邮件地址用的是工作头衔，我名叫维塔利·科尔莫戈罗夫，是终身上将。您怎么称呼？能告诉我我在和谁通信吗？

收件人：GovAct%Colony1@colmin.gov
发件人：GovNom%Colony1@colmin.gov
主题：回复：给殖民地命名

亲爱的科尔莫戈罗夫上将：

读完最近的报告，我真是松了口气，很高兴了解到尘埃虫已经得到了完全的控制，感谢外星生物学家赛尔·梅纳赫发明的鸡尾酒药物疗法。这种蠕虫暂时以他命名，还没有真正的学名，各个委员会正在无休无止地争论是否要使用拉丁文来命名外星物种。一些人主张不同的殖民地使用不同的语言；另一些人却认为，所有的殖民地都应该统一用语；还有些人，想在语言上区分殖民地的本土物种和来自虫族母星的引入物种……如您所见，当你们奋力在外星生态圈建立起桥头堡时，地球人也没闲着。

我也给您添了不少麻烦。请原谅我在殖民地名称问题上小题大做，浪费了您的时间。尽管这是项必要的工作，但我差点儿毁了你们与殖民部及其属下（包括我在内）之间的关系，是您弥补了我的过失。如您所言，"普洛斯彼罗"并不合适。也不知出于何种原因，我很想用一个出自威廉·莎士比亚剧作《暴风雨》的名字。或许就叫"暴风雨"？或者"米兰达"？还是"爱丽儿"？"卡利班"我想不太合适，另外"冈萨洛"怎么样？"西考拉克斯"呢？

至于我姓甚名谁、该不该告诉你们也经过了一番争论。首先，我被严令禁止揭露自己的身份，就连向您——目前的"代理"总督也不行。但与此同时，我的大名又在网络上被传得沸沸扬扬。我被任命为1号殖民地总督的消息已经是公开的秘密，只是这个信息不会通过安塞波传输给你们，利用信息差欺瞒你们真是太容易了。这提醒了我，四十年后当我作为总督收到来自殖民部的信息时，也必须格外小心。除非在我离开之前，我能让他们改掉这种愚蠢的做派。

我想，当权者认为，任命一个十三岁的孩子当殖民地总督会影响殖民者的士气，哪怕我要在四十年之后才会抵达；与此同时，也有些人认为选一个赢得胜利的指挥官有助于提升士气。让他们争论去吧，我相信你的判断力。

收件人：GovNom%Colony1@colmin.gov
发件人：GovAct%Colony1@colmin.gov
主题：回复：给殖民地命名

亲爱的候选总督维京：

感谢您向殖民部提出申请，为殖民地提供可用的安塞波带宽，并让总督自行决定是否让殖民者自由访问网络。我也很感激他们针对这一问题做出了迅速回应。

最初，我打算告知殖民地的每一个人您就是即将赴任的新总督，安德·维京的名字在这里备受尊崇。我们在取得胜利后，也研究过您指挥的几次战役,甚至展开了激烈的探讨,该怎么赞赏您的军事天赋。不过,在阅读了格拉夫上校和雷汉上将的庭审报告后,我知道您的声誉受到了损害。我不愿意刺激殖民者,毕竟他们好不容易才安定下来,终于又与人类家园恢复了联系。我不希望他们再耗费心神去分辨您究竟是位救世英雄还是变态杀手——我可以保证,现在这里的每一个士兵、每一位飞行员都会毫不犹豫地将您归为前者;但在未来的五十年间,这里还会诞生很多孩子,他们谁也没在您的麾下战斗过,会对您有什么看法我实在没什么把握。

我要坦言,在收到您列出的名单后,我又读了一遍《暴风雨》。不如就选"西考拉克斯"吧!尽管她在剧中是个不起眼的角色,却很符合我们目前的处境。她是卡利班的母亲,一个让无名小岛充满了魔法的女巫——西考拉克斯,多么贴切啊!这个世界曾被虫族女王统治过,如今早已物是人非,留下那么多遗迹,还有陷阱。

我们的外星生物学家是一个了不起的年轻人,对我们有救命之恩,却不让我们感谢他。他说,虫族的身体也被尘埃虫搞得千疮百孔。很显然,虫族并不在意单一的个体,他们并没针对此种疾病采取任何防控措施。对虫族来说,这不值得浪费时间!幸运的是,赛尔发现,在尘埃虫的生命周期中,在某个阶段需要以某种特定的食物为食。他目前正致力于研究全面清除这种植物的方法,他称之为"生态灭绝"——这是一种可怕的生物犯罪,为此他满腹愧疚。然而,如果不这么做,人类就只能一直依赖于药物注射,或者对我们的新生儿进行基因改造,好让尘埃虫无法在人体的血液里存活。

简而言之,赛尔就是我们的普洛斯彼罗,虫族女王则是西考拉克斯,而虫族呢,当然就是卡利班。到目前为止,还没出现爱丽儿,尽管这里每一位育龄的女性都受到了尊重。我们即将进行一次抽签,以达成婚配目标。为了避嫌,我将自己排除在外,以免被人指责我为了得到某位女性而动手脚。没人喜欢这种不浪漫、不自由的安排，但这是我们经过投票决定的，必须找到一种合理分配稀缺生殖资源的办法，赛尔也尽力说服大多数人这是切实可行的。在这儿，我们没时间搞为爱追寻、为情伤心，或是冷言拒绝那一套了。

我把一切都告诉您，是因为除此之外我再也没有别的倾诉对象了，就连赛尔也不行。他的担子已经够重了，我不想再把我的负担分摊给他。

顺便说一句，您的船长一直在给我写信，他好像认为可以绕开您直接向我下达殖民地管理方面的命令。我想您应该了解这个情况，这样就能采取适当的措施，以免在抵达后还需要应付一个摄政官。他给我的印象是那种"和平主义者"，一个在和平时期的军队里步步高升的官僚。他真正的敌人就是那些拥有他梦寐以求的职位或头衔的人，而你，正是他最大的敌人，一位真正能赢得战争的人。小心你身后，"和平主义者"正拿着一把匕首，虎视眈眈地盯着你。

维塔利·科尔莫戈罗夫

收件人：GovAct%Colony1@colmin.gov
发件人：GovNom%Colony1@colmin.gov
主题：回复：我想好名字了

亲爱的维塔利·科尔莫戈罗夫：

我决定了：可以给人类的第一颗殖民星球以及第一个定居点命名为"莎士比亚"，这样之后的定居点就都可以用《暴风雨》或其他剧作中的人物名字了。

此外，我们可以把某位将军称为"考特爵士"，以时刻提醒自己,小心膨胀的野心可能诱发悲剧的结果。

您对"莎士比亚"这个名字满意吗?对我来说,他是一位伟大的作家,能代表人类精神。不过,要是您觉得国别地域性太强,或者太偏重某种文化了,我也可以换个方案。

我很感激您的信任,也希望这种信心能一直持续到旅程结束。尽管因为时差,我们之间的信息传递要花费好几个星期,但好在那也意味着我的时间不会停滞。当我抵达时我会年满十五岁,这比还是十三岁要好得多。

此外,我还想告知您,整趟旅程不会耗费五十年时间,而是将近四十年。我们改进了给飞船供能的装置及反重力防护系统,缩短了我们抵达星系内部后加减速的时间,增加了飞船以光速航行的时长。这说明,尽管我们几乎所有的技术都来自虫族,但人类还是能对其加以改进和完善。

安德

收件人:GovNom%Colony1@colmin.gov
发件人:GovAct%Colony1@colmin.gov
主题:回复:给殖民地命名

亲爱的安德:

莎士比亚属于全人类,但现在对我们的殖民星球来说,又多了一层特殊的含义。我问了一些殖民者的意见,那些在意此事的人都觉得这是个好名字。我们会努力好好活下去,等着你带领更多人前来增援。在战前,我自己也有些航行经验。你们为期两年的行程将比我们在这里度过四十年还显得漫长。我们至少有事可做,而你们会感到沮丧和无聊。那些选择休眠的人可能会更快乐些。不过，我也认同你希望抵达时年岁更大的想法，我深刻了解你即将做出的牺牲。

我将每隔几个月就向你发送一次报告，对你来说是每隔几天就能收到一份。这既能帮助你认识这里的殖民者，又能帮助你了解我们所建立的村庄：它在社会、农业和技术方面是如何运作的，我们取得了怎样的成就，又有哪些问题需要克服。我会尽我所能帮你深入了解一些关键人物；当然，这事我不会让他们知道，我不希望他们觉得受到了监视。当你最终抵达时，也别告诉其他人我向你透露了多少——这样显得你富有洞察力，会帮你建立起声望。

鉴于摩根上将很有可能是实际掌权的人，我也会将同样的报告发一份给他。飞船上的士兵听命于他，而不是你，最近的执法部门又远在四十光年之外，鞭长莫及。万一他将来要在我们的星球上非法部署军队，也不会面临任何抵抗。因为我们的殖民者既没有武器，也未受过任何军事训练。

另外，摩根上将还在坚持不懈地向我发送指令，却从未过问过这里的情况，我也不知道他读没读过我的官方汇报。而且，由于我未能以令他满意的方式做出回应，他在信中的语气也变得越来越暴躁（但我已经针对他所有合法的问询和要求做出了充分的答复）。我疑心，要是他到达后真的掌权了，会首先把我革职。幸运的是，根据人口统计学的预测，在他到达之前我已经死了，所以思考这个问题没什么意义。

尽管你只有十三岁，但至少你明白，一个人是无法指挥陌生人的，除非胁迫或者贿赂他们。

维塔利

因为长时间用显微镜观察外星霉菌，赛尔·梅纳赫的颈部和背部都疼痛难忍。他心想：*要是再这样下去，不到三十五岁我就会像个直不起腰来的老头子。*

不过，去田里劳作也一样辛苦，要锄地，防止藤蔓植物爬到玉米秆上，挡住阳光。干久了腰背会劳损，皮肤也会晒黑——经过这种毒日头的照耀，你几乎很难再分辨出不同的种族了，这倒符合未来的愿景：人人来自不同种族，都是地球上各个行业的精英，有外科医生、地质学家、外星生物学家、气候学家和战斗机飞行员。他们曾为了杀敌而被挑选出来，抵抗这个世界曾经的霸主。如今战争结束了，这群人又会相互通婚，也许在三代——甚至两代之内，种族和民族根源的概念就会在此消失。

然而，在外表上，每颗殖民星球又会带上各自的烙印；语言方面，也会在国际联合舰队通用语的基础上分化出自己的方言——以英语为基础音，加少量的拼写变化。以后，随着殖民者开始在不同的星球穿梭往来，新的分化又会发生。而在地球上，所有旧的种族、民族及其使用的大部分语言还会持续存在，因此殖民者和地球人之间的差异会越来越凸显，也越来越关键。

*不过，这些都与我无关，*赛尔心想，*我可以预见未来，其他人也一样。但现在，要是我找不到办法来消灭这种霉菌，使其不再破坏地球粮食作物，这颗名为"莎士比亚"的星球将毫无未来可言。不可思议的是，这种霉菌专门感染地球草本植物，包括粮食作物，但在这颗星球上，却根本找不到携带同类基因的植物。*

阿芙拉玛从温室中的实验田里取来了更多的样品。讽刺的是，这些高科技的农业设备都是装载在运输星际飞船里面运送过来的，跟战斗机的规格一样。然而一旦发生故障，却没有任何备用零件可替换，至少要等五十年——乐观一点儿估计是四十年，只要新的星际引擎能够让殖民飞船提前到达。也许，那时我们已经过上毫无技术辅助的日子了，在丛林中茹毛饮血，靠挖树根果腹。

要不然只能靠我对地球作物进行成功改良，使其在这里茁壮成长，让我们获得粮食丰收，拥有足够的闲暇来进行基础设施的建设，发展技术。

虽然我们达到了极高的技术水平，可惜都是空中楼阁，下面没有任何东西支撑。一旦崩溃，我们就会坠落到底。

"瞧瞧这个。"阿芙拉玛说。

赛尔恭敬地从显微镜前站起身来，向她走过去。"我该看什么？"

"你看到了什么？"她问。

"别跟我闹了。"

"我想得到不受干扰的验证，最好什么也不告诉你。"

那么这东西一定很重要。他仔细观察。"这是一截玉米叶，来自无菌区，所以是没受感染的。"

"但它不是，"她说，"这是 D-4 的样品。"

赛尔松了一口气，几乎要哭了。同时，他也很生气，愤怒在这一刻占了上风。"不对，"他尖声说，"你混淆了样品。"

"我一开始也这么想，"她说，"所以我又回去从 D-4 拿了一个新样品。结果一样，你看我反复验证了三次。"

"而且 D-4 很容易用本地材料制备。阿芙拉玛，我们成功了！"

"我还没有检验它是否对苋菜有效。"

"那我们可真是走运了。"

"或者是受到了祝福。你有没有想过，也许上帝希望我们在这儿取得成功？"

"那他完全可以在我们来之前就杀死这种霉菌。"

"你这态度真不错，给赐予恩惠的上帝冷脸，把他惹毛了。"

她在开玩笑，但背后也有真实的成分。阿芙拉玛是个严肃的犹太人，当他们就婚配问题进行表决时，她把自己的名字改成了希伯来语中表示"能生育"的词，希望上帝能分给她一个犹太丈夫，结果她只是被总督指派去为殖民者中唯一一个正统的犹太人工作。科尔莫戈罗夫总督对宗教怀有敬意，赛尔也是。

只是他不确定上帝知不知道这个地方。要是《圣经》中创世的内容都是真的呢？要是太阳、月亮和地球都是上帝创造的呢？而像这样的外星世界，也许是外星上帝的造物。它们可能拥有六条肢体，或者呈三边对称什么的，就像这里的一些生命体——那些在赛尔看来像是本土物种。

很快，他们回到实验室，拿出了经过同样处理的苋菜样品。"就是它了，对我们新手来说这已经足够好了。"

"但制备它要花费很长时间。"阿芙拉玛说。

"这不是我们的问题。化学家可以想法子，以更快的方式量产。重要的是，现在我们知道哪种方法有效了，而且它似乎不会伤害这两种植物，不是吗？"

"你真是个天才，梅纳赫博士。"

"我没有博士学位。"

"我对'博士'的定义是：一个知识渊博的人，做出了足以拯救一个物种的科学发现。"

"我会把它写进简历。"

"不。"

"什么不？"

她用手抚摸他的臂膀。"我刚刚达到生育年龄，博士，我要你在我这片地里播种。"

他努力把这句话解读成一个玩笑。"下一句你要开始引用《所罗门之歌》了。"

"我不是在寻求浪漫关系，梅纳赫博士，毕竟我们得一起工作，而且我已经和埃文哲结婚了。不过，他并不需要知道这个孩子不是他的。"

听起来她真的认真考虑过这件事，现在他真心觉得尴尬和苦恼。"我们是同事，阿芙拉玛。"

"我希望我的孩子拥有最优质的基因。"

"好吧。"他说，"你留下来，继续负责地球作物的适应性研究，我去田里干活。"

"你什么意思？能耕田的人多的是。"

"要么解雇你，要么解雇我，我们以后不能再在一起工作了。"

"没人知道发生了什么。"

"不可奸淫。"赛尔说，"你应该是一个忠实的信徒。"

"但米甸的女儿们——"

"跟她们的亲生父亲睡觉，因为她们必须生孩子，又不能跟外族人通婚。"赛尔叹了一口气，"但遵守一夫一妻制同样重要，我们不能放任殖民地因为争夺女人而分崩离析。"

"好吧，就当我没说过。"阿芙拉玛说。

"我忘不了。"赛尔说。

"那你为什么不能——"

"因为我没抽中签，阿芙拉玛。对我来说，生育后代是违法的，更别说还要窃取别人的配偶。我也不能服用性欲抑制剂，因为我需要保持清醒、精力充沛，研究这个世界上不同的生命体。既然你提出要委身于我，我就不能让你留在这儿了。"

"我只是随便说了一个想法，"她说，"你需要我跟你一起工作。"

"我需要其他人的帮助，"赛尔说，"这个人不必是你。"

"那人们会猜测你解雇我的原因,埃文哲还会怀疑我们之间的关系。"

"那是你自己的问题。"

"如果我告诉他们,你让我怀孕了呢?"

"那你会被立即开除,毫无挽回余地。"

"我不过是在开玩笑!"

"收起你的奇思妙想吧,否则我们就去做亲子鉴定,让 DNA 揭示一切。你的丈夫将沦为笑柄;其他男人都会重新审视自己的妻子,疑心她是否想委身于别人,好似把布谷鸟的卵放进自家巢里。所以,为了大家好,你必须离职。"

"要是你做得那么绝,结果会跟我们实际发生了关系一样,会给信任婚姻关系的人造成巨大的伤害。"

赛尔坐到了温室的地板上,将脸埋进双手之间。

"对不起,"阿芙拉玛说,"我是半开玩笑的。"

"你的真心是指,要是我同意了,你就会告诉我只是在开玩笑,以此来羞辱我答应通奸,对不对?"

"不对。"她说,"我愿意这么做,赛尔,你是这里最聪明的人,所有人都承认。你不应该被剥夺生育孩子的权利,这不公平,人类需要你的基因。"

"那是遗传学的观点,"赛尔说,"别忘了还有社会学的角度。一夫一妻制已经得到过反复的验证,是构架社会的最佳选择。这与基因无关,而与孩子有关——他们需要在一个稳定的社会中成长,我们已经就此投过票了。"

"我投票生一个你的孩子,就一个。"

"请你离开。"赛尔说。

"我的逻辑更清晰,因为我是犹太人,而你也是。"

"请出去吧，把门关上，我还有工作要做。"

"你不能把我赶走，"她说，"这会影响殖民地的。"

"杀了你也一样，"赛尔说，"但你在这里折磨我的时间越长，你的提议就越发有诱惑力。"

"因为你也想要我。"

"我是人，有男性的身体，"赛尔说，"我当然想进行交配行为，不顾一切后果。我已经快被冲昏头脑，丧失逻辑思考能力了。现在做出这个决定是件好事，因为无法反悔。别再逼我把这个决定变成痛苦的现实，非让我切掉那个小玩意不可。"

"所以这就是你的方式？不论如何，宁愿把自己阉了？好吧，我也只是一个人，一个女人，渴望一个伴侣，能为我的后代提供优质的基因。"

"那就去找一个高大、强壮、健康的男人吧，如果你与别人通奸，就不要被我抓到，否则我会告发你。"

"我想要聪明的头脑，你的头脑。"

"孩子很有可能会遗传你的头脑和我的外貌。现在去把 D-4 的结果报告拿给化学部门。"

"所以我没被解雇？"

"没有。"赛尔说，"我会离职去田里干活，把你留在这儿。"

"但我只是个替补的外星生物学家，没法独立完成工作。"

"你早该想到这点的，现在一切都无法挽回了，我们不可能再在一起工作了。"

"谁能想到会有男人拒绝风流韵事？不过是去干草垛里打滚。"

"殖民地现在就是我的全部生命，阿芙拉玛，对你来说也一样，你不会想亲手毁掉自己煮的一锅汤。还需要我说得更直白一些吗？"

她哭了起来。

"我到底做了什么，要遭到上帝这样的惩罚？"赛尔说，"接下来还有什么？要为法老的面包师傅和管家解梦？"

"对不起，"她说，"你应该留下来，继续做外星生物学家，你是个天才。我连从哪儿着手都不知道，现在还把一切都毁了。"

"确实，你毁掉了一切。"赛尔说，"不过你说得对，我提出的解决方案都有问题，跟你最初的提议一样具有很大的破坏力，所以这是我们接下来要做的。"

她等待着，泪水从眼眶里滑落。

"就什么也不干。"他说，"你再也不许提起这件事，永远不能；你也不要碰我；在我身边出现时，你必须衣着得体，与我交谈的内容仅限于工作，同时言辞得体，使用正式的工作场合用语。最好让别人觉得我们讨厌彼此，因为我做不到一面要努力抑制自己的欲望，一面还要正常工作，你明白了吗？"

"明白了。"

"直到四十年后，殖民飞船带着新的外星生物学家抵达，我得以退休为止。那时候我才能辞去现在这份糟糕的工作。"

"我不是有意要让你陷入痛苦的，我以为你会感到高兴。"

"我身体里的荷尔蒙非常兴奋，认为这是绝佳的主意。"

"好吧，这让我感觉好多了。"

"我将在接下来的四十年里经历地狱般的生活，这让你感觉很良好？"

"别傻了，"她说，"一旦我有了孩子，就会变胖，失去吸引力，也不会有时间再来帮忙了。生儿育女才是头等大事，不是吗？很快你就需要训练下一代学徒了，这件事最多只会让你苦恼几个月。"

"你说得轻巧。"

"梅纳赫博士，我真的很抱歉。我们是科学家，而我却像动物一样想着人类的繁殖。我并不想对埃文哲不忠,也不想让你痛苦。我只是受到一阵欲望的驱使,我只是觉得,如果要生孩子,应该和你生,那样生出的孩子才有意义。不过,我仍是一个理性的人,一个科学家。你说的一切我都会照做,假装我们不喜欢彼此,也不渴求对方。让我留下来吧,直到我必须离开、回家生孩子为止。"

"好了,起来吧,把实验配方拿给化学部,让我进行下一项工作吧。"

"那会是什么呢?在解决掉尘埃虫、玉米和苋菜的霉菌问题后,我们应该研究什么?"

"我接下来要解决的问题,"赛尔说,"是把自己淹没在任何无聊乏味的任务中,只要没有你参与就行。现在你可以走了吗?"

她离开了。

赛尔写完报告,把它发到总督的机器上,等待被安塞波传输出去。如果这种霉菌也在其他星球暴发了,他的解决办法也许同样奏效。这就是科学的精神——共享信息,汇集知识。

这就是我的基因库,阿芙拉玛,他心想,我的文化基因库汇集了所有科学知识:我在这儿做出的发现、我学到的知识、我解决过的问题。这些就是我的子嗣,它们将成为在这颗星球上生活过的每一代的一部分。报告完成后,阿芙拉玛还没回来。很好,赛尔心想,让她跟化学家待一天吧。

赛尔穿过村庄,走到公共田地里,值班的工头是费尔南·麦克菲。"给我派点儿活干。"赛尔对他说。

"你不是在研究霉菌的问题吗?"

"我想问题已经解决了。现在轮到化学家想办法运用到植物上了。"

"我们有充足的人手干活。你的时间太珍贵了,不应浪费在体力劳动上。"

"每个人都需要体力劳动,就连总督也不例外。"

"我们人员满了,你也不懂该怎么干。你了解自己的工作,那更重要。现在回去工作吧,别烦我了!"

他说得像在开玩笑,态度却是认真的。赛尔能说些什么呢?我需要一份又苦又累的工作,好让我流汗,让我发泄,好让我忘掉我那美丽的助手提出的让我在她身体里播撒种子的念头!

"你对我来说毫无用处。"费尔南·麦克菲说。

"彼此彼此。"

于是赛尔去散了个步。他走了很远,走到了田地的尽头,走进了树林里,开始采集样品。当他没有紧急任务需要完成时,就会搞搞科学,采集、分类、分析、观测,总有事情可做。

他尽量不去想她,不去幻想可能发生的一切。性幻想会引导未来的行为。今天他是说了"不",但要是他在脑海里一遍又一遍地上演与她交媾的场景,过了六个月又说了"要",这一切还有什么意义?

要是我今天没有下定决心做出对所有人都正确的选择,一切都会变得容易得多。是谁说的善有善报?纯粹放屁。

CHAPTER 07
第七章

收件人：jpwiggin@gso.nc.pub, twiggin@uncg.edu
发件人：From: vwiggin%Colony1@colmin.gov/citizen
主题：安德一切安好

我说"安好"，当然指的是安德目前身心运作如常。见到我他很高兴，我们聊得也很投机。他似乎对一切都释怀了，不对任何人抱有敌意。他饱含深情地说起你们俩，我们还分享了很多童年回忆。

但我也发现，那样的话题一结束，他便好像钻回了自己的壳里，跟外界隔离。安德对虫族非常痴迷。我想他的内心因为毁灭了他们而感到内疚，但他也清楚这没什么道理——他当时不知道自己在做什么，而且虫族也企图毁灭人类。无论如何，安德的所作所为都是出于自卫。然而良知的运作方式是神秘的，我们进化出了良知，因而会内化社会的价值观并以此规训自己。但当你过于有良知时又会过犹不及，自己制定别人不知道的规则，并在违反时惩罚自己。

名义上安德是总督，但已经有两个人警告过我昆西·摩根上将无意让安德接管任何工作。如果是彼得处在安德的位置，他会在启程之前就密谋把摩根除掉，但安德只是笑笑说："想象一下那个画面吧。"要是我追问他，他就会说："只要我不参与，就没人陪他玩。"一旦我把他逼急了，他就会不耐烦，说："我是为一场战争而生的，我赢了，已经完成了使命。"因此，我现在也很矛盾。到底是应该为他采取些行动呢，还是按他的要求无视整个局面？他认为，我应该在休眠状态下度过整个行程，这样当我们到达时就成了同龄人，都是十五岁。要不，我也可以保持清醒，写一写战斗学校的历史。格拉夫已经答应给我提供所有相关文件，不过我也能从公共记录中获取信息，这些材料都曾在军事法庭上出现过。

我还有一个哲学问题：到底什么是爱？我对安德的爱是否意味着我应该为他做所有有利于他的事，哪怕他要求我不要这样做？还是说，爱代表我要按他的要求来，即便根据我的判断，他会成为一个傀儡总督，经历很多可怕的事？

亲爱的爸妈，这就跟上钢琴课一样。许许多多成年人抱怨他们从小被父母逼迫不停练琴，但也有很多人会质问他们的父母："你们当初为什么不逼我练？那样今天我就能弹得一手好琴了。"

爱你们的
华伦蒂

收件人：vwiggin%Colony1@colmin.gov/citizen
发件人：Twiggin@uncg.edu
主题：回复：安德一切安好

亲爱的华伦蒂：

你父亲说，要是我向你表达我的震惊，你会火冒三丈。不过我确实很震惊，我们竟然有一个孩子并非无所不知，并且还承认了这一点，甚至需要向父母征询意见。在过去的五年中，你和彼得一直像双胞胎一样用秘密语言交流，对外封闭自己。而现在，你只不过脱离了他几周的时间就重新发现了父母的存在，这真是让我备感欣慰。我特此宣布你为我最爱的孩子。我们继续忍受着痛苦，这是一种带有腐蚀性的慢性折磨——安德依然拒绝给我们写信。你说他没有生我们的气，那我们就不懂了，难道他没有意识到我们被禁止给他写信吗？为什么他现在不读我们的信了？或者说，他读是读了，但选择不回复，连一句"来信收到"也懒得说？

至于你的问题，答案其实很简单。你不是安德的父母，我们才是有责任在必要时刻出手干预，做出对他有利选择的人，不管他喜欢与否。你只是他的姐姐，把自己当成他的同伴、朋友或知己吧。你的职责是接受他给予的，并且给予他要求的、你认为好的东西。你既没有权利，也没有责任在他已经特别申明过的情况下给予他不想要的东西。对他来说那不是一件礼物，也不是朋友或姐姐会做出的行为。

身为父母则有所不同。安德建起了一堵墙，这是他在战斗学校里学到的。这堵墙把我们隔开了，他以为自己不需要我们，但他错了。我想，他内心渴望的正是我们，是一位母亲能给一个受伤的灵魂所带来的无法言喻的安慰；是一句来自父亲的"我原谅你"和"做得好，你这个善良又忠实的奴仆"，并得到他们灵魂最深处的信任。要是你受过更好的教育，而不是成长在一个无神论的环境中，就会明白我引用的这些话。记住，我并不需要像你一样逐一翻阅资料解释意思。

爱你的
尖酸刻薄、分析过度、深受伤害却又相当满足的
母亲

收件人：jpwiggin@gso.nc.pub, twiggin@uncg.edu
发件人：vwiggin%Colony1@colmin.gov/citizen
主题：安德一切安好

我对父亲的忏悔和你的钦定版《圣经》都了如指掌，无须查阅任何资料。难道你以为孩子们会不知道自己父母所信奉的宗教吗？即便是六岁就离家的安德也对此一清二楚。

我会采纳你的意见，既因为这么做是明智的，又因为我没有更好的主意。此外，我会听从安德和格拉夫的建议，写一部战斗学校的历史。我的目标很简单：尽快让它出版，这样就能消除部分军事法庭造成的恶劣影响，恢复孩子们的名誉，还有那些训练、指导他们的成年人的名声，是他们赢得了这场战争。这并不是说我就不恨他们将安德从我们身边带走了。但我发现，在恨一个人的同时，也有可能从他们的角度看待我们之间的纷争。或许这是彼得给予我的唯一有价值的礼物了。

彼得没有给我写过信，我也没有给他写。要是他问起，就说我常常想他，我会注意到我再也不会见他了，如果这也算"想念"的话，那我是想他的。

此外，我还在中转站见到了佩查·阿卡莉，也跟"豆子"、丁·米克、韩楚等人说过话了——确切地说，是"通过信"了。跟他们聊得越多，我就越了解安德经历的一切（这都是安德没告诉我的），也就越清楚自己该做什么。正如你所说，我不是他的母亲，他也要求我不要做多余的事。同时，我还假装这一切都只是为了写书。

我的写作速度惊人，你确定我们身上没有温斯顿·丘吉尔的基因吗？有没有可能，比方说，他在二战期间跟哪个波兰流亡者发生过暧昧关系？我能感觉到他是同类人，除了政治上的野心，他血液里的酒精含量常年超标，他还会裸着身体在屋子里走动。顺便说一下，是他做了这些事，不是我。

爱你的

同样尖酸刻薄、善于分析

尚未受到伤害也未得到满足的女儿

华伦蒂

军事法庭上的审判一结束，格拉夫就从艾洛斯星消失了。不过现在他倒是回来了，大概作为殖民部长，他不能错过第一艘殖民飞船的起航，这可是大肆宣传的好机会。

"宣传对扩散计划有帮助。"当马泽嘲笑他时，格拉夫这样回应说。

"所以你并不喜欢镜头。"

"看看我，"格拉夫说，"我瘦了二十五公斤，现在只剩一个影子了。"

"整个战争期间，你的体重都在一点点地增加；在军事法庭上，你好像充了气的气球。现在你倒瘦了，是地球引力的影响吗？"

"我没有回地球，"格拉夫说，"我一直忙着把战斗学校变成殖民者的集合点。以前没人理解我为什么坚持所有的床都要成人尺寸的，现在每个人都佩服我的先见之明。"

"为什么要对我撒谎？创立战斗学校时，你还没有掌管这个项目。"

格拉夫摇了摇头。"马泽，当我劝你回家时，我也不是负责人，对不对？"

"不对，你负责的是'让雷汉回家，帮助训练安德·维京'项目。"

"没人知道这个项目。"

"除你之外。"

"那么我也负责'确保战斗学校适用于人类基因扩散计划'。"

"这正是你瘦了的原因，"马泽说，"你终于得到了授权和资金来实施酝酿已久的真正计划。"

"赢得那场战争才是最重要的事，我把全部心思都放在对孩子们的培训上了！谁能料想到我们不仅会赢，还会得到所有这些无人居住的星球呢？它们已经被改造得完全适居了。我曾指望着安德取得胜利，或者万一他失败了'豆子'能接替他赢得战争。但我以为我们得继续与虫族作战，从一颗星球到另一颗星球，并争取在相反的方向建立新的殖民地，壮大自己，抵御他们的反攻。"

"所以你现在回来，是为了跟全体殖民者拍照。"

"我来是为了跟你和安德，以及殖民者一起微笑合影。"

"哈，"马泽说，"军事法庭小团体。"

"那次庭审最残忍的事就是对安德名誉的诋毁。幸运的是，大多数人会铭记胜利，而不是军事法庭上的证据。现在，我们要在他们的脑海中植入另外的影像。"

"这么说，你其实很关心安德啰？"

格拉夫看上去很受伤。"我一直都很喜欢那个男孩，只有道德白痴才会不喜欢他。从他身上，我发现了深深的善意。我恨他们将他的名字与儿童谋杀犯挂钩。"

"他确实杀死了他们。"

"他并不知道他杀了。"

"那几次不同，跟他赢得战争却以为只是一场游戏不一样，希伦。他很清楚自己是在为生存而战，必须取得决定性的胜利。他也一定知道，如有必要，他可以置对手于死地。"

"你的意思是，他确实有罪？跟我们的敌人所说的一样？"

"我是说，他确实杀死了那些孩子，也清楚自己在做什么。他不一定知道确切的结果，但他知道自己采取的行动可能会对那些男孩造成真正的、永久性伤害。"

"是他们想要杀死安德!"

"邦佐是的,"马泽说,"史蒂生只是个小恶棍。"

"但安德未经训练,他不知道会造成什么样的伤害,也不知道他穿的鞋里有钢趾。我们做得对,坚持让他穿这种鞋子,以确保他的安全。"

"希伦,我认为安德的行为是完全合理的。他没有主动挑起与那些男孩的争斗,只能选择彻底赢得胜利。"

"要么输掉。"

"失败从来不在安德的选项中,希伦。即便他认为自己可以输,他也不会这么做。"

"我只知道他答应了要跟我们俩合影,要把这事排进日程里。"

马泽点点头。"你觉得他真的会这么做?"

"他哪有什么日程?我觉得他是在讽刺。除了跟华伦蒂待在一块儿,他还有什么事可做?"

马泽笑了。"他在研究虫族,一年多了,一直沉迷其中,我们都开始担心起他的精神健康问题了。只不过我得说,随着殖民者的到来,他已经开始着手当一个好总督,而不仅仅是挂个名了。"

"那摩根上将会失望的。"

"摩根上将想要达成他的目的,"马泽说,"因为他还没意识到安德对待殖民地的治理问题非常认真。他在默记所有殖民者的档案,包括他们的测试结果、与其他殖民者的亲属关系、与留在地球上的家庭成员的关系,还有他们的国籍、生长的城镇,以及在过去的一年中,在他们报名期间发生的各种事情。"

"他这样摩根上将都还没明白?"

"摩根上将是个领导者,"马泽说,"他发号施令,这些命令再逐级传递下去。了解士兵是士官们的工作。"

格拉夫笑了。"而人们还在质疑我们为什么用孩子来指挥最后的决战。"

"要想得到提拔,每一个官员都需要了解如何在系统内发挥作用。"马泽说,"这个系统存在很多弊病,一直以来都有,而且将永远如此,但安德已经学到了什么是真正的领导力。"

"也许他天生就会。"

"正是如此。他问候每一位殖民者,亲切地叫出他们的名字,聊一些有意思的话题,至少跟每个人交谈半小时。"

"难道他不能等飞船起飞后再做这件事吗?"

"安德要先见那些选择休眠的人,启程后再跟那些清醒的人会面。所以,当他告诉你他会尽量把你排进日程表时,他并不是在表达讽刺。大部分移民者都会休眠,他几乎没有足够的时间和所有人进行真正意义上的对话。"

格拉夫叹了口气。"他都不睡觉吗?"

"我想他认为在发射后会有时间休息——摩根上将会指挥他的飞船,而安德没有给自己分配什么正式的职务,至少我和华伦蒂是这样解读他的行为的。"

"他不跟她说话吗?"

"他当然说,只是不承认他的行为有任何原因或计划。"

"他为什么要对她保密?"

"我不确定算不算保密,"马泽说,"我想安德自己可能都不清楚有什么计划。他去一一问候殖民者,只是因为那是他们的期待和需求,对他们来说意义重大,因而也是他的职责所在,他自然就去做了。"

"胡说,"格拉夫说,"安德总是运筹帷幄。"

"你说的是你自己吧。"

"这方面,安德青出于蓝。"

"我表示怀疑。"马泽说,"在和平年代搞官场权谋那一套,没人是你的对手。"

"我真希望能跟他们一起去。"

"那就去吧,"马泽笑着说,"但这不会是你真心想要的。"

"为什么不呢?"格拉夫说,"我可以通过安塞波操控殖民部,还能看到第一手资料,了解我们的殖民者在等待增援的这些年取得了哪些成就。而且,以光速旅行还有个好处,我可以活着见证我的伟大计划最终实现。"

"好处?"

"对你来说可能是一种残忍的牺牲,但是你会注意到我没有结婚,马泽。我没有什么难以启齿的生殖功能障碍,我跟每个男人一样具有强烈的性欲以及组建家庭的渴望。但是多年以前我就下定了决心,要娶已故的人类母亲夏娃为妻,并将她所有的子女视为己出。现在,他们全部住在一个拥挤的房子里,一场大火就会把他们全部烧死。我的任务就是把孩子们转移到别的房子里,范围越广越好。这样,作为一个集体,他们的生命就能一直延续下去;这样,无论我走到哪儿,无论我和谁在一起,都将被我的养子们包围。"

"你真是在扮演上帝。"

"我当然不是在演戏。"

"你是老演员了,认为自己通过了试镜,拿到了角色。"

"也许我只是个替身,当上帝忘了自身的职责时,我就会补上。"

"那么,为了跟安德合影,你打算怎么做呢?"

"很简单,我是决定飞船出发时间的人。在最后时刻会发生一个技术故障,而安德在已经完成职责的情况之下会被鼓励睡一会儿,休息一下。等他醒过来,我们会拍一些照片,然后技术问题会奇迹般地得到解决,飞船将立即出发。"

"而你不会上船。"马泽说。

"我必须留下来,继续为这个项目奋斗。"格拉夫说,"如果我不在这里步步为营,阻击敌人,只需短短几个月,这个项目就会被扼杀。这个世界上有太多有权有势的人,因为目光短浅拒绝任何长远的规划。"

华伦蒂喜欢看格拉夫和雷汉对待安德的方式。格拉夫几乎是全世界最有权势的人,雷汉也依然被视为传奇英雄,而他们两人都默默地顺从安德。他们从不会命令他做任何事,总是说:"你站在这里拍张照可以吗?""八点对你来说合适吗?""你穿什么都行,维京上将。"

当然,华伦蒂知道,他们叫他"维京上将"是为了安抚那些围观的将领和政界要员。他们都不在镜头里,但她看着看着就注意到了他们的反应。有很多次,当安德表达自己的意见或者对某事表现出犹豫时,格拉夫会听从安德的安排;而当他没这么做时,雷汉就会面带微笑地替安德说话,并坚持他的观点。

他们都在照顾安德。

那是发自真心的爱和尊重。或许一开始,他们就把他当成一件工具来锻造,把他锤炼成他们想要的形状,刺进敌人的心脏。而现在,他们已经爱上了自己制造出的这件武器,真切地关心着他。

他们认为安德受到了打击,因为他遭遇的一切深受创伤;他们认为安德现在的消极态度是创伤后的应激反应。一开始,安德以为他们不过是在玩游戏,后来才知道他是真正在指挥最后的决战,而这场战斗带来了无数的伤亡——那些孩子、虫族,还有人类士兵……发现真相的那一刻，他崩溃了。

他们只是不像我一样了解他，华伦蒂心想。

哦，她知道这种想法很危险。她时刻警惕着，以免陷入自负的大网。她并没有假定自己了解安德，而是像一个陌生人一样去接近他，观察他的一言一行，并揣摩这些行为举止所包含的意味。

不过，渐渐地，她又从眼前这个年轻人身上看到了安德小时候的样子。她看过安德对父母言听计从，毫不犹豫，没有质疑。即便他可以据理力争或通过请求来摆脱繁重的任务，但他没有，还是接受了自己的使命，也接受了这样一个事实：他无法挑选承担何种责任，也不能挑剔履行责任的时间，因此他毫不犹豫地选择了听父母的话。

不仅如此，安德确实也受到了伤害，他们的想法没错，因为他的顺从并不是一个孩子满心欢喜地去迎合父母的要求，更多是像安德对彼得表现出的那种顺从，是一种为了避免冲突的配合。

他的态度介于两个极端之间：一头是自身热切的渴望，另一头是听之任之的顺从，中间还混合着恐惧。

安德渴望这趟旅途，急不可待地想要开展工作，但他也明白，担任总督的工作就是他要承担的代价——用于支付船票。因此，他一丝不苟地扮演着自己的角色，履行他的职责，包括摆拍照片、告别仪式，还要聆听指挥官的教诲——那些官员正是授意在审判格拉夫和雷汉的军事法庭上严重诋毁安德名声的人。

当查马拉贾纳加尔上将授予安德国际联合舰队的最高荣誉奖章时，他站在那儿，露出微笑——是发自内心的笑容，仿佛他真心喜欢对方似的。华伦蒂心酸地看着这一切，为什么不能在军事法庭上授予这枚勋章呢？那将会成为对毁谤公开有力的驳斥，澄清安德遭受到的不实指控。为什么查马拉贾纳加尔明明有权压制消息，却依然让军事法庭面向公众开放？说到底，为什么需要这场军事法庭的审判？没有任何法律规定要求如此。而查马拉贾纳加尔从未在任何一个时刻选择站在安德这边——即便安德给予了他渴望已久的胜利，一场除了安德没人能带给他的胜利。

查马拉贾纳加尔跟格拉夫和雷汉不同，他从未对安德表现出真正的尊重。哦，他也叫他"上将"，但偶尔也会叫两声"我的孩子"，每当这时雷汉都会立刻纠正他，而他也会表现出不耐烦。当然，查马拉贾纳加尔也拿雷汉没办法，他需要确保雷汉也出现在所有的照片里。毕竟，有两位英雄站在伟大的行政长官身旁会让照片更有纪念价值。

在华伦蒂看来，查马拉贾纳加尔的喜悦溢于言表。他的快乐源自安德即将登上那艘星际飞船，一走了之。他已经迫不及待想要安德赶紧离开了。不过，他们还需要耐心等待纸质版的照片打印出来，这样安德、雷汉和查马拉贾纳加尔都能在这份宝贵的纪念品上签名留念。

雷汉和安德也被隆重授予了一份带签名的照片副本，在查马拉贾纳加尔的想象中，他对他们表达了充分的敬意。接着，查马拉贾纳加尔终于走了。"我去观察站，去见证这艘伟大的飞船朝着它的使命进发，去创造新世界，而不是去毁灭其他文明。"换句话说，他要再去拍一张以飞船做背景的照片。华伦蒂怀疑，在这场活动中，媒体可能不会被允许拍摄任何一张没包含查马拉贾纳加尔笑脸的照片。

因此，容忍格拉夫、雷汉和安德三人一起合影，其实是查马拉贾纳加尔做出的巨大让步，但他也有可能根本不知道他们三个还拍了照片。尽管照片是国际联合舰队的专业摄影师拍的，但他也许没那么忠诚，擅自拍了一张明知上级会讨厌的照片。

华伦蒂非常了解格拉夫，她清楚行政长官露脸的照片跟格拉夫、雷汉和安德的合影比起来完全不值一提，他们三人的照片才会轰动世界，贴满地球上所有的角落：在电子屏上、在虚拟世界里，还有在实物的表面上。格拉夫会达成他的目的——他要让每一个人都记住，国际联合舰队存在的目的只有两个：一是支持目前的殖民计划，二是惩戒任何胆敢擅用或威胁使用核武器的国家。

查马拉贾纳加尔还没有接受这个事实，他不愿承认维持国际联合舰队机器基地和站点的大部分资金都来源于格拉夫，来自他领导的殖民部。而格拉夫完全清楚，正是因为忌惮国际联合舰队被惹怒后可能采取的行动，赞助资金才会源源不断地流入他的项目。就像 W 条约组织曾尝试过的那样，国际联合舰队也完全可能从政客手中攫取对世界影响力。

查马拉贾纳加尔永远不会明白，为什么他的角色在整盘棋局中根本无足轻重，为什么他的游说一无所获——除了一点，在军事法庭上，他让安德的名誉受到了损害。

这使得华伦蒂再次怀疑，格拉夫也许本可以避免军事法庭的审判。或许，这不过是他为了获得其他好处而付出的代价。审判"证明"了格拉夫并没有掌控一切，这会极大地增强他的竞争对手的信心。而华伦蒂深知，让对手保持骄傲自满的态度，可能是行事的最佳策略。

格拉夫喜爱并尊重安德，但如果有更宏大的目标，他也不会介意牺牲安德。难道一次又一次的经验教训，还不足以证明这点吗？

噢，我们亲爱的殖民部长，等我们抵达"莎士比亚"殖民星时，您即便没有离开人世，也已经垂垂老矣，那时候，您还会运筹帷幄、掌控一切吗？

可怜的彼得，一心渴望统治世界，但格拉夫已经实现了这一目标。不同的是，为了统治世界，彼得需要被人知晓和认可，所有的政府都需要臣服于他；然而，格拉夫只需控制任何他需要控制的东西，就能实现他心中唯一崇高的目的。

但除此之外，他们难道不是同一种人吗？肆意操纵别人，只要能达到他们的预期目标，不惜付出任何代价。在格拉夫的例子中，事情有了圆满的结果。就连华伦蒂也赞同、相信，并心甘情愿地配合。那彼得呢？他的目标难道就不够好吗？他希望让全世界团结在一个良性运作的政府治下，彻底结束战争。如果他真能实现这个目标，这也是全世界的福祉，他将跟格拉夫取得相同的成就。

她必须承认，彼得和格拉夫都不是怪物，他们没有要求别人承担所有的代价自己却独善其身。如有必要，他们也会毫不犹豫地牺牲自己，他们确实全身心地投入了一个更宏大的事业中。

可是，这难道不也同样适用于希特勒吗？希特勒生活简朴，真正相信他是在为一个比自己更宏大的事业而活，也正因如此，他才成了一个不折不扣的怪物。因此，华伦蒂也说不清楚，到底彼得和格拉夫所做的自我牺牲是否足以消除他们的怪物身份。

不过，还是让别人来操心这些问题吧。就让雷汉去监控格拉夫，在他失控时除掉他——当然，他应该不会失控；就让父母去尽他们的绵薄之力，阻止彼得变成魔鬼吧。也不知他们到底有没有发现彼得整个"乖孩子"的戏码不过是演出来的。显而易见，彼得几年前就下定了决心，要装成一个安德那样的男孩。他的这些表演，亲爱的父母，你们发现了吗？有时候我觉得你们发现了，但其他时候你们又显得一无所知。

当我到达目的地时，你们所有人都已经成了过去，只有安德和他所做的一切才是我的现在。他是我拥有的整个羊群，我需要护送他、引领他、保护他，同时注意不让他发现我手里的曲柄杖[1]。

我到底在想什么？谁才是自大狂？我真的认为自己比安德更了解什么对他有好处吗？他应该去哪里、做什么，需要受到怎样的保护？

不过，这正是我目前的想法，因为它是真的，是对的。

安德非常困倦，几乎快站不住了，不过他还是硬撑着站直，尽力配合拍好每一张照片，露出温暖又真实的笑容。他知道父母会看到这些照片，还有彼得的孩子也会，如果他会生孩子的话。他们会用这些照片来纪念自己的安德叔叔，他曾在十几岁之前做过一些闻名于世的惊天大事，然后就离开了。这就是他离开时的样子。看到了吗？他非常开心，看清楚了吗，爸爸、妈妈？你们让他们带走我，并没有对我造成伤害。我很好，瞧瞧我的笑容吧，当他们让我走的时候，别管我多累或者有多高兴。

终于，所有的照片都拍完了。安德与马泽握了手，他本想说"希望你也能来"，但无法说出口，因为他知道马泽并不想去，因此这是一个很自私的愿望。结果他只是说："感谢您教我的一切，感谢您始终陪在我身边。"他没有加上一句"在庭审中陪在我身边"，因为这些话可能会被一些隐藏的麦克风接收。

他又和希伦·格拉夫握了手，说："希望这份新工作顺利完成。"这是个笑话，格拉夫也听出来了，至少他笑了。不过他笑得很勉强，也许是因为听到了安德对马泽表达感谢，却不知为何安德没有感谢他。但格拉夫从来就不是安德的老师，只是他的主人，这不是一回事。至少就安德了解的情况，他从未选择站在安德这一边。况

---

[1] 牧羊人捕羊的工具。

且,他的全盘计划不都是为了教导安德从灵魂深处相信永远不会有任何人站在他身边吗?

"谢谢您让我小睡了一会儿。"他对格拉夫说。

格拉夫大笑起来。"愿你永远有足够的睡眠。"

安德迟疑了一下,望向空无一物的房间,想着:再见了,妈妈;再见了,爸爸;再见了,彼得;再见了,地球上所有的男人、女人和孩子。我已经为你们做了我能做的一切,也拥有了我能从你们那里得到的一切。现在,轮到别人对你们负责了。

安德走上了通往飞船的舷梯,华伦蒂紧跟在他身后。

飞船最后一次带他们离开艾洛斯星。再见了,艾洛斯星;还有这里所有的士兵,那些为了我和其他的孩子而战的人们;那些为了人类的利益而操控我们、欺骗我们的人;那些搞阴谋诽谤我、阻止我返回地球的人;再见了,你们所有人,好人、坏人、善良的人、自私的人,我将不再是你们中的一员了,既不是你们的棋子,又不是你们的救世主,我就此辞去我的职务。

除了针对旅程的一些琐碎的评论,安德没有对华伦蒂说太多。飞船大约只用了半个小时就停靠在了运输飞船的表面。飞船本来是用于运送士兵和武器的,现在装载着大量农业和制造业需要的设备和补给以满足莎士比亚星发展的需求。还有更多人会加入殖民地的建设,改善他们的基因库,提高他们的生产力,使得人们有闲暇去进行科学和创造,享受奢侈,总之要尽可能让殖民者过上类似地球社会所提供的那种生活。

所有的这些早已装载完毕,包括所有的殖民者。安德和华伦蒂是最后上船的。

在通往飞船的舷梯底部,安德停下脚步,面对华伦蒂。"你现在回去还不晚。"他说,"我不会有事的。到目前为止,我遇到的殖民者都非常友善,我不会感到孤独。"

"你是不是不敢先上梯子?"华伦蒂问,"所以才停下来发表一番讲话?"

于是,安德开始顺着梯子往上爬,华伦蒂紧跟着他,成了最后一位切断与地球联系的殖民者。在他们身后,飞船的舱门陆续关闭。他们站在气阀舱里,直到一扇门打开,后面站着海军上将昆西·摩根,他面带微笑,手往前伸着。安德想知道,在门开之前他保持了这个姿势多久?会不会像一个人体模型一样,摆了好几个小时?

"欢迎你,维京总督。"摩根说。

"摩根上将,"安德说,"在我踏足那颗星球之前,我还不是什么总督;在这趟旅程中,在您的飞船上,我不过是一个学生,要研究莎士比亚星上的外星生物以及农业适应性问题。等您有空了,我希望能有机会与您交谈,了解您的军旅生活。"

"您才是真正见识过战斗的人。"摩根说。

"我不过玩了一场游戏,"安德说,"哪算经历过战争。然而,在莎士比亚星上,有殖民者在多年以前就进行了这趟旅程,他们从来没有机会返回地球。我想了解一下他们的训练和生活。"

"那您需要阅读一些书籍,"摩根说,依然带着微笑,"这也是我的第一次星际旅行。事实上,我还从来没听说过有人飞过两次以上,就连马泽·雷汉也只航行过一次,结束时,他回到了出发的地方。"

"我相信您是对的,摩根上将。"安德说,"在您的船上,我们都是开拓者。"他不断提到"您的船",确保摩根安心,让他知道自己了解这里的权力秩序。

摩根的笑容不变。"长官,我随时愿意与您交谈。有您在我的飞船上,我倍感荣幸。"

"上将,请不要叫我'长官'。"安德说,"我们彼此都清楚,我只是名义上的上将。我不希望殖民者听到任何人用'维京先生'以外的头衔来称呼我,最好那个也不用。就叫我安德吧,或者安德鲁,如果你希望正式一点儿的话。这样行吗?还是说您觉得会破坏船上的纪律?"

"我想,"摩根上将说,"这不会破坏任何规矩,一切就按您的意愿来办吧。现在阿克巴少尉会带您和您姐姐去客舱。鉴于只有少数乘客保持清醒,舱室的大小都是类似的。我之所以提到这一点,是因为您在备注里要求不要在飞船上占据过大的空间。"

"您的家人也在飞船上吗,长官?"安德问。

"我向上级献殷勤,他们生下了我的事业。"摩根说,"一直以来,国际联合舰队都是我唯一的新娘。和你一样,我独自踏上了这趟行程。"

安德朝他咧嘴一笑。"我想,不久之后,我们俩的单身身份都会遭到质疑。"

"我们的任务是在地球之外繁衍人类种族,"摩根说,"只不过,要是我们在旅途中能有效地维护单身身份,航行应该会更加顺利。"

"我还只是个无知的年轻人,"安德说,"而您作为船长,职权产生的距离感自然会助您与人保持安全距离。非常荣幸能在这里受到您的欢迎。我最近几天睡眠不足,希望您谅解,我打算纵容自己休息十八个小时左右,不过我担心会错过加速的开始阶段。"

"维京先生,每个人都会错过的,"摩根说,"这艘飞船的重力抑制功能非常强大。事实上,目前我们已经以两倍重力加速度在加速了,而唯一可感知的重力是飞船旋转产生的离心力。"

"这很奇怪,"华伦蒂说,"离心力也是一种惯性力,为什么没有被抑制?"

"抑制作用具有高度的定向性,它只影响飞船行进方向上的力。"摩根说,"向您道歉,维京女士,我刚才几乎完全忽略了您。恐怕是您弟弟的声望和地位让我分心了,忘记了基本的礼节。"

"没有什么值得道歉的,"华伦蒂轻轻地笑了,"我只是来享受旅行的。"

说完他们就分开了。阿克巴少尉把他们带到客舱。房间空间不太大,但设施齐全。少尉用了几分钟时间向他们展示衣物、用品和书桌的位置,以及如何使用飞船内部的通信系统。他坚持把他们俩的床都放下来,再重新收起来,锁定好,这样安德和华伦蒂就看了一遍完整的演示。他还向他们展示了如何降低和升高隔离屏,把客舱分成两个睡眠区域。

"谢谢你。"安德说,"现在,我想我需要再次把床放下来,好睡觉。"

阿克巴少尉满怀歉意地重新将两张床又放了下来,尽管姐弟俩表示应该自己动手,因为这就是他示范的目的。当阿克巴终于完成后,他走到门口停了下来。"长官,"他说,"我知道不该问,但是,我能握一下您的手吗?"

安德伸出手,露出了一个温暖的笑容。"谢谢您帮助我们,阿克巴少尉。"

"长官,有您在这艘飞船上,真是我们的荣幸。"阿克巴敬了一个礼,安德也向他回了礼。少尉离开了,把门关上。

安德走回他的床边,坐了上去。华伦蒂也坐在她的床上,就在他对面。安德看着她,笑了起来,她也跟着笑起来。

他们哈哈大笑,直到安德不得不躺下来,擦去眼里的泪水。

"我能问问吗?"华伦蒂说,"我们俩笑的是同一件事吗?"

"为什么?你在笑什么?"

"所有的事。"华伦蒂说,"从我们离开之前摆拍照片,到摩根热情洋溢地迎接我们,仿佛他没有暗中计划背叛你似的;还有阿克巴少尉把你当英雄一样地崇拜,尽管你坚持说自己只是'维京先生'——当然那也是一种装腔作势。我对这一切都感到好笑。"

"要是你这么看的话,我也明白这一切都很可笑。但我太忙了,没工夫去体会这种乐趣。我只是在努力保持清醒,不说错话。"

"那你在笑什么?"

"我感到一种纯粹的喜悦,开心、如释重负。现在我卸下了一切职务,至少在航行期间,这是摩根的飞船,而我是一个自由的男人,这在我的人生当中还是头一回。"

"男人?"华伦蒂问,"你还比我矮呢。"

"但是,华尔,"安德说,"现在我每周都需要刮胡子了,否则胡须就会冒出来。"

他们又笑了一会儿,华伦蒂下令撤掉了两张床之间的隔板。安德脱下内衣,钻到一张床单下——舱室里是恒温的,不需要再盖别的。不一会儿,他就睡着了。

CHAPTER 08
第八章

收件人：*GovDes%ShakespeareCol@ColMin.gov/voy*
发件人：*MinCol@ColMin.gov*
转发：关于星球制造的报告

亲爱的安德：

  我很矛盾，不知道该不该把这封邮件发给你看，一方面，它的内容引人入胜，甚至振奋人心，但另一方面，我知道你由于虫族母星的毁灭已经在承受巨大的痛苦，而提醒你这一事实只会让痛苦加倍。我冒着痛苦的风险发送给你——是让你承受痛苦的风险，所以其实我没有什么风险，不是吗？实在没有人比你更适合接收这些报告了。

希伦

转发的信息：
收件人：*MinCol@ColMin.gov*
发件人：*LPo%formcent@IFCom.gov/bda*

主题：关于星球制造的报告

亲爱的希伦：

我不确定你是否需要知道这些信息，因为这颗星球还需要很长时间才能做好殖民的准备，但既然那里并没有敌人，我猜你会想了解一些后续——我们官方的"破坏评估"报告。（你会注意到，在新任务中，我没有机会遵照正常的军事缩略语把我的领域简称为"DamAss"或"AssDam"，而只能用首字母缩写BDA，就像小孩子说话，可恶）

SecureLinka 七9七七@rTTu 七&!a***********bdA.gov

我已经把你的全名设置成了一次性密码，在接下来的一周，你都可以登录上面的网站阅读整份报告。要是你没有时间，以下是内容摘要：去年遭到分子瓦解的前虫族母星正在重组。我们后续派去的飞船原本是为了预防万一，挽救失利的战斗，结果现在却在执行天文观测任务，见证一颗行星的形成，而且是字面意义上的，观察一颗行星从原始尘埃中诞生。

当时，强力场将一切都分解成了原子，而现在，它正以惊人的速度重新凝聚。我们的飞船最近正好处于恒星和尘埃云的延长线上，能够对穿过尘埃云的光线进行充分的质谱分析，确认大多数原子已经重新组合成了普通分子，并且尘埃云的引力足够大，能将大部分物质维持在原位。尽管逃逸速度、太阳引力以及太阳风的作用导致了一些物质损失，但我们最乐观的估计是，新生的行星质量将不会少于原来的百分之八十，甚至更高。这种体积的行星仍会产生大气层，甚至可供人类呼吸，也会有海洋和熔融的地核及地幔，还有可能在地壳较厚的区域也就是大陆上发生构造运动。

简而言之，尽管不可能再找到先前文明的任何遗迹，但在未来一千年内,这颗新生的行星还是能以良好的姿态重回恒星的轨道,也许再过一千年,等温度下降到足够低,人类就能前往探索;再过一万年,就能进行殖民——前提是我们在海洋完全形成之后就及时在上面播种含氧细菌和其他生物。人类或许具有破坏性,然而宇宙对创造的渴求永不停息。

李

殖民飞船的正式名称是"联合舰队殖民运载1号",这几个字被漆在船身,也通过信标广为传播;华伦蒂把它叫作"好棒的船";它还有个别称是"摩根夫人",船员私下里都这么叫。飞船上的公共空间很少:有一个餐厅,但很少有人在那里停留,因为每隔一小时都会有人轮班用餐;有图书馆,但只供船员进行严肃的研究,乘客可以在客舱的书桌上自由查阅图书馆的全部资料,因此图书馆并不太面向他们开放。官员和船员的休息室仅限收到邀请的乘客入内,而这种情况也很少见。剧院是观看全息影片和视频的好去处,也方便召集全体乘客开会或发布通知,但在这里没法进行私人谈话,否则会惹恼其他使用者。

因此,船上方便交流的地方就只剩下观景台了。四周的舱壁一般是密闭的,只有当星际引擎关闭、飞船接近行星行驶时,才能透过舱壁观察外界的景观;另外,货舱中也有少量的开放空间——随着航程的推进,消耗的物资越多,这些空间也会越大。

每天早餐后,安德都会去观景台,他这么热衷于社交,让华伦蒂都感到有些惊讶。毕竟在艾洛斯星上,他一直很封闭,不愿与人交谈,一心沉迷于自己的研究。

而现在,他会与每一个来观景台的人打招呼,并与每一个希望与他交谈的人亲切交流。

"你为什么让他们打扰你呢?"一天晚上,他们回到客舱后,华伦蒂开口问道。

"他们并没有打扰我,"安德说,"与他们交谈就是我的目的。没人需要我时,我自然会做其他工作。"

"所以你在履行总督的职责。"

"我没有。"安德说,"我目前不是什么总督,这是摩根上将的飞船,在船上我没有任何权力。"

这是安德的标准答案,每当有人想让他解决问题时——不管是评断一件纷争,还是质疑某条规定;不管是要求某种改变还是想获得某项特权,他都会说:"恐怕在踏上莎士比亚星的土地之前,我手里都不掌握任何权力,但我相信,无论摩根上将指派谁来处理我们这些乘客的事务,都不会令你失望。"

"但您也是上将,"有几个人提到,甚至清楚安德在上将中的军衔比摩根高,"您的级别要高于他。"

"但目前他是船长,"安德总是笑眯眯地说,"拥有最高权威。"

然而华伦蒂对这样的回答并不满足,当他们单独在一起时,她会问他:"真要命,我的兄弟,要是你不是为了任何公职,也不是在尽一个总督的本分,干吗还要浪费这么多时间做一个……和蔼可亲的人呢?"

"我想,"安德说,"我们总有一天会抵达目的地,到那时,我必须认识每一个会留在殖民地的人,最好是对他们了如指掌。我需要知道他们在各自家庭中的角色;在船上跟谁交了朋友;谁的通用语说得好,谁又只会说母语,在交流上有困难;谁冲动好战,谁又需要额外的关注;谁具备创造力和智慧,受过怎样的教育,对陌生的观点又会有怎样的看法……这些我都要掌握清楚。那些在冷冻舱处于休眠状态的乘客,我只在出发前跟他们交谈过半小时;至于像我们一样全程保持清醒的乘客，我的时间更充裕一些，或许足够让我弄明白他们为什么不休眠。是害怕失去意识吗，还是希望在我们抵达之前获得一些好处？华伦蒂，正如你所见，我正在紧锣密鼓地开展工作，这几乎让我筋疲力尽。"

"我在考虑要不要教授英语，"华伦蒂说，"开一个班。"

"别教英语，"安德说，"教通用语，它比英语的拼写更简单。举几个例子吧，通用语没有 ughs 与 ighs 之别，有一些特殊的词汇；不用虚拟语气，也没有'whom'这类的宾格，单词'of'只需要一个字母'v'来书写。"

"那我就教他们通用语吧，"华伦蒂说，"你觉得怎么样？"

"我觉得会比你想象的要难，但如果有需要的人学了，这会对他们很有帮助。"

"那么我去看看图书馆里有什么适合的语言教学软件。"

"首先，我希望你能跟摩根上将商量一下。"

"为什么？"

"这是他的船，只有得到他的许可才能开课。"

"他才不会在乎。"

"我不确定他是否在意，但是我知道，在这艘飞船上，如果要正式开设一门课程，有固定的上课时间，必须事先征求他的同意。"

结果，雅尔科·基图宁上校，飞船上的乘客联络官，已经在计划开设通用语课程了。他立即同意了华伦蒂当志愿老师的请求，还厚颜无耻地用浓重的芬兰口音跟她调情。而华伦蒂发现自己相当喜欢有他做伴。安德总是忙着与其他人交谈，或者埋头阅读材料——他通过安塞波接收了不少资讯，也从图书馆下载资料。华伦蒂需要撰写战斗学校的历史，但只能忍受连续工作几小时。因此，有人陪伴对她来说是种放松，是她打发时间的愉快方式，对她有好处。

华伦蒂是为追随安德而来，这点毋庸置疑。但除非他愿意完全信任她，否则她没必要一直闷闷不乐，可怜巴巴地求他对自己敞开心扉。如果安德从未打算将她纳入自己的生活，恢复他们以前亲密的关系，那么她也需要建立自己的人生，不是吗？

但这并不意味着雅尔科会走进她的生活。首先，他至少比她大十岁；其次，他属于船员，也就是说，一旦这艘飞船从莎士比亚星装载完各类工具、贸易品、补给等货物之后就会掉头返回地球，或者至少返回艾洛斯星，而她不会返航。所以，不管华伦蒂与雅尔科发展出哪种关系，到时候都会结束。也许他对此无所谓，但华伦蒂不行。

父亲常说："不论是怎样的社会形态，从长远来看，一夫一妻制是维系社会稳定最行之有效的制度。这就是为什么人类一半是男人，而另一半是女人——这样男女比例才能平衡。"

因此，华伦蒂并不总是跟安德待在一起。她很忙，有自己的事要做，有属于她自己的生活，这些比曾经彼得给予她的要多得多，她也因此很享受现在的日子。

不过，有一次，华伦蒂和安德都在观景台写书，一个意大利女人带着她十几岁的女儿走了进来。她们只是站在那儿，一言不发，等着引起注意。华伦蒂认识她们，她们都是她通用语班里的学生。

安德一下子就发现了她们，露出了微笑。"朵拉贝拉·托斯卡诺和阿莱桑德拉·托斯卡诺，"他说，"很高兴终于与你们见面了。"

"我们还没做好准备，"朵拉贝拉带着意大利口音结结巴巴地说，"直到您的姐姐教我们讲得够好的英语[1]。"

---

[1] 朵拉贝拉的原话含有语法错误和非标准用法，下同。

然后她咯咯地笑了。"我的意思是'通用语'。"

"我真希望我会说意大利语，"安德说，"那是一门优美的语言。"

"是爱的语言，"朵拉贝拉说，"不像讨厌的法语，发音一会儿像在亲嘴，一会儿又像在吐痰。"

"法语也很美。"安德说，被她模仿法国人的口音和神态逗笑了。

"向法国人和聋子致敬。"朵拉贝拉说。

"妈妈，"阿莱桑德拉说，她没有什么意大利口音，说起话来更像一个受过教育的英国人，"殖民者中也有说法语的人，他并不想冒犯他们中的任何人。"

"为什么他们会感到被冒犯呢？是他们要噘起嘴来说话，难道我们该假装没看到？"

华伦蒂大声笑了出来，朵拉贝拉是个妙人，很有态度。粗俗而风趣，这个形容很贴切。尽管她的年纪足以给安德当妈——她女儿差不多和安德同岁——她的行为却仿佛是在与他调情。也许她是那种会跟每个人调情的女人，因为除此之外，她不知道还能怎么与人拉近距离。

"现在我们准备好了，"朵拉贝拉说，"您的姐姐教我们教得很好，所以我们已经预备好跟您交流半个小时了。"

安德眨了眨眼。"噢，您该不会是觉得，我花半小时与所有休眠的殖民者交谈，是因为那是我在他们陷入沉睡之前仅有的一点儿时间？不过，对现在船上的殖民者来说，我们有充足的一两年时间，不需要限定在半小时内，我会一直在这儿。"

"但您是非常重要的人，要拯救全世界。"

安德摇了摇头。"那是我以前的工作，现在我只是个孩子，被委派了另一份工作，或许对我来说，责任有些过于重大了。因此，请坐吧！我们谈谈。您的英语学得很好——其实，华伦蒂提到过您,说您非常用功——还有您的女儿,说话一点儿口音都没有,非常流利。"

"我的阿莱桑德拉非常聪明,"朵拉贝拉说,"她也很漂亮,不是吗?您同意吗?对十四岁的女孩子来说,身材也不错。"

"妈妈!"阿莱桑德拉缩到了椅子里,"你把我当什么了?一辆二手车吗?还是路边摊上的三明治?"

"路边小贩,"朵拉贝拉叹了口气,"我想念他们了。"

"应该说'已经'。"华伦蒂纠正她。

"我已经在想念他们了。"朵拉贝拉跟着说,很骄傲地改正错误,"莎士比亚星太小了,没有城市!你刚刚说什么来着,阿莱桑德拉?告诉他吧。"

阿莱桑德拉显得很局促,但她母亲一直催促她。"我只是在说,这颗星球以'莎士比亚'命名,而在他戏剧中登场的人物数量要比星球上的殖民者还多。"

安德笑了。"多有意思的想法。你是对的,如果不让某些殖民者一人分饰多角,我们可能无法完整演出他所有的剧目。虽然我没有计划要演出莎士比亚的戏剧,不过也许我们应该演一部,你觉得呢?会有人想为已经在那颗星球上的殖民者排演一出戏吗?"

"我们连他们喜不喜欢这个新名字都不知道。"华伦蒂说。她还在想:安德是否知道排一出戏有多大的工作量?

"他们已经知道这个名字了。"安德想让她放心。

"但他们喜欢吗?"华伦蒂问。

"没关系,"阿莱桑德拉说,"本来女性人,不是,角儿也不够分——该怎么说来着?"

她无奈地向华伦蒂求助。

"角色,"华伦蒂回答,"或者说人物。"

"噢，"阿莱桑德拉咯咯笑起来，笑得很迷人，一点儿也不招人讨厌，也并没有让她听起来很傻，"是同样的单词！"

"她说得对，"华伦蒂说，"殖民者中有一半男性，一半女性，但在莎士比亚的戏剧中，女性角色只占百分之五。"

"哦，好吧，"安德说，"我只是突然有这个想法。"

"我希望我们能演一场戏。"阿莱桑德拉说，"或者，我们可以一起读剧本？"

"在剧院里读，"朵拉贝拉说，"看全息图的地方。大家一起读，我，我听，我的英语还不够好。"

"这也是个好主意。"安德说，"您为何不组织一下呢，托斯卡诺夫人？"

"请叫我的朵拉贝拉。"

"这句话里不需要用'的'，"阿莱桑德拉说，"意大利语里也不用。"

"英语里'的'太常用了，到处都是'的'，但我每次都用错！"朵拉贝拉边笑边摸了摸安德的手臂。她没注意到安德下意识想缩回去，但努力压制住了这种本能反应——他不喜欢被陌生人触碰，也从未让陌生人碰过他。华伦蒂注意到了这点，安德还是安德，一点儿没变。

"我还从来没有看过演出，"安德说，"我读过剧本，看过全息影片和视频，但我从未真正置身于一个剧场，亲眼看演员大声念出自己的台词。我无法将这一切联系到一起，但我真心希望能够在现场倾听。"

"那您一定得试试！"朵拉贝拉说，"您是总督，您可以让它实现。"

"我不能。"安德说，"说真的，您来吧，麻烦您。"

"不，我不行，"朵拉贝拉说，"我的英语太差了，剧院是年轻人的。我可以去看、去听，您可以和阿莱桑德拉一起演，你们演学生、演孩子、演罗密欧与朱丽叶！"

她还能表现得再露骨一点儿吗？华伦蒂想。

"我妈妈认为，要是我们俩待在一起的时间足够长，"阿莱桑德拉说，"肯定会坠入爱河，还会结婚。"

华伦蒂几乎要笑出声了，所以女儿并不是母亲的同谋，她也是被抓来的"壮丁"。

朵拉贝拉佯装震惊。"我才没有这种打算。"

"噢，得了吧，妈妈，你从一开始就在打这样的算盘，甚至从我们还在老家的时候就开始了——"

"在莫诺波利。"安德说。

"她把您叫作'有前途的年轻人'，可以当我丈夫的预备人选。对此，我个人的意见是，我还很年轻，您也一样。"

安德赶紧安抚她母亲："朵拉贝拉，别担心，我完全没有受到冒犯，我当然也相信您并没有预谋任何事。阿莱桑德拉不过是在逗我，在戏弄我们俩。"

"我没有。不过，为了我妈妈高兴，您说什么都行。"阿莱桑德拉说，"我们的生活就像一出漫长的戏，她塑造了我，但我并不是我自传的主角。不过，妈妈总是能看到美好的结局，在故事的开头就可以。"

华伦蒂一时不知如何界定这母女二人之间的关系。这些话很尖锐，甚至带有很强的敌意，但阿莱桑德拉一面说着这些话，一面又给了她母亲一个拥抱，似乎是发自真心的，仿佛这些话属于她们俩长期以来形成的某种仪式，说出来并不是为了刺痛对方。

不管安德和阿莱桑德拉之间发生了什么，朵拉贝拉好像都很受用，她的情绪得到了安抚。"我就喜欢大团圆的结局。"

"我们应该演一出希腊戏剧，"阿莱桑德拉说，"比如《美狄亚》，那种母亲亲手杀死自己孩子的剧目。"

华伦蒂很震惊,阿莱桑德拉居然当着母亲的面说出了这么残忍的话。但也不对,从朵拉贝拉的反应来看,阿莱桑德拉指的不是她,因为朵拉贝拉笑着点了点头,说:"对,对!美狄亚,可恶的母亲!"

"只不过我们要给她改个名字,"阿莱桑德拉说,"伊莎贝拉!"

"伊莎贝拉!"朵拉贝拉几乎在同一时间喊了出来。她们俩笑得眼泪都要掉下来了,安德也跟着她们笑作一团。

母女两人笑得喘不过气,安德转过头来跟华伦蒂解释:"伊莎贝拉是朵拉贝拉的母亲,她们分别的时候发生了很不愉快的事。"他对她们过去的情况了如指掌,这让华伦蒂备感讶异。

阿莱桑德拉也止住了笑,疑惑地看着安德;朵拉贝拉则显得很淡定,即便她内心感到惊讶,至少表面完全没有显示出来。"我们来这个殖民地就是为了摆脱我那'十全十美'的母亲!圣伊莎贝拉,我们可不会向你祷告!"

朵拉贝拉跳起了舞,或许是某种华尔兹:她一只手牵着想象出来的裙摆,一边跳,一边用另一只手在空中描绘某种神秘的图形。"在我心中有一片魔法王国,在那儿我总是能感到快乐,我还会带女儿去,也让她快乐。"然后她停了下来,面对着安德,"现在,莎士比亚星成了我们的神奇之地,而你就是……是精灵[1]的国王?"她向女儿求证。

"精灵人们。"阿莱桑德拉说。

"精灵们。"华伦蒂说。

---

1 原文为意大利语。

"精灵们[1]!"朵拉贝拉高兴地叫道,"又是同样的词!'精灵[2]'和'精宁[3]'!

"是精灵!"华伦蒂和阿莱桑德拉同时说。

"精灵之王。"安德说,"要是我用这个名字,邮箱地址会是什么样呢? ElfKing@Faerie.gov ?"他转向华伦蒂说,"还是说这其实是彼得想要的封号?"

华伦蒂笑了。"他目前纠结的是用'霸主'还是'上帝'。"她说。

朵拉贝拉不知道他们提到的彼得是谁,她重新跳起舞来,这回还同时哼着调子,曲子没词,但唱起来绵绵不绝。阿莱桑德拉摇了摇头,却又跟着她唱起来,为她和声,也就是说她此前肯定听过,也知道怎么唱。她们俩的声音交织在一起,非常甜美。

华伦蒂入迷地看着朵拉贝拉跳舞。起初她像个孩子在表演,疯疯癫癫的,但是现在,华伦蒂能看出来她知道自己在犯傻,但仍然认真地跳着。她的舞姿和面部表情带着一丝讽刺的意味,使人很容易就原谅她的傻气和做作,完全沉浸在她的真诚之中。

华伦蒂觉得这个女人还不算老,她仍然年轻漂亮,甚至称得上美人——尤其是现在,当她跳着这种奇异的仙女舞蹈时。

一曲终了,朵拉贝拉仍然在寂静中翩然舞蹈。"妈妈,您现在可以停止飞舞了。"阿莱桑德拉轻声说。

"我停不下来,"朵拉贝拉说,还故意调侃,"我们还要在这艘飞船里继续航行五十年!"

---

1 原文为意大利语。
2 原文为意大利语。
3 原文为朵拉贝拉不标准的英文。

"是四十年。"安德说。

"是两年。"阿莱桑德拉说。

显然,安德支持演戏的想法,他又把话题带了回来。"我们不演《罗密欧与朱丽叶》这类,"他说,"我们需要演一出喜剧,不要悲剧。"

"《温莎的风流娘儿们》,"华伦蒂说,"里面有很多女性角色。"

"《驯悍记》!"阿莱桑德拉喊道,朵拉贝拉一听,笑得直不起腰。显然,她们又在暗指伊莎贝拉。终于,等她们都止住了笑,一致认为《驯悍记》是最适合的剧目。"我来出演那个疯女人的角色。"朵拉贝拉说。华伦蒂注意到阿莱桑德拉似乎想发表点评论,但又努力把话咽回去了。

接着就有了三天之后在剧场试读剧本的计划。三天是按照飞船上的时间计算的,但华伦蒂认为时间的概念就很荒谬,毕竟船上不到两年的旅程相当于地球上的四十年。现在她要怎么计算自己的生日?她应该用飞船上的时间还是用抵达日历上实际流逝的时间计算自己的年龄?而地球上的日历在莎士比亚星上又意味着什么?

在准备剧目的日子里,朵拉贝拉和阿莱桑德拉自然常来找安德,问他各种问题。尽管安德已经明确表示他不是这项活动的负责人,她们可以自行决定,但他也从来没有对她们表现出不耐烦。相反,安德似乎很享受她们的陪伴,但华伦蒂怀疑他乐在其中的原因并不是朵拉贝拉希望的那种。安德并没有爱上阿莱桑德拉——如果非要说他迷上了谁,那更有可能是她的母亲朵拉贝拉。不,其实安德喜欢的是她们的家庭氛围。她们母女间亲密的关系就跟安德和华伦蒂曾经一样,她们把安德也纳入了这种亲密关系中。

为什么我没能让他感受到同样的温情呢? 华伦蒂产生了一种强烈的嫉妒,但她只是为自己的失败而沮丧,并不想剥夺安德从托斯

卡诺母女那儿得到的快乐。

她们顺理成章地将剧中年轻英俊的路森修一角分配给了安德，而他追求的比恩卡当然是由阿莱桑德拉来扮演。朵拉贝拉本人出演悍妇凯瑟丽娜，而华伦蒂只得到了一个寡妇角色，但她并没有假装自己不想演——演这出戏是目前飞船上最有意思的事了，为什么不成为其中的焦点呢？她是安德的姐姐，人们应该倾听她的声音，尤其应该听她讲出寡妇那段荒诞而夸张的台词。

在排练过程中，华伦蒂看到很多参与演出的男人、男孩都围着朵拉贝拉转，这是个有趣的现象。这个女人的笑声有股魔力，意味深长，很有力量，也很有感染力。赢得她的笑声是一件令人愉悦的事，男人们都争相取悦她。这不禁让华伦蒂心生疑窦，让安德和阿莱桑德拉在一起是否是朵拉贝拉的真实目的？或许这是她以为自己在做的事，却不自觉地让自己占据了舞台的中心，她似乎也很享受所有的目光都集中在她身上。她跟所有人调情，跟所有人相爱，同时也始终沉浸在自己的世界中。

有人曾经将悍妇凯瑟丽娜演绎成这样吗？

是否每个女人心中都潜藏着一个朵拉贝拉？华伦蒂努力想从自己身上寻找那种热情洋溢的感觉。*我知道怎么找乐子*，她坚持对自己说，*我知道怎么显得有趣*。

但华伦蒂自己清楚，她的幽默总带着一些讽刺，戏谑里夹杂着优越感。而阿莱桑德拉又非常胆怯，羞赧笼罩着她的举动——她言语大胆，事后似乎又会感到讶异和尴尬。只有朵拉贝拉，既不刻薄，又不惊慌。这个女人能直面并克服所有的困难。而现在，她也准备好了要享受所有追逐者的赞誉。她发自肺腑地喊出凯瑟丽娜的台词，把她的愤怒、激情、暴躁、沮丧和最后阶段的爱意通通表达了出来。在最后一幕的独白中，当她向丈夫表达自己的顺从时，那种真挚和美好让华伦蒂都流下了眼泪。她想：像凯瑟丽娜那样深爱、信任一个男人，甚至不惜为此贬低自己是一种什么样的感觉？难道这是一种女人的本能，让我们渴望展现谦卑？让我们在受到压制时还会为自己的臣服而感到喜悦？如果这是真的，那倒是可以解释很多历史事件。

由于船上所有对这部戏感兴趣的人都参与了排练，正式演出就不会惊艳任何人了。最后一次排练后，华伦蒂甚至跟整个演出团队的人说："我们还有什么必要再演一次呢？刚刚已经演完了，而且演得相当精彩！"

不过，整艘飞船上下仍然对即将到来的演出感到兴奋。华伦蒂也意识到，不管彩排多出色，它毕竟跟正式的演出不一样。况且，到时候还会有其他人到场，他们没有参与最后一次彩排。朵拉贝拉正四处邀请船上的工作人员，许多人也允诺会来；另外，很多没参演的乘客也对演出表现出期待，还有些人对此前拒绝出演感到后悔，说下次一定参加。

然而，当所有人按照预定时间到达剧院时，却发现雅尔科守在门口，表情严肃、僵硬。不行，根据上将的指令，今天剧院不能开放，演出将被取消。

"啊，维京总督。"雅尔科说。

这是个不妙的迹象，华伦蒂心想，他恢复使用官衔来称呼安德了。

"长官，如果您方便的话，摩根上将想立刻见您。"

安德笑了，点点头。"当然。"他说。

所以安德早就料到了这一出？还是说他掩饰得很好，举止得体，波澜不惊？

华伦蒂跟着安德就走，但雅尔科碰了碰她的肩膀。"华尔，拜托，"他低声说，"让他一个人去。"

安德冲她一笑，大步走了，仿佛真心为即将见到上将而激动。

"到底怎么回事？"华伦蒂轻声问雅尔科。

"我不清楚。"他回答，"真的，我只收到了命令。剧院今晚关闭，不演出，请总督立刻去见上将。"

于是，华伦蒂留在了雅尔科身边，帮助安抚演员和其他殖民者的情绪。他们的反应从最初的失望演变成愤怒，到后来愈发激动，甚至想反抗命令。一些人开始在走廊上大声诵读台词，直到华伦蒂前去阻止。"要是你们继续这样，基图宁上校会有麻烦的，他是个善良的人，他不忍心亲自阻拦你们。"

结果，所有人都将矛头对准了摩根上将，因为他独断专行，随意取消了一项完全无害的活动。华伦蒂不禁纳闷这个男人到底是怎么想的。难道他不知道士气的重要性吗？也许他知道，却不认同。

事件背后肯定有隐情，她甚至开始怀疑安德也牵涉其中。会不会安德本质上也和彼得一样阴险狡诈，不同的只是安德自有他的行事方式？

不，这不可能，尤其是因为华伦蒂总能看穿彼得，而安德一直都很坦诚，总是心口如一。

那么，这个男孩又到底在做什么呢？

CHAPTER 09
第九章

收件人：demosthenes@LastBestHopeOfEarth.pol
发件人：PeterWiggin@hegemony.gov/hegemon
主题：你外出期间发生的情况

  自从你离开家，以光速奔向未来，到底过去了多长时间？我让手下进行了一系列的运算，最后他只能给我一个大概的时间范围——对你来说很可能是几周，但对我来说则是好几年了。因此，我想我可以公平地说一句，我对你的思念比你对我的要深得多。眼下，你可能仍然以为自己绝不会想念我。在地球上，跟你有同样想法的人大有人在。他们或许还依稀记得我当选了霸主一职，却忘了这个职位具体是干什么的。甚至，哪怕他们偶尔想起我，也不清楚我姓甚名谁，还以为我叫洛克。

  此外，我还在进行战斗。我们的势力非常弱小，但说来也巧，我们的指挥官正是安德的老朋友"豆子"。其他来自安德战队的孩子——在战斗学校，他们把"军队"戏称为"战队"，这个称呼如今也在地球上流行起来——都被 R 国人绑架了。这件事是那个叫阿喀琉斯的小混蛋煽动的，他为人阴险狡诈，此前被踢出了战斗学校。看起来，阿喀琉斯比邦尼托·德·马利德更识时务，知道怎么挑选对手——据说当时是"豆子"在黑暗的通风口里跟他对峙。"豆子"没有杀掉他，而是把他交给了上级处理。这些你都听说过吗？事情发生时，安德知不知情？阿喀琉斯可谓行事低调的希特勒、精明狡猾的波尔布特——随便列举几个臭名昭著的人物，他们身上的邪恶特质阿喀琉斯全都占齐了，这使他很难被打倒，更别说被杀死了。"豆子"发誓要解决此人。他曾经有过机会却搞砸了，所以我对此有些怀疑。

我真心希望你能在我身边。

不仅如此，我还希望安德也在。我正在发动一场战争，但我的队伍只有寥寥数百人——尽管他们个个忠诚可靠、身经百战，但两百人还是太少了！"豆子"算不上最可靠的指挥官，虽然他总能赢，却并非对我言听计从，还对分配给他的任务挑挑拣拣。但"豆子"有一点值得称颂：他从不会在他的手下（理论上也是我的手下）面前与我争论，发生冲突。

问题在于，这些出自战斗学校的孩子都过于愤世嫉俗。他们不相信任何东西，当然也不信任我。阿喀琉斯一直试图暗杀"豆子"也把他们吓坏了。这些孩子理所应当地认为他们不欠我这个安德的大哥任何东西，不需要一辈子为我卖命。（当然我是开玩笑的，他们确实不欠我什么）

当今世界上，战争随时随地都在发生，只有交战的双方在不断地更换联盟——自从战斗学校的孩子回归，我也预料到了这点。这些孩子出类拔萃，是称手的武器——潜藏的杀伤力大，副作用小，不像核爆时会产生蘑菇云和放射性沉降物。我一度以为自己总能站在浪尖，游刃有余；而现在，我发现自己被牢牢地吸附在浪底，连方向都辨别不清，时常感到无法呼吸，好不容易游到了顶端，刚喘一口气，又被一个新的浪头打了下去。

无论如何，这个职位目前还是享有一些特权的。殖民部长格拉夫告诉我可以无限制地使用安塞波随时跟你交流。谢天谢地，我没有滥用这项权利。我知道你正在编撰战斗学校的历史，也许你可以使用一些战斗学校著名校友的履历，或者写在后记中。安德的战队与虫族作战，最后取得了胜利。而现在，他们战队里的人或多或少都被卷入了这场战争，作为俘虏、仆人、领袖、傀儡或是受害者……每一个国家，只要足够强大、足够幸运，能够拥有他们中的一位，都巴不得让他们参与本国的军事计划和行动。

因此，请你做好准备吧，等待接收大量的信息。格拉夫说他需要几周时间从他的办公室（现在是老战斗学校中转站）发送这些信息，不过对你那头来说，似乎会一次性收到。我希望这不会让你的船长太恼火——我知道他无足轻重，毕竟他又不是马泽·雷汉——只不过我发出的信息享有霸主优先级，这意味着他无权阅读这些信息，同时他等待接收的任何信息也得往后排。如有必要，请代我向他致歉，你来决定吧。

在我的人生中，我还从未像现在这样孤独过。我每天都在为你祈祷。幸运的是，父母竟在此刻派上了"用场"——对不起，应该说他们对我"很有帮助"，不过我也不会删去"用场"——这样你就可以说："看吧，他一点儿也没变。"他们也很想你。除了跟战斗学校有关的信息，我也会把父母的信一并发送给你，还有他们给安德的信。我希望这孩子可以放下怨气，给他们回信。我对你的思念之情让我能跟父母感同身受，体会到他们对安德（以及现在对你）的感情。对父母来说，安德的回信意义非凡，而对安德来说，这也费不了什么事。

我并不打算给安德写信。我不想,也不在乎。爸爸妈妈很不幸,现在只有我留在他们身边,而你们俩才是照亮他们人生的人。你们会在船上做些什么呢?在我的想象中,你们的飞船以光速前行,你享用着仆人送来的鸡尾酒,而那些谄媚的殖民者全都围在安德身边,一次又一次地乞求他讲述摧毁虫族母星的过程。

写这封信让我感觉又回到了从前跟你交谈的时光,同时又让我痛苦地意识到,这毕竟跟真正的交流完全不一样。

我是家里的异类,这已经盖棺论定了。我希望你能拿我跟那些真正的恶魔比较,看到我的一些好,毕竟我没有堕入最可怕的深渊。另外,我还想告诉你,现在的我学到了当我们不能信任任何人时——我是说真的没有一个人——至少还有家人。然而,不知怎么搞的,我还成功赶走了其中的两个。我好蠢啊,不是吗?

我爱你,华伦蒂。我真希望从小到大都能更好地对待你和安德。祝你读信愉快。这个世界处于一片混乱中,你会很庆幸自己不在这里。但我向你保证,我会竭尽所能让世界恢复秩序,重获和平。同时,我也希望这一过程不会伴随太多的战争。

你顽劣又真诚的大哥
彼得

摩根上将让安德在他办公室外等了足足两个小时。不过,安德对此早有预料,他闭上眼睛,舒舒服服地打了一个盹儿,醒来时神清气爽,正好听到有人从门的那一头喊道:"行了,把他叫醒,让他进来吧,我准备好了!"

安德立刻起身,马上想起了自己身在何处,要做什么。尽管他从未真正亲身参与战斗,但也养成了军人的习惯,哪怕在睡梦中也保持警觉。当负责叫醒他的少尉走近时,安德已经站起来了,他笑眯眯地说:"我想现在轮到我和摩根上将会面了。"

"是的,长官,麻烦您了。"这个可怜的孩子尽其所能地想讨好安德(说起来,他大概比安德大六七岁,但仍然非常年轻,整日被上将训斥),安德也尽力展现出愉悦的样子。"他正在气头上。"少尉悄悄说。

"让我看看能否让他消消气。"安德说。

"不太可能。"少尉低声说,把门打开,"长官,安德鲁·维京上将到了。"安德在被通报姓名时走了进去,少尉匆匆地退了出来,在他身后关上了门。

"你究竟知不知道你在干什么?"摩根上将逼问道,脸色铁青。鉴于安德刚刚小睡了两个小时,这就意味着在此期间上将要么一直保持着这副怒容,要么可以随时变脸。安德猜测是后者。

"应船长的要求,我正在与他会面。"

"长官——"摩根上将说。

"噢,您没有必要叫我'长官',"安德说,"叫我'安德鲁'就行了。我不喜欢强调军衔。"安德选了摩根办公桌旁边一张舒适的椅子坐下,而不是他正对面那张看起来很硬、很不舒服的椅子。

"在我的船上,你没有军衔。"

"在您的船上,我没有权力,"安德说,"但我的军衔与我同在。"

"你在我的船上煽动叛乱,挤占重要资源,妄图破坏我们的主要任务——把你们平安送达目的地,那可是你宣誓要掌管的殖民星。"

"叛乱?我们排演的是《驯悍记》,又不是《理查二世》。"

"我还没说完,小子!你可能自以为什么英雄的化身,就因为你跟你的小伙伴玩了一个真实的电子游戏。但只要是在我的飞船上,这种颠覆行为就绝不容许发生!不管你是靠什么成名才混到了那个可笑的军衔,现在一切都结束了。醒醒吧,你现在处于真实的世界里，而你不过是满口大话的毛头小孩。"

安德默默地坐着，平静地看着他。

"现在你可以说话了。"

"我不知道你在说什么。"安德回答。

摩根马上骂了一串粗鲁的脏话，听起来就像他专门收集了全船最受欢迎的语录。如果说此前他面色发红，现在就是发紫。安德则努力想弄明白，不过是诵读剧本，到底为什么会让他气成这样。

当摩根靠在——不，应该说瘫在桌子上喘气时，安德站了起来。"我想您最好仔细思考一下，为我在军事法庭上安一个什么罪名。"

"军事法庭！我才不会把你送上军事法庭，小子，没这个必要！我仅凭个人签名就能让你休眠，在整趟航行中处于沉睡状态！"

"恐怕这招对一个有军衔的人来说不管用。"安德说，"而且，似乎只有通过军事法庭的正式指控，我才能从您那儿得到一个清晰的陈述，说明我到底在哪方面挑战了您的权威，导致了严重的后果。"

"哦，你是说想要一份正式的指控？这个怎么样？你非法占用安塞波通信长达三小时，导致我们与外界断联。如何？三个小时，也就是实际超过两天时间——我只知道发生了一场革命，或者我的命令遭到了篡改，可能还有其他异常事件发生，而我甚至无法发出一条信息调查详情！"

"那确实是个问题，"安德说，"但您怎么知道这件事与我有关呢？"

"因为到处都写着你的大名。"摩根说，"信息的收件人是你，而信息还在源源不断地发送过来，占据了我们安塞波全部的带宽。"

"难道您没有意识到，"安德轻声说，"这些信息是发给我的，不是发自我的？"

"发自维京，发给维京，仅供收件人亲启，内容被深度加密，船上任何计算设备都无法破解。"

"您企图破译发给高级军官的加密信息，却不事先征得该军官的许可？"

"这是一条包含着颠覆性内容的信息，小子，所以我才需要破解它。"

"您认为它是颠覆性的，因为您无法破译；而您还没破译出来，就知道它包含颠覆性的内容？"安德说，保持着温和、欢快的语调。他这么做并不是故意气摩根——那只是额外的好处；他谨言慎行，是为了防范他们的整段对话被记录下来，作为日后的证据。因此，他不会说出任何不得体的话，也不会流露出任何情绪，这些都会在未来的庭审中成为把柄。因此，摩根可以尽情地谩骂，但安德不会说一句可能被打上"具有颠覆性"或"暴怒"标签的话语。

"我无须向你解释我的行为。"摩根说，"我取消你们那场所谓的演出，专门把你叫过来，就是要让你在我面前打开这些信息。"

"这是仅供收件人查看的信息，而您坚持要看，我不确定这是否合适。"

"要么你现在就当着我的面把它打开，要么我就送你去休眠，直到我们返回艾洛斯星，接受军事法庭的审判。在此之前，你休想下船。"

确实有人要上军事法庭了，安德心想，但或许不是我。

"让我看看吧，"安德说，"但我无法确定是否能打开它，因为我不知道这是什么，也不知道是从哪儿发来的。"

"就是发自你本人，"摩根酸溜溜地说，"你在离开之前就计划好了这一切。"

"我没有干过这种事，摩根上将。"安德说，"我想，您的办公室里有安全访问点吧？"

"到这边来，现在就打开它。"摩根说。

"我建议您把终端调转一百八十度,摩根上将。"安德说。

"我让你过来,坐在这边!"

"摩根上将,恕我直言,我不可能去坐您的位子,还留下视频记录。"

摩根盯着安德,脸又涨得通红,接着伸出手,把桌上的全息显示器转向安德。安德上身前倾,在显示器上点击了几个菜单选项,此时摩根已经站到了他身后,仔细观察着。"你动作慢点,让我看清你在搞什么鬼。"

"我什么也没做。"安德说。

"那你就去休眠吧,小子。你本来就不适合管理殖民地,哪儿都不行。你不过是一个被宠坏的孩子,接受了过多的赞誉。在那颗殖民星上,不会有任何人在乎你!获得我的支持是你顺利就任总督的唯一方法,但今天过后,你可以放心,我绝不可能帮你。在这场角色扮演的游戏中,你已经完蛋了。"

"悉听尊便,上将,"安德说,"但我没对这条加密信息做任何事,因为我根本打不开它,这不是发给我的。"

"你把我当傻瓜吗?上面全是你的名字。"

"从表面上看是的,"安德说,"写明了'维京上将',也就是我,因为它是通过一个安全的军方频道从国际联合舰队委员会发出来的,毕竟原本的收件人不属于舰队。我向您保证,只要打开它——事实上它的安全级别很低,您的技术人员不费吹灰之力就打开了——你就会看到保密部分的消息是给'华尔·维京'的,而不是我'安德鲁·维京'或'安德·维京',也就是说,我的姐姐华伦蒂才是收件人。"

"你姐姐?"

"难道技术人员没有告诉您吗?还有,尽管信息的发件人写的是殖民部长本人，但其实彼得·维京才是真正的发送者，他的头衔是霸主。这真是太有意思了，我只认识一个彼得·维京，就是我哥哥，也就是说我哥哥现在是霸主。您知情吗？我当然是不知道的，至少在我离开时他还不是。"

摩根上将站在他身后，陷入了长时间的沉默。安德终于忍不住转过身去看他，尽力不让脸上露出一丝胜利的神情。"我想，这是一封我哥哥——如今世界的霸主写给我姐姐的私人信件，他们俩长期保持着密切的合作关系，也许他需要寻求她的帮助，但这跟我没有半点关系。您知道，自从我六岁离开家，进了战斗学校，就再也没见过我哥哥，也从没和他有过任何交流。仅仅在我们的飞船启程前几周，我才重新和我姐姐恢复联系。我很遗憾这些信息影响了您的通信，但正如我所言，这与我毫不相干，我对此也一无所知。"

摩根走回桌前坐了下来。"我很吃惊。"他说。

安德没说话，等待着。

"我很尴尬。"摩根说，"我以为飞船上的通信系统遭到了攻击，而维京上将正是这次攻击的发起人。从这个角度看，你的一些行为就更可疑了，很像叛变：你与一部分殖民者反复会面，还邀请我的船员参与，因此我也把它当成了叛变来处理。现在我发现，我得出结论的基本前提是错误的。"

"叛变是一件严重的事情，"安德说，"理应引起您的警觉。"

"而你的哥哥碰巧又是霸主。一两周前，也就是地球时间的一年以前，我收到了消息。"

"您没有告诉我也是完全正当的，"安德说，"我想您认为我会通过其他渠道获取消息。"

"我完全没想到这次通信的发起人是他，接收人却不是你。"

"华伦蒂很容易被忽视，她就是这样的人，一直待在后台。"

摩根感激地看着安德。"所以你能理解我。"

我理解你是个偏执的笨蛋，一心只渴求权力，安德默默地想道。"我当然理解。"他说。

"你介意我派人去找你姐姐吗？"

他突然变得客气了，不过安德没兴趣让他继续尴尬下去。"请便，我跟您一样对这则信息感到好奇。"

摩根派了一名少尉去找华伦蒂，然后坐了下来，试图用一些闲谈填补等待的空当。他讲了两个自己受训期间的逸事：他从来都不是进战斗学校的料，而是"通过艰苦的奋斗，一步步升上来的"。显然，他痛恨战斗学校及其背后隐含的评价标准——仿佛没有被选拔入内的人就要低人一等。

这就是一切的根源吗？安德很想知道。就是这种老套的竞争关系？毕业于军校的学院派与其他没能抢占这种先机的人之间的较量？

华伦蒂进来的时候摩根还在讲述他的故事，逗得安德哈哈大笑。"华尔，"安德笑着说，"我们需要你的帮助。"他简短地解释了那条信息如何占用了安塞波几个小时，阻隔了其他所有的信息。"这引起了很多人的恐慌，也自然引发了摩根上将的关注。要是你现在能在这儿打开这条信息看看，让我们了解一下其中的内容就再好不过了，我们也能放下心来。"

"我需要亲眼看着你打开信息。"摩根说。

"不，你不能这么做。"他们对视了很久。

"华伦蒂的意思是，"安德说，"这是来自霸主的信息，她不能让你看到她实际的安全操作程序，请您理解她的谨慎。不过，我保证她会让我们了解信息内容的，我们也可以想办法验证。"安德看着华伦蒂，向她露出了带着嘲讽意味的甜美微笑，耸了耸肩说，"就当是为了我，华尔？"

他明白她会意识到的。他嘲弄他们之间的关系,完全是为了摩根假装出来的,她当然会配合他。"为了你,薯蛋头先生。访问点在哪儿?"紧接着华伦蒂就坐到了桌子边,在全息显示屏上一阵操作,"噢,这只用了半加密技术,"她说,"只需要一个指纹。任何人都可以砍我的手指,查看信息。我得告诉彼得下次使用整套的安全措施——视网膜、DNA、心跳——这样他们就必须保证我活着才能打开。他就是不够重视我。"

她坐在那儿看了一会儿,叹了口气。"我简直难以置信,彼得就是个傻瓜,还有格拉夫也一样。这里面的信息完全可以不加密发送,也没有必要使用最高权限一次性全部发送过来,他们本可以分批发的。这里不过是一堆文章和摘要,总结了过去几年地球上发生的重大事件,好像有战争和战争的风声。"她瞥了一眼安德。

他读懂了华伦蒂的暗示,她在引用詹姆士国王钦定版《圣经》。早在几年前,当安德还在战斗学校的时候,他就熟读其中段落并牢记于心了。他将其作为处理小危机的策略。"好吧,传输这些信息确实很耗时,还有一半没传完。"他说。

"我需要……我想看一些证据,证明你的话。"摩根说,"请你理解,任何可能威胁到飞船安全的情况都事关重大,我有义务核实清楚。"

"嗯,这稍微有些尴尬。"华伦蒂说,"我个人很乐意让您看所有内容,其实我还想把这些信息都放进图书馆里,供所有人阅读。这些内容想必引人入胜,能让大家了解在地球上发生的事,我自己就迫不及待想要读一读了。"

"但是呢?"安德问。

"主要是信件首页的内容。"她说,看起来真心很窘迫,"我哥哥提及您的内容有些无礼,但我希望您能明白,不管是安德还是我都从未跟彼得讨论过您——他说的一切都是他本人的猜测。我可以向您保证，我和安德都打心眼里尊重您。"

说着她转过全息显示器。摩根读了起来，华伦蒂和安德都静静地坐着，看着他。

读到最后，他叹了口气，身子前倾，将手肘撑在桌子上，用指尖托着额头。"唉，我确实感到太难为情了。"

"完全没必要，"安德说，"不过是一个小小的失误，完全可以理解。如果要在一位严肃认真地对待每一个潜在威胁的船长和一个认为失联三小时没什么大不了的人之中做出选择的话，我当然情愿和您一起航行。"

摩根接过安德抛出的橄榄枝，顺着说："我很高兴你是这样看问题的，维京上将。"

"叫我安德就行。"安德纠正他说。

华伦蒂站起来，笑着说："要是您不介意的话，我就把文件全都解密，留在您的桌子上。只要您向我保证会把所有内容都分毫不差地下载到图书馆就行——当然，我哥哥的私人信件除外。"她转向安德，"他说他爱我、想念我，还想让我转告你应该给父母写信。他们年纪越来越大了，没有你的消息，他们很伤心。"

"是啊，"安德说，"我一上船就该写的，只是我不想占用安塞波处理私人事务。"他懊恼地冲摩根笑了笑，"结果我们却在浪费时间处理这些事，全都怪彼得和格拉夫过于膨胀，以为自己的重要性比天大。"

"我会告诫我那以自我为中心的哥哥，今后采取其他方式发送信息。"华伦蒂说，"我想您不会介意我用安塞波把这条信息发出去吧？"

摩根陪他们朝门口走去，满脸堆笑，当安德停下来时，他说："很高兴你这么理解我。"

"噢，摩根上将。"安德说。

"请叫我昆西。"

"噢，我永远不能这么做。"安德说，"尽管按照我们的军衔来说可以如此，但要是被别人听到，我担心会给他们留下一种难以消磨的印象，让他们以为这个少年跟船长说话的方式很不礼貌。绝不能以任何形式削弱船长的权威，我想我们在这个问题上能达成一致。"

"说得很有道理，"摩根回答说，"你对船长职位考虑得比我还周全。你刚刚还想说点什么吗？"

"是的，关于戏剧演出。我们只是要诵读《驯悍记》的剧本，我会出演路森修，华尔也会扮演一个小角色。本来每个人都很期待，现在演出却被取消了，也没有任何解释。"

摩根显得很疑惑。"如果只是读读剧本，那就继续去做吧。"

"既然现在已经获得了您的允许，我们当然会继续。"安德说，"但您看，一些参与者想邀请飞船的工作人员参加，而此前取消活动可能会造成一些不好的印象，对士气有影响。您说呢？我在想您能不能做出某种姿态，表明这一切确实只是个误会，来消除所有不良的情绪。"

"什么样的姿态呢？"摩根问。

"就是……当我们重新安排演出时，您能否出席，让大家看到您在欣赏这一出喜剧？"

"他可以扮演一个角色，"华伦蒂说，"我敢肯定，他能出演克里斯托弗·斯莱——"

"我姐姐是在开玩笑。"安德说，"这是一出喜剧，里面每一个角色都无助于树立船长的威信，我建议您参与即可，或许只看上半场就够了，您可以在中途休息时退场，就说有紧急事务，大家都会理解的。与此同时，每个人都会明白，您是真心关注着他们和他们在这趟航行中的行为。他们会对您的领导产生好感，不管是在航行期间还是在我们抵达之后，您的领导都将留下深远的影响。"

"在我们抵达之后？"华伦蒂问。安德瞪大无辜的双眼，看着她说："就像刚刚摩根上将在谈话中提到的那样，没有一个殖民者会听一个十来岁的男孩指挥。他们会希望摩根上将引导我管理殖民地。无论我作为总督采取什么行动，都是摩根上将授意的，我认为让大家认识并了解他非常重要，这样他们才会信赖他强有力的领导。"

安德担心华伦蒂听到这儿会失控，忍不住大笑或对他大叫，但她没有这样做。"我明白了。"她说。

"这是个好主意。"摩根上将说，"我们要不要现在去重启演出？"

"哦，最好不要，"华伦蒂说，"现在每个人都很沮丧，状态不佳。还是让我们先去平息事态，跟大家解释这是个误会，完全是由我引发的错误，然后我们再宣布您将出席，也很乐意看到演出继续，让我们有机会为您表演，这样每个人都会感到兴奋和开心。另外，要是您能让休息的船员也来，那就更好了。"

"我不希望让任何事情削弱船上的纪律。"

华伦蒂马上回答："要是您和他们一起观看，享受演出，那么我就找不出任何会导致军心涣散的理由，甚至这有可能会提升士气，其实我们把这出戏排演得很好。"

"对我们所有人来说都意义重大。"安德说。

"当然。"摩根说，"你们去吧，明天晚上七点我会准时出现。今天就是七点开始的，不是吗？"

安德和华伦蒂道别离开。其他军官在他们经过时表现得很惊讶，没想到他们俩能与摩根上将谈笑风生，不禁都松了口气。安德和华伦蒂一直到回了客舱才卸下伪装，过了很长一段时间，华伦蒂才开口说:"摩根打算让你成为他的傀儡,而他在王位后面垂帘听政?"

"根本就没有王位。"安德说,"你难道没看出来他这是在帮我的忙?对一个十五岁的孩子来说,要想领导一群有经验的殖民者绝非易事。别忘了,当我抵达时,他们可是已经在莎士比亚星上生活、劳作四十年了。但像摩根上将这样的人,已经习惯发号施令、让人服从,在他的权威之下,那些人都会乖乖听话。"

华伦蒂瞪着安德,仿佛他是个疯子。安德的下唇随即微微抽动了一下,这是他的习惯动作,揭示了他是在表达反讽。他希望她能得出正确的推论——摩根上将肯定有办法窃听他们所有的谈话,而且现在正在窃听。他们之间的任何对话都毫无隐私。

"好吧,只要你满意,我就开心了。"说话的瞬间,她做了个瞠目结舌的表情,让安德知道她是言不由衷的。

"华尔,我对责任感到厌倦,"安德说,"我在战斗学校和艾洛斯星上已经受够了。我打算在这趟航行中交些朋友,读我能读到的一切。"

"等旅途结束,你还能写篇文章,题目就叫《我是如何过暑假的》。"

"夏天总是让人心旷神怡。"安德说。

"你真是废话连篇。"华伦蒂说。

CHAPTER
10
第十章

收件人：PeterWiggin@hegemony.gov/hegemon
发件人：vwiggin%Colony1@colmin.gov/citizen
主题：你这个刚愎自用的混蛋

你知道你自己惹了多大的麻烦吗？你占用安塞波的优先使用权传给我们那一大包信息导致飞船的其他通信全部中断，某些人认为这是有人在对我们的安塞波链接发起攻击，安德为此差点儿被强制休眠——这意味着他会在沉睡中抵达目的地，再被原封不动地送回来。不过，当我们把一切误会厘清之后，包裹本身包含的信息是非常有用的。你就像受到了伪儒家学派的诅咒，要生活在一个有趣的时代。请继续给我发送后续的信息吧，但记得降低传送的优先级以便船上的正常通信不被影响。另外，不要让格拉夫发给安德。这些信息是发给我这个殖民者的，不是发给未来总督的。

看起来你过得还不错，但在你发送这封信之后到我回复之前，情况可能已经发生了改变，这也许就是太空旅行的美妙之处吧。安德给父母写信了吗？我不能要求他（好吧，其实我已经问过他了，但没有得到回答），我也没法直接问他们，那样他们就会知道我一直在劝说安德给家里写信。要是他没写，他们就会更伤心；要是他写了，也会因为我的介入让这些信的情感价值大打折扣。

保持机敏，这是别人抢不走的。

你从前的傀儡
德摩斯梯尼

听到演出重启的消息时，阿莱桑德拉非常高兴。母亲受到了打击，却没有当众表现出来，只是在回到她们的房间后才向阿莱桑德拉私下吐露了一点儿。她没有哭，这点非常好，但她一直在狭小的空间里走来走去，抓住每一个机会使劲开关东西、摔东西、跺脚，时不时发出一些激烈而又晦涩的牢骚，比如："为什么总是我们来承受他人行为的恶果？"

再比如下双陆棋下到一半，她也会突然冒出一句："在男人的战争中，女人总是输家！"

甚至在淋浴时，她的声音也会穿过浴室门传出来："永远没有简单、纯粹的快乐，总会有人为了伤害你把它夺走。"

阿莱桑德拉试着安抚她，但没用。"母亲，这不是针对你的，显然是针对安德的。"

听到这样的回答，母亲又会大肆宣泄一通情绪，不管阿莱桑德拉怎么跟她讲道理都改变不了她的想法，但几分钟后，她又好像全盘接受了阿莱桑德拉的观点，表现出她一直都是这么想的样子。

然而，要是阿莱桑德拉不回复母亲的独到见解，她的怒火还会烧得更旺——母亲需要他人的回应，就如同别人需要空气一样，别人的无视会让她窒息。因此阿莱桑德拉回答了她，参与了激烈又毫无意义的对话，还要装作没注意到她已经改变了主意，因为她绝不会承认。

母亲从未想过阿莱桑德拉本人也很失望。在安德扮演的路森修面前饰演比恩卡让她产生了一些特别的感觉,但为什么呢?她肯定没有爱上他。安德对阿莱桑德拉很友善,不过他对其他人也同样友善。对他来说,阿莱桑德拉很明显没什么特别之处,而她也不愿意采取主动,把情感交付给一个没有率先对她表露出好意的人。不,阿莱桑德拉会失望是因为她太渴望这场演出了,作为其中的一员她备感荣耀。首先,母亲把凯特这个角色演绎得极其出色,令人印象深刻;其次,安德可是全人类的救世主,同时还背负着谋杀儿童的恶名——尽管阿莱桑德拉不愿意承认,但这无疑增加了他的魅力。

好在所有人都收到了演出恢复的消息,所有失望的情绪都烟消云散了。剧本诵读会将在第二天晚上重启,摩根上将本人也将出席。

阿莱桑德拉马上想到:上将?在飞船上一共有两位上将,其中一位打一开始就确定要参与了,但这条信息听起来好像船上只有一位高级官员似的,这背后是不是包含着一丝有意的轻视?除此之外,安德被摩根上将强制召见也是事实,为她的推断提供了佐证——安德真的应该被如此对待吗?毫无尊重之意?阿莱桑德拉为他感到不平。

她继而告诉自己:我与安德·维京没有任何特殊关系,我无须操心他的利益。我真是被母亲的一厢情愿病感染了,好像她的计划和梦想已经成了现实似的。安德才没有爱上我,他对我的感情不会比我对他的感情多一毫。再说,莎士比亚星上有大把的姑娘,等我们到达时他也到了适婚的年纪,我对他来说又算什么呢?

唉,我究竟做了什么啊?要去那个地方,在那儿我的同龄人数量还不够塞满一辆公交车。

这已经不是第一次了,阿莱桑德拉羡慕母亲,羡慕她可以单凭意志力就能让自己变得开心。

她们都为诵读会穿上了最漂亮的衣服——并不是航行途中没有太多空间放衣服,只是她们花了一部分签约奖金来置办行头,其余的都交给外婆了。大部分衣物都必须符合殖民部清单上的描述——为寒冷但不至于太过严寒的冬季准备保暖的衣物,为夏日劳作准备轻便而耐穿的衣物,以及一件实用耐穿的礼服,用于出席特殊活动。今晚的诵读会正好就是这样一个场合,再加上一些首饰和配饰,这是母亲坚持多花钱的地方。它们实在非常引人注目,但一眼就能看出来是人造珠宝。接下来还有母亲那花哨的丝巾,搭配在她身上显得非常奢华,几乎带有讽刺的意味,但戴在阿莱桑德拉身上则显得悲哀又可笑。母亲的穿着熠熠夺目,而阿莱桑德拉必须竭尽全力才不至于被母亲的光芒完全掩盖。

她们正好赶在活动开始前抵达会场。阿莱桑德拉立即冲向了她前排的凳子,母亲却不紧不慢地跟每个人打招呼,微笑着跟他们握手,除了一个人。

摩根上将坐在第二排,被几位军官围在中间,避免他与公众接触。显然,他认为自己高人一等,不愿与普通殖民者接触,这是军衔带来的特权,阿莱桑德拉并不嫉妒。她倒希望也能在自己四周拉起一道警戒线,防止不喜欢的人侵犯她的隐私。

令阿莱桑德拉惊恐的是,母亲走到前面,还继续沿着座位跟人打招呼,包括第二排的人。她想强迫摩根上将跟她讲话!

不过,情况并非如阿莱桑德拉所想。事实上,母亲的计划更糟糕。她特意向上将左右两边的军官介绍了自己,跟他们调情,却没有在摩根上将本人面前多加停留,仿佛他根本不存在一样。她故意冷落了他们这个小小世界里最有权势的人!阿莱桑德拉都不敢细看摩根的表情,却忍不住不看。起初他有点儿无奈地看着母亲慢慢靠近,想着他将不得不和这个女人说话了。然而等母亲略过他,他脸上勉强忍住的冷笑变成了困惑,继而演变成恼怒。母亲此举着实为自己树立了一个敌人,她在想什么?这有什么好处?

但是,现在该开始表演了。主演们都坐到了舞台的凳子上,其他角色的演员则坐在前排,准备在出场时站起来面对观众。母亲终于来到舞台中央,走到属于她的凳子前。在落座之前,她温情地看着观众,说:"非常感谢你们能来观看我们的小演出。这出戏的场景设置在意大利,那是我和我女儿出生的地方。台词是用英语写的,对我们来说是第二语言。我女儿英语很流利,但我不行。所以要是我的发音有误,请记住凯瑟丽娜是个意大利人,她说英语也会有口音,跟我一样。"

母亲容光焕发,用她惯有的轻松愉快的语调说出了这番话。要是以往,阿莱桑德拉只会觉得厌烦,甚至一听就冲她发火、尖叫,但此刻,她觉得母亲非常迷人,这一段小演说也得到了殖民者和船员的笑声和掌声作为回应。饰演彼特鲁乔的演员显然已经迷上了母亲,他大喊:"棒极了!棒极了!"全然不顾跟他同行的妻子和四个孩子。

这出戏就这样开演了,所有人的目光都集中在母亲身上,但她要到第二幕才出场。阿莱桑德拉通过余光瞥见母亲完全陶醉在自我欣赏中。此时在剧中,男演员正在通过对话介绍剧情,与彼特鲁乔讨价还价。

当其他演员反复提到美丽的比恩卡和可怕的凯瑟丽娜时,阿莱桑德拉观察到母亲在利用姿态传达意图,这是非常恰当得体的做法。随着她声望的增长,更多观众将注意力投射到她身上,而她在此刻一直保持安静。

但这不适用于比恩卡,阿莱桑德拉心想。她想起安德在他们上次排练时说的话:"比恩卡完全清楚她对男人的影响力。"因此,要是母亲扮演的凯瑟丽娜需要静止不动,那么比恩卡就应该展现出光彩照人、快乐可爱的一面。因此,当男人开始谈论比恩卡的美貌时,阿莱桑德拉露出微笑,扭过了头,仿佛因为羞赧而脸红了。尽管阿莱桑德拉并没有那么美,但这无关紧要——正如母亲教导的那样,只要知道如何展现自己,即便是最平凡的女人也能成为电影明星,毫不羞怯地展示自己的缺点。阿莱桑德拉自身无法做到的事——用灿烂的微笑大方地面对世界——她可以在扮演比恩卡时做到。

她头一次恍然大悟:其实妈妈并不能通过简单的一个念头就转换心情。不是的,其实她在假装。她一辈子都在演戏,为观众表演开心,而我是她这辈子的观众。即便我从来不为她的表演鼓掌,她还是会为了我演下去。现在我知道原因了:妈妈明白,当她化身仙女翩翩起舞时,她就是唯一的焦点,除了她,人们不可能把目光投向别处。

现在仙女不见了,取而代之的是一个女王:母亲,威严而庄重,容那些仆人和朝臣们自由发言,因为她知道,只要她愿意,只用一口气就能把他们都吹下台。

情况也的确如此。到了第二幕第一场,按照剧本,凯瑟丽娜用绳子捆住比恩卡的手,要将她拖走。阿莱桑德拉尽量表现得温柔可爱,恳求母亲放过自己,发誓不会爱上任何人。母亲则对她大发雷霆,至少有那么一瞬间,阿莱桑德拉真实地感受到了她内心的怒火,不禁感到害怕。即使在排练中,母亲也从未如此入戏,表现得这么激烈。阿莱桑德拉怀疑母亲此前并没有克制自己,她并不擅长压抑情绪。不,这股特殊的激情是由观众引起的。

当然不是针对所有的观众,随着剧情的发展,这一点变得越来越明显。凯瑟丽娜的所有台词——那些指责她父亲的不公以及男人的蠢话全部直接瞄准了摩根上将！这也不是阿莱桑德拉一人的臆想，所有人都看出来了。观众起初只是窃窃私语，后来就直截了当地大笑起来。那一句又一句的挖苦讽刺不仅仅针对剧中人物，也说给了坐在观众席第二排中间的那个男人。

只有摩根本人显得无动于衷。显然，他认为母亲的目光直视着他是因为这场戏专为他而演，而不是因为这段台词是针对他说的。

演出进行得很顺利。噢，有路森修出场的戏和平常一样无聊，但这不是因为安德演得不好，而是因为他本身不是个有趣的角色，比恩卡这个人物也一样。因此阿莱桑德拉和安德只是剧中"甜蜜的一对"，所有注意力的焦点——那些欢笑和浪漫的焦点则完全放到了凯瑟丽娜和彼特鲁乔身上。这也意味着，尽管彼特鲁乔的演员也相当出色，尽了最大努力，但所有的目光都集中在母亲身上。他大喊大叫，但观众看见的是她的脸，是她的反应激发了观众席的笑声。母亲演绎出了饥饿、困倦、绝望，以及当凯瑟丽娜终于明白并开始配合彼特鲁乔的疯狂游戏时，她展现出的俏皮……所有这些都通过母亲的面容、姿势、说话的语气充分地表达了出来。

妈妈真是聪明，聪明绝顶，阿莱桑德拉突然意识到，而且她自己深知这一点，才会建议举办这场剧本诵读会。

接着，她又想道：如果妈妈这么厉害，为什么她不是演员？为什么没有成为舞台或银幕上的明星，让我们生活在金山银山中？

答案很简单，她很快想到了：正是由于阿莱桑德拉的出生，母亲当时只有十五岁。

她意识到：妈妈正是在跟我现在同样大的年纪时怀上了我。她坠入爱河，把自己交给了一个男人——其实是个男孩——并生下了一个孩子。这对阿莱桑德来说非常不可思议，因为她自己从来没有对学校里的任何男孩产生过同样的感情。爸爸一定非同凡响，要不就是妈妈太急于摆脱外婆了，这种可能性更大。她不愿再多等两年，成为一名伟大的演员，而是匆匆嫁人，开始操持家务、生孩子——顺序有点儿不对——但总之，她生下了我，便再也没有机会去施展才干，在这个世界上闯出一片天地了。

我们本可能发财的！

结果呢？现在我们要去一颗殖民星球，那里只有农民、纺织工、建筑工人和科学家，没有时间搞艺术，没有娱乐活动，跟飞船上不同。母亲什么时候才有机会施展自己的才华呢？

剧目接近尾声了。华伦蒂把寡妇这个角色理解得很透彻，演绎得栩栩如生。对阿莱桑德拉来说，她不止一次地希望成为华伦蒂那样美丽、聪颖的女性。不过，这次有其他东西掩盖了这个心愿——她生平头一回真正羡慕起母亲来，希望自己能更像她。这简直不可思议，却是事实。

母亲从凳子上站起来，直接对着前排，对着摩根上将说出了自己的独白：她讲到一个女人对一个男人的责任，正如她所有的挖苦都是针对摩根的一样，现在这番甜美、顺从、优雅、发自肺腑、充满爱的演说都直接对着摩根的眼睛讲了出来。

而摩根心神沉醉，他的嘴微微张开，双眼没有一刻离开母亲。当她跪下来说"我的双手已经准备好了，愿它能为他减轻负担"时，他的眼中闪烁着泪光，是真的眼泪！

彼特鲁乔大声喊出他的台词："嗨，这里来了个女人！来吧，凯瑟丽娜，给我一个吻！"

母亲优雅地站起身，但没有做出亲吻的动作，而是露出了一个女人在准备亲吻爱人时的表情，她的双眸又一次直直地盯着摩根的眼睛。

这回，阿莱桑德拉总算明白母亲的把戏了：她要让摩根爱上自己！

而且这招奏效了。当最后一句台词念完时,观众站起来为他们欢呼,演出人员鞠躬致谢,摩根则直接踩到了前排的座位上。随着持续不断的掌声,他走上了舞台,与母亲握手。握手?不对,是紧抓着她的手不放,同时不断称赞她是多么迷人。母亲一开始的冷淡、傲慢和不屑都是计划的一部分。她就是那个悍妇,一开始要惩罚他,因为诵读会差点儿被取消,但在最后,她被驯服了,彻底属于他了。

当天晚上,摩根邀请所有人去军官的餐厅用餐——在此之前,殖民者是被严格禁止入内的——他一直在母亲身边徘徊。很明显,他被迷住了,好几个军官都隐晦地向阿莱桑德拉提到了此事。一个人说:"你母亲似乎融化了那颗石头般的心。"她还无意听到两个军官的对话,一个说:"是我搞错了,还是说他就差脱裤子了?"

要是他们这么以为,就说明他们还是不了解母亲。这些年来,阿莱桑德拉就是听着母亲种种驾驭男人的建议长大的。不要让他们这样,不要让他们那样——可以挑逗、暗示、承诺,但在他们说出结婚誓言之前,别让他们得到任何东西。显然,母亲年轻时没有遵守这条规则,因此在过去的十五年间都一直承受着代价。而现在,显然她会听从这条有些悲哀但更加明智的建议,只用言语和微笑勾引这个男人,让他被迷惑,而不是被满足。

噢,妈妈,你到底在玩什么游戏?

你真的有可能被他吸引吗?他是个军人,相貌堂堂。而在你身旁,他一点儿也不冷漠,也不高傲。如果说他有种高高在上的感觉的话,显然现在他将你也捧上了与他同等高贵的地位。

有个瞬间可以证明这点:当摩根与某一位军官——他是极少数带着妻子的军官之一——交谈的时候,他将手搭在了母亲的肩上,像一个轻巧的拥抱,但母亲马上伸出手将他的手拿开了,同时又转过身来，露出了灿烂的微笑与他交谈，好像还开了一个什么小玩笑，因为所有人都笑了。这传递的信息很复杂：不要碰我！你这个凡人，不过，好吧，让我赐予你这个微笑。

你是我的，而我还不属于你。

这也是母亲希望我对安德·维京做的事，我那所谓的"前途无量的年轻人"。但我不可能以这种方式来赢得一个男人，这就像我不可能飞一样。我只能祈求别人的赐予，并且在得到之后表达感激，却不会主动引诱他人，把感情当作恩赐散播出去。这时，安德走到了她面前，说："你母亲今晚很出色。"

他当然会这么说，每个人都这么说。

"不过我知道一些其他人不知道的事。"他说。

"什么事？"阿莱桑德拉问。

"我知道我之所以表现不错，完全是因为你。我们所有这些比恩卡的追求者，这一整出喜剧，都建立在观众确信我们发自内心渴望得到你的基础之上。你是这么的可爱，没有一个人产生片刻怀疑。"

他朝阿莱桑德拉微笑了一下就走开了，重新回到了他姐姐身边，留下阿莱桑德拉一人。

她有点儿喘不过气。

CHAPTER 11

第十一章

收件人：vwiggin%ShakespeareCol@ColMin.gov/voy ==PosIDreq
发件人：GovDes%ShakespeareCol@ColMin.gov/voy
主题：你的电子桌安全吗？

我的电子桌有防窥功能，但飞船上的电脑每天都试图给我安装窥视器。另外，我想在这艘飞船上，声音监控设备无处不在，每个房间、走廊、洗手间和柜子都有。在这样的航行中，由于没有外部力量来支持船长的权威，叛变的危险永远存在。对摩根来说，监控他认为对飞船内部安全构成威胁的人并非什么偏执行为。

不幸的是，他把我也视为威胁之一，不过这也是可以预料的。我拥有权力，这不是以他或他的意志为转移的。他威胁要让我休眠并把我送回艾洛斯星——按照地球时间来算，当我抵达时已经是八十年之后了。他确实有这个能力，即便他可能遭受谴责，但也不至于构成犯罪。一旦船长提出叛变或阴谋的指控，人们通常会选择信任他，这点是毋庸置疑的。而现在，即便我对这条消息进行加密，这也有很大的风险，只是现在没有别的安全方式进行交谈了。（你可

能会注意到我选择了与彼得不同的加密方式,必须是活着的你才能打开这条信息,而不仅仅是把你的手指插进全息空间就行)

我目前在做的事肯定会让昆西抓狂。我几乎每天都会收到来自代理总督科尔莫戈罗夫的信息,让我了解莎士比亚星上的最新情况。当加密的信息通过安塞波传来时,摩根只能转发给我,无从了解我们通信的内容。

我也会收到来自莎士比亚星上化学和生物部门的科学论文和报告。外星生物学家赛尔·梅纳赫可谓那颗星球上的林奈和达尔文。他的研究对象既不是地球生物,也不是源自虫族母星的生物,而是当地的原生生物。他对其进行了基因适应性改良,成功培育出了可供人类食用的各种动植物,也让各类地球物种都能够在当地生存、繁衍。要是没有他,我们也许只能茹毛饮血;而现在,他们的食物产量丰富,足以补给这艘运送我们的飞船,让他们立即启程。

只要摩根上将愿意,他也能获取所有这些科研信息,不过他似乎对此不感兴趣。目前我是唯一阅读这些外星生物学论文的人,我们飞船上的外星生物学家都处于休眠状态,他们要等到飞船从光速降下来之后才会苏醒。

现在你可以理解我选择不休眠的原因了吧?我预感摩根上将会故意不把我唤醒,直到他已经牢牢地掌握了殖民地的控制权,比如说在我们抵达六个月之后才让我苏醒。他当然无权这么做,但是他完全做得出来。有四十名海军陆战队队员听从他的号令,确保他的意志得到贯彻是他们唯一的职责,其他船员的生死自由更是全在他的掌控之中。

现在,不管我做什么事都有可能成为一种挑衅,摩根已经通过他的行动和威胁非常清楚地表明了这一点。不过,我并不认为这就是他的目的。我认为他是真心觉得自己面临着某种攻击,只是他由此得出结论认为我就是该为此负责的人，确实太过草率了。而且他非常偏执，认定这种攻击是针对他个人的权威而非针对飞船本身。我们遭到了警告，不能说任何嘲弄、诋毁或者质疑他的决定的话。

我们也不能相信任何人，虽然科尔莫戈罗夫总督已经完全取得了我的信任（反之亦然），但在莎士比亚星上，没人会觉得让十五岁男孩担任总督是个好主意。因此，我不能利用未来担任总督的权力采取任何先发制人的行动。目前，我唯一的选择就是好好表现，把摩根当作父亲一样来尊重，在各方面都展现出虚心接受他教诲的样子。你会看到我厚颜无耻地巴结他，这是战争。我要从他的眼皮子底下运送一支军队，只能把士兵伪装成普通的农民。你和我就是这支队伍的全部成员了，对我来说这不成问题，只要你愿意配合，假装一切平安无事。这是你和彼得玩了多年的老把戏了，不是吗？

写完这封信后我不会再给你写太多信了，除非出现真正紧急的情况。我不想让他猜疑我们通信的内容。他有权没收我们的电子台，强迫我们公开所有信件，因此请你彻底删除这条信息，我也会的。当然，我也会采取预防措施，先复制一份，发给格拉夫保管，以防军事法庭需要裁定摩根的行为是否合理，判断他把我强制休眠并送回艾洛斯星的决定是否正确。我希望这封信能留作证据，证明在彼得传输信息的小插曲后我个人的精神状态如何。

还有一种可能性更可怕：摩根不跟着飞船回去，而是留在莎士比亚星上担任终身总督。等到从艾洛斯星派出的人手来镇压他的叛变时，就算他还没有寿终正寝，也已经老得不值得被起诉了。

不过我并不认为摩根是这种人。他是一个官僚主义者，想要至高无上的权力而不是自主权。此外，依据目前我对他的判断，他会在头脑中合理化自身那些卑鄙的行为。例如，他莫须有地指控我蓄意攻击安塞波是为了证明他为反对我这个总督而发起的政变是完全正当的。

　　这还只限于他有意识的计划，不涉及他潜意识中的渴望。也就是说，当他下意识采取某种行动时，他会以为自己只是在对已发生的事件做出某种合理的回应，却不知道其实是他自己主观上想要这么做。因此，等我们抵达莎士比亚星时，他一定会发现有某种"紧急情况"使他不得不长期滞留，超过飞船能停留的最长时间，最后"迫使"他把飞船连同上面的船员都送走，自己则从此留下来。

　　为了了解摩根的需求，我必须与托斯卡诺家保持密切的关系。显而易见，那位母亲将更多的筹码放在他那边，认为未来的掌权者会是他而不是我。但实际她心里也在两边都下了注，以确保无论谁掌权她们都能嫁给最有权势的人，要么是她本人，要么是她女儿。

　　不过，这位母亲肯定不打算让她的女儿脱离自己的控制，除非我和她结婚并且成了有实权的总督。所以不管有心还是无意，这位母亲都在这方面站在了我的对立面。但目前她是我了解摩根内心的最佳向导，她尽可能随时随地与他在一起，而我必须了解这个男人。在他采取任何一步行动前，我们必须了解他的意图，这决定了我们的未来。

　　与此同时，你不知道能与人分享这一切对我来说有多么轻松。在战斗学校的那几年里，"豆子"是我亲密的朋友，但我仍然只能在一定程度上依赖他，不能给他造成太多负担。这封信是继我们在北卡罗纳湖边那次交谈以来我第一次真正坦率地向你吐露心声。

　　噢，等等，好像才不过三年的时间，甚至更少？我们对时间的感知真是混乱。华伦蒂，谢谢你陪在我身边。我只希望这一切到头来不会白费，不会让我们被迫休眠，被送回艾洛斯星，醒来发现人类的历史已向前滚动了八十年，而我们被一位官僚击败，一事无成。

安德

维尔洛米没有料到，在经历了一切、完成了一切之后，重回战斗学校会对她产生如此大的影响。当她意识到抵抗已经没有意义，战争只剩下杀戮时，她向敌人投降了。她绝望地发现一切都是她的错。她的朋友和那些可能与她成为朋友的人都警告过她：不要赶尽杀绝，把那些 X 国人赶出印度，解放你的祖国，这就够了，不要妄想惩罚他们。然而她却犯了和拿破仑、薛西斯、汉尼拔一样的愚蠢错误。她以为自己从未被打败过，所以未来也会战无不胜；因为她打败了比自己更强大的敌人，所以注定是个常胜将军。

最糟的是，她告诉自己：我信了关于自己的传说。我曾刻意把自己塑造成一位女神，后来就忘了一切都是假装的。

最后，是地球自由人联盟（FPE）——由彼得·维京领导的前联盟政府击败了她。泰国人苏利亚翁，一位同样出身战斗学校、曾经爱慕过她的老相识帮她安排了投降仪式。起初她拒绝了，直到她认清现实，明白了一切都是自尊心作祟：现在投降与等她的所有部下全部战死再投降没有任何区别。而与一个士兵的生命相比，她的尊严不值一提。

"坚持真理，"苏利亚翁对她说，"肩负起你必须肩负的一切吧！"

"坚持真理"也是她对手下发出的最后呐喊。"我命令你们活下去，承受这一切。"

她由此挽救了她的军队，挽救了生命，将自己交给了苏利亚翁，并通过他向彼得·维京投降了。后者在取得胜利后对她表示了怜悯。这可比他的小兄弟——传奇的安德对虫族所做的一切仁慈多了。那些虫子是否也从他身上看到了那双摒弃了他们的死亡之手？虫族是否也有神灵，能让他们在面临灭顶之灾时可以顺应天命、对其祷告或是诅咒？或许对他们来说，被从宇宙中抹去才更容易接受一些？

维尔洛米活了下来,他们不能轻易杀掉她——在印度她依然受到众人的崇拜,不管是处决她还是监禁她都会导致印度爆发持续性的革命,无法接受正常的治理。要是单纯地让她消失,她也会成为一个传说,一个消失了但总有一天会东山再起的女神。

因此,她最后还是按照他们的要求拍摄了视频,恳求她的人民投票,赞成加入地球自由人联盟,接受霸主的统治,遣散他们的军队。而作为回报,他们可以享受自治权。

至于阿莱——他曾是她的丈夫,直到她背叛他——也为伊斯兰世界做了同样的事。

不管怎样,计划算是奏效了。他们几个全都接受了流放,其中包括成为殖民星的总督。维尔洛米清楚,只有她自己是罪有应得。*要是我在安德·维京被任命为总督的时候也同样接受委任,再也没有回过地球,那么多人的生命就不会白白牺牲了!* 然而,正是因为她赢了漂亮的一仗,从人数占有压倒性优势的 X 国军队手中解放了印度,统一了一个几乎不可能统一的国家,才被奉为有能力统治这个国度的人。*人们信任我,认为我能够建立一个崭新的世界,正是因为我曾经做出过那么多恐怖的行径。*

在地球上被关押的岁月里,她先是在泰国关了几个月,然后又是在巴西。她虽然被监管,但从未遭受过虐待。不过维尔洛米已经开始感觉不适,一心希望离开这颗星球,开始新的生活。

她没想到的是,新的集结地是空间站,是曾经的战斗学校。

她如梦初醒,发现自己身在童年长大的地方。走廊还跟从前一样,沿墙的彩色灯还在使用中,引导着殖民者回到他们的宿舍。当然,房间经过了改造——殖民者可不会像以前的学生那样乖乖忍受拥挤的环境和严格的管理;关于零重力战斗游戏的废话也听不到了,也许战斗室已经有了其他用途,但他们没有告诉她。

不过餐厅还是在老地方,军官和士兵的餐厅都是,但她现在是在教师餐厅用餐,这里是她学生时代不能进入的区域。而现在,是她的殖民者不能入内,她从而拥有了一个能躲避他们的空间。在那里,她被殖民部的人包围,身边全是格拉夫的手下。他们似乎很谨慎,从不来打扰她,对此她非常感激;他们又好像很冷漠,故意疏远她,让她感到愤怒。不同的反应源自不同的动机假设。她知道他们其实都很友善,却仍然感到痛苦,好像她是一个麻风病人,需要被隔离。要是她想交朋友,也许真能交上几个,有可能他们是在等待她主动,让大家知道她是否愿意同他们交流。她渴望人类的陪伴,却从未越过餐桌之间近在咫尺的距离。她总是独自吃饭,因为她不相信任何人愿意跟她交朋友。

更令她坐立难安的是殖民者对她的崇拜之情。当她还只是战斗学校的一名学生时,她只是个普通人。身为女孩,她的身份有一点儿特殊,她必须竭尽全力保住自己的位置,但她毕竟不是安德·维京,不是传奇人物,不是什么领袖——那是她回到印度之后的事了。那些人和她流淌着同样的血,她对他们了如指掌。

现在的问题是,这些殖民者也大多是印度人。正因为知道维洛米尔会成为殖民地的总督,他们才自愿参与殖民计划。有几个人告诉她说,自己是抽中了签才得以加入的,然而当她走入人群,想与他们交谈、了解他们的想法时,才发现这几乎不可能。他们太敬畏她,紧张得结结巴巴,说不清话;就算他们努力表达了自己的想法,也总是怀着无比崇高的敬意,遣词造句非常正式,完全起不到沟通交流的作用。

他们表现得好像在和一个女神交谈。

我在战争期间表现得太出色了,她在心里对自己说。对印度人来说,失败不算什么,不是被神灵厌弃的征兆。真正重要的是她承

受失败的态度——她保住了自己的尊严,哪怕她自己都没有察觉,但对他们来说,她却因此走上了神坛。

好处是她的统治将不费吹灰之力,坏处是当他们幻灭的那一刻,情况会变得非常糟糕。

一群来自海得拉巴的殖民者向她提交了一份请愿书。"这颗殖民星被命名为'恒河',以纪念那条著名的圣河,"他们说,"这无可厚非,但是否也该考虑我们广大南方人的意愿?我们说泰卢固语而不是印地语或乌尔都语。难道我们不该在这个新的殖民地占有一席之地吗?"

维尔洛米用流利的泰卢固语回答他们——她学过泰卢固语,因为只说印地语或英语是不可能完全统一印度的——她会征询殖民者的意见,做他们允许她做的事。

这是对她领导能力的第一次考验。她走进人群中间,逐个询问他们是否同意将未来在新世界建立的村庄命名为"安得拉",以海得拉巴的首府为名?

所有人都立刻同意了她的提议。殖民星将被命名为"恒河",而第一个村庄会是"安得拉"。

"我们必须使用通用语,"她说,"要舍弃优美的印度方言,我感到很难过。但我们必须使用同一种声音、同一种语言交流。在家里,孩子们必须学习通用语作为他们的第一语言。此外,你们可以教他们印地语或泰卢固语,或其他任何一种语言,但首先必须学会通用语。"

"这是英属印度的语言。"一位老人说。马上有人冲他嚷,让他对维尔洛米保持尊重。

但维尔洛米只是笑了笑。"没错,"她说,"是英属印度的语言,印度被英国人征服过一次,又被霸主联盟征服过一次,但通用语也是我们所有人的共同语言。印度人被英国统治了很久,后来我们又与美国做了多年的生意。至于那些非印度人,要不是会说通用语,根本就不能参与这次航程。"

老人也和她一起笑起来。"所以你记得,"他说,"除了他们英国人和美国人自己,我们使用这种所谓的通用语的历史比任何人都长。"

"我们总能学会征服者的语言,并把它变成自己的语言。我们的文学成了他们文学的一部分,反之亦然。我们以我们自己的方式说话,使用他们的语言思考自己的想法。我们仍是我们自己,没有任何改变。"

这就是她与印度殖民者交谈的方式。此外还有大约五分之一的殖民者不是印度人,他们有的人是慕名而来,她为自由而战的故事令他们心驰神往。毕竟她可是印度长城的缔造者,受到众人的追捧。

不过,也有一些人纯粹是通过抽签被指配到"恒河"殖民地。这是格拉夫的决定,他不允许印度殖民者的比例超过五分之四。他在备忘录里写得简单明了:也许有一天,殖民地会由一个单一的群体组成,但现在的法律规定,在首批殖民星球上,人人都是平等的公民。按照常规,任何一个国家的人口比例都不应超过五分之一,但印度政治的现实让我不得不改变,允许你领导这么多印度人,这已经是冒了很大的风险。肯尼亚人、库尔德人、克丘亚人和玛雅人,还有许多其他的族群都向我们提出了要求,认为需要一个完全属于他们自己的家园。既然我们要给维尔洛米的印度人专属的殖民星,为什么不能给他们一个?难道他们也需要打一场血腥的战争才能如愿以偿……总之,这就是我现在必须调配百分之二十非印度人的原因。此外,我还必须得到你的承诺,保证让他们享受平等的公民待遇。"

好的,格拉夫上校。一切都按照您的指示办。即便在未来,我

们到达恒河星以后,即便您已在光年之外,无法再对我们的行为施加影响,我依然会遵守对您的承诺,鼓励不同种族的人群相互通婚,平等对待彼此,坚持将英语——抱歉,是通用语——作为所有人的第一语言。

然而,就算我竭尽全力,那百分之二十的人最终还是会被吞噬、汇入主流。五六代之内,甚至只需三代,当访客们造访恒河星时,便会发现这里全是长着金发或红发的印度人,他们会有白皙的皮肤,脸上长着雀斑,或者有乌黑的肤色,面孔具有非洲人或X国人的特征,但他们都会说:"我是印度人。"要是您还坚持认为不是,他们会对您嗤之以鼻。

印度文化太强大了,任何人都控制不了。我实现统治的唯一方法是遵循印度人的方式,实现印度人的梦想,从而取得成功。现在我将掌管恒河星上的安得拉村,教导印度人假装对他人宽容,甚至要与他们交好,以便让他们融入我们。印度人很快就会意识到在那个陌生的新世界里,我们将是本地人,而其他人则是入侵者,直到他们"入乡随俗",成为我们的一员。这是没办法的事,是由人的本性加上印度人的固执和耐性造就的。

不过,在战斗学校——应该说在空间中转站这里,维尔洛米主动向非印度族裔示好的行为还是收到了成效,他们完全接纳了她,她在战斗学校里学会的通用语和各种俚语帮了大忙。战争结束后,那些特殊用语在全世界的青少年中间流行开来,她也说得非常流利。这让少年儿童感到好奇,也让成年人觉得有趣。她显得更平易近人,而不完全只是个高高在上的名人。

在营房——不对,是宿舍——在曾经为新来的学生准备的宿舍里住着如今被称为"新人"的群体。这里有一个抱着婴儿的女人,态度始终很高傲。维尔洛米本来对此并不介意,她不必招所有人喜欢,但随着造访的次数越来越多,她逐渐发现,尼切尔·菲斯不仅是害羞或冷漠,还表现出了一股真正的敌意。

维尔洛米对她很感兴趣,努力想了解更多关于她的信息,但她档案中的资料太过简略,甚至让维尔洛米怀疑都是编造出来的。每个殖民地总有几个这样的人,参与项目就是为了埋葬过去,想把他们从前的一切包括他们的身份都抛在脑后。

然而,她跟这个女人几乎没有直接沟通的办法。对话时,她面容平静、眼神空洞,要么回答非常简短,要么一声不吭。而当她选择沉默时,她会紧咬嘴唇,露出微笑。维尔洛米意识到她的笑容背后隐藏着愤怒,便没有进一步逼问。

维尔洛米开始密切关注尼切尔对自己或其他人说话的反应。她发现,当尼切尔听别人提到联盟政府、彼得·维京或者地球上的战争、地球自由人联盟、殖民部等词时,她就会很愤怒,或者说她的肢体语言就会表现出愤怒。此外,只要别人提到安德·维京、格拉夫、苏利亚翁,尤其是"豆子"的名字朱利安·德尔菲克,她就会抱紧手里的婴儿,开始对孩子低声叨念某种咒语。

作为测试,维尔洛米自己也当着她说了其中一些名字。显然,尼切尔·菲斯本人没有以任何方式参与过战争——维尔洛米曾把她的照片发给彼得的手下询问过,没人认识她——但她确实表现出对近几年的历史事件非常在意的样子。直到准备阶段临近结束,维尔洛米才想起应该再试试另一个名字。在跟一对比利时人谈话时,她提到了这个名字,当时尼切尔就在附近,完全能听到他们的话。"阿喀琉斯·佛兰德斯。"她说,把他称为近代史上最著名的比利时人。当然,这话冒犯到了跟她谈话的对象,他们拒绝承认他是一位真正的比利时人。她一面安抚他们的情绪,一边观察尼切尔。

她的反应很强烈,不会错,乍一看她似乎跟平常一样紧紧抱住孩子,亲吻他,跟他说悄悄话,但随后维尔洛米意识到,她并不僵硬,也不恼怒,反而对孩子很温柔。她在微笑,看起来很高兴,一遍又一遍地低声念叨着"阿喀琉斯·佛兰德斯"这个名字。

这让人很不安,维尔洛米甚至想要走过去,对她大喊:你怎么敢崇敬那个禽兽的名字?

但她很快就意识到自己的罪行也同样可怕。当然,她和阿喀琉斯之间有区别,但也有相似之处,过于强烈地谴责他是不明智的。所以,这个女人对阿喀琉斯这个名字感到亲切是为什么?

维尔洛米离开了宿舍,再次尝试搜索信息,但没有任何记录显示阿喀琉斯可能与这个女人有过接触。她显然是个美国人,维尔洛米无法想象她说法语的样子,即便是说得很差的法语。她似乎没有受过足够的教育——像大部分美国人一样,她只会一种语言,声音粗鲁又嘹亮。那个孩子不可能是阿喀琉斯的。

但维尔洛米需要再确认一下,这个女人的行为明显指向了这种可能性。

她一直没同意让菲斯母子休眠并被送上飞船,直到她拿到基因图谱的比对结果。

小婴儿与阿喀琉斯·佛兰德斯的基因并不匹配,也就是说他不可能是孩子的父亲。

好吧,维尔洛米想。这个女人真是奇怪,她可能会造成麻烦,不过随着时间的推移,那些问题是能够解决的。不管是什么原因让她成了那个禽兽的忠实信徒,在远离地球的地方,狂热终将淡去,她会接受别人的友谊。

也可能她不会,那么她的冒犯行为将变成自我惩罚,让她遭受众人的排挤。不论如何,维尔洛米都能处理好。殖民者成千上万,一个女人能造成多大的麻烦?尼切尔·菲斯又不是什么领袖,没人会追随她,她成不了什么事。

维尔洛米于是下令让菲斯母子休眠。但由于耽搁了些时间,当格拉夫亲自前来跟那些将在航程中保持清醒的殖民者谈话时,他们还醒着。大约只有一百来人将在旅途中保持清醒——大部分人选择了沉睡——格拉夫的工作是确保他们明白,船长具有绝对权威,并且拥有几乎不受限的惩戒权力。"你们必须服从飞船工作人员的所有要求,而且要立即执行。"

"不然呢?"有人问。

格拉夫不以为意。那个声音听起来不是挑衅,更多的是恐惧。"船长掌握生杀大权,而具体的判定取决于违规行为的严重程度。她就是量刑的唯一裁判,你们也没有上诉权。我说明白了吗?"

人人都懂了。一些人甚至在最后一刻选择了休眠,不是因为他们打算叛变,而是因为受不了要和一个手握如此大权的人关在一起长达数年。会议结束时,人群发出躁动和喧嚣。一些人走向可以在最后时刻安排休眠的桌子,一些人往宿舍走,还有一些人则围到格拉夫身边——当然是些趋炎附势之徒,格拉夫几乎和维尔洛米一样出名,只是他此前还没机会露面。

维尔洛米正在朝休眠的签到台走去,突然听到巨大的噪声——那些围在格拉夫身边的人同时发出了惊叹和呼喊。她往那边看,但看不清发生了什么。格拉夫只是站在那儿,对某人微笑着,看起来非常正常。只是几个旁观者瞪大了双眼,他们的目光将维尔洛米的注意引导到一个女人身上,她气喘吁吁地从格拉夫身边挤了出来,走出了房间。

是尼切尔·菲斯,手里依然抱着她的小宝贝兰德尔。

总之,不管她刚刚做了什么,显然对其他人造成了困扰,但格拉夫根本没受影响。

然而尼切尔主动找格拉夫对峙还是令人担忧。她的敌意已经转化成了行动，这不是什么好事。

为什么她没有公开对我表现敌意？我也同样出名。

但为什么出名呢？因为联盟政府打败了我，把我俘虏了。而谁站在我的敌对面呢？苏利亚翁、彼得·维京，以及他们身后的整个文明世界。这份名单几乎跟反对、憎恨阿喀琉斯·佛兰德斯的人完全重合。

怪不得她自愿加入我的殖民星而不是其他殖民星。我们被同样的敌人击败，她认为我是她的知音，但她不明白——至少当她报名加入我的殖民星时还不明白，我赞同那些击败了我的人，我犯了错，应该被阻止。我不是阿喀琉斯，我一点儿也不像他。

如果女神想惩罚维尔洛米，因为她竟敢冒充女神夺取权力、统一印度，那么没有比这更好的办法了：让所有人都以为她跟阿喀琉斯一样，并因此爱戴她。

幸运的是，只有尼切尔·菲斯一个人这么想，而且没人喜欢她，因为她也不喜欢任何人。不论她有什么看法，都不会影响维尔洛米。

我一直在安慰自己，维尔洛米心想，难道这意味着我内心的最深处已经受到了这个女人的奇思怪想的影响？当然如此，而这也是我需要背负的。坚持真理。

CHAPTER 12

第十二章

收件人：GovDes%ShakespeareCol@ColMin.gov/voy
发件人 MinCol@ColMin.gov
主题：奇怪的际遇

亲爱的安德：

　　没错，我还活着。我每年需要休眠十个月以完成这个项目。幸亏我有一个值得信赖的手下，我可以放心把性命托付给她。计算显示，当你到达莎士比亚星时我应该还活着。不过，我现在写信给你是因为你与"豆子"关系密切。我附上了跟他的遗传病相关的文件。现在我们了解到，"豆子"的真名是朱利安·德尔菲克。当他还是一颗冷冻胚胎时就被劫持了，成了一个非法基因实验唯一的幸存者。基因改造使他异于常人，极度聪明，但这也影响到了他的生长发育模式。童年时期的他非常瘦小，就是你熟知的"豆子"。到了青春期，他开始以稳定的速度生长，但一直无法停止发育，直到最后死于巨人症。"豆子"不希望生命的最后阶段在医院度过，沦为需要别人同情的可怜人，于是踏上了一趟光速的探索之旅。他将活到他寿终之日，但实际上，他已经远离了地球和人类。

我不知道有没有人告诉过你，"豆子"和佩查结婚了。尽管担心他们的孩子可能会遗传"豆子"的病，但他们还是让九个卵子受了精——唉，他们被一个庸医骗了，那人谎称可以修复孩子的基因缺陷。佩查生下了其中一个，另外八个胚胎被抢走了，跟"豆子"的命运一样，这些受精卵被移植到了不知情的代孕母亲体内。经过深入而广泛的搜寻，我们找到了七个失踪的孩子，只差一个一直下落不明，直到今天。

我这样说是因为今天早些时候的一次奇特遭遇。当时我在埃利斯岛，也就是我们曾经的战斗学校。所有的殖民者都会汇集在这里，接受筛选，然后被送往分拣飞船的地方。艾洛斯星目前所处的轨道位置太远了，不太方便，我们需要从更近的地方装备并发射飞船。

当时我正在给一群即将前往恒河星的人宣讲，一如往常向新人灌输我的幽默与智慧。会后一个女人走到我面前——听她的口音是美国人——手里抱着一个婴儿。她一言不发，只是往我的鞋上啐了一口唾沫就走了。自然这引发了我的兴趣——我就是容易受到举止轻佻的女人吸引。我做了一点儿功课，也就是让一个地球上的朋友对她进行了全面的背景调查，结果发现她用了假名参与殖民项目——这不稀奇，而且我们也不在乎。只要不是儿童性侵犯者或者连环杀手，你是谁都行。但我们发现，她此前曾嫁给了一个无法生育的杂货店助理经理，也就是说，那个男孩不是她前夫的。这也不奇怪。然而不同寻常的是，孩子也同样不是她亲生的。

现在我必须向你坦白一些令我自己都感到羞愧的事。我曾向"豆子"和佩查保证过不会留下任何有关他们孩子基因图谱的记录，但其实我保留了一份副本，是当时追寻失踪孩子时用的，以防有朝一日我能碰到最后这个下落不明的孩子。

不知为何，这个名叫兰迪·约翰逊（原名尼·阿尔巴）现在名叫尼切尔·菲斯的人被植入了"豆子"和佩查那个失踪的胚胎。这个孩子也遗传了"豆子"的基因缺陷，将罹患巨人症。在他的成长过程中，他的智商将超越常人，但他也会因为无法停止发育而在二十多岁（或更年轻时）早逝。

现在养育他的女人出于某种理由认为朝我吐口水很有必要。我个人没受到冒犯，反而很感兴趣。这一举动让我怀疑这个女人可能跟其他的代孕者不同，她应该对这个孩子的身份有一定了解。或者更可能的是，她了解的情况并不是真相。但不论如何我都没法直接向她求证了，当我得知这些情报的时候她已经走了。

她将去恒河星，那里的情况跟你们一样，总督是一个年轻的战斗学校毕业生维尔洛米。出发时维尔洛米比你年长几岁，她在地球上生活了足够长的时间，从战斗学校回家后，她成了印度人民的救星，领导他们推翻了X国的压迫统治。不过由于计划不周，当她煽动人民入侵X国时惨遭失败。在权力的巅峰时期，她成了一个具有自毁倾向的狂热分子，对自己那套宣传话术深信不疑。而现在，她算是恢复了理智。我们到底是应该表彰她，因为她解放了自己国家的人民，还是应该谴责她，因为她入侵了曾经压迫他们的国家？与其在二者间犹豫不决，我们索性把她任命为一颗殖民星球的总督。这也是我们首次将地球上的原生文化纳入殖民星的建设中，前往这个星球的大部分殖民者都是信奉印度教的印度人，但不是全部。

"豆子"的儿子将会像他的父母一样成为出类拔萃的人。不过，兰迪也可能向他灌输自己的一套故事，让他的性格产生扭曲。

为什么我要告诉你这一切？因为恒河星是我们第一次尝试将非虫族占领过的星球转化为我们人类的殖民地。殖民者正以略低于光速的速度飞行，以便外星生物学家有足够的时间将这颗星球改造得适宜人类居住，做好殖民准备。

如果你对掌管莎士比亚星的生活感到满意，并希望在那儿度过余生，那么这些信息对你来说意义不大。不过，要是几年后你发现当总督并非你的人生目标，那么我想请你搭乘快递飞船前往恒河星。当然，在你到达莎士比亚星后的五年甚至十年之内，恒河星的殖民地都不见得能建立起来。不过前往恒河星的航程路途遥远，距离莎士比亚星需要航行十四年（或十九年）的时间，那时殖民地应该建得八九不离十了。这个男孩（兰德尔·菲斯）届时已经长大成人——不，他的体形将超越常人，智力也出类拔萃。恐怕维尔洛米也阻止不了他对殖民地的和平与安全构成威胁。他甚至可能已经成了殖民地的独裁者，或者是通过民主选举当上了总督，把人们从维尔洛米的疯狂中拯救出来。还有一种可能是他已经死了，又或者活着却默默无闻。谁知道呢？

我再次重申，选择权在你。我对你没有任何要求，"豆子"和佩查也没有。总之，要是你感兴趣，觉得这比留在莎士比亚星上更有意思，恒河星可以成为你的一个去处，你可以去帮帮那个年轻的总督维尔洛米，她很聪明，只是偶尔会做出一些非常糟糕的决定。唉，一切都充满未知！要是你真的决定去，为了赶得及在恒河星上发挥作用，你必须赶在殖民者下船之前出发。很有可能我们派你过去，结果那里什么事都没有发生，你也没有什么可做的。你看，我在为完全无法预先规划的事做规划。不过，有时我还是很高兴我这么做了。要是从现在起你决心不再参与我的任何计划，我也会比任何人都能理解！

你的朋友
希伦·格拉夫

附注：要是你们船长还没告诉你的话，我想跟你说，在你离开五年后，国际联合舰队同意了我的要求，每隔五年发射一艘快递飞船，前往各个殖民星。截至目前已经有一批飞船出发了，它们比运载殖民者的庞然大物小得多，但也有空间容纳一些货物。我们希望这些飞船能成为各殖民星之间贸易往来的工具。我们力求让每艘飞船在各个殖民世界间轮流停靠，每隔五年换到下一个，直至轮转一圈，去完所有的殖民星才能返回地球。不过，船上的工作人员可以选择跟随飞船完成整个航程，也可以在任意一颗殖民星下船，培训殖民者接替自己的工作，而他们就可以留下来。如此一来，就不会有人一生都被困在某个世界或某艘飞船上。正如你所料，我们不缺志愿者。

维塔利·科尔莫戈罗夫躺在床上，等待着死亡降临，等得有点儿不耐烦了。

"别着急，"赛尔·梅纳赫说，"别树立坏榜样。"

"我一点儿也不急，就是有点儿烦躁。我想，我有权感受自己的感受！"

"我觉得，你也有权想你所想！"赛尔说。

"噢，你总算有点儿幽默感了。"

"死期是你自己决定的，不是我。"赛尔说，"不过，来点儿黑色幽默还挺合适的。"

"赛尔，我让你来看我是有原因的。"

"为了让我感到沮丧吗？"

"我死后，殖民地需要一个总督。"

"这不从地球上来了一个吗？"

"严格来说，他来自艾洛斯星。"

"噢，维塔利，我们都来自艾洛斯星。"

"非常有趣，非常经典。我想知道，多久之后就没人会被围绕地球的小行星与希腊神祇的双关语逗笑了[1]？"

"总而言之，维塔利，请别告诉我你要把我任命为总督。"

"我没这个打算，"维塔利说，"我想交给你个差事。"

"而这件事只有我这个年迈的外星生物学家能完成。"

"正是如此。"维塔利说，"现在有一条加密信息正排队等着通过安塞波发送出去。不，我不会给你密钥的，我只要求你在我彻底断气之后，在他们选出新总督之前，将信息发送出去。"

"发给谁？"

"信息里包含了收件人地址。"

"真是条智能信息。为什么它不能自己弄清楚你什么时候会死，然后将自己发送出去呢？"

"你答应我吗？"

"当然，我答应你。"

"再答应我一件事。"

"我也老了，别指望我一下子记住那么多承诺。"

"要是他们选你当总督，你就当。"

"他们不会的。"

"要是他们没有，就算了。"维塔利说，"不过，如果他们真的依照其他所有人的意愿选了你，那你就去做吧。"

"不。"

"这恰恰是你必须当总督的理由。"维塔利说，"你最有资格，

---

[1] 艾洛斯（Eros）也是希腊神话中的爱与情欲之神。

因为你不想当。"

"正常人都不想当。"

"太多人对此求之不得了,并不是因为他们真的想做,而是因为他们看中了那份工作连带的荣耀、威信和地位。"维塔利笑了起来,随后笑声又变成了难听的咳嗽声,直到他喝了一口水,止住了胸腔里的痉挛才停,"等我死了,我完全不会怀念这些。"

"地位?"

"我说的是咳嗽。胸口深处那种持续不断的瘙痒,还有哮喘、胀气、模糊的视力——不管光线有多么明亮,配多好的眼镜都不管用,身体所有衰老的表现都让人厌恶。"

"还有你的口臭呢?"

"那是为了让你庆幸我已经死了。赛尔,我是认真的。要是其他人当选总督,他肯定是一个想要这个职位的人,那么当新总督到来时,他就不会甘愿转交权力。"

"那是他的事,一切都在艾洛斯星决定好了,除了补给、装备、专业人员,他们也会给我们送来一个独裁者。"

"我起初也是一个独裁者。"维塔利说。

"我们刚刚起步时,活下来都几乎不可能,是你让情况稳定下来,让我们找到办法对付这颗星球对人类致命的问题。不过,那些都已经过去了。"

"不,并没有过去。"维塔利说,"让我把话说开吧,正在向我们驶来的飞船上有两位上将,其中一位是我们未来的总督,另一位是飞船的船长。猜猜他们之中的哪个人自认为应该当我们的总督?"

"当然是船长,否则你就不会这样问了。"

"他是个官僚,一个削尖脑袋往上爬的人。在我们出发之前我并不认识他,但我了解这种类型的人。

"也就是说，这艘飞船在带给我们所需补给的同时，也会带来一场权力的斗争。"

"我不希望莎士比亚星上发生战争，不希望任何人流血牺牲，不希望新人必须征服新任的代理总督才能掌权；我希望我们殖民地上的所有人都做好了准备欢迎新来的殖民者以及他们带来的一切，并且团结在艾洛斯星为我们指定的总督周围。他们清楚自己在做什么，从他们任命总督的那一刻开始就知道。"

"你知道谁是总督，"赛尔说，"你很清楚，但你从没告诉过任何人。"

"我当然知道。"维塔利说，"自从殖民飞船发射以来，在过去的三十五年里，我一直与他保持着联系。"

"你一个字都没透露他是谁，是我认识的某个人吗？"

"我怎么会知道你认识谁不认识谁？"维塔利说，"我都快死了，别烦我了。"

"所以你到现在还是不说。"

"他一旦结束光速飞行就会与你联络。到那时，你自然需要跟殖民者交代他的身份。不管他问你什么，你都可以告诉他们。"

"但你不相信我现在能保守秘密。"

"赛尔，你的确无法保守秘密。你想什么就会说什么，不会骗人，所以你能成为一个出色的总督，而我不能提前向你泄露任何事，因为你一旦知道了就会立马告诉所有人。"

"我不会撒谎？好吧，那么我就跟你直说，我才懒得向你承诺我会接受总督一职，因为我不会去当的。他们会选择别人。除了你没人喜欢我，维塔利。我是个脾气暴躁的老人，喜欢对别人发号施令，把笨手笨脚的助手弄哭。我为这个殖民地所做的一切早已是过去时了。"

"噢，闭嘴吧。"维塔利说，"你会做你该做的事，我也会做我该做的，也就是去死。"

"我也快了。你知道，我可能会死在你前头。"

"那你得抓紧了。"

"这位新总督是否了解，为了在这里活下去新人们需要做什么？例如注射疫苗，定期摄入改良猪肉，以便在获取蛋白质的同时饿死那些寄生虫？我希望他们没有给我们送来素食者。这些新来的人从下船的那一刻起总数就比我们多得多，这点真是糟糕。"

"我们需要他们。"维塔利说。

"我知道，基因库需要他们，农场和工厂也需要他们。"

"工厂？"

"我们正在维修一台老式的太阳能发电机，我们认为可以用它运转一台织布机。"

"工业革命！我们才仅仅在这颗星球上生活了三十六年！你还说近期没有为人们做任何事！"

"不是我做的，"赛尔说，"我只是让李提去看一看。"

"好吧，如果仅此而已的话。"

"说出来吧。"

"说什么？我已经说了想说的。"

"告诉我这正是你过去三十五年来管理殖民地的方式：说服别人去尝试。"

"对于你已经知道的事，我没必要再说了。"

"别死。"赛尔说。

"我很感动，"维塔利说，"但你还不明白吗？我想死，我已经过完了一生，耗尽了自己。我打过仗，也取得过胜利，随后安德·维京又赢得了对抗母星世界的战斗，消灭了所有的虫族。转瞬间,我又不是一个士兵了,而我曾经只是一名士兵,赛尔,不是官员,更不是总督。结果,我当了上将,成了指挥官,这是我的职责,我也履行了自己的责任。"

"我不像你那么尽职尽责。"

"我现在可不是在说你,该死的,你想做什么随便你吧。我是在告诉你,在我那该死的葬礼上,应该说些什么!"

"哦。"

"我不想当总督。我曾一心希望战死疆场,然而事实是我也比你好不到哪去,对未来缺乏长远考虑。结果我们来到了这里,接受训练,准备在这个曾被虫族占领的世界上生存。但我以为那都是你和其他技术人员的工作,我则负责指挥战斗,与虫族交战。他们成群结队地从山头、从地下朝我们拥来,你不知道我做了多少噩梦!梦见要去占领阵地、杀光敌军、守住要塞,我总是担心子弹不够,总是觉得我们要死了。"

"那么,安德·维京让你失望了。"

"是的,那个自私自利的小屁孩。我是一名战士,他却把属于我的战争夺走了。"

"而你却因此爱他。"

"我完成了我的使命,赛尔,我尽到了自己的责任。"

"我也一样,"赛尔说,"但我不会承担你的职责。"

"等我死了,你会的。"

"你也看不到了。"

"我对来世抱有希望,"维塔利说,"反正我不是科学家,可以这样说。"

"大多数科学家都信仰上帝,"赛尔说,"当然我们这儿的大部分人也是。"

"但你不信我会活着看你在做什么。"

"我觉得上帝对你有更好的安排,再说了,这里的天堂可是虫族的天堂。不管你以何种形式存在,我希望上帝能让你回到所有人类所在的天堂。"

"或者地狱。"维塔利说。

"我几乎忘了你们 R 国人都是悲观主义者。"

"这不是悲观主义,我只想去我朋友、去我父亲那个老混蛋所在的地方。"

"你不喜欢他,却还是想和他在一起?"

"我想揍那个老酒鬼!再和他一起去钓鱼。"

"所以你们去的地方,对鱼来说可不是天堂。"

"对人来说也是地狱,但仍存在美好的时刻。"

"就跟我们现在的生活一样。"赛尔说。

维塔利笑了。"士兵不应该研究神学。"

"外星生物学家也不应该从政。"

"谢谢你让我的临终关怀充满了不确定性。"

"只要让你开心就好。现在,要是你不介意的话,我得去喂猪了。"

赛尔离开了。维塔利躺在那儿,想着他是否应该下床,然后自己去发送信息。

不了。他此前的决定是对的。他不想和安德进行任何形式的对话,就让他在无法回信的状态下接收这封信吧。这就是他的计划,而且是个妙计。他是个聪明的好孩子,会做该做的事情。我不想让他征求我的意见。我的想法是多余的,而他却很有可能会遵循。

CHAPTER 13

第十三章

收件人：GovDes%ShakespeareCol@ColMin.gov/voy
发件人：GovAct%ShakespeareCol@colmin.gov
回复：当你收到这封信时，我已经死了

我死了，亲爱的安德，没什么好拐弯抹角的，我在主题栏里就直截了当地说了。我感到死亡的种子在我身体里萌芽，于是就写了这封信。我做好了安排，让人在我死后才发送。

我希望赛尔·梅纳赫成为我的继任者。他本人不愿意，但他受到广泛的喜爱和信任，这一点至关重要。当你抵达时，他不会恋权不退。不过，如果代理总督不是他，那你就得靠自己了，我祝你好运。

你明白，对我们小社区来说，生存是多么不易。三十六年来，我们在婚姻关系中生活、奉献，新一代人口已经恢复了性别平衡，我们的孙辈已经到了适婚的年龄。但很快你们的飞船就会抵达，人口会暴增，达到原先的五倍，其中只有五分之一是我们原来的人。这将带来问题，改变一切。但我相信我现在已经足够了解你，如果我的判断没错，那么我的人民就没什么可担心的。你将帮助新的殖民者适应我们的生活方式，引导他们完成有利于在这里生存的一切工作；你还会帮助我的人民适应新殖民者的生活方式，他们拥有地球上生活的经验，只要是合理的都应该汲取。

安德，从某种意义上来说，我们是同龄人，或至少处于人生的同一阶段，我们早都把家庭抛诸脑后了。对地球世界来说，我们就像踏入了一座敞开的坟墓，消失不见了。我现在的生活就像我的来世，我现在从事的工作就像我职业生涯结束后的事业，我现在的生命是从我原本的生命结束后开始的。我活得很好，这里就像天堂。生活忙碌、危机四伏，也有胜利的喜悦，最后都归于平静。愿你也能如此，我的朋友，不管你在这里的日子会有多长，希望你的每一天都是愉快的。

我从未忘记我们取得的胜利，以及因此获得的重生，都应归功于你和其他在战争中领导过我们的孩子。现在，我躺在属于我的坟墓里，再次对你们表示感谢。

致以爱和敬意

维塔利·德尼索维奇·科尔莫戈罗夫

"我不喜欢你对阿莱桑德拉所做的事。"华伦蒂说。

安德抬起头，停止了阅读。"我做了什么？"

"你心知肚明，你已经让她爱上了你。"

"我有吗？"

"别假装你没发现！她看你的眼神就像一条饥饿的小狗。"

"我从来没养过狗。战斗学校不允许存在团队吉祥物，也没有流浪狗可捡。"

"而你故意让她爱上了你。"

"要是我可以随心所欲地让女人爱上我，那我应该留在地球上，把秘方装进瓶子里卖掉，发大财。"

"你不是让一个女人爱上了你，而是让一个害羞、渴求保护且有情感依赖的女孩爱上了你,而这超级容易,只要对她特别好就行了。"

"你说得对,要不是我太自私了,本应该给她一巴掌的。"

"安德,现在和你说话的人是我,你以为我没看到吗?你寻找一切机会赞美她,找些无意义的事情征求她的看法,无缘无故地感谢她,还对她微笑。对了,有没有人跟你说过,你笑起来的时候连钢铁都能融化?"

"这在宇宙飞船上可真是麻烦了,我以后注意少笑点。"

"你微笑,就像打开了星际引擎的开关!那张笑脸就像你把灵魂掏出来放到了她的手掌心上。"

"华尔,"安德说,"我在读一封很重要的信,你到底想说什么?"

"既然你已经拥有她了,你打算拿她怎么办?"

"我不拥有任何人,"安德说,"我连碰都没碰过她——真的,没有握过手,没有拍过肩,什么都没有。我们没有身体接触,我甚至都没和她调过情,也没有性暗示。我没有开过亲密的玩笑,也没和她独处过。好几个月了,她母亲一直在想方设法让我俩单独相处,但我从来没这么做过,哪怕有时需要我很粗鲁地冲出房间。你说,到底是我的哪个行为让她爱上了我?"

"安德,我不喜欢你对我说谎。"

"华伦蒂,要是你想听我诚实的回答,就给我写一封真诚的信吧。"

她叹了口气,在床上坐了下来。"我等不及想结束这次航行了。"

"还有两个多月就结束了,快了。你还写完了你的书呢。"

"确实,写得挺好,"华伦蒂说,"尤其考虑到我几乎没见过他们中的任何一个人,你也几乎没给我任何帮助。"

"我回答了你提出的每一个问题。"

"但你不愿说出个人评价,不管是对战斗学校、对人,还是对——"

"我的想法不是历史,这本书不该叫《安德·维京向姐姐华伦蒂讲述他的学生时代》。"

"我踏上这趟旅程不是为了和你吵架的。"

安德露出了非常夸张的惊讶表情,华伦蒂忍不住朝他扔了一个枕头。

"不管怎样,"她说,"我对你从来不像我对彼得那样刻薄。"

"那可太好了。"

"但是我生你的气了,安德。你不该玩弄一个女孩的感情,除非你真的想娶她——"

"我不想。"安德说。

"那你就不该引诱她。"

"我没有。"

"可我觉得你有。"

"没有,华伦蒂,"安德说,"我所做的一切正是为了让她得到她最想要的东西。"

"那就是你。"

"绝对不是我。"安德坐到了她的床上,紧紧地靠着她,"你去细细地审视别人吧,这样对我的帮助最大。"

"我留意每个人,"华伦蒂说,"我也评判所有人,但你是我弟弟,我可以对你指手画脚。"

"而你是我姐姐,我可以挠你痒痒,直到你尿裤子或者哭出来,或者二者同时发生。"

他真的这么做了,不过没有太过火。她对着安德的胳膊狠狠打了一拳,他"嗷"地叫了一声,叫得很滑稽,像是在嘲讽。她知道他是在假装不痛,但实际上是痛的。不过他罪有应得。他对阿莱桑德拉的态度真的很糟糕,也满心不在乎。而更糟的是,他还以为自己不承认这点就完了,这相当可悲。

整个下午安德都在思考华伦蒂的话。他知道自己在盘算什么,而这确实是为了阿莱桑德拉好。但他没有把这个女孩真的爱上他的可能性考虑在内,那样的话就糟了。照他的想法,他们之间应该发展出友情,相互信任,可能也有感激之情。总之,是兄妹间的情谊。可惜阿莱桑德拉不是华伦蒂,她跟不上他的思路,不像华伦蒂那样能迅速得出结论,就算不是他预期的结论都不行。阿莱桑德拉无法胜任安德分配给她的任务。

安德心想:我去哪儿找可以跟我结婚的人呢?哪儿也找不到,要是我把所有人都拿来和华伦蒂比较的话,永远也找不到。

好吧,我知道我让阿莱桑德拉产生了感情,我也喜欢她用那样的眼神看我。佩查从未那样看过我,也没有任何人那样做过。这让我感觉很好,好像体内的荷尔蒙被唤醒了,变得兴奋起来,挺有趣的。我已经十五岁了。我从没说过任何故意误导她的话,也从未做过任何事来表达身体的吸引。我只不过是享受她对我的爱慕,做了一些让她对我产生感觉的事情,这又有什么错呢?这里的规则是什么?要么就得完全无视她,使她感到自己无足轻重;要么就得当场跟她结婚?这些是唯一的选择吗?

然而,在安德的内心深处,啃噬他的是另一个问题:我变成了彼得吗?我是不是在随意利用他人实现我自己的计划?因为我的本意是想让她幸福,一切就会有所不同吗?我没有征求她的意见,也没有给她选择的机会,我是在操控她。我在塑造她的世界,迫使她做出某些选择,采取某些行动,以便让其他人也按照我的想法行事。

那么,还有其他的选项吗?被动地等待事情发生,然后说"啧啧,真是糟透了"?

我们不都是在操控别人吗？即便我们开诚布公地要求他人做出选择，不也是事先框定了范围，让他们按照我们认为恰当的方式来选择吗？

要是我直接告诉她我的计划，她可能会同意参与，自愿去做那些事。

但她的演技足够好吗？能骗过她母亲，不让她知道在发生什么吗？她母亲不会强迫她说出来吗？阿莱桑德拉完全就是她母亲的傀儡，安德不信她能对自己母亲保守秘密，她守不长。而一旦阿莱桑德拉泄露机密，对她来说倒没有什么损失，起码她能维持现状，而我将失去一切。难道我没有资格将自身的利益还有未来和幸福考虑在内吗？万一我真能成为比摩根上将更好的总督，难道我不应该为殖民者考虑，确保事情顺利进行，由我本人而不是由他担任总督？

这仍是一场战争，即便没有武器，只有微笑和言语。我必须利用手头的力量和有利的地形消除对方的优势，迎战强大的敌人。阿莱桑德拉是一个人，没错——在这个伟大的游戏中，每一个士兵、每一颗棋子也都是人。我曾经被用来赢得一场战争，而现在，我将利用别人，一切都是为了"整体的利益"。

不过，在这通道德推理背后还有些别的东西。他能感觉到饥渴与热望，心里痒痒的。那是他内心的黑猩猩，他和华伦蒂都这么称呼它。这只动物在阿莱桑德拉身上嗅到了女人的气息。我制定这个计划，选择这些棋子，是因为它是最佳方案吗？还是因为这能让我去接近一个女孩，一个渴望我的关爱的漂亮女孩？

也许，华伦蒂说得完全正确。

但就算她是对的，那又怎么样？我已经无法撤销对阿莱桑德拉付出的所有关注。难道我应该无缘无故地对她冷淡？这样就不是操控她了吗？

我能不能偶尔关闭大脑，单纯当一只无毛的大猩猩，追求合适的雌性？

不行。

"你打算和安德·维京玩多久的游戏？"朵拉贝拉问。

"游戏？"阿莱桑德拉说。

"他显然对你有意思，"朵拉贝拉说，"总围着你转。我还见过他对你微笑，他喜欢你。"

"就像喜欢一个妹妹。"阿莱桑德拉叹了口气。

"他很害羞。"朵拉贝拉说。

阿莱桑德拉再次叹气。

"别对着我叹气，"朵拉贝拉说。

"哦，等于我在你身边，就不准呼气了？"

"别逼我掐你的鼻子，把饼干塞到你嘴里。"

"妈妈，我不能控制他的行为。"

"但你可以控制自己。"

"安德又不是摩根上将。"

"不，他不是，他只是个男孩，完全没有经验。一个男孩，需要被引导、帮助和展示。"

"展示什么，母亲？你在建议我使用身体语言？"

"我亲爱的仙女小宝贝，"朵拉贝拉说，"这样做不是为了你，也不是为了我，都是为了安德·维京好。"

阿莱桑德拉翻了个白眼，她真是一个小孩子。

"翻白眼可不是个好答案，亲爱的仙女小宝贝。"

"妈妈，那些做出恐怖行为的人总说是为了别人好。"

"但这次我是对的。你看，我和摩根上将的关系已经非常近了，非常非常亲密。"

"你已经和他上床了吗?"

朵拉贝拉甚至自己都没意识到,她马上扬起手,准备给阿莱桑德拉一耳光,好在她及时醒悟了过来。"噢,你看,"她说,"我的手还以为它属于你外婆呢。"

阿莱桑德拉的声音有些颤抖:"你说你们关系非常紧密,我以为你在暗示——"

"我和昆西·摩根之间保持着一种成年人的关系,"朵拉贝拉说,"我们相互理解。我给他的生活带来了前所未有的阳光,而他带给我的是男人的沉稳,这是你父亲从未给过我的,上帝保佑他。的确,我与他之间也有身体上的相互吸引,但我们都是成熟的人了,能够驾驭自身的欲望。所以没有,我还没有让他碰我。"

"那我们现在谈的是什么呢?"阿莱桑德拉问。

"当我在你那个年龄段时,"朵拉贝拉说,"我不知道在恪守贞洁与怀孕生子之间还有很多可利用的余地,可以采取一系列行为给一个年轻人发出信号,表明他的追求在一定程度上是受欢迎的。"

"妈妈,这点我很清楚。在学校里,我看过其他女孩子把自己打扮得像个妓女,争先恐后地展示自己;我还看过情侣间相互爱抚、揉搓,又捏又掐。别忘了,我们可是意大利人,我在一所意大利学校上学,所有的男孩都会长成意大利男人。"

"你别以为用这些种族刻板印象就能激起我的愤怒,转移我的注意力。"朵拉贝拉说,"我们只剩几个星期就要到了——"

"两个月可不是仅仅'几个星期'。"

"八周并不长。当我们到达莎士比亚星时,有一件事是肯定的:摩根上将不会把殖民地交给一个十五岁的男孩,这是不负责任的行为。他跟所有人一样,也喜欢安德,但他们在战斗学校整天就是玩游戏，而管理一个殖民地需要有领导经验的人。注意，谁都没有明说过这点，我是从人们只言片语的暗示或无意中听到的话语里得出了这样的结论。"

"你一直在偷听。"

"我只不过恰好在场而已，人的耳朵又不能自动关闭。我的想法是，让安德·维京做他的总督，同时听取摩根上将的建议，也许这是最好的结果。"

"从方方面面来说。"

"反正比让安德被强制休眠送回家好。"

"不！他不会的！"

"他已经被那样威胁过了，还有人暗示说这很有必要。现在，让我们来想象一下这样的场景：安德和一个美丽的殖民女孩坠入爱河，并决定结婚，于是他有了婚约，而他未来的岳母——"

"恰好是一个神经病，认为自己和女儿都是仙女。"

"我们可以这么说，他的准岳母已经或即将嫁给一位上将，他注定会成为王位背后的掌权者。除非安德惹他的麻烦，那样的话他就会夺权，我们就在这里把话挑明了。但安德不会自找麻烦，因为没必要。他年轻漂亮的妻子会顾及他的利益，凡事都跟她母亲商量，而后者又会跟她的丈夫沟通，大家就万事大吉了。"

"换句话说，我嫁给他，就是为了当间谍。"

"确切地说，是有一对相亲相爱的中间人，她们会确保这艘飞船上的两个上将之间永远不会发生任何冲突。"

"方式就是压制安德，让他跟随昆西的曲调起舞。"

"直到他成长为年纪足够大、经验足够丰富的领袖。"朵拉贝拉说。

"至少在昆西的眼里，这永远不可能发生。"阿莱桑德拉说，"妈妈，我不傻，其他所有卷入此事的人也不傻。你是在进行一场赌博，赌摩根上将会夺取权力，因此，只要嫁给他，你就会成为殖民地的总督夫人。但你又拿不准安德·维京会不会获胜，所以你想把我嫁给他，这样一来，不管谁赢得这场小小的权力斗争，我们都能大赚一笔。我说得对吗？"

阿莱桑德拉说"赚"这个词时用的是英语，朵拉贝拉抓住了这点。"亲爱的，莎士比亚星上还没有现金呢。"朵拉贝拉说，"到目前为止，他们还在以物易物，采用配给制度，你没有好好学习我们的殖民地课程。"

"妈妈，那就是你的计划，对不对？"

"根本不是。"朵拉贝拉说，"我是个恋爱中的女人，别否认，你也一样！"

"我一直在想他，"阿莱桑德拉说，"每天晚上都梦见他。如果这就是恋爱，我想可能需要一种药丸来治疗。"

"你之所以会有这种感觉，是因为你爱的男孩对自己的感情没有足够的认识，还无法向你甚至向他自己表明心意，这就是我一直以来想告诉你的事。"

"不是的，妈妈，"阿莱桑德拉说，"你真正想让我做，却又不愿明说的，是让我勾引他。"

"我没有。"

"妈妈！"

"我已经说过了，在思恋他和勾引他之间还有很多种选择，比如轻轻地触碰。"

"他不喜欢别人碰他。"

"他以为自己不喜欢，因为他还不明白自己已经爱上了你。"

"哇，"阿莱桑德拉说，"真是大言不惭，你这个没有学位的心理学家。"

"仙女不用学心理学，她们天生就懂。"

"妈妈！"

"你一直叫我，好像不确定我知不知道自己的头衔一样。没错，亲爱的，我确实是你妈妈。"

"难道你就不能坦诚地说出内心的想法吗？哪怕一次也好？"

朵拉贝拉闭上了眼睛。对她来说，直言不讳从来没有好结果，不过阿莱桑德拉是对的。这个女孩太单纯了，真的不明白朵拉贝拉在说什么。她不懂这一切的必要性和紧迫性，也不懂她该怎么做。既然开诚布公无法避免，那么长痛还不如短痛。

"坐下吧，亲爱的。"朵拉贝拉说。

"你的意思是，这将是一场复杂的自我欺骗，"阿莱桑德拉说，"而且是需要适当休息的那种。"

"你要继续这样的话，我就把你从我的遗嘱中剔除出去。"

"这种威胁可行不通，毕竟你没有东西可以留给我。"

"坐下，调皮的坏孩子。"朵拉贝拉用她严厉又欢快的声调说。

阿莱桑德拉躺到她的床上。"我在听。"

"你永远不会按我的要求去做，对吗？"

"我在听。而且你不是在要求，而是在命令。"

朵拉贝拉深吸了一口气，开口说道："要是在接下来的四周内，你不能与安德发展成恋爱关系，锁住他，把他与你绑定在一起，那么他几乎肯定会被留在这艘飞船上，当摩根上将去查看殖民地情况时，他要不会被强制休眠，要不就会被囚禁。但要是安德·维京成了摩根上将的准女婿，情况就不同了。他会作为新总督，被介绍给莎士比亚星上的人们。因此，你要么就跟这个名义上的总督和全人类的英雄订婚，要么就会永久和他分离。而当你到了适婚的年龄，就不得不从本地的小丑中挑选一个了。"

阿莱桑德拉闭上双眼，等了很长时间，长到朵拉贝拉想朝她泼一杯水，好让她快醒过来。

"谢谢你。"阿莱桑德拉说。

"谢什么？"

"谢谢你把真实的想法告诉我，"阿莱桑德拉说，"还有你的整个计划。我明白了，无论我要做什么，都是为了安德好。但我只有十五岁，妈妈，我唯一可以参考的就是学校里那些坏女孩的表现。我想那不会对安德·维京起什么作用。所以，即便我想按你说的做，我也不知道该怎么做。"

朵拉贝拉走到女儿床前，跪下来亲了亲她的脸颊。"我的宝贝女儿，你只需要问我就行了。"

CHAPTER
14
第十四章

收件人：smenach%ShakespeareCol@colmin.gov
发件人：GovDes%ShakespeareCol@colmin.gov
主题：我们即将抵达

亲爱的梅纳赫博士：

　　航行期间我一直在研究您的工作内容，对您感到无比的钦佩和感激。难怪维塔利·科尔莫戈罗夫谈起您时，语气中除了欣赏还满怀深情——他对您的情谊，就连"深情厚谊、敬畏之心"这样的词都不足以形容。尽管我不像他那样了解您，但我已经看到了您的成就。当我与同行的数千名新殖民者到达莎士比亚星时，将看到一番欣欣向荣的景象，我们需要为了它的持续发展而努力，而不是作为一个失败的殖民地项目的拯救者来到这里。这一情况当然要归功于所有的殖民者，但是，如果不是您找到了对抗疾病的办法，解决了蛋白质不相容的问题，当我们抵达时，很有可能会发现这里是荒无人烟的不毛之地。

　　维塔利告诉我，您不愿接受总督的职位，但您实际上已经在这么做了，近五年来都将殖民地管理得井井有条。我想感谢您做出了让步，接受了这一份行政工作。我向您保证，其实我也一样不愿意当这个总督，只是除此之外，我别无选择。

尽管我跟您一样曾在军队服役，但作为总督，我还太年轻，也缺乏经验。希望我抵达时能和您见面，这样我就能向您学习，与您合作，帮助四千名新殖民者融入一千名"老殖民者"中，以便在合理的时间范围内，让所有人都拥有同一个身份，那就是莎士比亚星的公民。

我的全名是安德鲁·维京，但人们通常叫我童年时的小名安德。鉴于您曾在战争期间担任殖民星系内部的飞行员，您可能已经听过我的声音，或至少在我同伴的指挥下进行过一次战斗。我为在那次行动中牺牲的飞行员感到悲痛。那时我们不知道自己的失误会付出真正的生命代价，但这并不能免除我们的责任。我明白，对您来说，时间已经过去了四十年，但对我而言，那场战斗仅仅发生在三年之前，当时的场景还一直萦绕在我脑海中。我即将面对的就是真正参加过那场战斗的士兵们，他们一定还记得那些因为我的错误而丧生的战友。

我也期待与您同胞们的子孙后代见面。他们当然没有那场战斗的记忆，那对他们来说几乎是古代历史了。他们也不会知道我是谁，不明白为什么有人要这样羞辱他们，安排一个十五岁的男孩来当他们的总督。

所幸，我身边还有一位经验丰富的昆西·摩根上将，他曾善意地提出，在他停驻莎士比亚星期间，可以延续他对飞船和殖民地的领导权。维塔利和我讨论过领导人民和指挥军队的本质，我们一致认为昆西·摩根是一个追求和平、具有权威的人，您比我更清楚这对殖民地的意义。对于我们的到来将给您造成的负担，我深感抱歉，并提前向您表示感谢。

真诚的
安德鲁

收件人：GovDes%ShakespeareCol@colmin.gov/voy
发件人：smenach%ShakespeareCol@colmin.gov
主题：时间安排很不凑巧

亲爱的安德：

感谢来信。你非常深谋远虑，我也完全理解了你的意思。摩根上将是一位爱和平、有威信的人，我希望能向他致以真挚的问候。只是，我们仅剩的士兵年纪都和我一样老了，而我们年轻的一代没有学过任何形式的军事技能和纪律，因为在这里没必要。恐怕我们的演习只会让你感到尴尬。总之，当你们到达时，无论需要举行何种仪式，得完全由你方来安排。而在见识过你的工作，在仔细观察过你，就像你观察我之后，我有充分的理由相信，你能游刃有余地处理好一切。

自从维塔利死后，我就没再说过"游刃有余"。也许，由于你即将就任总督（对此我感到非常欣慰），我不自觉地就把跟他说话的口吻转移到了你身上。

很遗憾，你抵达的时间正好与我即将进行的一次紧急长途旅行冲突。尽管我已经不是首席外星生物学家了，但在这个领域，我还没有完全退休。现在你要来了，我打算去探索南边那片广袤的土地，那里几乎完全没有被开发。我们定居在亚热带地区，这是刚来时的权宜之计，以防我们找不到充足的燃料及适合的庇护所，最后被冻死。现在，你们带来了地球上的植物，它们需要在凉爽的气候条件下生长，所以我必须去看看是否有适宜的环境。另外，我也要找找能为我们所用的本地水果、蔬菜和草类植物。你们这次还带来了运输工具，我们可以在不同的气候环境下种植不同的植物，再运到其他地区供人食用。

出于一些显而易见的原因，我认为有个老人在身边会碍手碍脚，对你来说没什么用处。当两个被称为"总督"的人同时出现时，人们会倾向于向更有经验的人寻求意见。至于那些新人，由于此前一直处于休眠状态，很可能会遵循老殖民者的做法。因此，我的缺席反而对你有好处。现任首席外星生物学家勒克司·托洛会带你了解目前正在进行的项目。

相信你能理解，我踏上这趟旅程并不代表我不愿见你或不想帮助你。要是我认为在场比缺席对殖民地更有利的话，我会非常乐意留下来，与曾经带领我们取得胜利的指挥官握手。在老一辈的殖民者中，仍有许多人对你心存敬畏。要是他们一时语塞，请给他们多一点儿耐心。

真诚的
赛尔

赛尔悄悄地开始准备南下的旅途。他计划徒步前往，不打算占用殖民地的任何交通工具。就像最初的远征那样，他们没有任何驮畜可以使用。尽管各种可食用的新杂交作物已经在各地被广泛种植，他还是打算避开最适宜它们生长的气候区，这就意味着他必须自带干粮。所幸他吃得不多，而且他还打算带上六条狗。它们是新品种，都经过基因改造，可以代谢本土的蛋白质。狗能捕猎，而他也会留其中两条为食，再放归其余的四条——两公两母，以便它们独立在这片土地上生存、繁衍。

赛尔清楚在野外放归新的掠食动物会对当地生态造成多大的危害，但它们吃不完所有本土物种，也不会对植物造成影响，而后期开拓和殖民工作的重心就是要在野外找到可食用和可驯服的生物。

我们到这里来，不是为了保护本土生态，那是博物馆的工作。我们是来殖民的，是要让这个世界适宜人类生存。

这也正是虫族对地球所做的事，只是他们的方法更极端：先放火烧光本地物种，再种植来自虫族母星的植被。

不过，出于某些原因，他们没在这里重复同样的工作。差不多一个世纪以前，虫族在地球上种植了很多作物，但赛尔没在这里发现任何相同的物种。这里是虫族最古老的殖民地之一，生物群似乎在基因上与虫族相差甚远，不可能拥有共同的祖先。因此，虫族一定是早就在此处定居了，早于他们制定出虫族同化战略并在地球上实践。

迄今为止，为了殖民地的存续，赛尔不得不全身心地投入基因研究。在过去的五年里，他又一直致力于殖民地的管理。现在，他终于可以进入未知的世界，学习新的东西了。

他不能走太远，估计几百公里就是极限了。如果走太远，他就没法保证能活着回来，报告所有的发现，这对殖民地毫无意义。

勒克司·托洛一边帮他收拾行李，一边喋喋不休地抱怨着，这是他的习惯。不管是装备带得不够，还是拿得太多；不管是食物带得不够，还是水太沉；为什么要带这个，为什么不带那个……他总能找到可以啰唆的。不过，正是因为时刻关注细节，他才能卓有成效地完成工作，而赛尔用自己的幽默感忍受了一切。

当然，勒克司也有自己的想法。

"你可以拆开另一个包了，"赛尔说，"因为你不会和我一起去。"

"另一个包?"

"我又不是傻瓜,我决定不带走的另一半装备,你又装到了另一个包里,还有更多的食物和一个额外的睡袋。"

"我从没觉得你傻,但我也还没蠢到要把我们两个首席外星生物学家送上同一趟旅程,置殖民地于危险之中。"

"那这包东西是给谁的?"

"我儿子,坡。"

"我一直很困惑,为什么你要给他起一个疯狂、浪漫的 X 国诗人的名字?为什么不从玛雅的历史中选一个人名?"

"在《波波尔·乌》中,所有人物都是用数字而不是名字来代表的。他是个懂事、强壮的孩子,必要时可以把你背回家。"

"我还没那么老,也没那么笨。"

"总之,他做得到,"勒克司说,"前提是你还活着。否则,他会观察并记录你的尸体分解过程,并设法采样,看看哪些微生物和蠕虫以你这具腐烂的地球人尸体为食。"

"我很庆幸你依然在用科学家的头脑思考,而不是在用多愁善感的傻瓜头脑思考。"

"坡会是一个好旅伴。"

"他也会同意我携带足够的装备,在旅途中发挥其作用,而你会留在这儿,试用殖民飞船带来的新玩意。"

"还要训练他们派来的外星生物学家。"勒克司说,"你肯定跟维京说过我会帮他,但我不会。我还有太多分内的工作要做,没时间照顾新总督。"

赛尔没有理会他的怨气,他知道,只要维京需要,勒克司一定会帮他的。"坡的母亲对他要陪我出行怎么看?她高兴吗?"

"当然不高兴,"勒克司说,"但她知道,如果不让坡去的话,他就再也不会跟她说话了。所以说，我们相当于得到了她的祝福。"

"那么明天一早，我们就出发。"

"除非新总督阻止你这么做。"

"他必须踏上这片土地，才能开始行使总督的权力，现在他甚至还没进入我们的星球轨道呢。"

"你看过他们的清单了吗？有四架滑翔机？"

"如果有需要，我们会发无线电回来要的。否则，不要告诉他们我们去了哪儿。"

"好在虫族已经消灭了这颗星球上的主要掠食动物。"

"我老得只剩一把骨头了，但凡有尊严的掠食动物都不会想要吃我。"

"我想的是我儿子。"

"他也不会吃我的，即便我们吃光了食物。"

那天晚上，赛尔睡得很早。像往常一样，他只睡了几个小时就起来上厕所。他注意到安塞波在闪烁，有信息。*不关我的事*。但这么想不对，不是吗？要是维京的权力肇始于他踏上这片土地的那一刻，那么赛尔就仍是代理总督，这意味着他必须接受任何来自地球的信息。他坐下来，发出信号，表示自己已经准备好接收了。

有两条视频留言。他播放了第一条，殖民部长格拉夫的脸出现了，他的信息很简短：

我知道你打算在维京到达前离开。在走之前，请跟维京谈谈。请放心，他不会阻止你的。

就是这样。

另一条留言来自维京。他的样貌看起来符合他的年龄，但身高已经接近成年人。在殖民地，这样的青少年被期望能胜任成年人的工作，在会议上也跟成年人一样有投票权。因此，他在这里的位置也许不会像赛尔预期的那样尴尬。

"收到信息请马上用安塞波联系我，"安德说，"我们之间的距离在无线电通话的范围内，但我不希望通信信号被任何人拦截。"

赛尔犹豫了片刻，想着要不要把信息留给勒克司处理，但还是决定不这样做。重点不是要躲避维京，不是吗？他只是想为他腾出空间。

于是他发送了同意接通的信号。仅仅几分钟后，维京就出现了。现在，殖民飞船不再以光速飞行，他们不存在时差，能通过安塞波进行实时通信，甚至比无线电的传输还快。

"梅纳赫总督。"安德·维京笑着说。

"长官。"赛尔回答，试图回以微笑，但这毕竟是在跟安德·维京交谈。

"当我们听说您要离开时，我的第一个想法是请求您留下来。"

赛尔没有接他的话。"看到清单上有各种各样的驮畜、肉畜，有奶牛、绵羊、鸡等，我真是太高兴了。它们是地球上原生的，还是经过了基因改造，能够消化本地植物？"

"我们出发时，您的方法看起来非常可行，但还未经证实，我们是直到途中才得知它确实行之有效的。因此，这回带来的所有动植物都是地球原生的。它们全部处于休眠状态，并且在我们抵达莎士比亚星甚至在飞船离开之后，还能继续在地面上保持这种状态一阵子，让我们有充裕的时间对其下一代进行改造。"

"勒克司·托洛有他自己的项目，但我相信他能够在技术方面培训新的外星生物学家。"

"在您外出考察期间，勒克司·托洛将继续担任首席外星生物学家。"维京说,"我在最近几周已经见识了他的工作成果——以你们的尺度来看,是几年的时间。您遵照严格的标准把他培养成了一名严谨的科学家,而飞船上的外星生物学家都期待向他学习。当然,他们希望您能尽快回来,他们想亲眼见见您。对他们来说,您是个英雄。其他殖民地研究的对象都是相同的基因组,而这里是唯一一个没有虫族生物群基因的世界,它向人类提出了独特的挑战。因此,您必须独自完成其他所有殖民地能够合作完成的工作。"

"我和达尔文一起。"

"和您相比,达尔文有更多的助手。"维京说,"我希望您能将无线电调至睡眠状态,而不是直接关闭。我希望在需要时征询您的意见。"

"你不需要。我现在要回去睡觉了,明天还要走很长的路。"

"我可以派一架滑翔机来找您,这样您就不用自己背物资了,还能延长旅行的距离。"

"但那样的话,老殖民者会期待我很快回来。他们会等着我,而不是依靠你。"

"我无法假装我们不能追踪和定位您。"

"你可以告诉他们,你是应我的要求没有那么做的,是在向我表示尊重。"

"好的,"安德说,"我就这么办。"

其他没有什么可说的了。他们关闭了通信设备,赛尔回到了床上。

他很快便入睡了。而且同往常一样,他在黎明前一个小时自然醒来。

坡在等他。

"我已经和妈妈爸爸道过别了。"他说。

"很好。"赛尔说。

"谢谢您同意我来。"

"我有什么办法阻止你吗?"

"没有。"坡说,"我会乖乖听话的,赛尔叔叔。"

所有的孙辈都这么叫他。赛尔点了点头。"好。你吃过早饭了吗?"

"吃了。"

"那我们出发吧。我在中午之前不需要吃东西。"

旅行就是迈出一步,然后又一步。不过,要是在迈步的同时睁大眼睛仔细观察,那就不仅仅是旅行,而是一次重塑心灵的过程,你将看到人类闻所未闻的事物。当你用受过训练的特殊眼睛去观察,一棵植物就不仅仅是一棵植物,而是某种填补了某个生态位的植物,同时又具有这样或那样的差异性。当你有一双经过四十年训练的眼睛,就能很快掌握新世界的规律,你就成了第一个用显微镜观察微生物世界的安东尼·范·列文虎克和第一次把生物分为科、属、种的卡尔·林奈,以及梳理出各类物种进化路线的达尔文。

因此,这趟旅途进行得不快,赛尔不得不强迫自己加快步伐。

"不要让我在每一次看到新鲜事物时逗留太久。"他对坡说,"要是我这趟伟大远征只把我带到了殖民地以南十公里的地方就太丢人了,我必须至少翻过第一座山脉。"

"我怎么能阻止您逗留呢?每次您都叫我拍照、取样、保存,再记录到笔记中。"

"你要拒绝,告诉我应该抬起我老迈孱弱的膝盖,开始行走。"

"我这辈子都被教导要听从长辈的教诲,观察并学习。我是您的助手和学徒。"

"你只是希望我们不要走得太远,这样我死后你就不用费那么长的时间和那么大力气搬运尸体了。"

"我想我父亲向您提过,要是您真死了,我应该打电话求救,并观察您尸体的分解过程。"

"这倒没错,你只需要背起活着的我。"

"您是希望我现在就开始吗?把您抬到我肩上,这样您就不会每隔五十米就发现一个完整的植物科属?"

"你作为一个敬老、听话的年轻人,可以说很爱用反讽了。"

"我的话只是略微带了一点儿讽刺,如果您想听,我可以说得更好。"

"挺好的。不过,我们已经走了这么远,我却一直忙着和你争论,都没有注意到什么。"

"我们的狗倒是发现了一些东西。"

原来是一家几口长着角的爬行动物,在生态位上似乎填补了兔子的空缺——兔子是长着大门牙的食草动物,会跳跃,只有在被逼到绝境时才会反抗。赛尔认为这种动物的角太钝了,不太像武器,脑中浮现它们跳到空中、用头互撞的交配场面。鉴于它们的头骨非常轻,赛尔想象不到它们怎么能避免脑震荡。

"也许是身体健康的一种标志。"

"跟鹿角类似吗?"

"不,更接近牛角或羊角。"赛尔说。

"我认为它们会脱落,再长出新的,"坡说,"这些动物不会蜕皮吗?"

"不会。"

"我会找到蜕过的皮。"

"那可有你找的了。"赛尔说。

"为什么?因为它们会把皮吃掉?"

"因为它们不蜕皮。"

"你怎么能确定？"

"我不确定，"赛尔说，"但这是本土的物种，不是虫族引入的，我们还从来没在本土物种中观察到蜕皮的情况。"

他们边走边谈，这些话题陪伴他俩走完了很长一段路程。他们也在沿途做了很多工作，不仅拍了照片，遇到前所未见的新物种时，还会停下来采集样品。他们一直步行前进。赛尔年纪大了，偶尔需要拄拐杖，但他还是能保持匀速稳定的步伐。坡总是走在他前头，不过，每当他们短暂休息后需要继续前进时，都是坡发出痛苦的呻吟。

"我不懂你为什么要拿着那根棍子。"

"因为休息时我可以靠在它上面。"

"但你在途中得一直背着它。"

"它不太重。"

"看起来很重。"

"这是轻木——嗯，我称之为'轻木'，因为它的木质很轻。"

坡试了试，木棍很粗壮结实，但只有约一磅重。顶部很宽，像个水壶。"我还是觉得带着它很累赘。"

"这是因为你背的东西比我的重。"

坡懒得继续争论这个问题。"第一批探索月球和其他行星的人类旅行者很轻松，"坡说，他们正在翻越一座高峰，"他们与目的地之间只有大片的旷野，没有任何东西引诱他们停下做进一步探索。"

"就跟第一批航海家一样，从一片大陆到另一片大陆。他们漂洋过海，却无视海洋的存在，因为他们缺乏进行深度探索的工具。"

"我们是西班牙征服者，"坡说，"只不过我们在踏上虫族的土地之前就把它们都消灭了。"

"天花与其他疾病也比征服者更早一步传播出去了，"赛尔问，

"不知道算不算与我们的情况类似,还是说不同?"

"要是我们能和虫族交谈就好了。"坡说,"我读过关于西班牙征服者的文章——作为玛雅人,我们有充分的理由了解他们。哥伦布写过,他发现当地的土著'没有语言,原因只是他的翻译不会他们的语言'。"

"不过虫族确实没有语言。"

"或者只是我们这样认为。"

"他们的飞船上没有通信设备,没有任何可以传输声音或图像的工具,因为他们不需要。他们可以交换记忆,直接传递感官感受。不管是什么机制,都比语言更好,同时也更糟,因为他们无法与我们交流。"

"那么,谁是哑巴?"坡问,"我们,还是他们?"

"我们都是,"赛尔说,"又聋又哑。"

"要是让他们中的一个活下来,我愿意付出一切代价!"

"但要实现交流,一个可不够。"赛尔说,"他们有群体意识,需要成百上千个才能达到实现智能的临界值。"

"也许不用,"坡说,"也可能只有女王是有意识的,否则为什么在女王死后他们都死了?"

"所以女王是一个神经网络的核心,她一死其余的就崩溃了,但在那之前,他们都是个体。"

"正如刚才所说,我希望我们有一个活着的样本,"坡说,"这样我们就可以搞明白,而不是靠几具干枯的尸体猜测。"

赛尔默默地感到欣慰,因为在这个殖民地的年轻一代中,至少诞生了一个有科学家思维的人。

"我们殖民地保存的虫族尸体比其他地方的都多。在这里,以他们为食的食腐动物非常少,这些尸体在很长一段时间内还保存完好，让我们来得及到达星球表面，对其中的部分实施冷冻。我们确实也研究了他们的身体构造。"

"但其中没有女王。"

"这是我生命中的憾事。"赛尔说。

"真的吗？这是你最大的遗憾？"

赛尔陷入了沉默。

"对不起。"坡说。

"没关系，我只是在思考你的问题。我最大的遗憾？真是个好问题。我离开地球是为了拯救它，所以我不后悔抛弃地球上的一切；而来到这里使我能够做其他科学家梦寐以求的事，我得以为五千多个物种命名，并为整个本土生物群制定了一个基本分类系统，比其他任何虫族的世界都要多。"

"为什么？"

"在那些地方，虫族把当地的生态系统破坏殆尽，然后建立起他们本地动植物群系的小型子集。这里是唯一一个本土物种占大多数的地方，它们在这里自主进化；也是唯一一个种群混杂的地方。虫族只把不到一千个物种带到了他们的各个殖民地，而在他们的母星，可能还有更丰富的物种多样性，但已经不存在了。"

"所以你不后悔来这里？"

"我当然有悔意，"赛尔说，"但我也很高兴来到了这里。我很遗憾我成了一个年老力衰的人，但我也很庆幸自己还活着。对我来说，所有的憾事似乎都能被另一件乐事冲淡，达到平衡。因此，总体来说，我根本没有任何遗憾，但也没有任何快乐。这是完美的平衡。平心而论，我没有任何感觉，好像我并不存在。"

"父亲说过，如果你得出荒唐的结论，你就不是一个科学家，而是一个哲学家。"

"我的结论并不荒唐。"

"但你确实存在，我可以看到你，也能听到你的声音。"

"从基因的角度来说，坡，我并不存在，我脱离了生命之网。"

"有那么多衡量生命意义的标准，而你选择了让自己的生命显得毫无价值的那一种？"

赛尔笑了起来。"你真是你母亲的儿子。"

"不是父亲的？"

"当然是，两者都是。不过你母亲尤其不能忍受胡说八道，她认为废话就像牛屎。"

"说起这个，我真是等不及想看看这里的公牛是什么样子了。"

飞船越来越接近莎士比亚星，速度也在迅速降低。船上的工作人员要比平时忙得多，他们的第一项任务是与运输飞船对接。四十年前，这艘运输飞船将战斗舰队带到了这颗星球。由于没有回程的补给，运输飞船就像一颗巨大的卫星被留在了星球同步轨道上，就在殖民地的上空。在过去的几十年里，计算机和通信系统的正常运行都靠太阳能来维持。

原来的船员已经成了现在的殖民者，他们靠战斗机登陆星球。供殖民地头几年使用的物资和设备都被设计成了合适的尺寸，可以装入或搭载在战斗机上，所有战斗机也都配备了安塞波通信系统。不过，它们是一次性的登陆工具，无法再次离开行星表面。

摩根上将的船员将对运输飞船进行维修和改装。他们还带来了新的通信和气象卫星，会将其以一定的间隔距离放置在星球表面的同步轨道上。之后，将会有一名船长和若干船员登上旧的运输飞船，开始新的航行。他们不会返回艾洛斯星，而是前往另一颗殖民星。

尽管有这么多事情要处理，摩根上将仍然密切关注着安德的一举一动。安德对此心知肚明。此人是一个阴谋家，擅长策划各种活动。虽然像他这样的"和平主义者"看起来平平无奇，似乎从不做过火的事，但他们其实随时准备好重拳出击。

因此，在他们即将抵达莎士比亚星的关键时刻，安德必须让摩根确信自己没有搞任何阴谋诡计。在摩根的期待中，安德应该是一个聪明、热心的十五岁男孩，这些期望必须被满足。不过，对于总督一职，安德始终没有动摇，仍在执行自己的就任计划。摩根对此保持高度警惕，眼下必须让他相信，安德愿意让他成为王位背后的势力。

安德为此主动去找摩根，求他允许自己与莎士比亚星上的外星生物学家进行交流。"您知道我一直在研究虫族的生物系统。现在我已经可以和他们进行实时通信了，我有很多问题想问。"

"我不希望你去打扰他们。"摩根说，"他们已经有太多事情要做了，比如解决降落的问题。"

安德清楚，除了站在一旁，殖民地上的人不用做任何事。摩根会指挥降落，然后决定征用哪些物资作为返程补给。而不管摩根上不上船，飞船都将返回地球。

"长官，外星生物学家需要知道我们有哪些放牧牲畜，这样他们才能做好准备，对其进行改造以适应外星的蛋白质。这是一项庞大的工程，我们在培育出适应环境的新一代动物之后，才能有可食用的肉类。您不知道这有多急迫。我在出发时就研究了清单，所以完全了解情况。"

"我已经把清单发给他们了。"

实际上，安德在出发前也已经发过清单了，但何苦要纠结这点小事呢？"清单上只写了'牛'和'猪'之类的东西，他们需要更详细的信息。我知道，也可以帮忙发送。况且，现在没人使用安塞波，长官。这件事真的很重要。"安德差点儿想说"真的真的真的很重要"，但他感觉这样说会显得过于孩子气，可能会让摩根起疑心。

摩根叹了一口气。"所以孩子不该被赋予成年人的职务，你不像成年人那样分得清轻重缓急。不过，你去发吧，但要注意，一旦有船员需要使用安塞波，你必须马上暂停。现在，要是你不介意的话，我要去做真正的工作了。"

安德知道，摩根所谓"真正"的工作并非与降落有关，他是要筹备一场船上的婚礼。朵拉贝拉·托斯卡诺让他欲火焚身——不对，他们是真爱，是深深的羁绊，承诺成为彼此永久的伴侣——他已经对她许下诺言，要让她以上将夫人而不仅仅是一个普通殖民者的身份莅临莎士比亚星。

对此安德倒没有意见，也不会以任何形式干涉。

安德去了安塞波传输室直接发送信息。如果他用自己的电子桌连线，信息肯定会遭到拦截，被储存起来以供某人在闲暇时慢慢研究。安德犹豫了很久要不要关掉监控系统，这样就不会有人发现他给梅纳赫发过信息了，但最后他还是没这么做。尽管这套系统只用了国际联合舰队的安全标准来加密，这意味着很多战斗学校的孩子都能随意修改或破解它；或者像安德，可以侵入系统内部并完全骗过它。但他仍然不想冒险。不能让摩根在要求查看安德进入安塞波传输室的视频时，发现那段时间的视频监控缺失了。

除此之外，他需要再给格拉夫发送一则简短的信息，要求他在目前的情况下提供一点儿微小的帮助。接下来，他便可享受片刻隐私得到保护的珍贵时光，再去完成他此前告诉摩根需要来这里做的工作。

安德有机会独处时总是会做同一件事：把头枕在手臂上，闭上眼睛，期望片刻的小憩可以提提神。

有人在轻轻地揉捏他的肩膀，他醒了过来。"可怜的家伙，"阿莱桑德拉说，"工作到一半就睡着了。"

安德坐了起来。她继续给他放松颈肩和背部的肌肉，它们真的很僵硬，而她捏的力度刚刚好。如果她事先问安德一声，他是会拒绝的——他不希望他们之间有身体接触；如果她是在安德清醒的时候进来，开始给他按摩，他也会感到反感，因为他讨厌别人在未经他允许的前提下碰他。

但像这样被她从睡梦中轻轻地揉醒，感觉实在太好了，他没法叫她停下来。"我没做什么，"他说，"大部分都是一些杂活。让大人们去做艰辛的工作吧，我已经贡献了足够多的时间。"到现在，他还是条件反射地对阿莱桑德拉撒谎。

"你骗不了我，"她说，"我没你想象中的那么傻。"

"我没觉得你傻。"安德说，他确实不这么认为。也许她不是上战斗学校的料，但她不笨，"你母亲要和摩根上将结婚了，我知道你不太高兴。"

"我才不在乎呢。"

"不吗？那挺好的。"安德说，"我想只要缘分到了，就该欣然接受爱。你母亲还很年轻漂亮。"

"她的确很美，不是吗？"阿莱桑德拉说，"我希望能遗传她的身材，我父亲家里的女人都很瘦小，没有曲线。"

安德马上反应过来她来这儿的真正目的。她一边为他按摩，一边谈论"曲线"，这太明显了，他不可能会错意。但他想弄明白她到底想唱哪一出，原因是什么，以及为什么是现在。

"身材瘦削还是丰满并不重要，在适当的情况下，每个人都具有吸引力。"

"什么情况适用于你呢，安德？什么人会对你产生吸引力？"

他知道她在期待怎样的回答。"你就很有吸引力，阿莱桑德拉，不过你太年轻了。"

"我和你同龄。"

"我也太年轻了。"安德说。他们以前也讨论过这个问题，但都是理论上的，很抽象。他们欣赏彼此，将对方视为没有任何性吸引力的好友，但情况显然发生了变化。

"我不懂，在地球上，人们结婚的时间变得越来越晚，而发生性关系的时间却越来越早。我知道把二者分开是不对的，但谁能说得清孰对孰错呢？也许掌管我们身体的生物原理比所有推迟结婚的理由更有道理，也许身体就是想趁我们还年轻的时候抚养孩子，好有体力应对他们。"

安德想知道其中有多少内容是她母亲的意思，可能并不多。阿莱桑德拉确实在思考这类问题——他们讨论过很多社会政治方面的话题，这与她平时的想法并没太大出入。

问题是，尽管安德完全清楚目前的情况，他却乐在其中，不想让一切停下来。

但他又不得不停。要么停止，要么改变，总不能让她一直帮他按摩背部。不过，他也不能生硬地结束，他还要继续扮演好自己的角色。必须让摩根相信，安德对阿莱桑德拉一往情深，因此，通过迎娶朵拉贝拉，他将成为安德未来的岳父，等于多了一套控制安德的杠杆。安德曾试图与阿莱桑德拉建立柏拉图式的关系，他花时间与她相处，对她投入关注，以为这样能达到目的。

本来一切顺利，直到现在。现在他们开始通过阿莱桑德拉对他施加压力，安德不相信是她自己策划了今天这个小小的偶遇。"在想你母亲和摩根上将吗？"安德说，"你羡慕他们吗？"

她把手抽开了。"没有，"她说，"一点儿也不。为什么我帮你按摩肩膀要和他们结婚扯上关系?"

现在她没再触碰他了,安德得以把椅子转过来,面对着她。她打扮了一番,与以往有些不同,但不是很突兀,不像他通过视频看到的地球上所谓的性感造型。她的衣服他曾经见过,不过今天少扣了一个纽扣。这就是唯一的差别吗?可能吧,她刚才一直在抚摸他,直到片刻之前。他开始用一种全新的目光看她。

"阿莱桑德拉,"他说,"我们不要假装不知道发生了什么。"

"你觉得发生了什么?"她说。

"我睡着了,而你做了此前从未做过的事。"

"我以前从来没有这种感觉。"她说,"我看到你身上的担子有多重。我是说,不仅仅是总督的职位,还有之前的一切。我看到的是,你在承受作为安德·维京的重担。我知道你不喜欢被人触碰,但那并不意味着别人不想碰你。"

安德伸手去摸她的手,轻轻地勾住她的手指。他知道自己不应该这么做,但内心的渴望实在太强烈,几乎让他无法抗拒。一部分的他告诉自己,这样做没有什么危险,只是手碰手而已,人们经常这样做。

没错,他们还会做一些其他的事。他头脑中的另一部分说。

闭嘴。喜欢触碰阿莱桑德拉的那一部分说。

要是任由一切按照阿莱桑德拉或者她母亲的剧本发展下去,情况会更糟吗?他来的地方是一个殖民地,殖民地就是为了繁衍后代存在的,而他喜欢眼前这个女孩。在殖民地,不会有大把的女孩供他挑选,而在飞船上休眠的乘客里,与他年纪相仿的女孩就更少了。他很有可能只能选择出生在莎士比亚星的人,她们不是地球人。

正当安德跟自己做思想斗争时,阿莱桑德拉把他的手握得更紧了,站得也更近了。她紧紧靠在他身边,他能感受到她的体温,或者在想象中感觉到了。现在,她的身体碰到了他的上臂,而另一只手,他没有握住的那只手,开始抚弄他的头发。接着,她把他的手放到了自己的胸前,按着他的手背——不是乳房的位置,那样就太明显了,而是心脏跳动的地方。还是说,他感受到的是自己的脉搏,在他的手中跳动?

"在这趟航行中,我逐渐了解了你。"她低声说,"你不是那个著名的拯救了全世界的男孩,而是现在这个少年,和我同龄的年轻人。你非常细心,总是为他人着想,还对他们充满耐心——当然,对我,还有我母亲也是。你以为我没发现吗?你从来不想伤害和冒犯任何人,但也从不让别人接近你,除了你的姐姐。以后也会是这样吗?安德,你和你姐姐,在一个小圈子里,不让任何人入内?"

是的,安德心想,这是我原本的打算。当华伦蒂出现时,我觉得可以,她可以进入我的内心,这个人我可以信任。

但我不能信任你,阿莱桑德拉,安德心想,你在这里是因为别人的计划。也许你说的是真话,也许你是真诚的,但你被人利用了,成了瞄准我心脏的武器。今天是别人把你打扮成了这样,教你应该做什么,以及该怎么做。也许这一切真是你自己想出来的,那么对我来说,你太复杂了,我难以应对。我已经深陷其中,太希望事情朝着你引导的方向发展下去。

我不能任由一切再继续下去,安德心想。

不过,即便做出了这个决定,他也不能像约瑟对待波提乏的妻子那样,直接跳起来说"离开我,诱惑者"。他必须设法让阿莱桑德拉自愿停下来,这样从摩根上将的视角看来才不是他拒绝了她。在摩根的新婚前夕,他肯定会回看这个视频,绝不能让他看到安德严词拒绝了阿莱桑德拉。

"阿莱桑德拉,"安德说,声音跟她一样轻,"你真的想过你母亲那样的生活吗？"

今天第一次，阿莱桑德拉产生了犹豫。她不能确定。安德抽出他的手放到椅子扶手上，站起身来。他向她伸出了双臂，将她揽入怀中，并且下定决心，为了计划成功，他必须吻她。于是他吻了。他并不擅长接吻，不过阿莱桑德拉也一样，这让安德松了口气。他们吻得很笨拙，嘴唇有点儿错开了，不得不重新调整位置。实际上，他俩都不知道到底应该做什么，但奇怪的是，这个吻打破了之前的氛围。吻完了，他们都大笑起来。"成了，"安德说，"我们做到了，我们的初吻，也是我有生以来和别人的第一个吻。"

"我也一样，"她说，"这也是我渴望的第一个吻。"

"我们可以继续进行下一步，"安德说，"我俩都准备好了。我相信，我们在各方面都会是很契合的一对。"

她又笑了。这就对了，安德心想。笑才是对的，而不是别的什么心情。"我说的关于你母亲的话是认真的。"安德说，"她做过这些，就在你这个年纪。十四岁怀孕，十五岁生下了你，就是你现在的年纪，而她嫁给了一个男孩，对吗？"

"而且一切都很美妙。"阿莱桑德拉说，"母亲曾无数次告诉我，他们在一起时是多么幸福，多么美好，他们有多爱我。"

你母亲当然会这么说，安德心想，她是个善良的人，不会告诉你对于一个十五岁的人来说，背负那么大的责任简直是场噩梦。

但也许，那也真的很美好，他内心的另一部分说。而这一部分深切地感受到，他们的身体仍然紧紧地贴在一起，他的手指压在她后背的衬衫上，轻轻地移动，隔着布料抚摸着下面的皮肤和身体。

"你的母亲受一个比她自身更强大的力量所支配，"安德说，"就是你的外婆，而她想获得自由。"

这句话收到了效果，阿莱桑德拉从他身边退开了。"你在说什么？你知道我外婆的事吗？"

"我只了解你母亲告诉我的话，"安德说，"她当着你面说的。"

透过她的表情，安德看出她想起来了，脸上的怒气也消散了。但她没有重回他的怀抱，他也没主动去抱她。她站得离他越远，他的头脑就越清晰，保持半米远的距离不错，如果是一米就更好了。

"我母亲跟我外婆一点儿也不像。"阿莱桑德拉说。

"当然不像，"安德说，"但你们俩一直生活在一起，始终非常亲密。"

"我并不想逃离她，"阿莱桑德拉说，"我不会这样利用你。"但她脸上的表情有一些其他的意味。也许她突然意识到了，她确实是在利用他，而她这次造访也是她母亲一手促成的。

"我只是在想，"安德说，"尽管她喜欢假装自己活在欢乐的仙境里——"

"你什么时候……"她想说什么，却打住了。为了取悦大家，朵拉贝拉当然已经在殖民者面前表演过好几次她的仙女舞蹈了。

"我只是在想，"安德说，"经过了这么长时间，也许你并不想在她的仙境中度过余生，也许你自己的世界比她想象中的天地更适合你。这就是我的想法。她为你造了一个可爱的茧，但也许你希望破茧而出，自由飞翔。"

阿莱桑德拉愣在原地，双手捂着嘴，泪水随即夺眶而出。"我的老天爷，"她说，"我一直在做她希望我做的事。我以为这是我自己的想法，但其实是她的主意。没错，我希望你能喜欢我，我真这么想，这不是胡编的，但来这里找你是她出的主意。我不是在逃离她，而是在顺从她。"

"你是吗？"安德说，表现得好像他根本不知道一样。

"她告诉我该做什么，以及该做到哪种程度。"阿莱桑德拉开始解她上衣的扣子，眼泪流了下来。她里面什么也没穿。"她教我哪些地方可以让你看，哪些部位可以让你碰，但不能再多了。"

安德走到阿莱桑德拉身边，再次拥抱她，并且制止了她继续解开衣扣。即便在这个情绪激动的时刻，他内心的某一部分也毫不关心这个女孩，一心只有那件上衣，以及被展示出来的身体。

"你是真正关心我的人。"她说。

"我当然关心。"安德说。

"你比她更关心我。"她说着，泪水把他的衬衫弄湿了。

"可能也没有。"安德说。

"我怀疑她根本就不在乎我。"阿莱桑德拉说，头埋在安德胸前，"我想知道，我对她来说是不是仅仅是个傀儡，就像她是外婆的傀儡一样。要是母亲留在家里，没去结婚，没有生下我，也许外婆就会像仙境中的美丽公主一样，因为她得到了想要的一切。"

非常完美，安德心想，除了我自己的生理冲动分散了一点儿注意力，一切都完美按计划进行。虽然性爱的部分没有按剧本来演，但摩根上将会看到安德和阿莱桑德拉依然很亲密，关系在进一步推进——随便他想从中解读出什么。虽然恋爱暂时被搁置了，但游戏还在进行。

"这个房间的门锁不上。"安德说。

"我知道。"她说。

"随时可能有人进来。"他觉得最好不要告诉她每个房间都装有监控摄像头，尤其是这个房间，很可能现在就有人在监视他们。她明白了他的意思，从他身边移开，重新扣上衣服扣子，这回把扣子扣到了往常的位置。"你看穿了我。"

"不是，"安德说，"我关注到了你，或许你的母亲没有。"

"我知道她没有，"阿莱桑德拉说，"我知道的。我只是……她全都是为了……摩根上将,就是这样,她说带我来是为了帮我找一个有前途的年轻人,结果她找到了一个前途更远大的老男人,就是这样。而我只是符合她的计划,就这样。我……"

"别这样。"安德说,"你母亲爱你,这不是反讽,她觉得她在帮助你获得你想要的东西。"

"也许吧,"阿莱桑德拉说,然后她苦笑了一下,"或者这只是你的仙境版本?每个人都想让我快乐,所以他们在我周围构建了一个虚假的现实。是的,我想要幸福,但不是建立在谎言之上!"

"我没有对你说谎。"安德说。

她狠狠地瞪着他。"你想要我吗?还是说一点儿也不想?"

安德闭上眼睛,点了点头。

"看着我说。"

"我想过。"安德说。

"那现在呢?"

"有很多我想要的东西并不适合被我拥有。"

"这话听起来像是你母亲教你说的。"

"如果我是由我母亲抚养长大,也许她会这样做的。"安德说,"但事实上,当我决定去战斗学校时,当我决定按照那个地方的规则生活时,我就知道了,凡事都有规则,即使没有人去制定,即使没有人把它称为游戏。如果你希望事情进展顺利,最好是了解这些规则,并用心遵守。不要随意打破它们,除非你要开始玩不同的游戏,那就再去遵循另一套规则。"

"你认为这有意义吗?"

"对我来说是的。"安德说,"我想要你,你想要我,知道这一点的感觉真好。我也有初吻了。"

"不算太坏,对吗?我没有表现得太糟糕吧?"

"这么说吧,"安德说,"我不排除再来一次的可能性,在未来的某个时候。"

她咯咯地笑起来,停止了哭泣。

"我是真的有工作要做。"安德说,"相信我,你让我清醒了,现在我一点儿也不困了,真是帮了大忙。"

她还在笑。"我明白了,我该走了。"

"我想是的,"他说,"但我们很快就会再见面,跟往常一样。"

"会的。"阿莱桑德拉说,"我会尽量表现得不那么奇怪,一直傻笑。"

"做你自己就好了。"安德说,"如果你一直假装,就不可能快乐。"

"我母亲就是这样。"

"哪样?一直假装还是一直快乐?"

"假装快乐。"

"所以,也许你可以成为一个不必假装快乐的人。"

"也许。"她说完就走了。安德关上门,坐了下来。他真想大叫,发泄自己受挫的欲望,以及对一个母亲的愤怒——她竟然派自己女儿来做这种差事;他还对摩根上将感到愤怒,没有他就没有这一切;最后,他还恨自己,因为他说了谎。"如果你一直假装,就不可能快乐。"嗯,这句话肯定与他的生活不矛盾。他一直在假装,而且确实不快乐。

CHAPTER 15

第十五章

收件人：*GovDes%ShakespeareCol@colmin.gov/voy*

发件人：*vwiggin%ShakespeareCol@colmin.gov/voy*

主题：孩子，放轻松

安：

你跟阿莱之间的事算不上惊天动地，你也不用感到尴尬。要不是欲望总会冲昏头脑，就没人会结婚、喝醉或发胖了。

华

赛尔和坡已经离开两个星期了，走了差不多两百公里路。他们已经把每个能想到的话题都至少谈了两次，最后在大部分时间里都只是沉默不语地结伴同行，除非途中出现紧急情况迫使他们开口。

不是一句话的警告："不要抓那根藤，不安全"，就是科学方面的猜测："那个像青蛙一样的东西会不会有毒？色彩太鲜艳了"。

"我怀疑，那就是一块石头。"

"哦，它看起来活生生的，我以为——"

"有趣的猜测。你不是地质学家，本来就不会辨认石头。"

第一次有人类走过新世界的这片土地。大多数时候，除了周遭的景致，发出的声音、气味，以及他们自己的呼吸声和脚步声之外，什么也没有。

不过，在走了两百公里之后，是时候停下来了。尽管他们实行了严格的配给制，食物还是消耗了一半。他们在一处清澈的水源边搭起了稳固的营地。他们把支帐篷的木桩打得很深，铺上了很多垫子，还在一个安全的位置挖了个厕所，打算停留一周的时间。之所以停留一周是因为那天下午他们杀掉了两条狗，预计它们的肉正好够吃七天。赛尔有些遗憾，因为剩下的四条狗里只有两条足够聪明，从他们剥下来的狗皮和尸体判断出人类主人不再是可靠的伙伴，于是跑了——至于另外两条，他们不得不拿石头把它们赶走。

如今，赛尔和坡也跟殖民地的其他人一样，学会了用烟熏的方法保存肉类。他们只煮了一点儿新鲜的肉，便把其余的都挂在一棵植物弯曲的枝条上，用火熏烤。那棵树长得像地球上的蕨类植物，或者说是蕨类植物长成了树。他们在随身携带的卫星地图上画了一个粗略的圆圈，每天早上都朝着不同的方向进发，看看能发现什么。他们认真采集标本，拍摄照片，并将其发射到同步轨道的运输飞船上，储存到大容量的计算机里——这样能保证他们传送的照片和测试结果的安全，不管赛尔和坡发生什么，数据都不会丢失。

不过物理样本才是迄今为止最有价值的东西，只要顺利带回定居点，就能用更精密的设备进行更复杂的研究——殖民飞船上的外星生物学家会带来新设备。

到了晚上，赛尔辗转难眠，思索着白天他和坡发现的东西，在脑海中给它们分类，努力去理解这个世界的生物特征。

不过早上醒来时,他从不记得前一晚有什么伟大的洞见。当然,即使沐浴在晨光中,他也没有突破性的发现,只是延续他已经完成的工作。

我应该朝北走,进入丛林。

不过,丛林更危险,探索难度更大。我是一个老人了,丛林可能会让我丧命。这片温带高原上的气温比定居点冷一些,因为离极点更近,海拔更高,但对一个老人来说,也更安全一些——至少在夏季如此。徒步穿越开阔的地带要容易得多,既没有危险的地势,又不会遇到捕食的猛禽。

在第五天,他们穿过了一条小路,不会有错。

但那不是真正的路——当然不可能,虫族就没怎么修过路,没什么好奇怪的。他们留下的是一些小道,而且是在不经意间形成的,是成千上万只脚踩在同一条道上的自然结果。

虽然已经过去四十年了,那些脚踩过的痕迹还是清晰可见,而且持续的时间很长,间隔很频繁,以至于这么多年过去了,四处杂草丛生,他们还是能在这个狭窄的冲积河谷里,从砾石覆盖的土地上追踪到虫族的痕迹。

看来,他们要将考察动植物群落的任务放到一边了。至少在接下来的几个钟头里,考古工作要优先于外星生物学。虫族肯定在这里发现了什么有价值的东西。小路向山上蜿蜒而去,他们跟着没走多远就来到了一些山洞的入口。

"这些不是山洞。"坡说。

"哦?"

"是隧道。它们看起来太新了,四周的土不像真正的山洞周围那样是自然形成的。这是被挖出来的门洞,全都一个高度,你发现没有?"

"这该死的高度,非常不便于人类进出。"

"反正这也不是我们的目的,先生。"坡说,"我们已经找到了这个地方,叫其他人来探索吧,我们是来找活物而不是找死人的。"

"我必须搞清楚虫族在这里做过什么——肯定不是种植农作物,这里没有作物泛滥的痕迹。既然没有果园,没有废物堆,说明这里也不是主要的定居点。但是,沿着那条小道却有那么多踩踏的痕迹,它好像是条交通要道。"

"采矿?"坡问道。

"还能想出别的目的吗?那些隧道里肯定有虫族认为值得费力挖出来的东西。那东西量很大,也存在了很长时间。"

"量应该不大。"坡说。

"不大吗?"赛尔说。

"这就像在地球上炼钢一样。尽管最终目的是冶铁造钢,而采煤是为了给冶炼厂和铸造厂提供燃料,但人们不是把煤运到铁那里去,而是把铁运到煤这儿来,因为炼钢需要的煤远远多于铁。"

"你的地理成绩一定很好。"

"我和我父母都出生在这里,但我是人类,地球仍然是我的家。"

"所以你的意思是,无论虫族从这些隧道中挖出了什么,数量都不多,不值得在这里建座城。"

"他们会把城市建在食物丰富或者燃料充足的地方。所以,无论他们能从这里获取什么,数量都不会太多。与其在这里新建一座城来处理这种资源,不如将其运到现有的城市去更划算。"

"坡,你长大后肯定会大有一番作为。"

"我已经是成年人了,先生,"坡说,"还算有点儿出息,但还不足以吸引任何女孩嫁给我。"

"你以为知道点儿地球的经济史原理就能吸引配偶?"

"就跟那只长鹿角的癞蛤蟆兔一样肯定,先生。"

"那是牛角。"赛尔说,"那么我们进去吧?"

赛尔把一盏小油灯装进手杖的顶端。"我还以为上头的开口是装饰。"坡说。

"是装饰,"赛尔说,"也是树从地下长出来的样子。"

赛尔卷起毯子,把剩下一半的食物和测试设备装进背包。

"你打算在下面过夜吗?"

"万一我们发现了一些好东西,结果来不及探索,又不得不爬回隧道之外呢?"

于是坡也遵照指令收拾好行李。"我想在那儿不需要帐篷吧。"

"我想里面也不会下多少雨。"赛尔表示同意。

"但洞穴里可能会滴水。"

"我们会选一个干燥的地方。"

"什么东西能在那里生活?这不是天然的山洞,我想我们不会找到鱼。"

"有些鸟类,还有些其他生物喜欢黑暗的环境,或者觉得洞里更安全温暖。也许还有我们没见过的脊椎动物,或者昆虫、蠕虫或真菌。"

在入口处,坡叹了口气。"如果隧道再高一点儿就好了。"

"你长这么高不是我的错。"赛尔点亮了灯,灯的燃料是一种果实的油脂。这种果子是他在野外发现的,他称之为"橄榄",跟地球上的一种油性水果一样。但除此之外,它们没有任何相似之处,口感和营养方面更不能相提并论。

殖民者现在会在果园里种植这种水果,每年收割三次,进行压榨和过滤。但除了能提炼油之外,它没有任何用处,只能用作肥料。不过,能用清洁燃料照明是件好事,这可比他们给定居点的建筑铺设电线方便多了，尤其是在偏远的地方。这是赛尔最自豪的发现之一，因为没有迹象表明虫族曾发现它的用处。当然，虫族在黑暗中也活得很自在。赛尔可以想象他们在这些隧道里爬行，只需靠嗅觉和听觉指引自己前进。

赛尔心想：人类的远祖选择了树上的庇护所，而非洞穴。尽管人类在过去曾多次使用洞穴，但也总是对其心存疑虑。深邃的黑暗之处既有吸引力，又令人恐惧。毫无疑问，虫族不会允许任何大型掠食动物在这颗星球上生存，尤其是在洞穴里。因为虫族本身就居住在洞穴里，最擅长挖掘隧道。如果虫族的家园没有在战争中被摧毁就好了。我们本可以学到很多东西，可以追溯外星智能生物的进化史！但是，如果安德·维京没有炸掉整颗星球，我们就会输掉这场战争，也不能来这个星球做研究。这里的生物没有进化出智能——或者有过，但已经被虫族消灭了。而随之灰飞烟灭的，还有这些原住民可能留下的所有痕迹。

赛尔弯着腰，蹲着走进隧道。要一直这样走下去很困难，他年纪太大，背部受不了。他也不能拄拐杖，因为它太长了，他只好拖着它走，并尽可能保持垂直的姿势，以免油从顶部的罐子里洒出来。

过了一会儿，他实在无法继续保持这种姿势了，便坐了下来，坡也坐下来。

"这样不行。"赛尔说，

"我的背疼死了。"坡说。

"来一点儿炸药会很有用。"

"说得好像你真会用一样。"坡说。

"我没有说这是道德的，"赛尔说，"只是会很方便。"赛尔把他的拐杖连同上面的灯递给坡，"你还年轻，很快就能恢复，我必须尝试一下新姿势。"

赛尔试着在地上爬,但马上就放弃了——这样膝盖又受不了,直接在岩石地面上摩擦太疼了。他最后选择坐着,将手臂前倾,支撑重心,然后带动腿和臀部移动。整个过程非常缓慢。

坡也尝试爬行,很快就放弃了。他还拿着带灯的拐杖,便只能恢复刚才的姿势,屈膝,弯着腰走。

"我会残废的。"坡说。

"鉴于我已经不指望能活着离开这儿了,至少我不用听你父母抱怨我对你的所作所为。"

突然间,灯光变暗了。有那么一瞬,赛尔以为它熄灭了,但是没有。坡站了起来,举起拐杖,与地面保持垂直,这样赛尔正爬行的隧道就处于阴影之中了。

不过这没关系,赛尔可以看到前面的空间。这是一个天然的洞穴,钟乳石和石笋形成的柱子支撑着天花板。

但它们并不像普通洞穴中那种直上直下的柱子,是由富含石灰的水垂直滴下,留下沉积物形成的。这些柱子扭曲得很夸张,几乎像在翻腾。

"不是自然沉积物。"坡说。

"对,是被造出来的,但这种扭曲的角度也不像是设计出来的。"

"是来自分形的随机性?"坡问。

"我觉得不是。"赛尔说,"是随机的,不过是真正的随机,不是分形的随机,不是数学上的随机。"

"像狗屎一样。"坡说。

赛尔站在那儿打量这些柱子。它们的形状确实是卷曲的,就像一条从上到下拉出来的长长的狗屎,既坚固又有弹性,虽从上面挤压出来,但仍与天花板相连。赛尔抬头看了看,从坡手中接过拐杖，举了起来。这个洞穴似乎无穷无尽，由这些蠕动的石柱支撑着。它形成的拱门就像一座古老的寺庙，但已经融化了一半。

"这是复合岩。"坡说。

赛尔低头看着男孩，见他拿着一个自发光的显微镜，正在检查一根柱子上的岩石。"似乎与地板的矿物成分相同，"坡说，"但很粗糙，仿佛是先被磨碎了，然后又粘在了一起。"

"但不是胶合的。"赛尔说，"化合的？还是用水泥？"

"我认为是胶合的，"坡说，"我感觉它是有机的。"

坡把拐杖拿回来，将灯的火焰放在一根最扭曲的柱子下面。那种物质没有被引燃，而是渗出了水，开始往下滴。

"停！"赛尔说，"我们可别把这东西弄倒，压到我们身上！"

他们现在可以直立行走了，向着洞穴深处前进。是坡先想到了剪些毯子碎片，用来沿途标记他们走过的路。他不时回头看看，确保他们走的是直线。赛尔也回头看了看，发现要不是做了记号，根本不可能找到他们来时的入口。

"你说这是怎么做到的？"赛尔说，"天花板和地板上都没有工具的痕迹。这些柱子是由磨碎的石头加上胶水制造的，形成了一种像糨糊一样的东西，同时还足够坚固，能支撑这么大空间的屋顶。可是这里没留下任何研磨工具，也没有装胶水的桶。"

"是巨型食岩虫。"坡说。

"和我想的一样。"赛尔说。

坡笑了。"我在开玩笑。"

"我没有。"赛尔说。

"虫子怎么能吃石头呢？"

"它们有锋利的牙齿，可以迅速再生，可以磨碎一切东西。细碎的砾石与某种黏液结合，经过挤压变成了这些柱子，最后再与天花板连到一起。"

"但这样的生物是怎么进化出来的呢?"坡问道,"石头中又没有营养。况且做这一切需要消耗巨大的能量,更别提它们的牙齿是什么构成的了!"

"也许它们根本没有进化。"赛尔说,"看,那是什么?"

前面有什么东西在闪烁,反射着灯火。他们走近,看到柱子上也有反射的光点,甚至连天花板上也有。

但这些都没有地板上的亮。

"是胶水桶吗?"坡问。

"不,"赛尔说,"是一只巨型虫子,甲壳虫或蚂蚁一类的——坡,来看看这个。"

他们现在离得很近,能看清它有六条腿,不过中间的一对肢体好像不是用来行走或抓取东西的,而是用来附着到其他物体上;前肢应该是用来抓取或撕扯东西的,后肢则用来挖掘或移动。

"你怎么看?这是两足动物?"赛尔问。

"六足或四足,必要时可以两足行走。"坡用脚碰了碰它,没有反应,这东西肯定已经死了。他弯下腰,先弯折、旋转它的后肢,再是前肢。"我看,攀缘、爬行、行走、奔跑,它应该样样都不错。"

"不太可能的进化路径。"赛尔说,"解剖学倾向于偏重某一个方向。"

"就像你说的,它不是进化出来的,而是被培育出来的。"

"为了什么?"

"为了采矿。"坡说。他把那东西翻过来,肚子朝上。它非常重,他试了几次才翻过来。现在他们可以看得更清楚那闪光的东西是什么了:它的背部是一张坚实的金片,像甲虫的壳一样光滑。金片非常厚重,至少有十公斤重。它长二十五厘米至三十厘米,又粗又短。整个外骨骼都薄薄地镀了一层金,背部则配备了厚厚的黄金装甲。

"你认为这些东西是在开采黄金吗?"坡问。

"不是用那张嘴,"赛尔说,"也不是用那些手。"

"但黄金不知怎么进入了它的体内,储存在壳里。"

"我想你是对的。"赛尔说,"但这是成虫,已经可以收获了。我想虫族把这些东西带出了矿区,拿走进行提炼。烧掉有机物,留下纯金。"

"所以它们在幼虫阶段吞下了黄金……"

"然后进入了一个茧。"

"当它们破茧而出时,身体就被包裹在了黄金中。"

"它们在那儿。"赛尔说,再次举起了灯,这回他走近了柱子。现在他们看到了,那些反射的闪光来自半成虫的身体。它们的背部嵌在柱子里,额头和腹部镀上了一层薄薄的金子,闪闪发光。

"这些柱子就是茧。"坡说。

"有机矿山。"赛尔说,"虫族专门培育了这种生物来提炼黄金。"

"但目的是什么呢?虫族又不需要钱,黄金对他们来说只是一种软金属。"

"有用处。假设虫族不仅有这种虫子,还培育出了别的品种,可以用来提炼铁、铂金、铝、铜,以及其他所需的金属呢?"

"那他们就不需要采矿的工具了。"

"不对,坡,这些就是虫族的工具,也是他们的精炼厂。"赛尔跪了下来,"让我看看能否从它们身上提取 DNA 样本。"

"它们都死了很久了,还能行吗?"

"这些东西绝不可能是这颗星球上原生的,是虫族把它们带到了这里,因此它们原产于虫族的母星,或是由母星上的某种生物培育出来的。"

"不一定,"坡说,"否则其他殖民地早就发现它们了。"

"我们也花了四十年的时间,不是吗?"

"万一是个杂交品种呢?"坡问,"那它就只存在于这个世界。"

赛尔正在对它进行DNA采样,发现比他想象的容易多了。"坡,这东西不可能已经死了四十年。"

它马上就在他手下反射性地抽动了一下。

"连二十分钟都不到,它还有反射作用,没死。"

"那它也快死了,"坡说,"没力气了。"

"我敢打赌,它是饿死的。"赛尔说,"也许它刚完成蛹化,想去隧道口,结果停在了这儿,快死了。"

坡从他手中接过样本,收进赛尔的背包。"所以说,在虫族停止喂食四十年之后,这些黄金虫子仍然活着?蛹化需要多长时间?"

"不是四十年,"赛尔站了起来,又弯下腰去看金虫,"我认为这些嵌在柱子里蛹化成形的虫子还很年轻,很新鲜。"他站起来,向洞穴深处大步走去。现在出现了更多金虫,其中有许多躺在地上,但与他们发现的第一只不同,这些虫子中有许多已经被毁坏、被掏空了,除了背上厚厚的黄金壳,连腿也没有,什么都没有了,就像……

"是被吐出来的。"赛尔说,"这些虫被吃了。"

"被什么吃的?"

"幼虫,"赛尔说,"它们吃掉了成虫,因为这里没有别的东西可吃。每一代的体形都在缩小——看看这个有多大?每一只都更小,因为它们只能吃成虫的身体。"

"而且它们都在努力往洞口的方向去,"坡说,"为了到能摄取营养物质的地方。"

"因为虫族不再来喂食了。"

"但它们的壳太重,进展甚微,"坡说,"所以它们尽可能走远,让幼虫以成虫的尸体为食,这些幼虫又尽力朝入口处的光亮处爬,然后结茧,再然后又有下一代出现,体形比上一代更小。"

现在,他们已经置身于更大的壳中间。"这些东西应该有一米多长,"赛尔说,"离入口越近的体形就越小。"

坡停下来,指着那盏灯。"它们在朝着光源移动?"

"也许我们能见到一只。"

"一只吞噬岩石的幼虫?碾碎坚硬的石头,拉出碎石黏成的石柱子?"

"我又没说想近距离观看。"

"但你想。"

"嗯,没错。"

他俩环顾四周,眯着眼睛试图在洞穴的某个地方发现动静。

"万一它有比光更喜欢的东西怎么办?"坡问。

"比如软体的食物?"赛尔问,"别以为我没想过,虫族曾给它们喂食,也许现在轮到我们了。"

说时迟那时快,坡突然直接升到了空中。赛尔举起拐杖,在他的正上方紧贴着天花板的位置,一只巨大的蛞蝓状幼虫紧紧地咬住了坡的背部。"解开背带,跳下来!"赛尔喊道。

"这里面有我们所有的样本!"

"我们总有办法找到更多的样本!我可不想从这些柱子上提取你的碎片!"

坡把背包的带子解开,掉到了地上。那包东西消失在了幼虫的口中。他们可以听到坚硬的金属咯吱作响,那是幼虫的牙齿在磨碎金属器具。他们没有驻足观看,而是开始往入口跑。一走过第一只金虫的尸体，他们就开始寻找用来做标记的毯子碎片。

"拿着我的包，里面有无线电和DNA样本，"赛尔一边跑，一边把包甩给坡，"走出洞口，呼叫救援。"

"我不会丢下你的。"坡说，但他还是服从了。

"你是唯一能比那东西更快爬出去的人。"

"我们还不知道它能爬多快。"

"现在我们看到了。"赛尔向后退了几步，举起灯。

这只幼虫在他们身后大约三十米处，追赶的速度比他们走得要快。

"它是跟着光线还是我们的体温？"当他们再次转身开始奔跑时，坡问道。

"是我们呼出的二氧化碳，还是脚步的震动，还是我们的心跳？"赛尔把拐杖往他的方向伸，"拿着它跑。"

"你打算怎么办？"坡不接，问他。

"如果它是跟着光走的，你跑得比它快。"

"如果不是呢？"

"那你可以出去呼救。"

"那它就会把你当作午餐吃掉。"

"我这把老骨头很硬。"

"这东西吃石头。"

"拿着灯，"赛尔说，"离开这里。"

坡犹豫了一会儿才接过。这孩子说过他会听话，而他真的做到了。赛尔松了口气。

要不然，就是坡坚信幼虫会追随光线。

他猜对了。当赛尔放慢速度，幼虫越靠越近时，他发现它不是直冲冲地对着他来的，而是偏向一侧，奔着坡去了。当坡开始奔跑时，幼虫也在加速。

它从赛尔身边掠过。

这东西有半米多长，移动的方式像一条蛇，来回扭动着，沿着地面蠕动，形状跟那些柱子完全一样，只不过是水平的，当然还在移动。

幼虫很快就要赶上正在穿隧道的坡了。

"远离光线！"赛尔大喊，"把灯扔掉！"

不一会儿，赛尔就看到灯被留在了洞穴的墙边，一旁就是那个狭小低矮的隧道起点，从这里就能通往外界，坡已经进去了。

然而，幼虫没有理会灯光，也追着他进入了隧道。它不必佝偻爬行或弯腰行走，很快就能抓住坡。

"不，不，停下！"但他随即又想道：万一是坡听到了我的呼喊怎么办？"继续，坡！快跑！"

赛尔默不作声地在心里呼喊：停下来，回到这里来！回到洞穴里！回到你的孩子身边！

赛尔知道这很疯狂，但这是他能想到的唯一办法。虫族通过心灵感应来交流，而它也是一种来自虫族母星的大型昆虫类生物，也许他可以像虫族女王与工虫或兵虫交流一样跟它说话。

说话？简直太愚蠢了。它们没有语言，不会说话。

赛尔停下来，在他的脑海里描绘出了一个清晰的场景：一只黄金虫躺在洞穴地上，只有腿在抽动。他一边想象这幅画面，一边试图唤起饥饿的感受，或至少回忆起饥饿的感觉，或在心中寻找饥饿，毕竟他已经几个小时没吃东西了。

接着，他继续想象那只幼虫靠近黄金虫，环绕着它。

突然，幼虫再次从隧道中出现。它没有听到坡的尖叫声，所以它没有抓他。也许它突然离阳光太近了，被晃瞎了眼，无法继续前进；或者它回应了赛尔脑海中的画面和感受。无论如何，此刻坡都已经出去了，他安全了。

当然，也许这只幼虫只是放弃了追赶正在移动的猎物，决定回来寻找那个靠在柱子上一动不动的人。

CHAPTER 16

第十六章

收件人：GovDes%ShakespeareCol@ColMin.gov/voy
发件人：MinCol@ColMin.gob
主题：受你所托
符文密码：3390ac8d9afff9121001

亲爱的安德：

　　按照你的要求，我已经同军政长官巴克斯·友利一道，使用你在安塞波软件里安装的插件，向飞船的系统发送了一条全息影像留言。如果你的程序运行正常，它将全面接管飞船上的所有通信。另外，我也附上给摩根上将的正式通知，请你打印出来并转交给他。

　　我希望你已经取得了他的信任，让他愿意给你所需的访问权限。另外，一旦你删除这条信息，就不会有任何痕迹留下。

祝你好运
希伦

　　摩根上将已经与临时的代理总督勒克司·托洛进行了通话——

他的头衔听起来很荒唐——因为正式的代理总督恰好在此时离开了，在这个要进行正式权力交接的节骨眼儿上，跑去进行一次毫无意义的旅行，确实非常不合时宜。也许是虚荣心作祟，使他无法容忍被取代。

摩根的执行官达斯·拉格里马斯准将确认，从同步轨道上看下去，殖民者为飞船修建的跑道符合规格。谢天谢地，他们再也不用铺设这些东西了——想想过去飞行器必须使用轮子着陆的时代，这项工作一定乏味至极。

现在，唯一令摩根担心的是，他必须在首次降落时带上那个维京男孩。如果通知老殖民者他将先于维京下船，以便为一切做好准备的话，事情就会好办得多。他有充足的时间让他们明白，维京不过是个十多岁的小孩，不可能成为真正的总督。

朵拉贝拉赞同他的意见，但她也指出："这个殖民地上的老一辈是飞行员和士兵，他们都在安德的指挥下打过仗，没有第一时间看见他，他们会很失望的。不过也没关系，他晚点去会显得更特别一些。"

摩根思索片刻，还是觉得让维京跟他一同前往更好。就让他们看看这个传奇的男孩吧。他把安德叫到了自己的舱室。"你是否需要在与殖民者初次见面的场合说些什么？"摩根上将问。这是一个考验。要是让安德保持沉默，他会不满吗？

"我没什么说的，"维京马上回答，"我不擅长演说。"

"很好。"摩根说，"我们会安排一些海军陆战队员在场，以防有什么抵抗行为。世事难料，这些殖民者现在的配合可能只是个幌子，毕竟他们已经独立生活了四十年，可能会心怀不满，不接受来自四十光年之外的总督。"

维京严肃地看着他，说："我从来没有想过这一点，你真的认为他们会反抗吗？"

"不，我不这么认为。"摩根说，"但是一位好的指挥官会做好一切准备，我相信你也很快就会养成这样的习惯。"

维京叹了口气，说："我还有很多东西需要学习。"

"我们一到达就会放下舷梯，海军陆战队将确保周围安全。当人群聚集到舷梯下方时，我们就出去。我会向他们介绍你，讲几句话，然后你就可以回到飞船里了，直到我在定居点为你安排好合适的住处。"

"酷。"

"什么？"

"抱歉，是战斗学校里的俚语。"

"哦，我从来没上过战斗学校。"这个小毛孩当然要抓住一切机会提醒摩根自己上过战斗学校，而他没有。不过，他多用俚语倒挺好的。维京越是显得幼稚，就越容易被边缘化。

"华伦蒂什么时候能下去？"

"头几天我们不会带新殖民者下船，必须确保一切有序进行。我们不希望在没有充足的住房、食物和物资供应的情况下，一下拥入太多新人，让老殖民者适应不过来。"

"那我们要空手而去吗？"维京问道，语气有些惊讶。

"这个嘛，不是，当然不会。"摩根说。他没想过这个问题。要是带一些重要的物资做见面礼，一定会受到对方的热烈欢迎。

"你觉得呢？带一些食物？巧克力？"

"他们吃得比我们好，"安德说，"新鲜的水果和蔬菜将是他们送给我们的礼物。我敢打赌，滑翔机肯定会受到他们的热烈欢迎！"

"滑翔机！那可是高科技设备。"

"没错，但它们在飞船上又不能发挥任何作用。"安德笑着说，

"另外还有一些外星科技设备可能会有用,既然我们来了,就可以向他们展示这些技术将带来多大的帮助。我的意思是,如果你担心他们会对我们心怀不满,那么,教授他们一些真正有用的技术会让我们在他们心目中的形象改观,成为他们心中的英雄。"

"当然、当然,我原本也是这么计划的,只是没想到可以在首次降落时带上滑翔机。"

"它能帮助运输货物,不管仓库在哪儿,都好过让他们靠人力或用手推车等工具。"

"非常好,"摩根说,"你已经掌握了一些领导的技巧了。"这孩子真的很聪明,而整件事会让摩根成为最大受益者,他将是那个带来滑翔机和其他高科技设备的友好使者,殖民者会对他好感倍增。要是他有时间停下来思考,肯定也会想到这个办法。这个男孩随时都能坐下来思考,但摩根却没有闲暇,一直待命。尽管达斯·拉格里马斯能把大部分工作事务处理妥当,他总还需要自己来应付朵拉贝拉。

不过,朵拉贝拉也并不难缠。其实她给予了摩根极大的支持,从不干涉任何事,不关她事时也决不插手。她从不抱怨,总是配合他的计划,微笑着表示鼓励或同情,还从不提意见或建议。

但她会让他分心,不过是以一种他喜欢的方式。他发现,除了真正开会在忙的时候,他其余时间都在想她。这个女人简直不可思议,总是心甘情愿付出,渴望取悦他,好像他只要动一动念头她就能心领神会。他开始不断找借口回自己的舱室,而她每次都已经在那里等着他了。她总是很高兴看到他,渴望倾听他的心声,而她的手会抚摸他,让他完全无法忽视她或者迅速离开。

他听别人说婚姻就像地狱。蜜月只会持续一天,他们说,然后妻子就会开始要求、坚持、抱怨。现在他觉得那些全是骗人的。

或许只有朵拉贝拉这样,那么,他真的为自己经历的漫长等待而开心。他真的娶到了一个万里挑一的女人,能使男人真正感到幸福。

他已经被彻底迷住了。他知道人们背着他开玩笑——每当他在工作日抽出一两个小时与朵拉贝拉相会时,回来都会看到他们挤眉弄眼地笑。让他们笑去吧!一切都是嫉妒使然。

"长官?"维京说。

"哦,没错。"摩根说。又来了,对话进行到一半,他的心思飘到了朵拉贝拉身上。"我脑子里思绪万千。我想我们差不多了。记得明天八点准时上飞船,那是我们关舱门的时间,所有货物都将在黎明时装载好。飞行员告诉我,下降需要几个小时,但没有人能睡着——你今晚要早点睡觉,好好休息。另外,最好空腹进入大气层,你懂我的意思吧?"

"我懂,长官。"维京说。

"那好,解散。"摩根说。

维京敬了个礼,然后就离开了。摩根差点儿笑出声来。那孩子没有意识到,即便在摩根的飞船上,维京作为一名上将,也有资格享受特殊待遇,包括在他认为适当的时候离开,而不是像摩根的下属一样被解散。不过,就让他保持这样也挺好的。摩根并不想因为维京先于自己被授予上将的军衔,就必须假装对这个无知的青少年表示尊重。

在摩根到达之前,维京已经就位了。他穿着便服而不是军装,这是好事,免得人们发现他们的制服和军衔是相同的,甚至他的战斗勋章比摩根还多。摩根只是向他点了点头,就走到了自己的座位上。他坐在飞船前面,有一套通信设备供他使用。

一开始是正常的太空飞行,飞船飞得很平稳,完全受控。但当他们环绕行星轨道到达进入点并开始下降时，飞船重新调整了方向和角度，用防护罩抵消产生的高温。这时，飞船开始颠簸、摆动，剧烈摇晃。不过，飞行员之前提醒过："颠簸和晃动并不可怕，要是飞船突然纵向倾斜，俯仰角过高，我们就有麻烦了。"

等他们到达一万米的高空开始平稳飞行时，摩根已经恶心得不行。可怜的维京更是直接跑进了卫生间，吐得昏天暗地——幸好他没忘记保持空腹，否则肯定会把胃里的东西全呕出来。

降落的过程很顺利，不过维京还没回到座位上，他是在卫生间里降落的。直到陆战队员报告说人群已经开始聚集了，他还在里面待着。

摩根亲自走到卫生间门口，拍了拍门。"维京，"他说，"是时候了。"

"再等几分钟就好，长官。"维京声音发颤，听起来很虚弱，"反正人群也要花几分钟时间欣赏新的滑翔机，然后他们就会欢呼着迎接我们。"

摩根并没想过在自己现身之前派出滑翔机，但维京说得对，要是人们先见识到来自地球的高科技，那么等他出去时，他们就会更加热情了。"他们不能一直盯着滑翔机看，维京。"摩根说，"到了我们该出去时，我希望你已经准备好了。"

"我会的。"维京说，但马上又发出了一阵干呕声，显得他的话不太可信。

当然，不管一个人是不是真的感到恶心，他都可以发出这种声音。摩根在一瞬间产生了怀疑，便马上采取行动，没有发出任何警告就突然打开了门。

维京弓着身子跪在马桶前，腹部在抽搐，又是一阵呕吐。他把外套和衬衫都脱了，扔在门边的地板上，至少这孩子还想到了不要把污渍弄到衣服上。"有什么我能帮上忙的吗?"摩根问。

维京看着他,面无表情,强忍住恶心。"我不能一直这样下去,"他虚弱地说,勉强挤出一丝微笑,"马上就好。"

他又把脸转向了便池。摩根关上门,忍住笑。他之前的担心真是多余,还怕这孩子不配合。维京就要错过首次的隆重登场了,而这完全怪不到摩根头上。

果然,他派去找维京的准少尉没能把他带出来,而是捎回了一条信息:"他说他会尽快出来。"

摩根犹豫了一会儿,考虑要不要回复。他不能因为维京迟到而耽误自己发表演说。但最后还是算了,他想表现得更大度一些,而且维京在短时间内似乎还不会恢复。

莎士比亚星的空气很舒服,但又有些奇怪,轻柔的微风中飘着某种花粉。摩根知道,仅仅是呼吸空气也可能感染吸血虫病,起初这种虫子几乎导致整个殖民地覆灭。不过他们已经找到了治疗方法,也有充足的时间注射第一剂药。因此,他放心大胆地享受着久违的空气——在这次航行开始之前,他在地球上待了六年。在半空的高度,他看到了类似草原的风景。树木散布在各处,灌木丛很多,跑道两侧生长着农作物。他意识到,农田中央是唯一能够容纳跑道的地方——殖民者肯定对此心怀不满——幸好他想到了先派出滑翔机,能让他们忘掉飞船降落对农作物造成的损害。

殖民者的人数多得出奇。他依稀记得,最初的武装部队不过几百人,而今已经超过了两千人。他们就像兔子一样一直在繁殖,即便在原来的队伍中女性相对占少数。

重要的是,当摩根终于现身时,他们全体都在鼓掌。掌声可能是送给滑翔机而不是给他的,但只要没有抵抗,他就已经很满意了。他的助手设置了公共广播系统,但摩根认为没必要使用。人群的数量很大，其中孩子占了绝大多数，他们熙熙攘攘地挤在一起，他从舷梯顶部望下去，几乎近在咫尺。不过，既然讲台已经搭建好，不用的话就显得有点儿愚蠢，因此摩根大步走到台前，双手紧紧抓住台面。

"莎士比亚星的同胞们，我代表国际联合舰队以及殖民部向你们致以问候！"

他本以为会有掌声，但是没有。

"我是昆西·摩根上将，殖民飞船的船长，我给你们带来了新殖民者、新装备和各种物资。"

台下依然鸦雀无声，但人们听得很专心，也没有敌意，只有零星几个人点了点头，仿佛还在等待。

等什么？

等待维京。这个想法像胆汁一样涌上他的喉咙。他们知道维京将成为他们的总督，因此都在等他。好吧，他们马上就会发现维京是个成不了器的货色。

接着，摩根就听到了从飞船内传来的奔跑声。他来到了舷梯上，真是完美的时机。让人群看到维京，事情确实会进行得更顺利些。

大众的注意力转移到了维京身上，摩根笑了笑。"我向大家介绍……"

没人听他的回答。他们都知道那是谁，欢呼声和喊叫声盖过了摩根的声音，即便有扩音器也没用。不过，他也不需要说出维京的名字了，因为人群已经喊了出来。

摩根转身向男孩做出了欢迎的手势，惊讶地发现维京身着全套制服。他的勋章大得惊人，摩根胸前的徽章简直相形见绌。太荒谬了，维京不过一直在玩电子游戏，而他昆西·摩根才是真正浴血奋战，在战场上一次次出生入死，靠胜利赢得奖章的人。

这个小混蛋还故意欺骗了他，一开始穿着便服再去卫生间换掉，就是为了盖过他的风头。那么，他刚才的呕吐也是装出来的，是为了现在隆重登场？好吧，摩根决心先虚情假意地配合，之后再让他付出代价，也许连傀儡也不让他当了。

然而，维京没有走到摩根授意的位置，即站到讲台后面他的身边。相反，他将一张对折的纸递给摩根，然后缓缓地走下舷梯，来到了地面上。他马上被人群包围了，刚才呼喊"安德·维京"的声音现在变成了笑声和说话声。

摩根看着那张纸，纸上是维京用铅笔写的字：

一旦这架飞船着陆，你的最高统治权马上中止；而你的势力范围以这个舷梯底部为界。

上面还附有他的签名：维京上将。这是为了提醒他，在飞船之外，维京的头衔比他高。

好大的胆子。这个男孩不会真的以为这样的声明能够成立吧？他们的上级足足在四十光年开外，更何况摩根手下还有一支训练有素的海军陆战队。他展开那张纸，里面是来自军政长官巴克斯·友利和殖民部长希伦·格拉夫的一封信。

根据维塔利·科尔莫戈罗夫的描述，安德一眼就认出了勒克司·托洛，径直跑到了他面前。

"勒克司·托洛，"他边走边喊，"很高兴见到您！"

在走到托洛面前与他握手之前，安德在人群中寻找老一辈的殖民者。他们大部分人都被年轻人包围着，安德仔细地搜寻那些面孔，试图对照他脑海中那些人年轻时的样子，将他们辨认出来。早在航行开始前他就做过功课了，所有人的脸他都记得。

幸运的是，安德猜对了第一个人的名字，接着是第二个。他用军衔和名字来称呼他们，这些都是真正参加过战斗的飞行员，而安德让首次会面变得很庄严。"我很荣幸终于见到你们了，"他说，"我们已经等待了太久太久。"

人群一下子明白了他在做什么，纷纷后退，把老人们往前推，让安德找齐所有人。在与安德握手时，他们中的许多人都哭了，一些老妇人坚持要拥抱他。他们想跟他说话，告诉他发生的事，但安德微笑着举起一只手，示意他们等一等，还有很多人等着他的问候。

他与每个士兵都握了手，而当他偶尔说错名字时，他们就笑着纠正他。在他身后，扩音器还是一片沉寂，安德不知道摩根读了信的反应，但是他必须确保落地后一切继续推进，让摩根没有插手的余地。

在与最后一位老人握完手的那一刻，安德把手举了起来，转身示意人们聚集在他周围。他们照做了，其实他们早就站在了他身边，所以安德现在完全被人群包围了。"还有些名字我没机会叫，"他说，"还有些人我没机会见到。"他凭着记忆说出了所有在战斗中牺牲的人名，"我们失去了太多。如果我知道我为自己的错误付出了什么代价，也许我可以少犯一些错误。"

人群中又爆发出了哭声，甚至有人喊道："哪有什么错误！"

接着，安德又念了另一份名单，上面列着那些在定居点建立初期死去的殖民者。"他们的牺牲，还有你们的艰苦努力使得殖民地得以建立。科尔莫戈罗夫总督告诉过我你们是如何生存的，以及你们取得了什么成就。当你们在这片土地上与疾病做斗争时，我还只不过是艾洛斯星上一个十二岁的孩子。你们全靠自己，没有依靠我的帮助就取得了胜利。"

安德将双手举到面部的位置，庄重地用力拍了拍手。"我向那些在太空中牺牲的人致敬，也向那些在这里长眠的人致敬。"

人群欢呼起来。

"我向维塔利·科尔莫戈罗夫致敬，他带领你们经历了三十六年的战争与和平。"又是一阵欢呼，"还有赛尔·梅纳赫，他太谦虚了，知道今天会受到的关注，还不忍心面对！"持续的欢呼声和笑声，"赛尔·梅纳赫，他会把我需要知道的一切都教给我，以便为你们服务。现在我来到这里，他就有时间回到真正的工作中去了。"又是一阵欢呼和笑声。

此时，人群后面的扩音器里传来了摩根的声音："莎士比亚星的人们，请原谅我中途打断，今天的节目安排不是这样的。"

安德周围的人不解地朝舷梯顶部瞥了一眼。摩根的语气轻松愉快，仿佛是在开玩笑。但他与刚刚发生的一切格格不入。他粗暴地中断了这个仪式，难道他没有意识到安德·维京作为一位胜利的指挥官，正在与老兵们会面吗？昆西·摩根与此有什么关系？

难道他没有读那封信吗？

摩根气急败坏，对安德直接冲向人群的行为非常恼火，只能分出一半的注意力读信。他在做什么？他真的知道这些人的名字吗？随后，这封信开始吸引他的注意，他全神贯注地读起来。

亲爱的摩根少将：

前任军政长官查马拉贾纳加尔曾在退休前警告过我们，在你们到达莎士比亚星后，你可能会误解自身职责的范畴，从而造成一些风险。他对任何可能的误解承担全部责任。如果最后证明他是错的，我们对即将采取的行动表示歉意。但你必须明白，我们不得不采取预防措施，以防你被误导，以为你需要继续在这个星球上行使权力。我们力求小心谨慎，确保在你行为得当的情况下，不会有任何人知道我们将采取何种手段防范你的越权行为。当然，安德鲁·维京中将和你本人除外。

正确的举措是这样的：你必须承认，一旦踏上莎士比亚星的土地，维京中将会立即就任总督，对所有涉及殖民地的事务，以及所有人员和物资的转移拥有绝对的掌控权。他将保留中将的军衔，因此，在飞船之外，他是你的上级官员，你必须服从他的命令。

你要即刻返回飞船，不能踏足星球表面，不能与殖民地的任何人见面。你必须完全按照维京总督的指示，有序地将所有货物和殖民者从你的飞船转移到殖民地。你必须保证所有行动遵照维京总督的命令，并且每小时通过安塞波向国际联合舰队和殖民部报告，确保一切行动公开透明。

我们认为，这也是你一直以来的打算。只是由于前任军政长官查马拉贾纳加尔的提醒，我们预计你可能有不同的计划，而且可能会付诸行动。由于我们相距四十光年，采取一些行动是有必要的。一旦你成功完成任务并以光速返航，我们就将撤销这些措施。

每隔十二小时，维京总督都将通过全息影像安塞波向我们汇报情况，向我们确保你配合行动。如果他没有报告，或者我们认为他受到了任何形式的胁迫，我们都将启动安装在你飞船电脑中的一个程序——任何试图改写程序或恢复软件早期状态的行为也会激活该程序。

它将通过你的飞船和飞船上的每个扬声器与计算机

显示器，以及莎士比亚星的所有安塞波通信设备发送语音和全息影像信息，告知所有人你被指控叛变，任何人不得再听从你的命令。你将遭到逮捕并被置于休眠状态，然后被遣返艾洛斯星，因叛变罪名接受审判。

如果你没有打算采取任何逾矩行为，这条消息的存在肯定会对你造成冒犯，对此我们深表歉意。但在这种情况下，我们保证不会有任何人看到这条信息。在你成功执行任务，以光速返航时，这条信息将从飞船上的计算机中删除，不会留下关于这一行动的任何记录。你将满载荣誉而归，毫无瑕疵地继续你的职业生涯。

这封信的副本已经发给了你们的执行官弗拉德·达斯·拉格里马斯准将。但只要维京总督持续向我们证明你在采取正确行动，他就无法打开这封信。

鉴于你们的飞船是第一艘抵达目的地的殖民飞船，你的行为将为国际联合舰队做出表率。我们期待向整支舰队表彰你的优秀表现。

真诚的

军政长官巴克斯·友利

殖民部长希伦·格拉夫

摩根读完信，起初内心充满了愤怒和恐惧，但他的态度逐渐产生了巨大转变。他们怎么能怀疑，除了把监督权力平稳交接到安德手中之外，他还有别的打算？查马拉贾纳加尔凭什么说出自己的臆断，导致他们认为他有其他图谋？

他必须给他们发一封措辞严厉的信，控诉他们以这种完全没必要的高压手段对待他，他感到非常失望。

不，如果他发信，就会被记录在案。他必须保持档案清白。他们将大肆宣传他是第一个完成任务的殖民船长，这将对他的事业起到巨大的推动作用。

他必须表现得好像这封信不存在一样。

人群在欢呼。当摩根读信的时候，他们一直在欢呼，一遍又一遍地鼓掌。他向外看去，发现他们已经把维京完全围在了中间，没有一个人看一眼飞船，看一眼舷梯，看一眼摩根上将。

他看着他们，每个人都在专注地望着安德·维京，目光虔诚而热切。他每说一个字，他们都欢呼，或大笑，或流泪。

真令人难以置信，他们爱他。

即使没有这封信，即使没有来自国际联合舰队或殖民部的任何干预，在这场权力斗争中，摩根都已败下了阵来。当安德·维京穿着整齐的制服出现，叫着老兵们的名字，唤起他们对死者的回忆时，他就输了。维京知道如何赢得人心，而且不需要欺骗或胁迫。他所做的只是关心他们，熟悉他们的名字和面孔，并记在心里。他所做的一切是在四十一年前带领他们取得了胜利，当时摩根在负责小行星带的物资供应。

要我说，这封信完全可能是虚张声势，是维京自己写的，只是为了在他搞公关政变时让我分心。如果我决意阻挠，如果我决定在他背后破坏他们对他的信任，破坏他作为总督的威信，这样我就能趁势而入，并且……

人们再次欢呼起来，因为维京提到了代理总督的名字。

不，摩根永远无法破坏他们对维京的信任。人们希望他成为他们的总督，而摩根对他们而言什么都不是，只是一个陌生人、一个入侵者。他们不再属于国际联合舰队，也不关心权力和等级。现在，他们只是这个殖民地的公民，拥有这里如何建立的传说。伟大的安德·维京杀死了这个世界上所有的虫族,赢得了胜利,解放了这片土地,使得他们能够来这里居住。而现在,他本人也亲自来到了他们中间,简直就像基督的第二次降临。摩根没有机会了。

他的副手们密切注视着他。他们不知道信的内容,但他担心自己在读信时,脸上的表情可能泄露了秘密,而不像他预期的那般不露声色——其实不露声色本身就是一个强烈的信息。因此,摩根对他们露出了笑容。"好了,我们的计划泡汤了。看来维京总督今天自有安排,要是他能提前通知我们就好了。不过,男孩的恶作剧总是突如其来。"

副手们也笑起来,因为知道他希望他们笑。摩根明白,他们完全清楚这里发生了什么——不是知道了信里的威胁内容,而是维京的大获全胜。尽管如此,摩根还是会表现得一切如常,好像事情本来就是这样,而他们也会照做,以继续维持船上的纪律。

摩根转向话筒。在人群的欢呼声和叫喊声中,他用开玩笑的友好语气说:"莎士比亚星的人们,请原谅我中途打断,今天的节目安排不是这样的。"

众人心不在焉地转向他,甚至有些恼怒。他们立即回头看维京,而维京面向摩根,没有露出胜利的笑容,而是带着他在船上一贯的严肃神情。这个小混蛋。他一直在谋划这件事,却从未露出一丝端倪。即便摩根在自己舱室里查看他的视频记录,看到维京和朵拉贝拉的女儿在一起时,这个男孩的伪装也从未卸下,一秒钟都没有。

感谢老天,他会留在这里,而不是回去成为我在国际联合舰队里的竞争对手。

"我只需要再占用一点儿你们的时间。"摩根说,"我的人将立即卸下我们带来的所有设备,海军陆战队将留下来协助维京总督,服从他的任何指令。我将回到飞船,按照维京总督指示的时间和顺序，将物资和殖民者从船上转移到地面。我在这里的工作已经完成，预祝你们在这里取得卓越成就，感谢你们的关注。"

现场响起了稀稀拉拉的掌声。大部分人把他忽略了，只等他走完流程，好接着把注意力放回安德·维京身上。唉，好吧。至少回到船上会有朵拉贝拉迎接他，跟那个女人结婚是发生在他身上最美好的事了。

当然，他还不知道，当她发现自己和女儿最后不会成为殖民者时，她会作何反应。她们要跟他一起踏上返回地球的旅程，不过她们肯定不会抱怨，毕竟殖民地的生活会是原始而艰苦的；而作为上将的妻子，生活将是轻松愉悦的，尤其考虑到他还是首位成功将新殖民者和物资带到殖民世界的人。朵拉贝拉将出席各种社交场合，对她来说简直如鱼得水。至于她的女儿嘛，嗯，她可以去上大学，过正常的生活。不，不仅是正常的生活，还是多姿多彩的生活，因为摩根的地位可以保证她得到最好的机会。

当摩根听到维京呼唤他的声音时，他已经转身回到了飞船里。"摩根上将！我想这里的人还没有理解您为我们大家所做的一切，他们需要知道。"

摩根对格拉夫和友利信里的话记忆犹新，自然从维京的话中听出了讽刺和恶意。他决定继续往回走，就好像没有听到那个男孩说话。不过，这个男孩是总督，而摩根还需要考虑到自己的指挥权。如果他现在忽视这个男孩，那么在他自己的手下看来，这就是在承认失败，而且是一种相当懦弱的认输方式。因此，为了保住尊严，他转过身，去听这个男孩要说什么。

"感谢您，长官，谢谢您把我们所有人安全地带到这里。不仅仅是我，还有那些新殖民者们，他们将与这个世界最初的居民，以及这里土生土长的人们共同生活。是您重新加强了人类的家园与这些漂泊在外的游子之间的连接。"

接着,维京转身面向殖民者们。"摩根上将和他的船员,以及你们在这里看到的这些海军陆战队员并不是来打仗或拯救人类的,他们不会死在我们的敌人手里,但他们跟最初在这里定居的人们一样,都做出了同样伟大的牺牲。他们放弃了自己所了解的、所钟爱的一切,把自己抛入了广袤的空间和漫长的时间中,在群星中寻找新生活。而那艘飞船上的每一个新殖民者也都放弃了他们的一切,赌上了全部身家,来到你们中间展开新的生活。"

殖民者们自发地开始鼓掌,起初是少数人,很快便是所有人,然后他们都欢呼起来——为摩根上将,为海军陆战队,为仍在船上尚未谋面的新殖民者。

而那个叫维京的男孩,该死的,正在敬礼。摩根别无选择,只能回礼。他接受了殖民者对他的感激和敬意。

接着,维京大步走向飞船,但不是要再对摩根说什么。相反,他走向海军陆战队的指挥官,叫出了他的名字。难道这个男孩也知道摩根所有船员和海军陆战队员的名字吗?

"我想让您见见您的同行,"维京高声说,"他是率领海军陆战队进行初次远征的指挥官。"维京把他领到一位老人面前,他们互相敬了个礼。不一会儿,整个地方就沸腾起来,海军陆战队员被老人、妇女以及年轻人团团围住。

摩根现在明白了,维京所做的一切几乎都与他无关。是的,他必须确保摩根清楚自己的位置,他从一开始就做到了这点。通过那封信,他分散了摩根的注意力,同时还展现出他熟知所有原住民的名字,并且他还以指挥官的身份,在他们取得伟大胜利的四十一年后与老兵们见面,这一切都具有深意。

不过,维京的主要目的是塑造这个社群对摩根、对海军陆战队、对飞船上的船员，以及最重要的，对新殖民者的态度。他让人们意识到，是共同的牺牲让他们团结到了一起。

那个孩子声称自己不喜欢演讲，真是个骗子。他说的每句话都恰如其分。与他相比，摩根是个新手——不，是个笨拙又无能的人。

摩根回到飞船里，只停留了片刻。他告诉等候的军官，维京总督将向他们下达卸货的命令。

然后，他就去了洗手间，把信件撕成了碎片，放进嘴里嚼成了糊糊，再吐进了马桶里。纸张和墨水的味道令他恶心，他呕了几下，才控制住自己。

接着他又去通信中心吃午饭。吃到一半，一位中校指挥着几个本地人把一大堆新鲜的水果和蔬菜送了进来，正如维京预料的那样。新鲜的蔬果非常美味，摩根吃完后就睡了一觉，直到副手把他叫醒，告诉他卸货已经完成，他们已经装载上了大量优质食品和淡水，准备启程回飞船。

"维京男孩会成为一个好总督的，你认为呢？"摩根说。

"是的，长官。我想是的，长官。"副手说，"我原先还以为，他可能需要我们的帮助才能开展工作。"

摩根笑了起来。"好了，还有一艘飞船等着我指挥，让我们回去吧！"

赛尔战战兢兢地看着那只幼虫回到了洞穴里。它是回来找他，还是要经过他来时的路回去？他可以试着移动一下，来测试它。

但他的动作可能会引起它的注意。

"乖乖幼虫，"赛尔低声说，"来点好吃的狗肉干怎么样？"

他伸手去够他的背包，准备拿食物，却没摸到包。包在坡那儿。

不过赛尔的腰间还有一个小袋子，装着他每天徒步所需的食物。他打开袋子，拿出随身携带的狗肉干和蔬菜，扔给了幼虫。

它停了下来，碰了碰地上的食物。赛尔觉得，也许心灵感应真的能起作用，便在心里创造了一幅图像：他把这些食物想象成一只濒死的金虫，这是它肚子的一部分。简直是魔法，他跟自己说，**相信我在脑海中形成的画面会影响这只野兽的行为**。不管怎样，至少赛尔的思绪被占据了，他胆战心惊地等着看这只幼虫是喜欢小批量的食物呢，还是喜欢他这么大块的活物。

幼虫把身体直立起来，张开嘴狠狠地咬在食物上，就像一条附在鲨鱼身上的鲫鱼。

赛尔能够想象，一只小体形的幼虫正像是一种寄生虫，附着在更大的生物上，吸取它们的血液，甚至可能钻入它们体内。

他想起了殖民地刚建立时那些致人死命的小寄生虫，后来赛尔发明了血液补充剂，才将这些东西驱逐出人体。

而这种生物是杂交的，一半来自这个世界，一半来自虫族的母星。

不，不是某种"生物"，而是从虫族自身改造过来的。它的身体基本构造和虫族类似。要成功创造出这样一种生物，需要高超的创造力和精湛的基因剪接技术，才能将两个物种的遗传特征结合在一起，毕竟它们的基因遗传背景截然不同。其结果是，这个新物种具备一半虫族的特性，因此虫族女王能够通过心灵感应对它们进行精神控制，就像控制其他虫族一样。同时，它们也具备相当大的差异性，因此不能完全与虫族女王结合，所以当这个世界的虫族女王死亡时，那些金虫才没有一同殉葬。

也许，虫族已经有了一个专门做琐碎工作的物种，它们与虫族女王的精神连接较弱，被用来与寄生虫杂交。它们那些恐怖的牙齿可以直接穿透皮革、布料、皮肤和骨头。同时，它们也有知觉，或有类似的感知，仍能被虫族女王的思想所支配。

也许，它们也能被我的思想支配。它是在我的召唤下回来的吗？又或者它只是先享用最唾手可得的食物？

幼虫急不可耐地冲向每一块食物，一口吞下，就连食物下面那一层薄薄的石板也不放过。那东西饥饿难耐。

赛尔的脑海中又形成了一幅画面，这回的内容更复杂：他和坡带着食物进入隧道，给幼虫喂食。他想象自己和坡进出洞穴，带去大量的食物，有叶子、谷物、水果和小动物。

幼虫向他靠近，绕着他转，缠绕在他的腿上，就像一条蟒蛇。它也具有蛇的进食习性吗？

不，它没有缠得更紧，而是更像一只猫。

然后它从后面推了一把，催促他往隧道方向走。

赛尔照做了。那东西听懂了，他们正在进行最基本的交流。

赛尔急忙走向隧道，然后跪下来坐下，开始试着像他进来时那样滑行。

那只幼虫在隧道里超过了他，然后停下来等待。

一个画面在他的脑海中一闪而过：赛尔紧紧抓着幼虫。

赛尔抓着这个生物干燥、粗糙的皮肤。它又开始向前移动，小心翼翼地避免让他撞到墙。尽管他不时被擦伤，很疼，可能会流血，但他的骨头没有断，伤口也不深。虫族还活着的时候，也许就是专门饲养它们，像这样用作坐骑。对虫族来说，撞伤、擦伤可不算什么。

幼虫停了下来。赛尔已经可以看见阳光了，幼虫也一样，所以它没有出去，而是避开光线，越过赛尔，退回到隧道里。

当赛尔出现在日光下，站起身时，坡跑过来拥抱了他。"它没有吃掉你！"

"没有，它还送了我一程。"他说。

坡不知道这是什么意思。

"给我所有的食物，"赛尔说，"我向它保证过会喂它。"

坡没有争辩，他跑去拿背包，把食物递给赛尔。赛尔把他的衬衫撑开，形成一个兜子，把食物放了进去。"暂时够了。"赛尔说。过了一会儿，他把衬衫脱下来，里面已经塞满了食物。然后他又回到隧道，开始费力地往里走。不一会儿，幼虫又出现了，盘绕着他。赛尔打开衬衫，放下食物。幼虫贪婪地吃了起来。赛尔此时离出口很近，再次半蹲着走了出来。

"我们需要更多的食物。"赛尔说。

"对它来说，什么算食物？"阿坡问，"草？灌木？"

"它吃了我午餐包里的蔬菜。"

"可这附近不会长任何可食用的东西。"

"对我们来说不能吃，"赛尔说，"但如果我想得没错，这东西算半个土著，它可能可以代谢本地的植物。"

对他们来说，鉴别本地植物简直易如反掌。很快，他们就开始在隧道里来回穿梭，带着满满一兜一兜的块茎类蔬菜，轮流给幼虫运送食物。

摩根已经回到了飞船里；安德也给飞船上的工作人员下达了命令，他们此时正在卸货；当地人则在装载滑翔机，把货物运输到合适地点。有人比安德更清楚如何指挥并执行这些任务，所以他就放心交给他们去完成，自己跟随勒克司来到外星生物研究站。那里配备有通信设备，此时赛尔的安塞波信号正等着他接收。"我马上就好，只需向艾洛斯星传送一条快讯。"安德说。

他正在构思的时候，无线电里传来了坡·托洛年轻的声音。

"不，我不是你的父亲，"安德说，"我去叫他。"

没必要了，勒克司已经听到了他的声音，可能也听到了无线电里坡的声音。他马上赶来了。安德一边给格拉夫和友利发消息，一边听到了勒克司与儿子对话的大意。当勒克司说"我们会比你们想象的更快抵达"时，安德已经发完了。

勒克司转向安德说："我们需要驾驶滑翔机去找赛尔和坡，他们的补给耗尽了。"

安德无法相信赛尔会做出这么愚蠢的事，完全缺乏合理规划。但在他开口之前，勒克司继续说道："他们发现了一种生物，至少算某种杂交产物，穴居，成年后有六条腿，在幼虫时期像巨大的蠕虫，能够嚼碎岩石，但无法代谢石头。它正在挨饿，他们把所有食物都给了它。"

"他真是个慷慨的人。"安德说。

"滑翔机飞得了那么远吗？两百公里远，地形还崎岖不平？"

"小菜一碟。"安德说，"它通过太阳能充电，正常的飞行距离是五百公里，中途无须暂停充电。"

"我很高兴，你来得正是时候。"

"不是巧合。"安德说，"赛尔离开是因为我来了，记得吗？"

"但他不需要这样做。"勒克司说。

"我知道。但正如我所说，他是个慷慨的人。"

只花了大约二十分钟，两架滑翔机就准备好了，上面满载着食物。经验丰富的海军陆战队员将执行驾驶任务，安德还带上了勒克司一起去，他们登上了其中负载较轻的一架。

可惜新来的外星生物学家都还没苏醒，否则这对他们来说简直是千载难逢的机会，好在来日方长。在路上，勒克司向安德解释了他从儿子那里收集到的信息。

"坡比较谨慎，他不想急于下结论，但根据他所说的情况来看，赛尔认为这是某种基因融合的产物，一半是虫族类物种，另一半则是一种本地的蠕虫，甚至可能就是那种几乎消灭初代殖民者的吸血虫。"

"就是你们后来通过注射补充剂加以控制的那种虫？"

"我们现在有了更好的方法，"勒克司说，"通过预防而不是治疗，让它们无法扎根。最初的问题是，人们在发现之前就已经被严重感染了，因此必须根除它们。但我们这一代人从未感染，你们也不会。你会明白的。"

"能给我解释一下'虫族类'的意思吗？"安德说。

"你看，我自己也不确定，坡没有和我细聊。但我猜测他用'虫族类'一词就像我们说'哺乳类'或'脊椎类'一样，而不是'人类'。"

安德看起来有点儿失望："你得理解，我对虫族有些痴迷。他们是我的老对手，任何能让我更进一步了解它们的东西我都想知道，你明白吗？"

勒克司什么也没说。他要么懂了，要么不懂。无论如何，他目前关心的是他儿子和他的导师都在外面，缺乏食物，而且还有一项非常重大的科学发现，将在地球和所有殖民地上引起轰动。

目前为止，他们的天上还只有一颗卫星，就是最初的运输飞船，因此无法进行三角测量，完成全球定位。这需要等摩根的手下把同步卫星网络放入行星轨道之后才能实现。现在，他们全靠降落前生成的地图，以及坡对路线的描述来定位。令安德印象深刻的是，这孩子的指示非常清楚，他们没有错过任何一个地标，没有转错弯，没有任何延误。

尽管他们行动很谨慎，进展还是很快。在接到坡的电话五个小时之后，他们就到了。此时天还没黑，不过也快了。当他们进入山谷，掠过大大小小的洞穴时，安德愉快地发现，那个向他们挥手的年轻人比他大不了一两岁。为什么他会对坡出色、可靠的工作表现感到惊讶？安德自己不是已经承担了多年属于成年人的工作吗？

勒克司在滑翔机停稳之前就跳了下去，跑到儿子身边，拥抱了他。虽然安德是总督，但勒克司才是这里的负责人，他向海军陆战队员发出指令，告诉他们应该在哪儿停、在哪儿卸货。安德用眼神示意他赞同这些指令，然后就开始帮助他们工作。他现在个子已经很高了，虽然不如两个受过海军陆战队训练的成年男子，但也可以分担很多工作。他们一边忙一边找了些话题聊，安德提出了他在航行期间一直在思考的问题。

"置身这样的世界，"安德说，"几乎让人舍不得离开，不是吗？"

"我不会。"其中一个人说，"到处都那么脏，还不如飞船上糟糕的食物和生活！"但另一个人什么也没说，只是瞥了一眼安德，又转过头去。所以他还在考虑，想留下。这是安德必须与摩根协商的事。要是因为他挫败了摩根的计划，使一些想留下的船员无法继续留在这里，他会感到很遗憾。不过，还有时间来想办法。商量一下交换条件——在莎士比亚星上出生的年轻一代中，势必有人渴望离开这个地方，离开这个小村庄，去更广阔的世界看看。这是古老的海洋传统，也是马戏团的传统，在每个港口或城镇都会流失一些成员，但也会招募到一些志在远方或心怀理想的人。

一个老人从洞穴里钻了出来，花了好长时间才直起腰身。他对坡和勒克司说了几句话，他们便拖着一辆满载着根茎和水果的拖架往洞穴里送。这时，赛尔·梅纳赫才第一次转过头来看安德。

"安德·维京。"他说。

"赛尔·梅纳赫。"安德回答，"坡说你这里有情况，有一只巨型蠕虫。"

赛尔看了一眼摸着配枪的海军陆战队员。"不需要武器。虽然我们说不上能与那些东西交流，但它们能理解基本的图像。"

"那些东西？"安德问。

"当我们在喂养那东西的时候，又出现了另外两只。我不知道这是否足以维持一个种群的延续，但总好过遇到某个物种仅存的一个样本，当然也比发现已经灭绝了的物种更好。"

"我们讨论了半天什么是'虫族类'。"安德说。

"在进行基因检测之前还无法确定。"赛尔说，"如果它们真的是虫族，那早就该死了。它们的成虫有甲壳、有内骨骼，却没有皮毛。它们与虫族的亲缘关系可能比狐猴跟我们关系还远，也可能像黑猩猩与我们一样近。不过，安德，"赛尔的眼睛闪闪发光，"我和它交谈了——不对，我冲着它思考。我给了它一个图像，它回应了。它也给了我一个图像作为回应，告诉我如何骑上它，搭它的顺风车穿越隧道。"

安德看了看赛尔身上的擦伤和撕裂的衣服："颠簸的旅程。"

"道路崎岖，"赛尔说，"车很舒服。"

"你知道我是为了虫族而来的。"安德说。

"我也是，"赛尔说，咧嘴一笑，"为了杀死它们。"

"但现在是为了了解它们。"安德说。

"我想我们在这里找到了一把钥匙，也许不能开启每一扇门，但至少可以打开一些。"他把一只手搭在安德的肩膀上，带着他到了个没人的地方。安德通常不喜欢胳膊搭肩的动作——这是一个人对另一个人宣示优越感的方式——但他没有从赛尔身上感受到这种暗示，反而觉得更像是一种友情宣言，甚至是他们达成了同谋。"我知道我们不能公开讨论，"赛尔说，"但请直接告诉我，你现在到底是不是总督？"

"是的，我既有头衔，也有实权。"安德说，"威胁解除了，他已经回到了飞船上,也在全力配合,仿佛他原本就是这么打算的。"

"也许确实如此。"赛尔说。

安德笑了起来。"也许你找到的这只幼虫还会在今天结束之前教我们微积分呢。"

"要是它能数到五,我就已经很高兴了。"

之后,夜幕降临了,男人们围坐在火堆旁,吃着坡的母亲送来的晚餐,食物很新鲜。赛尔显得很热情,不断提出各种猜测,话语中充满了希望。"这些生物能够代谢黄金,并把它们从甲壳中挤出来,也许把金子换成矿里的其他任何金属也行;或许虫族针对每种需要的金属培育了单独的亚种;或许这并不是唯一有幸存者的种群;或许我们还可以找到铁矿虫、铜矿虫,还有锡、银、铝,以及所有能满足我们需要的金属。如果这个群体代表的是平均水平,那么我们会发现,有些群体已经灭绝了,而有些群体有更多的幸存者。总之,如果这是这个世界上唯一一个幸存的群体,那就太奇怪了。"

"我们可以立即展开行动。"安德说,"趁着我们还有飞船上的海军陆战队员可以帮忙,而且他们还能在飞船离开前教会本地人驾驶滑翔机的专业技巧。"

勒克司笑了起来。"你差点儿说'土著'而不是'本地人'。"

"是的,"安德坦承,"我想说。"

"没关系的,"勒克司说,"就连虫族也没有在这里进化,所以'土著'只是意味着'出生在这里',其中包括我和坡,以及除了赛尔他们老一辈之外的所有人。土著和新来的人混杂在一起,但从下一代开始,我们都将成为土著。"

"那你认为我们应该用这个词吗?"

"本土的莎士比亚星人,"勒克司说,"这就是我们所有人的身份。"

"希望我们不需要举行某种血缘仪式或入会仪式才能被接纳为部落成员。"

"不用,"勒克司说,"带来滑翔机的白人总是受欢迎的。"

"就算我是白种人也不代表……"安德看到了勒克司眼中的笑意,也笑了。

"我太担心冒犯到他人了,"安德说,"所以受到一点儿冒犯也会本能地抵触。"

"总有一天你会习惯我们玛雅人的幽默的。"勒克司说。

"他不会的,"赛尔说,"根本就没人能习惯。"

"你这个老头除外。"勒克司说。赛尔和其他人一起大笑起来,然后话题又转向了其他方面。海军陆战队员讲述了他们的训练,讲述了地球上的生活,以及在太阳系内流动的高科技社会的情况。

安德注意到赛尔的眼神游离了,他误解了其中的含义。当他们准备睡觉时,安德找了一个机会问他:"你有没有想过回家?回地球?"

赛尔明显战栗了一下。"不!我在那里能做什么?这里有我爱的人和我关心的一切。"但他又露出了伤感的眼神,"不,我只是无法不去想,为什么我没有在三十年或二十年前,甚至十年前就来到这个地方,真是太可惜了。我太忙,定居点的事务太繁杂,我早就想进行这趟旅行,那就能找到更多还活着的生物,就能有更多时间进行研究。可惜我错过了好时机,我年轻的朋友!但没有人的生活是没有遗憾的。"

"现在发现了它们,你也很高兴。"

"是的,"赛尔说,"每个人都有得有失。这是我帮忙找到的东西,而我一分钟都没浪费。"他笑了。

"我还注意到一件事,不知道是否重要。但是,那只幼虫没有吃掉我们发现的那只还活着的黄金虫。那些幼虫可是饿坏了。"

"它们只吃腐肉?"安德问。

"不,它们会吃活龟——不是地球上的龟,我们只是这样称呼。总之,它们喜欢吃活物,但吃金虫就相当于同类相食。你明白吗?那是它们的父辈。它们不得已要吃,因为没有别的东西了,但它们会一直等到它们死了才吃。你懂了吗?"

安德点了点头,他完全明白了。这是一种对生命的基本尊重,对他者权利的尊重。不管这些金虫是什么,它们都不只是动物而已。它们也不是虫族,但也许能给安德提供了解虫族心智的机会,至少让他了解与虫族相近的心智。

CHAPTER
17
第十七章

收件人：MinCol@ColMin.gov
发件人：Gov%ShakespeareCol@ColMin.gov
主题：让我们发动一场悄无声息的革命

亲爱的希伦：

　　作为这里的总督，我受到了热烈的欢迎，这在很大程度上要归功于你的远程干预，以及当地人的热情。

　　我们仍在忙于为新殖民者建造住房，以便尽快把他们从飞船上接下来。我们准备划分四个定居点：最初的米兰达、法斯塔夫、波洛涅斯和马库修。人们本来还想建立一个卡列班村，但当大家考虑到未来的学校以及吉祥物该是什么样子时，热情很快就消散了。你肯定明白，在殖民地，划分自治区是不可避免的，而且越早越好。尽管我明白你的好意，尽管目前天文（双关语）数字一样的星际飞行费用依然是地球在承担，并且殖民地实现自给自足的希望尚属渺茫，但国际联合舰队还是不能把一个不受欢迎的总督强加给不情愿的民众，这是不可能长久的。

更好的做法是：国际联合舰队的飞船送来的人只保留大使身份，协助维护各地良好的贸易关系，向当地提供殖民者及各类物资，以补偿他们对当地经济造成的负担。

为了以身作则，我打算只在这里担任两年总督。在此期间，我会协助起草一部宪法。我们也会将其提交给殖民部。注意，这不是为了获得你们的批准，其实只要我们自己满意，它就会成为我们的宪法。我只是想为你提供一个考量的依据，看看能否让殖民部向殖民者推荐莎士比亚星。对此你们有裁决权，能够决定殖民者是否符合条件加入现有的殖民地。

也许还可以设立一些监管委员会，每颗殖民星球的代表使用安塞波匿名参会，通过一人一票的方式相互认证彼此是值得信赖的贸易伙伴。这样一来，如果有殖民地支持暴政，它就会遭到排斥，并被切断贸易往来，也不会有新殖民者加入他们。但没人会妄图发动战争（采取强制措施的另一种说法），因为光是去另一个定居点就要花费半辈子的时间，这没有意义。

这封信听起来是否像独立宣言？至少还不算一份原则明晰的宣言，更像是一种单纯的认识，即无论正式宣布与否，我们都是独立的。这些人完全靠自己的力量生存了四十一年，他们当然很高兴接受物资和新的繁育种群（包括动植物和殖民者），但他们并不是非要不可。

在某种程度上，每一个殖民星球都是一个混血儿——从基因和文化的角度看是人类，但从基础设施看是虫族。虫族很擅长工程建设，我们无须开垦土地、寻找水源或处理污水——它们的污水处理系统似乎能延续使用千秋万代，真是一座漂亮的丰碑！这些系统将人类的排泄物运走，为我们发挥着巨大作用。得益于虫族的前期工作，以及像赛尔·梅纳赫这样的优秀科学家在殖民地取得的成就，国际联合舰队和殖民部实际的影响力没有想象的那么大。

我是怀着诚挚的祝愿说这些话的，希望我们最终能够实现这样的愿景：每一年，每一颗殖民星球都能受到访问。在你我的有生之年可能还达不到，但这应该成为一个目标。如果历史真的具有任何借鉴意义，那么，也许五十年内我们就将发现，这一雄心壮志还是太保守了，因为飞船很可能每半年、每个月甚至每周都能在各颗星球之间频繁往来。

愿我们都能活着看到这一天。

安德鲁

孩子们的奇思妙想是无法解释的。当阿莱桑德拉还是个蹒跚学步的孩子时，朵拉贝拉对她做出的怪事只是一笑了之。当阿莱桑德拉大到可以说话时，她的问题似乎来自非常随机的思维过程，甚至让朵拉贝拉半信半疑，觉得她的孩子真是仙女派来的。

到了学龄期，孩子往往会变得理性起来，但让他们改变的不是老师或者父母，而是其他孩子，他们嘲笑或者排挤那些行为和言语不符合他们普遍标准的孩子。

不过，阿莱桑德拉总能出人意料。而且，偏偏是在这个紧要关头，在可怜的昆西被安德用官僚主义那一套耍得团团转、心情极度沮丧的时刻，她开始撒娇任性，不讲道理了。

"妈妈，"阿莱桑德拉说，"现在大部分休眠的人都醒了，到莎士比亚星去了，我也已经收拾好几天了，我们到底什么时候去？"

"收拾好了？"朵拉贝拉说，"我还以为你染上了什么整洁强迫症，本来想请医生给你做个检查，看看有没有什么怪病。"

"我不是在开玩笑，妈妈。我们签字是为了来殖民地。我们现在已经到了，只需要航空飞机载我们下去就行了。我们有合同。"

朵拉贝拉笑了起来，但这个女孩觉得没什么可笑的。"我亲爱的女儿，"朵拉贝拉说，"我现在已经结婚了，嫁给了掌管这艘飞船的上将。这艘船去哪儿，他就去哪儿；他去哪儿，我就去哪儿；而我去哪儿，你就去哪儿。"

阿莱桑德拉站在那里，沉默不语。她似乎准备争辩，但最终没说一句话。

"好吧，妈妈，所以我们还要在整洁的室内生活好几年。"

"我亲爱的昆西告诉我，我们的下一站是另一颗殖民星，离我们没有地球那么远，只要飞几个月就到。"

"但对我来说太乏味了，"阿莱桑德拉说，"所有有趣的人都走了。"

"你当然是指安德·维京。"朵拉贝拉说，"我确实希望你能吸引那个有前途的年轻人，但他似乎已经选择把我们丢在一边了。"

阿莱桑德拉显得很疑惑。"我们？"她问道。

"他是个聪明的男孩。他知道，只要强迫我亲爱的昆西离开莎士比亚星，就等于把你和我也赶走了。"

"我从没那么想过。"阿莱桑德拉说，"为什么？那我要生他的气了。"

朵拉贝拉突然感到一阵警觉。阿莱桑德拉太轻易就接受了，这不像她。而这一丝针对安德·维京的怨气非常孩子气，似乎是在模仿朵拉贝拉的语调，故意说些幼稚的童话。

"你在计划什么？"朵拉贝拉问。

"计划？全体船员忙得不可开交，海军陆战队又在行星表面，我能有什么计划？"

"你打算未经允许就悄悄溜上飞船，在我不知情的情况下跑到星球上去。"

阿莱桑德拉看着朵拉贝拉，仿佛她是个疯子。不过，她经常做出这副表情,所以朵拉贝拉有十足的把握她会说谎,而她的女儿也没有让人失望。"我当然不会那么做,"阿莱桑德拉说,"我非常期望得到你的许可。"

"嗯,你不会。"

"我们一路走来,妈妈,"现在她的声音听起来像在撒娇,这说明她的话可能是真诚的,"我至少想去参观参观,想跟我们在航行中结识的所有朋友道别,想看看天空。我已经两年没有见过天空了!"

"你已经在空中了。"朵拉贝拉说。

"噢,真是聪明的回答,"阿莱桑德拉说,"瞬间就让我对户外活动的渴望烟消云散了,就像这样。"

其实,阿莱桑德拉一说,朵拉贝拉就意识到自己也渴望出去走一走。飞船上的健身房总是挤满了海军陆战队员和船员。尽管他们每天都会按要求在跑步机上锻炼一下,但这跟真正的外出毕竟不一样。

"你说得不是没有道理。"朵拉贝拉说。

"你在开玩笑吧?"阿莱桑德拉问。

"怎么,你认为这不合理吗?"

"我没想到你会觉得这合理。"

"我很受伤。"朵拉贝拉说,"我也是有血有肉的人,渴望看到天空中的云彩。他们这里确实有云,不是吗?"

"我怎么会知道,妈妈?"

"我们一起去,"朵拉贝拉说,"母女两人一同去跟我们的朋友说再见。我们离开莫诺波利时,就没有道别。"

"我们没有朋友。"阿莱桑德拉说。

"我们当然有,而且他们一定认为我们很不礼貌,丢下他们就走了。"

"我敢打赌他们每天都在耿耿于怀:'那个粗鲁的女孩阿莱桑德

拉，四十年前不辞而别，离开了我们。'"

朵拉贝拉笑了起来。阿莱桑德拉有种尖酸刻薄的机智。"这就是我聪明的仙女小女儿。要说粗俗，提泰妮娅可一点儿也不如你。"

"我希望《驯悍记》是你读的最后一部莎士比亚的作品。"

"我一生都活在《仲夏夜之梦》里，而我从来没意识到这点，"朵拉贝拉说，"这让我有回家的感觉，而不是去某颗陌生的星球。"

"嗯，而我一辈子都住在《暴风雨》里，"阿莱桑德拉说，"被困在一个岛上，渴望离开。"

朵拉贝拉又笑了起来。"我会求你父亲让我们乘坐其中一架飞船下去，然后搭另一架回来，这样如何？"

"太好了。谢谢你，妈妈。"

"等一下。"朵拉贝拉说。

"你什么意思？"

"你答应得太快了。你在计划什么？以为自己可以偷偷溜进树林里躲起来，直到我离开，把你留在那儿？亲爱的，那是不可能的。没有你我是不会走的，昆西也不会丢下我自己走。如果你想逃跑，海军陆战队会追踪你，找到你，并把你带回我身边。你明白吗？"

"妈妈，"阿莱桑德拉说，"我上次离家出走是在我六岁的时候。"

"亲爱的，就在我们离开莫诺波利的几周前你刚出走过，你逃学去拜访了你的外婆。"

"那不是出走，"阿莱桑德拉说，"我回来了。"

"你是在发现你外婆是撒旦的寡妇之后才回来的。"

"我不知道魔鬼已经死了。"

"跟她结了婚，你能想象他不自杀吗？"

阿莱桑德拉笑了。

这就是技巧：制定规则的同时还要让对方发笑，为服从你而感到高兴。

"我们将去参观莎士比亚星，然后回到飞船上。现在飞船就是我们的家，不要忘记这一点。"

"当然不会，"阿莱桑德拉说，"但是，妈妈……"

"怎么了，亲爱的小仙女？"

"他不是我的父亲。"

朵拉贝拉花了一点儿时间才弄明白她在说什么。"谁不是你的什么？"

"摩根上将，"阿莱桑德拉说，"他不是我的父亲。"

"我是你妈，他是我丈夫。那你觉得他是你的什么？侄子？"

"他不是我的父亲。"

"噢，我太伤心了，"朵拉贝拉说，"我以为你会为我高兴。"

"我非常为你高兴，"阿莱桑德拉说，"但我的父亲是一个活生生的人，不是童话世界的国王，而且他没有跑进森林，他死了。随便你现在嫁给谁，他都是你的丈夫，但不是我的父亲。"

"我没有随便嫁给谁，我嫁了一个出色的男人，我肯定会和他生很多孩子。因此，即使你拒绝把他当作父亲，他也不乏其他继承人，他可以把财产留给他们。"

"我不想要他的财产。"

"那你最好嫁个有钱人，"朵拉贝拉说，"因为你不会想跟我一样，在贫困潦倒中抚养孩子。"

"只要不让我叫他爸爸就好。"阿莱桑德拉说。

"亲爱的，讲点道理吧，你总得给他个称呼，我也得给他个称呼。"

"那我就叫他普洛斯彼罗，"阿莱桑德拉说，"因为他就是这样的人。"

"什么？为什么？"

"一个强大的陌生人，把我们完全置于他的控制之下。你则是艾瑞尔，那个爱着主人的小可爱。而我是卡利班，只想获得自由。"[1]

"你还是个少女，总有一天会长大，明白这有多么可笑。"

"永远不会。"

"没有自由这回事，"朵拉贝拉说，越来越不耐烦，"只是有时候你有机会选择主人。"

"很好，母亲。你选了你的主人，但我还没有选择我的。"

"你仍对那个维京男孩抱有希望，觉得他会注意到你。"

"我知道他已经注意到了，但我没有把希望寄托在他身上。"

"你想委身于他，亲爱的，却被他一口回绝了。这相当丢人，即便你自己没有意识到。"

阿莱桑德拉涨红了脸，径直冲到了舱室门口。然后，她转过身来，满脸愤怒和痛苦。"你都看了，"她说，"昆西把这一切录了下来，你还看了！"

"我当然看了，"朵拉贝拉说，"我要是不看，他或某个船员也会看的。你以为我想让他们窥视你的身体吗？"

"你明知他们在录像，还把我送到安德那里，希望我和他脱光衣服，而且你还肆无忌惮地看了，你偷窥了我！"

"但你没有脱光，不是吗？就算你脱了又怎样？在你小时候，需要我帮你擦屁股的那些年里，我可是把你三百六十度全方位地看了个遍！"

---

[1] 艾瑞尔和卡利班均是莎士比亚戏剧《暴风雨》中的人物。

"妈妈，我恨你！"

"你爱我，因为我总是保护你。"

"安德并没有羞辱我，或者拒绝我；他只是拒绝了你，拒绝了你手把手教我的行为方式！"

"你为什么不再说'噢，谢谢你，妈妈！这样我就能拥有我所爱的男人了'？"

"我从未那样说过。"

"你咯咯笑着，一遍又一遍地感谢我。你当时呆呆站着，让我把你打扮成一个妓女，来引诱他。我什么时候强迫过你，让你做违背你意愿的事？"

"你告诉我，如果我想让安德爱我，我就必须这么做。只有像安德这样的男人才不会上你的当！"

"一个男人？你是说一个男孩吧！他没上钩的唯一原因可能是他还没性成熟，如果他真的是异性恋的话！"

"听听你自己说的话吧，母亲。"阿莱桑德拉说，"安德一会儿是世界的开始和终结，是我能嫁给一个伟人的最佳机会，下一分钟就成了一个羞辱我的同性恋小男孩。你评判他的标准完全基于他是否对你有用。"

"不，宝贝，我是根据他是否对我的女儿有用。"

"好吧，那他没有。"阿莱桑德拉说。

"这也是我的想法，"朵拉贝拉说，"但你因为我这么说而对我大加指责。请下定决心，我的小卡利班。"朵拉贝拉突然大笑起来。让阿莱桑德拉没想到的是，她自己也跟着笑了，但随即又非常生气，也许是因为自己笑了而生气，也许是气朵拉贝拉的笑。于是她从房间里逃了出来，把身后的门狠狠地摔上了——或者说她试图这样做——门上的气动装置让它轻轻地关上了。可怜的阿莱桑德拉，什么事都不如她的愿。

欢迎来到现实世界，我的孩子。总有一天你会看到，我让亲爱的昆西爱上我，是我为你做过的最好的事。我做的一切都是为了你，而我只要求你尽到责任，抓住我为你提供的机会。

华伦蒂试图保持冷静，若无其事地走进房间，但她对安德非常反感，几乎无法控制自己。这个男孩现在忙着向所有人"示好"，不管是新殖民者还是老居民，他都会回答他们的问题，聊一些闲话，聊两年前某次半小时的采访中他提过的事——他根本不可能记得，当时他已经累得说不出话了。然而，当某个真正与他关系紧密的人想找他时，他却无处可寻。

这就像他拒绝给父母写信一样。好吧，他并没有拒绝，但他一直承诺会做，却根本不行动。

在过去的两年里，他也做出了承诺——虽然没明说，但也有过暗示——万一这个可怜的托斯卡诺女孩爱上了他，他也不会反感。现在，她和她母亲已经来到了这颗星球的表面到处"观光"，但显然，这个女孩只为寻找一种风景：安德·维京。结果他却不见踪影。

华伦蒂受够了。这个男孩能勇敢果断地处理许多事情，但每当面临某些情感上的要求时，他就会退缩，不知所措。他可以躲避这个女孩，也许他自以为这是某种明确的表示，但他还欠她一句话，至少欠她一个告别，不一定非得是深情款款的告别，但必须告别。

最后，她在外星生物研究站的安塞波通信室里找到了他，他正在写东西，可能在给格拉夫或其他什么人写信，总之跟他们在这个新世界的生活完全无关。

"原来你在这里，"华伦蒂说，"那你根本没有任何借口。"

安德抬头看了看她，似乎很疑惑。好吧，他可能不是假装的——他可能已经在脑海中把这个女孩彻底屏蔽了,以至于他不知道华伦蒂在说什么。"你在看邮件,这意味着你已经收到了这趟航班的乘客名单。

"我已经见过新的殖民者了。"

"除了一个。"

安德挑了挑眉毛。"阿莱桑德拉已经不是殖民者了。"

"她在找你。"

"她可以问任何人我在哪儿,他们都会告诉她的,这不是什么秘密。"

"她不能问。"

"好吧,那她怎么期望找到我呢?"

"别装傻,就算你装得再像也没用。我也没傻到那个地步,会相信你是傻子。"

"好吧,关于傻不傻的部分我懂了,你能说得更具体些吗?"

"真是太蠢了。"

"我指的不是傻的程度,亲爱的姐姐。"

"情感上极其愚钝。"

"华伦蒂,"安德说,"难道你就没想过,我实际上知道自己在做什么吗?你对我没有一点儿信任吗?"

"我认为,每当遇到情感上的问题,需要当面对峙时,你就会逃避。"

"那我为什么不躲开你呢?"

华伦蒂不知道应该更生气(因为他把矛头指向了她),还是应该感到宽慰,因为至少在他心中,他们此时的对峙包含着情感。实际上,她不确定自己是否对他有足够的影响力,能让他产生情感上的反应。

安德瞥了一眼计算机显示屏上的时间,叹了口气。"好吧,跟往常一样,你选的时机简直无可挑剔,即便你还毫不知情。"

"要是你给我点提示,我就有头绪了。"华伦蒂说。

安德站了起来,令她惊讶的是,他已经比她高了。她注意到他在长高,但没意识到他已经高过了她——也不是鞋子的问题,他根本没穿鞋。"华尔,"他轻轻地说,"如果你留意我说的话和我做的事,就会明白发生了什么。但你没有认真分析。你看到了一些东西,觉得不对劲,然后就不假思索地得出结论:'安德错了,我必须制止他。'"

"我会思考!也会分析!"

"你分析了所有的事,所有的人,所以才能把战斗学校的历史写得如此真实、精彩。"

"你已经读了?"

"你三天前给我的,我当然读过了。"

"你什么也没说。"

"华尔,这是我读完后第一次见到你。仔细想想,求你了。"

"你少用这种居高临下的态度对我说话!"

"感到被人轻视,并不是思考。"他说,最后听起来有点儿烦躁,这让她感觉好点了。

"在你理解我之前,不要对我妄加评判。如果你已经有了先入为主的想法,就无法真正理解我。你认为我对阿莱桑德拉不好,但事实并非如此,我对她非常好,马上就要救她一命。但你不相信我会做正确的事,甚至在下这个结论之前,你根本懒得去思考什么是正确的事。"

"那么,所谓我认为你没做而你实际在做的事到底是什么?那个女孩为你倾心——"

"那是她的感受,不是她的需求,不是真正对她有利的事。你认为她的最大危险是她受到感情上的伤害?"

华伦蒂本来是为了帮阿莱桑德拉抱不平的,现在却感到身上的怒火消失了。他说的危险是什么?除了对安德的渴求外,阿莱桑德拉还需要什么?华伦蒂漏掉了什么?

安德伸出双臂拥抱了她,然后从她身边走过,出了房间,又出了大楼。华伦蒂别无选择,只能跟随。他快速穿过科学综合楼中间的草坪。其实,这里只有四幢单层建筑,少数科学家在这里从事生物和技术研究以维持殖民地的正常运转。不过,随着飞船上的新人到来,房子里挤满了人。安德已经要求领班调整了工作的优先级,多造一些用于科学研究的建筑。工地上的噪声虽不至于震耳欲聋(因为没有什么电动设备),但发指令的呼喊、大声的警告、斧头和锤子的敲击声综合起来就成了一种充满活力的声音。这是一种蓄意的、受欢迎的变化。

安德真的知道托斯卡诺母女在哪儿吗?他确实径直走向了那个地方。现在华伦蒂开始思考——确切地说是开始分析——是的,她意识到安德是在等待她们访问结束、飞船准备返航的时间。飞机不是当天的最后一班,而是没有满载海军陆战队员和船员的最后一班,有空间容纳闲散的乘客。

他差点儿就赶不上了。阿莱桑德拉已经站在舷梯的底部,神情怅然若失。她的母亲拽着她的袖子,催促她赶紧登机。她一看到安德向她走来就挣脱她母亲的手,向安德跑去。可怜的女孩,还能表现得再明显一点儿吗?

她扑向安德,而值得称赞的是,他热情地拥抱了她。实际上,华伦蒂对他抱她的方式感到惊讶。他轻抚她的肩膀,流露出柔情。他这样做是什么意思?那个女孩会怎么解读?安德,你真的那么不敏感吗？

当她几乎跳进他的怀抱时，安德向后退了一步，以承接这股突如其来的冲击，但他同时也把脸紧紧贴近她的耳朵。

"十六岁已经够了，可以在没有父母允许的情况下加入一个殖民地。"他轻声说。

阿莱桑德拉与他拉开距离，疑惑地看着他的眼睛。

"不，"安德说，"我们之间什么都不会发生，我不是在要求你为我留下。"

"那你为什么要说让我留下来？"

"我没有，"安德说，"我是告诉你可以怎么做。此刻，就在这儿，我可以让你从你母亲的手里解脱出来。我不是为了取代她的位置，不是为了控制你的生活，而是想让你去控制它。问题是，你想吗？"

阿莱桑德拉的眼睛里突然涌出了泪水。"你不爱我？"

"我关心你。"安德说，"你是个好女孩，但从未有过片刻自由。你的母亲全盘掌控着你。她围绕你编故事，最后你总是选择相信，并按照她的要求去做。你几乎不知道自己想要什么。但在莎士比亚星，你能找到答案；而回去，与你母亲和摩根上将在一起，我不知道你是否能找到。"

她点了点头，明白了。"我知道我想要什么，我想留下来。"

"那就留下来。"安德说。

"你告诉她，"阿莱桑德拉说，"求你了。"

"不。"

"如果我跟她说，她肯定会找到理由，说我犯傻。"

"不要相信她。"

"她会让我感到内疚，好像我对她做了什么可怕的事。"

"你没有。在某种程度上,你也在给她自由。她可以跟摩根生孩子,而不必担心你。"

"你知道?你知道她要和他生孩子?"

安德叹了口气。"我们现在没有时间谈这个了。你母亲过来了,因为飞船即将起飞,她希望你登机。如果你决定留下来,我会支持你。如果你甘愿跟她走,我不会出手阻拦你。"

就在朵拉贝拉过来的那一刻,安德从她身边走开了。

"我看得出他在干什么,"母亲说,"向你空口承诺你想要的一切,只是为了把你留下来,成为他的玩物。"

"妈妈,"阿莱桑德拉说,"你不知道你在说什么。"

"我知道。无论他向你承诺什么,都是谎言。他并不爱你。"

"我知道他不爱我,"阿莱桑德拉说,"他跟我说了。"

看到母亲大吃一惊的样子,阿莱桑德拉心满意足。"那么刚才的拥抱是怎么回事?还有他亲吻你的方式?"

"他在我耳边说了悄悄话。"

"他说什么了?"

"他只是提醒了我一些我早就知道的事。"阿莱桑德拉说。

"上了飞机再告诉我,我亲爱的小仙女公主。他们已经等得不耐烦了,不想因为迟到而让你父亲生气。"

距离上一次阿莱桑德拉告诉母亲永远不要把昆西叫作她"父亲"还不到一天,她就又这样做了。总是这样——母亲决定事情该是什么样,不论阿莱桑德拉做什么都改变不了,每次都是阿莱桑德拉改变。无论母亲想要什么,她最后都会顺从,因为这样更简单。母亲总能确保她的方式更简单。

我唯一一次反抗是背着她进行的。趁她不注意,我就可以假装她不知道。我活在对她的恐惧中,尽管她不像外婆那样是个怪物。或者,也许她是,只因为我从未真正反抗她,才没有发现。

我没必要永远和她生活在一起。我可以留在这里。

但是安德并不爱我。在这里我认识谁呢?我没有真正的朋友。有一些在旅程中认识的人,但他们和母亲的关系更近,而与我无关。他们当着我的面谈论我,因为母亲就这样做;当他们真正对我说话时,说的也都是母亲在无形中命令他们说的事。我没有朋友。

只有安德和华伦蒂把我当成一个人来平等对待。但安德不爱我。

他为什么不爱我?我有什么问题?我很漂亮,也很聪明。虽然我不像他或华伦蒂那样聪明,但像他们那样的聪明人本来就少有,在地球上都找不出几个。

那次在船上的时候,他说过他渴望我。他想要我,但他不爱我。对他来说,我只是一具肉体,只是一个大而空洞的东西,如果我留在这里,就会时刻被提醒这一点。

"我的仙女小宝贝,"母亲说,又扯了扯她的袖子,"跟我一起走吧。我们在一起会很快乐的,在群星间航行!你将和中士一起接受优质的教育——你父亲向我保证过了,等你到了合适的年龄,我们肯定会回到地球附近,这样你就可以去一所真正的大学,你会找到一个好男人,而不是这个令人讨厌的、以自我为中心的男孩。"

现在,母亲几乎把她拖着往飞船走。事情总是这样。母亲总会让她觉得她的计划天衣无缝,非它不可,其他所有的选择都糟透了,没人能像她那样理解阿莱桑德拉。

但是母亲并不理解我,阿莱桑德拉心想,她不理解我。她理解的只是她对我的疯狂想象,一个化身为仙女的女儿。

阿莱桑德拉回头看了看,用目光寻找安德。他就在那儿,脸上没有任何表情。他怎么能这样?他没有感情吗?不会想我吗?不会叫我回去吗？不会为我求情吗？不，他说了他不会。他告诉我，我要遵循自己的意愿做出选择。

我愿意跟她走吗？她拖着我，但并没有使多大劲。她每一个脚步都试图说服我，而我也在跟着走，就像老鼠跟着哈默尔恩的魔笛手。她的声音吸引了我，让我跟随她，然后我就来到了这里，在舷梯上，正要登机，回到一直受她操控的地方，跟她和昆西的孩子争夺财产。归根结底，我是个累赘。当她背叛我时，又会发生什么？就算她没那么做，也是因为我对她言听计从。

阿莱桑德拉停下了脚步。

母亲的手从她的胳膊上滑落——其实她的母亲没有真正抓住她，或者只是用手轻轻地搭着。

"阿莱桑德拉，"母亲说，"我看到你回头看他了。你没发现吗？他并不想要你。他没有叫住你。这里没有你需要的任何东西，但在飞船上、在群星间，有我对你的爱，有我们一起创造的美好世界，它会散发魔力。"

但在她们的美好世界里没有魔法，只有被叫作魔法的噩梦。现在，那个"美好世界"里还有另一个人，母亲每天和他睡觉，还要和他一起生孩子。

母亲不光对我说谎，她也在对自己说谎。她并不是真心希望我在她身边。她已经找到了自己的新生活，假装什么都不会因此改变。事实却是，母亲迫切需要摆脱我，这样她就能过上幸福的生活。十六年来，我一直是她的累赘，把她压得喘不过气，无法实现任何梦想。现在她得到了梦中情人，一个能给她理想生活的男人，而我却成了绊脚石。

"妈妈，"阿莱桑德拉说，"我不跟你走了。"

"不，你必须跟我走。"

"我已经十六岁了,"阿莱桑德拉说,"法律规定我可以自主决定是否加入殖民地。"

"胡说八道。"

"是真的。华伦蒂·维京加入这个殖民地时只有十五岁。她的父母不想让她来,但她还是来了。"

"她在骗你,可能听起来很浪漫、很勇敢,但你只会感到孤独。"

"妈妈,"阿莱桑德拉说,"我一直都很孤独。"

听她这么说,母亲往后退了一步,"你怎么能这么说,你这个忘恩负义的小鬼?"她说,"有我和你在一起,你永远不会孤独。"

"我总是感到孤独,"阿莱桑德拉说,"你从不陪我,而是和你亲爱的天使小仙女化身的孩子在一起,而那不是我。"

阿莱桑德拉转身走下舷梯。

她听到了母亲的脚步声——不,是感觉到了。随着沉重的脚步撞击,舷梯微微晃动。母亲从后面猛推了她一把,一下子使她完全失去了平衡。"滚吧,你这个小婊子!"母亲尖叫起来。

阿莱桑德拉挣扎着想直起身,但她的上半身已经扑到了空中,脚下却被绊住。她感到自己往前倒下,舷梯看起来很陡,她会摔得很重,双手也无法支撑起她……

所有这些想法都在她脑海中一闪而过。突然,她感到自己的手臂被人从后面抓住了,她没有撞向舷梯,身体先是往前摆动,然后又摆了回来,但抓住她的不是母亲(她还在几步之外,在刚才推她的地方),是阿克巴少尉拉住了她,他脸上的表情非常关切和友善。

"你没事吧?"他说,把她拉起来站好。

"干得好!"母亲喊道,"把那个忘恩负义的小崽子带到这里来。"

"你想和我们一起回船上吗?"阿克巴少尉问。"当然了。"母亲说,她现在走到了阿克巴身边。阿莱桑德拉看见母亲的脸色瞬间发生了转变，从歇斯底里叫阿莱桑德拉"婊子""小鬼"的人又变成了甜美的仙女。"我亲爱的仙女宝贝只有和她母亲在一起时才会快乐。"

"我想留在这里。"阿莱桑德拉轻声说，"你会放我走吗？"

阿克巴少尉俯下身，在她耳边轻语，就像此前的安德那样。"我多希望和你一起留在这里。"他直起身，敬了个军礼，"再见了，阿莱桑德拉·托斯卡诺，我祝你在这个美好的世界过上幸福的生活。"

"你在说什么？我丈夫会把你送上军事法庭的！"母亲从他身边走过，朝阿莱桑德拉走去，一只手伸向她，像死神那只白骨森森的手一样恐怖。但阿克巴少尉抓住了她的手腕。"你胆敢这样对我，"她直接冲着他的脸咆哮，"你这是签署了自己的叛变死刑令。"

"摩根上将会赞同我阻止他妻子的违法行为，"阿克巴少尉说，"他会允许我支持这位自由的殖民者行使她的权利，履行她的合同，留在这个殖民地。"

母亲把她的脸凑到他面前，阿莱桑德拉看到她的唾沫星子溅到了他的嘴里和鼻子上，还有他的下巴和脸颊上，然而他无动于衷。"不是这个，你这个傻瓜。"她说，"我要告诉他，那次你企图在飞船上一个黑暗的房间里强奸我。"

有那么一瞬间，阿莱桑德拉真的在思考这事是什么时候发生的，为什么母亲当时没有说，然后她意识到它从未发生。母亲只是想这么说，她在用谎言威胁阿克巴少尉。有一件事是肯定的，母亲很会骗人，因为她相信自己的谎言。

但阿克巴只是笑了笑。"朵拉贝拉·摩根女士好像忘了一件事。"

"什么？"

"一切都有记录。"阿克巴放开了母亲的手，让她转过身，轻轻地把她推上舷梯。阿莱桑德拉忍不住了，发出一阵短促而尖锐的笑声。母亲转过身来，满脸怒气，看起来跟外婆一模一样。"外婆，"阿莱桑德拉大声说，"我以为我们把她留下了，结果你看，我们还是把她带来了。"

这显然是阿莱桑德拉所能说出的最残忍的话。母亲听到后目瞪口呆，受到了巨大的打击。然而，这也是一个简单的事实，而且阿莱桑德拉并不是为了伤害母亲，只是在她意识到这一点时不由自主地说出了口。

"再见了，妈妈。"阿莱桑德拉说，"去和摩根上将生一堆孩子吧。祝你永远幸福，我希望你能幸福。"

她让阿克巴少尉带她走下了舷梯。

安德就在下面等着——当她忙着应付母亲时，他就已经走过来了，阿莱桑德拉完全没意识到。他终究还是来接她了。她和阿克巴走到了舷梯底部，她注意到安德并没有踏上舷梯。"阿克巴少尉，"安德说，"你误会了摩根上将。为了和她和谐共处，他会相信她的。"

"恐怕你是对的，"他说，"但我能怎么办？"

"你可以辞去你的职务。无论从现实时间还是相对论时间来看，你的服役期限都已经过了。"

"我不能在航行途中辞职。"阿克巴说。

"但你不是在途中。"安德说，"你在一个港口，而这个港口在政府联盟的管辖之下，由我这个总督亲自负责。"

"他不会允许的。"阿克巴说。

"不，他会的。"安德说，"他必须遵守法律，因为同样的法律也赋予了他在航行中的绝对权力。如果他能够因你而违反法律，那么你也可以。他清楚这一点。"

"就算他不知道，"阿克巴说，"你现在也告诉他了。"

直到此时，阿莱桑德拉才意识到，他们的话还在被记录中。

"是的，"安德说，"这样你就不必承受违抗摩根夫人的后果了。你的行为完全得体。在这儿，在米兰达镇，一个像你这样正直的人会得到应有的尊重。"安德转过身，挥手指向整个定居点，"镇子很小，但你看，它比飞船大得多。"

这是真的。阿莱桑德拉第一次意识到这点。这地方很大，如果你有不喜欢的人，远离他们就好，空间足够。你还可以为自己开辟一个私人空间，说出不想让别人听到的话，思考自己的想法。*我做了正确的选择。*阿克巴少尉走下了舷梯，阿莱桑德拉也照做了。

母亲站在舷梯顶端发出号叫。她在嚷着什么话，但阿莱桑德拉听不清，也听不懂。

她不需要听，也不需要听懂，她从此不再活在母亲的世界里了。

CHAPTER 18

第十八章

发件人：MinCol@ColMin.gov

收件人：Gov%ShakespeareCol@ColMin.gov

主题：不速之客

亲爱的安德：

  我很高兴听说莎士比亚星进展得如此顺利，毕竟不是每个地方都能做好新殖民者的同化工作。我们批准了第九殖民星球总督的请愿书，不再向他们派遣新的殖民者或总督。简而言之，他们已经宣布独立，比你们更加独立。（他们引用了你当时的声明——宣布莎士比亚星不会再接受任何外来的总督——这影响了他们对新殖民者的态度，所以在某种程度上，这都是你的错，你不觉得吗？）

  不幸的是，当我们收到他们的声明时，已经有一艘载有几千名殖民者、一名新总督和大量物资的飞船朝着他们的星球驶去了。在你们的飞船之后没多久他们就出发了，而现在他们离家三十九光年，却发现受邀参加的聚会取消了。

  不过，莎士比亚星就在他们的航线附近。他们正好处于合适的位置，我们可以让他们从光速降下来，适时调整方向，这样在大约一年之内，他们就能抵达你们的星球。

这些殖民者对你们来说都是陌生人，他们有自己的总督——同样是个你不认识甚至没听说过的人。我想最好的方式是，让他们在你们的指导下建立自己的定居点，接受你们的医疗帮助和物资支援，但实行自治。

由于你们已经将殖民地划分成了四个村镇，而他们形成的定居点将比其中的任何一个都大，要让他们融入本地，任务将比你们的飞船抵达时更加艰巨。我的建议是组成囊括两个殖民地的联盟，而不是把他们并入你们。或者，如果你愿意的话，也可以建立包含五个城市的联盟。只不过，新殖民者的人数将是你们的四倍，这可能会导致紧张的局面。

如果你不同意这次派遣，我也会遵照你的意愿，让他们继续待命，甚至让大部分船员也进入休眠状态，直到某颗殖民星球准备好接纳他们。不过，要是有任何人能应对这种情况并引导他的殖民地接受新人，那非你莫属。

在此附上完整的信息，包括殖民者名单和货物清单。

希伦

发件人：Gov%ShakespeareCol@ColMin.gov
收件人：MinCol@ColMin.gov
主题：回复：不速之客

亲爱的希伦：

我们会为新殖民者选择一个合适的地点，并在他们到达时准备好住所。我们将把他们安置在一座虫族城市的附近,这样他们就可以像我们一样发展技术,耕种田地。感谢你提前一年通知我们,我们还有足够的时间为他们开垦田地,开辟果园,种植人类适用的本地作物,以及经过基因改造的地球作物。莎士比亚星的人民已经就此进行了投票,愿意以极大的热情支持这个项目。我很快就会出发,去选择一个合适的地点。

安德鲁

在阿布拉短短十一年的生命里,只发生过一件重要的事:安德·维京的到来。在那之前,工作就是他的全部。孩子们要做他们力所能及的一切,而阿布拉恰恰心灵手巧。他在会说话之前就能给绳子打结、解扣了,还能看懂机械的工作原理。而当他变得足够强壮,可以使用成年人的工具时,他就能修理或改造机器了。他能理解金属部件的能量转换。因此,即便是在其他孩子玩耍的时候,他也有工作要做。

他的父亲勒克司以他为荣,而阿布拉也为自己感到骄傲。他很高兴被委以成年人的工作。他比哥哥坡小得多。坡和赛尔叔叔一起去找金虫;他则被派去协助安装矮平板车,人们坐在上面进出洞穴,同时把食物送到虫子窝中,再把金虫的尸体运走。

然而,当同龄的孩子们(他不能称他们为朋友,因为他和他们相处的时间太少了)去游泳池,在果园里爬树,或用木制武器互相射击时,阿布拉也会露出羡慕的表情。

只有他的母亲汉娜发现了。有时,她会劝他放下手头的工作,和其他孩子一起去玩,但为时已晚。就像一只被孩子玩弄过的小鸟会沾上人类的气味那样,与成年人一起工作也给阿布拉贴上了某种标签。他们并不讨厌他,只是不认为他是团体中的一员。如果他想和他们一起去，对所有人来说都不合适，就像某个成年人坚持要和小孩一起玩游戏一样，这会毁了一切。尤其是阿布拉还暗暗相信，他玩儿童游戏会非常笨拙。很小的时候他玩过积木，当其他孩子把他搭的东西推倒时他就会哭。但别的孩子似乎无法理解：如果不是为了看东西被推倒，又有什么必要建造呢？

安德的到来对阿布拉意味着什么呢？安德·维京是总督，但他很年轻，与坡同龄。大人们把安德当作自己人来对待——不，应该说把他当作上级。他们把问题交给安德解决，他们把争端摆在他面前，听从他的决定，聆听他的解释，向他提问，接受他的想法。

我跟他一样，阿布拉心想，大人们向我咨询机器相关的问题，就像他们向安德咨询其他问题一样。他们听我的讲解，按照我说的去做。他和我过着同样的生活，我们不是真正的孩子，我们没有朋友。当然，安德有他的姐姐，但她很奇怪，不爱见人，整天待在室内，除了在夏天早晨和冬天的下午出来散步。他们说她在写书。所有成年科学家都在写东西，把它们发送到其他世界，也会阅读别人发过来的论文和书籍。但她写的根本不是科学，而是历史，是过去的事。既然现在有这么多事情要做，有这么多的新发现，为什么还要关注过去呢？安德不可能对这种事感兴趣，阿布拉甚至无法想象他们会谈些什么。"今天我批准了罗和阿马托离婚。""这是一百年前的事吗？""不是。""那我没兴趣。"

阿布拉自己也有兄弟姐妹。坡对他很好，他们都很好，只是不和他玩；但他们是彼此的玩伴。

这挺好的。阿布拉并不想"玩"，他想做真正的事，做有意义的事。他从修理机器和建造东西中获得的乐趣，跟他们从游戏、模拟战斗和打闹中获得的一样多。而现在，母亲说他不必再上学了，这样他就不会因为不会读书写字受到羞辱了。在空闲时间，阿布拉总是跟在安德·维京的屁股后面。

维京总督显然注意到了他,因为他会不时和阿布拉说话——有时向他解释一些事,也经常问他问题。但大多数情况下,他只是让阿布拉跟在后面。有时,安德和其他成年人讨论严肃的问题,对方会瞥一眼阿布拉,似乎想问为什么会带着这个孩子,安德只会无视他们沉默的提问。很快他们又继续讨论起来,假装阿布拉不在场。

因此,当安德出发远征,要去为新的星际飞船寻找合适的降落地点以及定居点时,没有人质疑他带上阿布拉的决定。不过,父亲确实把阿布拉带到一边,和他谈了谈。"这个责任很重大,"他说,"你不能做任何危险的事。如果总督出了什么事,你的首要任务是用卫星电话向我报告。我们会追踪你们的位置,立即派出援手。在通知我们之前,不要试图自己去解决麻烦。你明白了吗?"

阿布拉当然明白。对父亲来说,他不过是一个替补队员。但母亲的建议反映出她对阿布拉的价值有更高的评估。"不要和他争论,"她说,"先听取意见,再进行争论。"

"当然,妈妈。"

"你嘴上说'当然',但你不善于倾听,阿布拉。你总以为自己知道别人要说什么,但你必须让他们自己说出来,因为有时候你是错的。"

阿布拉点了点头。"我会听安德的话,妈妈。"

她翻了个白眼,不过当其他孩子对她这样做的时候,她会狠狠教训他们。"是的,我想你会的。只有安德有足够的智慧,比我的阿布拉知道得多!"

"我并不认为我什么都知道,妈妈。"他该如何让她明白,只有当那些成年人自以为了解机器而实际却一窍不通时,他才会感觉不耐烦?其余时间他干脆不说话。然而,大多数时候成年人都认为他们知道坏掉的机器是哪儿出了毛病,但大多数时候是他们都搞错了,所以他与成年人的大多数对话都是在纠正他们,或干脆忽视他们。除了机器,他们还能谈什么呢?阿布拉比他们更了解机器。但和安德在一起时,他们几乎不谈机器。话题包罗万象,阿布拉会虚心接受一切。

"我会尽力劝阻坡,不让他在你回家前就跟阿莱桑德拉结婚。"妈妈对他说。

"我不在乎。"阿布拉说,"他们不用等我,新婚之夜又不需要我。"

"有时你就是欠揍,阿布拉。"妈妈说。"只有安德受得了你,那孩子是个圣人,圣·安德鲁。"

"圣·安德。"阿布拉说。

"他的教名是安德鲁。"妈妈说。

"但使他封圣的名字是安德。"阿布拉说。

"我的神学家儿子,你还说你不是无所不知!"母亲摇了摇头,显然对他很不满。阿布拉从不明白这样的争论是如何开始的,也不明白为什么这通常以大人们摇头并转身离开告终。他认真对待他们的想法(除了他们关于机器的想法),为什么他们不能同等对待他呢?安德就能做到。而他将和安德·维京度过数日——也许是几周,只有他们两个人。他们在滑翔机上装了三个星期的物资,但安德认为他们不会离开那么久。坡来为他们送行,阿莱桑德拉像真菌一样黏着他。坡说:"尽量别那么讨人厌,阿布拉。"

"你在嫉妒他带的是我而不是你。"阿布拉说。

阿莱桑德拉开口了。显然,她还是个会说话的真菌。"坡哪儿也不想去。"当然,意思是指他离不开她,连一秒钟都不行。

不过,坡一直面无表情,所以阿布拉非常清楚,虽然他确实可能被这个女孩吸引了,但他其实还是更想跟安德一起去旅行,而不是和她一起留下来。与母亲对他的看法相反，阿布拉根本没说什么，甚至都没向坡眨眼。他只是保持着和坡一样面无表情。这是玛雅人当面嘲笑别人的方式，既不失礼，又不至于引起争吵。

对阿布拉来说，这次旅行是一次奇妙的经历。起初，他们只是沿着家附近的田野飞行，那是一片熟悉的土地。然后，他们沿着通往法斯塔夫的路走，那里在米兰达的正西方，也是他们很熟悉的地方，因为阿布拉已经出嫁的姐姐阿尔玛就住在那儿，和她的大傻子丈夫西蒙一起。那个家伙总是不停给小孩子挠痒痒，把他们逗得尿湿裤子，然后又取笑他们像个婴儿一样尿裤子。让阿布拉欣慰的是，安德只是短暂停留了一下，向镇长打了个招呼，然后就继续前进，没有耽误太久。

头天晚上，他们在一个长满草丛的峡谷里扎营，避开了正在成形的狂风。夜里狂风大作，但他们在帐篷里很惬意。阿布拉还没开口问，安德就给他讲了战斗学校的故事，以及战斗室里的游戏是什么样的——其实，它根本不算游戏，而是在训练和测试他们的指挥能力。"有些人天生具备领导能力，"安德说，"不管想不想当领导者，他们都拥有那样的思考能力；另一些人虽天生渴望权力，却没有实际的领导能力，这很可悲。"

"为什么人们会想做他们不擅长的事？"阿布拉试图把自己想象成一名学者，但他有阅读障碍，这简直太荒谬了。

"当领导是一件很奇怪的事。"安德说，"有些人能看到它发挥作用，但他们不知道背后的运作规律。"

"我懂，"阿布拉说，"大多数人对机器就是这样。但他们还是试图修复它们，使一切变得更糟。"

"你理解得很到位，"安德说，"他们没有看到一个领导者做了什么，只是看到人人都尊重一个好的领导者。他们想得到关注和尊重,却不明白你要做什么才能得到它。"

"每个人都尊重你。"阿布拉说。

"但我几乎什么都没做。"安德说。"我必须足够了解别人的工作内容,这样才能在他们工作时给予帮助,因为我自己没有足够的工作可做。领导这个殖民地太容易了,不足以作为一份全职工作。"

"对你来说很容易。"阿布拉说。

"我想是吧。"安德说,"但即使在做其他工作时,我也不忘总督的职责,因为我一直在了解人们。你无法领导那些不认识或不了解的人。例如,在战争中,如果你不知道你的士兵能做什么,你怎么能带领他们上战场并希望取得胜利?同样地,你也必须了解敌人。"

他们躺在黑暗的帐篷中。阿布拉一直想着安德的话,他想了很长时间,甚至做了相关的梦。他梦见安德坐下来和那些虫子交谈——只有新来的人叫它们虫族——然后和它们交换圣诞礼物。也有可能这是他在清醒状态下的想象,因为他低声问安德的时候是醒着的。

"这就是你花这么多时间和金虫在一起的原因吗?"

安德仿佛也在考虑同样的问题,因为他没有给出那些不耐烦的成年人的回答,比如"你在说什么"。他明白阿布拉还想延续他们刚才的谈话内容。事实上,安德的声音听起来很困倦,阿布拉想知道他是不是一直在打盹,而刚刚自己的声音把他吵醒了,但安德还是知道他在说什么。

"是的。"安德说。"我能战胜虫族是因为我了解虫族女王,但这种了解还不够深入,我不明白他们为什么让我赢。"

"他们让你赢?"

"不,他们没有轻易投降,一开始进行了激烈的抵抗,阻止我取胜,但后来也把自己聚集在了一起,使得我可以在一次战斗中把他们一网打尽，而且虫族也知道我拥有可以这样做的武器。这种武器本身就是通过他们获得的，我们还不能完全掌握其原理，虫族对它的了解要比我们深得多，但他们最后却聚集在一起，等待着我。我无法理解，所以尝试与金虫的幼虫沟通，来了解一下虫族女王的思维方式。"

"坡说没有人比你更擅长这个。"

"他这么说吗？"

"他说其他人都必须费尽心思，才能向金虫的脑袋发送或接收一点点影像信息，但你第一次就能做到。"

"我没意识到我那么厉害。"安德说。

"你不在的时候他们会讨论，坡跟爸爸说的。"

"有意思。"安德说。他的语气既不像受宠若惊，又不像故作谦虚。听起来，他只是把自己能与金虫交流的特殊天赋当成了一个单纯的事实。

当阿布拉想到这一点时，他认为很有道理。如果一个人生来就有某种能力，那么他就不应该为此感到骄傲，这就像为有两条腿、会说一种语言、会拉屎而骄傲一样，非常愚蠢。

跟安德在一起时，阿布拉觉得自己可以不受拘束地说出任何想法，安德听后笑了。"这很对，阿布拉。通过努力取得成就是一回事，我们为什么不能为它自豪，为什么不能为它高兴呢？但与生俱来的东西就是你的本性，是另一回事。你介意我引用你的话吗？"

阿布拉不确定安德说的"引用"是什么意思。他要写一篇学术论文吗？还是要给某人写信？"请吧。"阿布拉说。

"你说我特别擅长与金虫交谈，"安德说，"我不确定这点。不过那不像对话，更像是金虫向你展现它们的记忆，再赋予你一种感觉。比如，这是我对食物的记忆，它们会把饥饿感也放在里面；或者相同的一幅食物的图像，被加上了一种厌恶或恐惧的感觉，表示这是有毒的，或者我不喜欢这个味道，等等。你懂吧？"

"无言的交流。"阿布拉说。

"正是如此。"

"机器在我眼中也是这样的。"阿布拉说，"我必须找到词语来向人们解释，但我看一眼就能明白。不过，我不觉得机器在跟我说话，也没有感觉。"

"它们可能不是在'说'，"安德说，"但你却能听到。"

"完全正确！对的！就是这种感觉！"阿布拉几乎喊出了这句话。不知为什么，他的眼里充满了泪水；或者他知道，但以前没有一个成年人能懂这种感觉。

"我曾经有一个朋友，我想他是用同样的方式看待战斗的。我必须把事情想清楚，思考怎么排兵布阵，但'豆子'只需要看一眼就知道了。他甚至意识不到其他人需要更长的时间来理解，或者根本无法理解。对他来说，一切都显而易见。"

"'豆子'？那是一个名字吗？"

"他是个孤儿。那是一个外号，直到后来有人关心他，做了很多调查研究，他才知道自己的真名。他们发现他还是一颗胚胎时就被劫持了，基因改造使他成了这样一个天才。"

"哦，"阿布拉说，"所以真实的他并不是。"

"不，阿布拉，"安德说，"我们真实的样子就是由基因决定的，基因赋予我们的各种能力就是我们人生的起点。尽管'豆子'的基因经过了某个邪恶科学家的故意改造，但这并不意味着那些基因就不属于他。我们的基因是通过随机选择父母的基因而形成的，但跟他相比并没有什么不同。我也是被人为创造出来的，不是通过非法科学，而是我的父母选择了彼此。部分原因是他们自身都非常优秀，国际联合舰队要求他们生第三个孩子，因为尽管我的哥哥和姐姐都非常出色，却仍然达不到他们的要求。这是否意味着我不是真正的我？如果我的父母没有生下我，我会是谁？"

阿布拉有点儿跟不上谈话的内容了，他昏昏欲睡，打了个哈欠。

于是安德打了一个比方，阿布拉一下就明白了。"这就好比说，如果这不是一个水泵，那它会是什么？"

"那很愚蠢，因为它就是。如果它不是一个水泵，它就什么也不是。"

"所以你现在明白了。"

阿布拉小声地问了下一个问题："所以你和我爸爸一样，不相信人有灵魂？"

"不。"安德说，"关于灵魂，我不清楚。我只知道当我们活着的时候，我们在这副躯体里，只能做我们的身体能做的事。我的父母相信有灵魂。我还认识一些聪明善良的人，他们对此非常确定。所以我仅仅是不理解，并不代表我确定它不存在。"

"跟我爸爸说的一样。"

"你看，他并不是不相信灵魂。"

"但妈妈会说，她能透过我的眼睛看到我的灵魂。"

"也许她可以。"

"就像你可以一眼看穿金虫的幼虫，知道它在想什么？"

"也许吧。"安德说。"不过，我不能看穿它的想法，只能看到它往我脑海里灌输的东西。我也试着把想法推给它，但我并不认为自己成功了。我觉得只有幼虫具备通过思想交流的能力。它往我的脑子里送东西，再从我展示给它的东西里面拿走它想要的，但我实际上没做任何事。"

"那么，如果你什么都没做，你怎么会做得比别人好呢？"

"如果我真的更好——记住,你父亲和坡无法真的知道我是否更好——那么也许是因为我的思想更容易被虫族理解。"

"为什么?"阿布拉问,"为什么一个出生在地球上的人会有一颗更易被虫族理解的大脑?"

"我不知道。"安德说,"这是我来到这个世界要弄清楚的事情之一。"

"这不对。"阿布拉说,"你来这里不可能是为了弄明白为什么你的大脑更容易被虫族理解。因为在来这里前,你并不知道你的大脑有这项功能!"

安德笑了。"你真是对'瞎话'零容忍,对吧?"

"什么是'瞎话'?"

"就是废话,"安德说,"胡说八道。"

"你是在骗我吗?"

"没有。"安德说,"事情是这样的:我在艾洛斯星指挥战争的时候做过梦,当时我不知道那是场战争,但我在参战。我做了一个梦,梦见一群虫族在给我做活体检查,只是他们没有解剖我的身体,而是切开了我的记忆,把它们像全息图一样展示了出来,并试图理解其中的含义。我为什么会做那个梦,阿布拉?在我赢得了战争,发现我真的是在与虫族女王作战,而不仅仅是在对抗计算机模拟程序或我自己的老师后,我回想起了其中一些梦。我想知道,虫族是否也像我试图理解他们一样努力地想要理解我?那个梦的起源是不是因为在某种程度上,我意识到了他们正在入侵我的大脑,而这使我感到恐惧?"

"哇。"阿布拉说,"但如果虫族能读懂你的思想,为什么不能打败你?"

"因为我取胜的法宝不在脑子里,"安德说,"这就是奇怪的一点。我确实思考过如何战斗，但我不像'豆子'那样能看到直观的图像；相反，我看到的是人，是我手下的士兵。我了解那些孩子能做什么，因此，我让他们各就其位，让每个决策者都处在自己最适合的位置。我告诉他们我想要什么，相信他们做出的决定将实现我的目标。我实际上并不知道他们会做什么。所以，即便能侵入我的思想，虫族女王也永远不知道我的计划，因为我没有计划，至少没有她们可以用来对付我的计划。"

"你是故意用那种思考方式吗？为了让虫族无法理解？"

"我那时不知道游戏是真的。这些是我事后才想到并试图去理解的。"

"但如果真是这样，那么你就一直在与那些虫子——虫族女王沟通。"

"我不知道。也许她们在尝试，却无法理解。我确信她们没有把任何东西灌到我脑子里，或者不够清晰，没让我明白。那虫族能从我的思想中得到什么呢？我不知道。也可能这一切根本没发生过。也许只是因为我一直想着他们，所以做了梦：当我面对真正的虫族女王时我会怎么做？如果这个模拟游戏是一场真正的战斗虫族女王会怎么想？诸如此类。"

"爸爸是怎么想的？"阿布拉问，"他非常聪明，他现在对金虫的了解比任何人都多。"

"我还没和你父亲讨论过这个问题。"

"哦。"阿布拉陷入了沉默，思考着安德的回答。

"阿布拉，"安德说，"我也没和任何人讨论过这个问题。"

"噢。"阿布拉没想到安德对他如此信任，有些不知所措。他说不出话来。

"我们睡觉吧。"安德说，"我希望天一亮我们就能精神百倍地上路。即便驾驶滑翔机,找到适合建立新定居点的地方也还需要好几天。一旦划定了大致的范围,我还必须标出建筑物、田地的具体位置,以及飞船的跑道等。

"也许我们会找到另一个金虫洞穴。"

"有可能。"安德说,"或者其他一些金属的矿洞,就像你发现的铝土矿洞。"

"虽然铝虫子都死了,但我们还是可能找到另一个还有活虫子的洞穴,对吗?"阿布拉说。

"也可能我们发现的金虫就是唯一的幸存者。"安德说。

"但爸爸说,这种可能性不大。他说,如果赛尔叔叔和坡碰巧发现了存活时间最长的金虫,那就太巧了。"

"你父亲不是数学家,"安德说,"他不了解概率。"

"什么意思?"

"赛尔和坡确实找到了那个洞穴,里面有活着的金虫幼虫。因此,在这个因果宇宙中,他们找到它的概率就是百分之百,因为它发生了。"

"哦。"

"但是,因为我们不知道还有多少虫子洞,也不知道它们的位置,所以任何关于我们能找到的概率的猜测都不是概率,而是猜测。没有足够的数据来计算数学上的概率。"

"我们知道还有第二个,"阿布拉说,"所以我们并不是什么都不知道。"

"但从我们实际掌握的数据来看,一个洞里有活金虫,一个洞里有死铝虫,你会得出什么结论?"

"我们找到活虫和死虫的机会一样多,爸爸是这么说的。"

"也不完全正确。"安德说,"因为在赛尔和坡发现的山洞里,虫子并不多,几乎灭绝了;而在另一个山洞里,它们全死了。现在来看概率是多少呢?"

阿布拉仔细想了想。"我不知道,"他说,"这取决于每个族群的规模,以及它们是否会像这些虫子一样想到吃掉自己的父母,也许还有其他我不知道的因素。"

"你开始像个科学家一样思考了。"安德说,"现在,请当一个想睡觉的人吧,我们明天还要度过漫长的一天。"

第二天,他们走了整整一天。对阿布拉来说,所有地方看起来都一样。"这些地方有什么不好?"阿布拉问,"虫族在那儿耕过地,弄得挺好的,飞船的跑道可以建在那里。"

"靠得太近了,"安德说,"没有足够的空间让新来的人发展他们自己的文化。这么近的距离,要是他们看上了法斯塔夫村,可能会想要接管它。"

"他们有什么理由那样做?"

"因为他们是人类。"安德说,"他们会拥有法斯塔夫的居民,能掌握我们所知道的全部知识,能做我们会做的一切工作。"

"但法斯塔夫人仍然是我们的人。"阿布拉说。

"不会持续太长时间的。"安德说,"现在村庄已经分隔开了,法斯塔夫人会开始考虑什么对法斯塔夫最有利。他们可能会对米兰达心怀不满,认为我们压他们一头,也许他们会自愿吸纳这些新人。"

阿布拉思考了很久,他们又继续行进了大约十公里。"那会带来什么问题?"他问。

这回轮到安德沉吟了片刻,思考怎样回答。"啊,要是法斯塔夫人自愿加入新人的队伍,我不清楚这会不会导致什么问题,我只希望所有的村镇——包括新建立的这个——都足够独立,发展自己的传统和文化。村镇之间不能太近，以免为了争夺资源而斗得头破血流；但也不能太远，这样可以相互通婚和贸易。我希望存在这样的完美距离，能避免他们相互争斗，至少在相当长的一段时间内保持和平。"

"只要我们有你当总督，就能保证每次都赢。"阿布拉说。

"我不在乎谁赢，"安德说，"战争本身就很可怕。"

"当你打败虫族的时候，肯定不是这么觉得的！"

"的确是。"安德说，"当人类的生存面临威胁时，你无法不在意输赢。但在这颗星球上，殖民者之间进行的战争中，我关心哪一方赢有什么意义呢？无论怎样都会有杀戮、损失、悲伤、仇恨，以及痛苦的记忆，还会为未来的战争播下种子。而且，无论哪一方获胜，都是人类输了，而且是不断地输，一直输下去。阿布拉，你知道吗？我有时会祷告，因为我的父母有祷告的习惯。有时我会和上帝交谈，尽管我对他一无所知。我会请求他让战争结束。"

"战争已经结束了，"阿布拉说，"在地球上，霸主统一了全世界，没人再打仗了。"

"是的。"安德说。"如果在地球上，人类终于取得了和平，而我们却在莎士比亚星上开战，这不是很可笑吗？"

"霸主是你的哥哥，对吗？"阿布拉问。

"他是华伦蒂的哥哥。"安德说。

"但她是你姐姐。"阿布拉说。

"他是华伦蒂的哥哥。"安德说，他的脸看起来有点儿阴沉，阿布拉没有再问他到底是什么意思。

旅行的第三天，当太阳位于西方地平线上方约两个手掌高时——钟表上的时间在这里毫无意义，因为它们都是根据地球时间制造的，这里的人也不赞同把莎士比亚星上的一天分割成小时和分钟——安德终于把滑翔机停在了一座小山顶上，迎面俯瞰一个宽阔的山谷，里面有杂草丛生的果园和农田，树木都生长了四十年。在周围的一些山丘上，有隧道入口，还有烟囱，表明这里曾经有过制造业。

"这个地方看起来前景不错，跟其他地方一样。"安德说。于是，新殖民地的位置就这样选定了。他们搭起帐篷，安德准备了晚餐，又和阿布拉一起走下山谷，去几个洞穴里看了看。当然，没有虫子，因为这儿不是那种定居点，但有一种他们从没见过的机器。阿布拉迫不及待想直接跳进去把它弄清楚，但安德说："我保证你是第一个见识这些机器的人，但不是现在，至少今晚不行。我们的任务不是这个，而是要为殖民地做好规划。我必须确定农田的位置，还有水源。我必须找到虫族的下水道系统，还要确保他们的发电设备能正常使用。总之，早在你出生之前，赛尔·梅纳赫那一代做过的所有事，我们都要完成。但不久之后，我们就有时间去查看虫族的机器了。相信我，之后他们会让你好好花上几天甚至几周的时间去研究的。"

阿布拉本想像个小孩子一样耍无赖，但他知道安德是对的，于是接受了他的许诺，陪着安德一直走完了当晚的路程。

在他们回到营地前，太阳就已经落山了。当他们准备睡觉时，天空中仅存一缕微弱的光亮。这次他们谈话的内容是安德请阿布拉给他讲故事，讲那些他父母给他讲过的故事：父亲告诉他的玛雅文明传说、母亲讲述的中华文明神话，还有他们共同拥有的天主教故事。等故事讲到阿布拉眼睛都快睁不开，他们就睡了。

第二天，安德和阿布拉规划了田地和街道的位置，把一切都记录到了安德田野工作台的全息地图上，这些地图会自动传送到轨道计算机中。连卫星电话都不用打,阿布拉的父亲就可以自动获取所有的信息,还可以看到他们正在做的工作。下午晚些时候,安德叹了口气,说:"你知道吗?这实际上有点儿无聊。"

"真的吗?"阿布拉有些讽刺地说。

"即使是奴隶也会偶尔休息一下。"

"谁?"阿布拉担心这又是学校里学过的东西。他不知道,因为他不识字,也没上学。

"你简直想不到,听到你说不知道我在说什么,我会有多么高兴。"

好吧,只要安德高兴,阿布拉就高兴。

"在接下来的一个小时里,我们想做什么就做什么。"安德说。

"比如呢?"阿布拉问。

"什么?你要让我为你决定什么东西有趣吗?"

"你要做什么?"

"我要去看看这条河能不能游泳。"

"那很危险,你不应该一个人去。"

"要是我淹死了,叫你爸爸来接你。"

"我可以把滑翔机开回家,你知道的。"

"但你不能把我的尸体弄上去。"安德说。

"不要说死的事!"阿布拉说。他想表现得很生气,但声音却在颤抖,听起来很害怕。

"我擅长游泳。"安德说,"我要去测试一下水质,确保它不会让人生病。而且我只在没有水流的地方游,好吗?如果你愿意,也可以和我一起游。"

"我不喜欢游泳。"他从来没有真正学过,游得也不好。

"那就不要钻进任何洞穴或去摆弄机器,好吗?"安德说,"因为机器真的很可怕。"

"只是因为你不了解它。"

"对,"安德说,"但如果出事怎么办?如果我不得不把你的残肢断体或者化为灰烬的尸体带回去给你父母看,该怎么办?"

阿布拉笑了起来。"所以我可以让总督死,你却不能让一个傻孩子死。"

"完全正确,"安德说,"因为我要对你负责。但如果我死了,你只要负责报告这个消息就行了。"

于是安德回到滑翔机旁,拿了检测水质的设备。阿布拉明白安德无论如何都会检测河水的,所以他并不是真的在休息,只是想给阿布拉放松的时间。好吧,他们两人可以继续玩这个游戏。阿布拉可以利用这段时间去侦察一下远处山脊的顶峰,看看另一边有什么,这将对他们的工作有帮助,很有必要做一下。所以,当安德在河里游来游去的时候,阿布拉会继续往地图上添加内容。

路程比阿布拉想象的要长。远处的山丘看起来越来越近,实际还很远。不过他走得越高,就越容易看到安德正在游泳的地方。他想知道安德能不能也看到他,就转过身来,挥了几次手,但安德没有回应。可能因为他现在在安德眼中只是一个小点,就像安德对他来说是一个小点一样。要不然就是安德没注意看他,这也很好,意味着安德相信他不会把事情搞砸,不会受伤或迷路。在山顶上,阿布拉可以看到身后山谷里的河水为什么会变宽了:在两座山之间有一个灌溉大坝,所以变宽的河面实际上是大坝后面的一个池塘。水位落差并不大,某些水闸是永久开放的,因此河水会固定地流向三条通道:一条是原来的河床,另外则是两条缓缓抬升的水渠,能将水运送到山谷的北侧。而在河的南岸,水渠则是干涸的。因此阿布拉可以轻易看出灌溉带来的区别。下游山谷的两侧都生机盎然,在潮湿的一边,生长着高大的乔木;而在干燥的一侧,则是草地和低矮的灌木。

当他凝望南面——长满草的那一侧时,他意识到景观有些不对劲。跟他身后安德所在的上游河谷不同,那里不是一个平滑的冲积平原,而是有几座土丘,布局方式看起来一点儿也不自然,肯定是虫族修建的。但它们是用来做什么的呢?他仔细观察,发现了更多的非自然结构。它们的样子不像普通的虫族建筑,而是一些全新而奇特的东西,尽管表面被杂草和藤蔓覆盖,却仍清晰可见。阿布拉急匆匆地爬下山坡——他没有跑,因为对地形不熟悉,他可不想扭伤脚踝,成为安德的负累。

他来到最大的那座堆砌土丘前,它的侧面很陡峭,但覆盖着野草,所以爬上去并不太难。他到达顶部,发现里面是空的,还汇集了一些水。

阿布拉沿着土丘的脊线走,发现在一端有两条脊线像腿一样伸出来,在它们之间形成了一个宽阔的谷地。他转过身,发现还有一些低矮的脊线,有点儿像手臂;而其头部所在的位置,一块巨大的白色岩石在阳光下闪闪发光,看起来就像头骨。土丘的形状不像虫族,而像一个人。

他一阵激灵,一种恐惧、害怕和兴奋的感觉传遍全身。这样的地方不可能存在,但它确实存在。

他听到有人喊他的名字,便抬起头来,看到安德驾驶着滑翔机来找他了。安德越过山脊,从另一个山谷飞过来。阿布拉挥了挥手,叫道:"喂,安德!"

安德看到他,把滑翔机停在了阿布拉所在的陡峭山丘下面。"上来吧。"阿布拉说。

安德向上攀爬,爬的过程中抓掉了一些草皮,因为他比阿布拉长得高,体重也更重。阿布拉对着人形山丘做了个手势。"你能相信吗?"

显然,安德还没看出阿布拉的意思。他只是瞧了瞧,什么也没说。"就像有个巨人死在了这里,"阿布拉说,"然后大地重新长出植物,覆盖了他的尸体。"

阿布拉听到安德猛吸了一口气,明白他已经看出来了。安德环顾四周,无言地指着一些较小的、被藤蔓覆盖的结构体。他掏出望远镜,看了很久。"不可能啊。"他喃喃自语。

"什么?这些是什么?"

安德没有回答,相反,他沿着土坡的长边走向"头部"的位置。阿布拉紧跟着从"颈部"爬下去,再从"下巴"爬上去。"肯定不是自然形成的。"阿布拉说,他刮了刮白色的表面,"看这个头骨位置,这不是岩石。瞧,这是混凝土。"

"我知道,"安德说,"这是他们为我造的。"

"什么?"

"我认识这个地方,阿布拉,这是那些虫子为我建的。"

"在爷爷和奶奶到达这里之前,他们就都死了。"阿布拉说。

"你说得对。这不可能,但我心里很清楚。"安德把一只手放在阿布拉的肩膀上,"阿布拉,我不应该带你去。"

"去哪儿?"

"那边。"安德指了指,"可能会很危险。如果虫族足够了解我,专门建造了这个地方,他们可能计划——"

"报复你。"阿布拉说。

"因为我杀了他们。"安德说。

"所以别去,安德,不要做他们想让你做的事。"

"如果虫族是想报仇,阿布拉,我不介意,但也许并不是。也许这是他们能做到最接近交谈的一种方式了,给我留一张字条。"

"他们不会读写。"虫族甚至没有读书和写字的概念,爸爸是这么说的。那他们怎么会留字条呢?

"也许它们死前正在学。"安德说。

"好吧,反正如果你要去什么地方,我肯定不会该死地待在原地。我要跟你一起去。"

当阿布拉说"该死"的时候,安德饶有趣味地看着他。他摇摇头,笑了:"不,你还太年轻,不能冒这个险——"

"得了吧!"阿布拉不耐烦地说,"你可是安德·维京,别告诉我十一岁的孩子能做什么!"

于是,他们一起驾驶着滑翔机,到达了第一组结构体。安德停好飞机,他们走了出来。这些结构由金属框架构成,支撑着覆盖在上面的藤蔓。阿布拉突然意识到,这些是秋千和滑梯,和米兰达镇公园里的差不多。只是米兰达的更小,是专门给小孩子玩的。但这些无疑就是秋千和滑梯。然而,虫族没有幼儿,只有幼虫,很难想象虫子需要这一切。

"他们制造了人类的东西。"阿布拉说。

安德只是点了点头。

"她们真的在从你的脑子里提取信息。"阿布拉说。

"有这种可能。"安德说。他们又坐上了滑翔机,继续前进。安德似乎认识路。

他们朝最远的建筑飞去。那是一座厚实的塔楼,以及一些低矮的墙,上面都长满了常春藤。在塔顶附近有一个窗户。"你知道应该来这儿。"阿布拉说。

"这是我的噩梦,"安德说,"我对幻想游戏的记忆。"

阿布拉不知道什么是"幻想游戏",但他明白,这个地方代表安德的某个梦境。他上次提到过被虫族活体解剖的噩梦,在那场噩梦中，安德的梦境都被虫族拿走了。

安德从滑翔机上下来。"不要来找我，"他说，"如果我一个小时内没有回来，就意味着这里很危险，你必须马上回家，告诉他们一切。"

"吃屁吧，安德，我要跟你一起去。"阿布拉说。

"你自己吃吧，阿布拉，不然我就拿泥巴把你的嘴塞满。"他说了玩笑话，语气也是在开玩笑，但眼神很坚定，阿布拉知道他是认真的。

于是，阿布拉只好留在滑翔机旁边，看着安德往城堡那儿跑——建筑的外观就像座城堡。安德顺着塔楼的外墙往上爬，从窗子钻了进去。

阿布拉留在原地，盯着那座塔看了很长时间，也时不时查看一下滑翔机上的时钟。最终他的目光游移了，看看鸟，看看昆虫，再看看草地上的小动物和天空中飘动的云朵。安德什么时候出来的他都不知道，只见他把外套卷成一团，夹在腋下，朝滑翔机走来。外套里面有东西，但阿布拉没有问安德发现了什么，他想，要是安德想让他知道，会告诉他的。

"我们要换地方建新的殖民地了。"安德说。

"好的。"阿布拉说。

"那我们回去撤营吧。"安德说。

他们继续搜寻了五天，往东边和南边走了很远，终于找到了另一个适合定居的地点。这是一个更大的虫族聚居地，有着更广阔的农田以及更充沛的降水量。"这地方很合适。"安德说，"气候更宜人、更温暖，土壤也更肥沃。"

他们花了一个星期的时间来规划新址。

然后，是时候回家了。在离开的前一天晚上，帐篷里太热，他们躺在露天的地面上,阿布拉终于开口问了。他问的不是安德从塔里带出来的东西——他永远不会问那个——而是更深刻的问题。

"安德,虫族为你建造了那个地方,他们是什么意思?"

安德沉默了很长时间。"我不打算告诉你全部的真相,阿布拉,因为我不想让任何人知道,我甚至不想让他们知道我们在那里发现了什么。我希望等有人再次回到那儿的时候,一切都已经分崩离析了。但即便不是如此,也没人能理解它。在遥远的未来,没有人会相信那地方是虫族建造出来的,他们会认为那是人类殖民者做的。"

"你不必告诉我一切,"阿布拉说,"我也不会告诉其他人我们发现了什么。"

"我知道你不会的,"安德说,他又犹豫了一下,"我不想对你撒谎,所以我只会告诉你实话。我找到了答案,阿布拉。"

"什么答案?"

"我的问题的答案。"

"你一点儿也不能透露给我吗?"

"你从来没有问过这个问题。老天保佑,我希望你永远不知道它是什么。"

"但虫族确实给你留下了信息。"

"是的,阿布拉。他们留下了一条信息,告诉我他们为什么会死。"

"为什么?"

"别问了,阿布拉。这是我的负担,真的,只属于我一个人。"安德伸出手,抓住了阿布拉的胳膊,"别让任何人知道安德·维京在这里发现了什么。"

"永远不会。"阿布拉说。

"你是说,才刚刚十一岁,你就准备好了要把一个秘密带进坟墓?"

"是的,"阿布拉毫不犹豫地说,"但我希望这件事不会很快发生。"

安德笑了:"我也希望。我希望你能活很长很长的时间。"

"我会一辈子保守这个秘密,尽管我根本不知道它是什么。"

安德走进房子,华伦蒂正在编写她的虫族战争史的最后一卷。他把自己的电子桌直接放到了她对面的桌子上,她抬头看了看他。他笑了——一个机械的、玩笑性的微笑,然后开始打字。她没有上当。这个微笑是假的,但它背后的快乐是真实的。

安德真心感到快乐。

在规划新殖民地的旅途中发生了什么?

他没有说,她也没有问。对她来说,他快乐就足够了。

CHAPTER
19
第十九章

收件人：jpwiggin%ret@gso.nc.pub, twiggin%em@uncg.edu
发件人：Gov%ShakespeareCol@MinCol.gov
主题：第三个

亲爱的母亲和父亲：

有些事我们都无能为力。对你们来说，是整整四十七年，你们的第三个也是最小的儿子一直缄默不语；而对我来说，则是在战斗学校那六年的生活，在那里我只为一个原因而活，就是消灭虫族。在我们取胜的一年后，我得知自己曾两度杀死其他孩子，摧毁了一个我完全不曾了解的智能物种；我还犯过很多错误，每个错误都导致了光年之外许多男女的死亡；接着就是持续两年的星际航行，在那期间我没有一刻能表达或展现出对任何事情的真实感受。

经过这一切，我一直在试图厘清你们赋予我生命到底有什么意义。签署一份合同，生一个孩子，再按照要求把他交给政府，这不像《侏儒怪》的故事情节吗？在童话里，有人偶然听到了一个秘密的名字，这让他们不用兑现把孩子交给侏儒的承诺；可惜在我们的故事里，宇宙不是我们的同谋，当侏儒怪出现时，你们就把孩子交出去了，那就是我。

我自己做出了选择，但很难想象一个六岁儿童具备真正的理解力和判断力。那时，我自认为已经建立了自我，却没意识到自己的判断力存在缺陷。然而，现在回顾过去，我开始思考当初为何要做出那样的选择：可能是想逃离彼得的威胁和压迫，因为华伦蒂无法真正阻止他，而你们两个对孩子间发生的事也一无所知；可能是想拯救我认识的人，特别是一直保护我的华伦蒂，我不想让他们惨遭虫族的毒手。

可能是因为我希望自己成为一个举足轻重的男孩；可能是因为我希望接受挑战，在竞争中战胜其他孩子，成为伟大的指挥官；可能是因为我盼望离开这个世界，在这里，每天都有人提醒我家里的第三个孩子是非法的、不受欢迎的、被人瞧不起的，他们占用的资源超过了家族应得的份额。

也许，每当看到母亲暗自哭泣，而父亲夸夸其谈的时候，我觉得自己的离开会对整个家庭产生积极的影响。你们将不再是拥有一个额外的孩子却无须接受任何处罚的人。监控器被撤走了，借口也不存在了。我听到你们告诉别人说："政府批准他出生是为了接受军事训练，但当他受到征召时却拒绝前往。"

我的存在只有一个目的。因此，当时机来临时，我相信自己没有其他选择，只能履行我出生的义务。

我做到了，不是吗？我在战斗学校里击败了其他所有孩子，尽管我不是最好的战略家（"豆子"才是），但我带领我的战队，在许多我根本不知道的飞行员的协助下赢得了战争——当然，关键时刻我还是靠"豆子"的鼎力相助才能突出重围。对我来说，接受帮助并不可耻，任务太艰巨了，不管是对我、对"豆子"，还是对其他所有孩子来说都是如此。而我的角色,就是指挥每个人将他们的长处发挥到极致。

然而,明明赢得了胜利,我却不能回家。要应对希伦·格拉夫接受军事法庭的审判;要考虑国际局势——各国都在担心,要是美国利用这位伟大的战争英雄,让他来指挥地球上的军队会怎样。

我承认还有别的原因。我的哥哥和姐姐都在写文章阻止我返回地球。我能猜到彼得这么干的原因,这是我们童年关系的必然结果,彼得不能接受和我生活在同一个世界里,至少当时的他不能。

让我感到困惑的是,在艾洛斯星的大部分时间里,我只是一个十二岁的男孩。我被禁止返回地球,我的兄弟姐妹也不希望我回家,而在所有的新闻视频中,我也从未看到我的父母发表任何言论或声明,恳求当权者让他们的孩子回家。我既不能回去见你们,也不曾听说你们做出任何努力来见我。

相反,华伦蒂一出现就开始给我各种提示,有时直截了当,有时含糊其词,意思是出于某种原因,我有义务给你们写信。在我们两年的航行中——对你们来说是四十年——华伦蒂一直告诉我她在与你们通信,还说我也应该写、必须写。这一切让我明白,你们可以轻易地得到我的地址,你们的信件也可以毫不费力地发到我这里来,就像你们发给华伦蒂一样,但我从来没有收到过你们的消息。

我一直在等待。

现在你们已经垂垂老矣。彼得都已经快六十岁了,他统治着世界,实现了所有的梦想,尽管一路上也有很多噩梦。

我从新闻报道中得知,你们几乎始终陪伴在他身边,为他和他的事业而奋斗。你们向媒体发表声明,对他表示支持。在危难时刻,你们也义无反顾地站在他身边,非常勇敢。你们是一对令人钦佩的父母,知道如何做好这份工作。

而我仍然在等待。

最近，我的一些疑惑得到了解答。尽管这些问题本身与你们无关，但我决定停止等待，主动写信给你们，因为我也应该为我们之间的沉默负一半责。但我仍不明白，为何必须由我开启这扇门。到底是什么时候，我从一个不用负责的六岁孩子直接变成了完全行为能力人，要负责在时机成熟时重建我们之间的关系呢？

我以为你们为我感到羞耻，我的"胜利"伴随着我杀人的丑闻，你们想把我从记忆中抹去。那么，我到底是谁，为何还坚持得到你们的承认？然而，当我还是一个孩子，还住在你们的房子里时，我就杀了史蒂森。这件事你们怪不到战斗学校的头上，你们当时为什么不站出来，在我生命的前六年承担生我养我的责任？

我以为你们对我的伟大成就心生敬畏，感到自己不配与我建立亲密关系，只能等待我的邀请。然而，你们并没有因此而疏远彼得。从某种意义上说，他的成就更伟大，毕竟是世界和平！这一事实告诉我，敬畏并不是你们采取行动的主要动因。

我还以为这个家已经被你们一分为二了：华伦蒂是家长助手，被分配给了我，而彼得由父母本人照顾。已经有人负责训练我去拯救世界了，但谁来训练彼得、照看他，在他越权或成为暴君时拉他一把呢？那就是你们的义务，是你们一辈子的工作。华伦蒂会为了我献出自己的生命，而你们会为彼得做同样的事。

如果真是如此，那么，我认为你们做了一个糟糕的选择。华伦蒂跟我记忆中的她一样，优秀、聪明，但她不了解我，也不知道我需要什么。由于对我缺乏了解，她也无法信任我，这简直让她发疯。她不是我的父亲或母亲，只是我的姐姐，却被指派——或自己主动——承担起了母亲的角色。她尽了最大的努力来参加这次航行，我希望她不会对这个交易感到后悔。为了陪我一起来，她做出了巨大的牺牲，我担心她会觉得花在我身上的心血都白费了。

我并不认识已经年过八旬的你们，我只认识一对三十出头的年轻男女，他们忙于自己非凡的事业，养育着不平凡的孩子。有一段时间，每个孩子的头骨下面都被植入了国际联合舰队的监视器，总是有其他人在观察我。我从来都是属于别人的，你们也从没觉得我是完全属于你们的儿子。

然而，我终究是你们的儿子。证据就在我身上，从我拥有的能力到我无意中做出的选择，再到我对你们秘密信仰的宗教的强烈感受——我曾认真研究过。所有的这一切都有你们的痕迹，你们就是答案，解释了我许多无法解释的问题。包括我可以完全屏蔽某些人和事的能力——将他们放在一边以便完成其他工作——这也来自你们，因为你们就是这么对我的。你们把我晾在一边，我只能直接要求才能再次赢得你们的关注。

我见识过父母与子女之间痛苦扭曲的关系。我见过一心要掌控孩子的父母，也见过完全忽视孩子的父母；我见过犯下严重错误的父母，让孩子受到了深深的伤害，也见过犯下可怕罪行的孩子，依然得到了父母的原谅。我见过高尚和勇气，也见过自私和盲目。所有这一切，我都是在同一对父母身上看到的，他们养育了同样的孩子。

我现在明白了：没有比做父母更难的工作了。没有任何一种人际关系具有如此巨大的潜力与可怕的破坏力，尽管所有的专家都在写这方面的文章，但没有任何人知道什么决定对孩子来说是最正确的、最好的，甚至人们连什么是稍微没那么糟糕的选择都无法知晓。这是一项根本做不好的工作。

由于完全超出你们的控制，我成了你们的陌生人。出于我无法理解的理由，你们没有努力为我辩护，把我带回家，或向我解释为什么你们没有、不能或者不应该这样做。作为弥补，你们让姐姐来到我身边，让她消失在你们的生命中。这是她和你们共同献上的大礼。即使她现在后悔了，也不会减少这种牺牲的崇高性。

这就是我写信的原因。无论我多么努力想要自给自足，我都做不到。在过去的两年里，我读了许多心理学和社会学的著作，观察了许多家庭，我认识到在一个人的生命中，父母的地位是无法取代的，没有他们生活就无法继续。我在十五岁时就取得了伟大的成就，也许历史上只有少数几个伟人能超越我。我可以清楚地看到我创造的纪录，它们都是事实。

但我无法相信自己。每当我审视自身时，看到的只是一个毁灭者，无数生命因我而死。即使我阻止了一个暴君篡夺殖民地的控制权，即使我帮助了一个年轻女孩从她专横的母亲那里解脱出来，我仍然听到脑海中的一个声音在说："这算什么？与那些因为你指挥不当而牺牲的飞行员相比，这算得了什么？与那两个死在你手上的孩子相比，这又算什么？与那些在你完全了解之前就屠杀掉的物种相比，这些都算不了什么！"

有些东西是只有父母才能提供的，而我需要它，也不羞于向你们索取它。我需要从母亲那里知道，我仍然属于你，我是你的一部分，我并不孤独；我需要从父亲那里知道，作为一个独立的生命，我已经在这个世界上赢得了一席之地。

我想引用一些经文，我知道那些话对你们来说意义重大。我想从母亲那里知道，她一直在关注我的生活，并"把一切都放在心里"；我想从父亲那里听到这样的话："好！你这良善又忠心的仆人，进来分享你主人的快乐吧！"

不，我没有自认是耶稣，也没有把你们当作上帝，我只是碰巧相信每个孩子都需要玛丽亚给予的东西；而《新约》中，上帝也向我们展示了父亲应该在孩子的生命中扮演什么样的角色。讽刺的是，我却不得不索求这些,还要怀疑你们是否会回应我。所以,我请求你们,不仅要赐予我这些礼物,还要让我相信你们是发自真心的。

作为回报,我也想让你们知道,养育我这样的孩子几乎是不可能完成的任务。我相信,在每一种情况下,你们都做出了在你们看来对我最有利的选择,尽管我并不同意你们的选择——但我想得越多,就越能理解你们——我也相信,没有人能做得比你们更好。

看看你们自己的孩子吧:彼得统治着世界,而且只付出了少量的流血牺牲,也没有采取什么恐怖手段,就实现了目标;而我,消灭了人类最大的敌人,现在成了一个不错的小殖民星的总督;华伦蒂则是无私和爱的化身——所有她撰写过和正在撰写的杰出历史,都将塑造人类对过去的思考方式。

我们是一群不寻常的孩子。在给我们提供了基因之后,你们还面临着一个难题,那就是抚养我们长大。在观察过华伦蒂并从华伦蒂那里了解到关于彼得的一切之后,我得出结论:你们做得非常出色,也从未过度干涉他们的生活。

至于我,作为缺席的孩子,作为从未回家的浪子,我仍然感觉得到你们在我生命与灵魂中留下的印记。每当我发现你们作为我父母的痕迹时,我总是为此而高兴。我很高兴能成为你们的儿子。

对我来说,只是三年没给你们写信。很抱歉我花了这么长的时间来整理心绪和想法,才能说出连贯的句子。对你们来说,已经整整过去四十一年了。我想,你们可能会把我的沉默看作请求,请求你们也同样保持沉默。

现在,我们之间相距甚远,但至少再次同步穿越了时间,日复一日,年复一年。作为殖民地的总督,我可以随时使用安塞波;而作为霸主的父母,我相信你们也有类似的机会。当我以光速航行时,你们可能要花几周的时间来回复我,而对我来说,只会感觉过去了一天。但现在,无论你们要花多长时间,我都会等待,怀着爱、遗憾和希望。

你们的儿子
安德鲁

华伦蒂走到安德面前,手里拿着他那本打印出来的小书。她问:"你把这个叫什么?"她的声音有点儿颤抖。

"我不知道。"安德说。

"你凭空想象虫族女王的生活,从她们的视角来看待我们的战争,胆敢为她们编造整个历史,还模仿女王的口吻讲述——"

"我没有胡编乱造。"安德说。

华伦蒂在桌边坐下:"你和阿布拉外出为新殖民地选址的时候,到底发现了什么?"

"答案就在你手上。"安德说,"自从虫族女王让我杀死她们以来,我一直在寻找的就是这个。"

"你是说,你在这个星球上发现了活的虫族?"

"没有。"安德说。严格来说也是真的,但他只找到了一个蛹。而一个沉睡的蛹真的可以被形容为"活着的"吗?如果你只是发现了一个蛹,你会说自己找到了"活的蝴蝶"吗?

也许吧。但我别无选择,只能对所有人说谎。如果人们知道这世上还有一个虫族女王仍活着,她和她体内的几百万颗受精卵将破茧而出;在她巨大的脑容量中储备着过去所有虫族女王的知识,包括几乎毁灭我们的技术种子,以及只要她愿意就能制造出来的致命武器——如果这一切被其他人知道了,这个蛹还能存活多久?而努力保护它的人又能活多久?

"但你确实找到了一些东西,"华伦蒂说,"使得你确信自己写的故事不仅动人,而且真实。"

"如果我能告诉你更多,我会的。"

"安德,我们曾告诉过对方一切吗?"

"有任何人能做到这点吗?"

华伦蒂伸出手,握住了他的手:"我希望地球上的每个人都能读到这个。"

"他们会在乎吗?"安德充满希望,又感到绝望。

他希望他的书能改变一切,但他知道它不会改变任何事。

"会有人在乎的,"华伦蒂说,"那就足够了。"

安德笑了:"所以我应该把它寄给出版社,让他们出版,然后呢?坐收版税,拿来兑换——我们在这里能买到什么呢?"

"我们需要的一切。"华伦蒂说,他们都笑了。然后,华伦蒂变得严肃起来,说,"不要署你的名字。"

"我正在考虑要不要。"

"如果人们知道这是安德·维京写的,评论家们就会花费所有时间对你进行心理分析,而只字不提这本书本身的内容。人们会认为这不过是你的良心作祟,企图抵消你犯下的罪过。"

"我想不出更好的结果。"

"但如果它是以真正匿名的方式出版,就会因其自身的价值而被阅读。"

"人们会认为这是小说,是我编造出来的。"

"无论如何他们都会这样认为的,"华伦蒂说,"但它听起来不像小说,像真相。有些人会这样认为的。"

"那我就不署名了。"

"噢,不,你要。"华伦蒂说,"因为你需要给他们一个名字来指代你,就像我还在用'德摩斯梯尼'一样。"

"但没有人认为这两人是同一个德摩斯梯尼。在彼得掌管世界之前,他是一个蛊惑人心的政客。"

"再想一个名字吧。"

"'洛克'怎么样?"

华伦蒂笑了。"还有人这样叫彼得呢。"

"如果我把这本书叫作'讣告',并署名……什么呢?'殡仪工'怎么样?"

"'悼词'如何?署名'葬礼上的发言人'?"

最后,他只是把书取名为《虫族女王传》,并署名"死者代言人"。在他与出版商无法追溯的匿名通信中,他坚持要求不要加上任何版权声明,直接出版。对方一度放弃合作,但安德的态度更加坚决。"在封面写上通知,告诉人们可以自由复印这本书,但是你的版本尤为精美,方便人们随身携带,还可以在上面写字、画线。"

华伦蒂被逗乐了。"你知道自己在做什么吗?"她问。

"什么?"

"你在让他们像对待经文一样对待它。你真的认为人们会那样读这本书?"

"我不知道人们会怎么做,"安德说,"不过,是的,我认为它非常神圣,不想用它来赚钱。我能用钱做什么呢?我只是希望每个人都能读到它,我想让每个人都知道虫族女王是谁,以及当我们让她们灭绝时,我们失去了什么。"

"我们挽救了自己的生命,安德。"

"不,"安德说,"那是我们自以为在做的,也是我们应该受到审判的事——我们真正做的是屠杀了一个极度渴望与我们和平共处的物种,他们一直尝试理解我们——可惜他们从未理解什么是语言和文字。这是虫族第一次找到机会为自己发声。"

"太迟了。"华伦蒂说。

"悲剧往往如此。"安德说。

"而虫族悲剧性的缺陷是……哑巴?"

"是傲慢——虫族以为可以征服任何一颗尚未发展出他们所能识别的智能的星球,而他们只知道精神交流的对话方式。"

"就是金虫对我们说话的方式。"

"金虫不过算是精神嘟囔。"安德说。

"你找到了一个,"华伦蒂说,"我问你是否找到了虫'族',你说没有,但你找到了一个。"

安德什么也没说。

"我不会再问了。"华伦蒂说。

"很好。"安德说。

"而那一个——她很孤单。"

安德耸了耸肩。

"你没有杀她,她也没有杀你。她告诉你——不,是向你展示了所有你写进书里的回忆。"

"小姐,你说自己再也不问了,结果问题这么多。"安德说。

"不许你这么跟我说话。"

"我是一个五十四岁的老人。"安德说。

"你可能是五十四年前出生的,"华伦蒂说,"但你只有十六岁。无论你多大,我都比你大两岁。"

"当殖民飞船抵达时,我就会上船。"安德说。

"我想我猜到了。"华伦蒂说。

"我不能留在这里,必须进行一次长途旅行,远离所有人类。"

"飞船只会在各个殖民星球之间旅行,每一个殖民星上都有人。"

"但时间在他们身上流逝得更快。"安德说,"如果我不断旅行,最终就会把现在的所有人抛在后面。"

"那将是一个漫长而孤独的旅程。"

"如果我并非独自上路,那就不是。"

"你在邀请我吗?"

"你感兴趣就跟我一起去。"安德说。

"很公平。"华伦蒂说,"我猜你现在是一个更好的旅伴了,因为你不再持续性情绪低落了。"

"我不这么觉得,"安德说,"我打算在每次航行中都保持休眠状态。"

"那岂不是会错过途中的戏剧诵读会?"

"你能在离开前完成你的书吗?"安德问。

"可能吧,"她说,"当然目前这卷肯定能完成。"

"我以为这是最后一卷了。"

"是倒数第二卷。"华伦蒂说。

"你已经写完了虫族战争的方方面面,现在正在写最后的战斗。"

"还有两个重要的难题需要解决。"

安德闭上了眼睛。"我想我的书解决了其中的一个。"他说。

"是的,"华伦蒂说,"我想把它写在最后一卷的结尾。"

"它没有版权,"安德说,"你可以随意处理。"

"你想知道另一个难题是什么吗?"华伦蒂问。

"我猜是彼得如何在战争结束后把全世界凝聚在一起。"

"那跟虫族的战争史有什么关系?"她说,"最后的难题是你。"

"我是一个解不开的死结。不要解开,只需切断。"

"我要写你的传记。"

"我不会读的。"

"好吧,"华伦蒂说,"我不给你看。"

"你就不能再等等吗?"他想说"等到我死了",但没有说得那么直白。

"也许过一段时间,"华伦蒂说,"我们再说吧。"

安德现在整天忙于新殖民地的事务,为他们的到来打下基础,确保四个村镇和新殖民地都有足够的剩余粮食,这样新来的人即使连续失败两年甚至三年,颗粒无收也不会挨饿。"我们还需要钱。"安德说,"在这里,我们每个人都互相认识,一直沿用这种临时性的生活方式也没问题。但为了使贸易顺利进行,我们需要一种交换媒介。"

"我和坡为你找到了金虫,"赛尔·梅纳赫说,"所以你已经有黄金了,制造硬币吧。"

阿布拉想办法将榨油机改造成了铸币用的冲压器。

一位化学家提出了一种合金配方,使得硬币在人们手中不断交换、流通时不会损耗黄金。一个才华横溢的年轻人画了一幅赛尔·梅纳赫的肖像,而一位老妇人凭记忆画出了维塔利·科尔莫戈罗夫的脸。赛尔坚持把科尔莫戈罗夫的脸印在面值更小的硬币上,那样他的面孔被人看见的次数就更多了。"你总是把最伟大的人分配给最小的面值。"

他们练习使用这些钱币,以便在新的殖民者到来之前就设定好物品的价格。起初这只是一个笑话:"五只鸡不等于一头牛。"他们没有把硬币称为"五分"和"一分",而是说"赛尔"和"维塔"。"把赛尔的东西交还给赛尔,但是维塔要留着。""赛尔聪明,维塔愚蠢。"

安德试图为这些硬币设定一个价值,使其与联盟政府使用的国际货币挂钩,但华伦蒂阻止了他。"当我们有朝一日要向其他世界出口货物时,不管什么人为我们的什么东西付多少钱,这些钱币终会确立自身的价值。"因此,这种货币目前的价值就在他们的私有宇宙中上下浮动。

《虫族女王传》的第一版最初销售滞缓,后来却越卖越快。它还被翻译成多种语言,即便地球上几乎每个人都能讲通用语,因为那是彼得的"地球自由人联盟"官方语言——"地球自由人联盟"是他为宣传新的国际政府选择的名称。

与此同时,这本书的免费版本也在网络上流传。有一天,这里的一个外星植物学家在收到的消息中发现了这本书。她开始向米兰达的每一个人宣传书的内容,副本被打印出来四处散发。安德和华伦蒂没有发表任何评论,当阿莱桑德拉把一份复印件递给安德时,他接下了,过了一会儿又把它还给了她。"写得真好,是不是?"阿莱桑德拉问。

"我想是的,确实。"安德说。

"噢,没错,那种分析的论调,那种冷静的态度。"

"我能说什么呢?"安德说,"我就是我。"

"我认为这本书改变了我的人生。"阿莱桑德拉说。

"希望是好的改变。"安德说。他瞥了一眼她隆起的肚子,问,"比这个对你人生的改变还多吗?"

阿莱桑德拉笑了:"我还不知道,一年后我再告诉你。"

安德没有告诉她,一年后他将在一艘星际飞船上,已经远离这里了。

华伦蒂完成了她倒数第二卷书。出版时,她把《虫族女王传》的全文放在了最后,并附上了一段介绍:"我们对虫族几乎一无所知,作为一个历史学家,我无法从他们的角度讲述这场战争。因此,我附上对这段历史经过想象加工的艺术再现。即使无法求证,我还是相信这就是真实的故事。"

不久之后，华伦蒂来找安德。"彼得读了我的书。"她说。

"我很高兴有人读了。"安德说。

"他给我发了一条关于最后一章的信息，他说：'我知道是谁写的。'"

"那他猜对了吗？"

"是的。"

"他一直是最聪明的那个。"

"他被感动了，安德。"

"人们似乎都很喜欢它。"

"不仅仅是喜欢，你知道的。让我念念彼得说的话：'如果他能为那些家伙说话，那他肯定也能为我说话。'"

"这是什么意思？"

"他想让你写写他，关于他的生活。"

"我最后一次见彼得时才六岁，当时他还威胁要杀了我。"

"所以你会拒绝。"

"我是说，我会和他谈谈，再看看会发生什么。"

他们用安塞波交流，每次都要谈一个小时。彼得已经快六十岁了，心脏不好，医生很担心，而安德还是一个十六岁的男孩。但彼得仍然是彼得，安德也还是安德，只是现在他们已经不憎恨彼此了。

这也许是因为彼得已经实现了他的所有梦想，而安德并没有阻碍他，至少在彼得心目中没有超越他；而安德的心里也这么认为。"你所做的一切，"安德说，"是你一直想做的。"

"这是好事还是坏事？"

"没人需要哄骗亚历山大去征服波斯，"安德说，"否则我们还会称他为'大帝'吗？"当彼得讲述完他的一生，讲述完他所有值得在对话中提及的事情时，安德只花了五天时间就写了一本名为

《霸主传》的薄书。

他给彼得发了一份副本,并附言:"由于作者是'死者代言人',所以这本书在你死后才能出版。"

彼得回信说:"对我来说,这个时机再恰当不过了。"而在给华伦蒂的信中,他吐露了心声,提到了被完全理解对他来说意味着什么:"安德没有掩盖我做过的任何坏事,但在整体上保持了善恶的平衡。"

华伦蒂把信给安德看,他笑了起来:"平衡!谁能知道罪孽与伟大成就的相对重量呢?五只鸡不等于一头牛。"

CHAPTER
20
第二十章

收件人：MinCol@ColMin.gov
发件人：Gov%ShakespeareCol@MinCol.gov
主题：那个职位还开放吗？

亲爱的希伦：

我有一些个人的原因，但这里不想赘述；同时，我也认为，为了莎士比亚星的最大利益，我最好跟这艘殖民飞船一起离开。不过，在新殖民者抵达并建立定居点的整个过程中，我都会留在这里。如今，这里的居民构成已经经历了一场深刻的变革：在期盼新船抵达之际，当初与我一起来的殖民者现在被归入了"老居民"的行列；而曾经与虫族作战的老人们现在被称为"原住民"，不过没有一个通用的术语来区分他们的后代和与我一起到达的人。

如果我留下来，那么新定居点的总督和我都是受殖民部委任的官员。但只要我走了，四个定居点的民选议会就将取代我，并选举产生一位新的主席和市长，这能对新总督产生几乎不可抵抗的压力，让他遵循两年一任的任期，像我一样接受自己被选举产生的市长所取代。

同时,"老居民"已经为他们种植了农作物,但房屋只建了一半。这是我提议的,这样新殖民者就可以参与建设剩下的部分。他们需要亲身体验一下这需要付出多少心血,才能更好地理解老居民为他们做了多少。并肩工作将有助于使这两拨人相互熟悉,不至于沦为陌生人——尽管为了实现你的目标,我已经把他们分得足够开,以便各自独立发展。然而,他们不能完全分离,否则异族通婚就不现实了。此刻,基因比文化更重要,这是为了这颗星球上未来人类的健康。

为了人类族群,我们必须像牧民关心牧群一样关心自己的身体。赛尔叔叔会第一个笑着表示赞同,说这完全正确。在成为人之前,我们首先是哺乳动物。如果我们忘记了这点,那么使我们成为人类的一切都将被饥饿的野兽所吞噬。

我一直在研究维尔洛米和她参与过的所有战争。多么非凡的女人!战斗学校的记录显示,她只是一个普通的学生(尽管是在一个公认的天才群体中)。但战斗学校关注的是战争,而不是革命或国家存亡;你们的测试也无法衡量任何人是否具有被神化的潜质。如果你们有这样的测试,我好奇你们会从彼得身上发现什么,当然是回到他的童年阶段,而不是现在作为世界的统治者。

说到彼得,也许你已经知道了,我们最近一直在交流。我们没有发信息,而是用安塞波直接对话。这是个苦乐参半的过程,看到他将近六十的样子:头发花白,有一点儿发福(但仍然健康),岁月在他脸上刻下了皱纹,代表着他肩负的责任。他已经不再是我所认识和憎恨的那个男孩了,但这个人的存在并没有将那个男孩从我的记忆中抹去。在我心中,他们是两个不同的人,只是碰巧拥有相同的名字。

我发现自己很欣赏眼前这个人,甚至爱上了他。他曾和我一样面临可怕的选择,而他直面了问题,眼睛都没眨一下。他在做出决定之前就知道人们会因此而死,但其实他极富同情心,比他自己、我和华伦蒂想的还多。

他告诉我,在童年时代,在我进入战斗学校之后,他认为取得事业成功的唯一途径是骗人,让他们觉得他像我一样可爱。(我以为他在开玩笑,但他没有;我不相信我在战斗学校的名声是"可爱的",但彼得记得的是在家里的我)所以从那时起,每当面临选择时,他就会问自己:一个好人会怎么做?然后他就去做了。但他现在已经学到了一些关于人性非常重要的东西,那就是:如果你一辈子都在假装好人,那么你就是一个好人。伪善最终会变成真善。彼得把自己变成了一个好人,即便驱使他的理由并不纯粹。

这给了我很大的希望。我现在要做的就是找到一些工作,可以让我卸下身上的负担。管理殖民地很有趣,也很有意义,但它无法满足我的希望。每当醒来时,我的头脑中仍会想起死去的虫族、牺牲的士兵和早夭的儿童;仍有记忆向我涌来,说我就是过去的彼得。只有当这些记忆消散时,我才能再次做回我自己。

我知道,我这种心态让你很困扰。好吧,那是你的负担,不是吗?不过,我向你保证,我的心理负担有一半是自己造成的。你和马泽以及其他的军官是出于正义的目的才训练并利用了我和其他孩子,而且成功了。对我来说,你们就跟那些指挥官一样,永远对幸存下来却落下残疾的士兵负有责任,但那些士兵同样要对他们自己的余生负责。讽刺的是,你真正应该告诉他们的是:你活下来了,这不是我的错。如果被杀死,你就不必处理这些伤口了,这是生命回赠你的部分;是敌人夺走了你生命的完整性,我的工作只是让你的死亡或负伤具有意义,而我已经做到了这点。

这就是我从这里的士兵身上学到的东西。他们仍然记得那些倒下的战友；他们仍然怀念地球上的生活，思念他们再也见不到的家人，以及只能在梦中和回忆里重温的场景。但是，他们并不责怪我。他们为我们共同完成的事业感到骄傲。几乎每一个人都曾在某个时候对我说："这是值得的。"因为我们赢了。

所以我也对你说，无论我需要背负什么，都是值得的，因为我们赢了。

感谢你对《虫族女王传》的忠告，这本小书现在到处流传。不过与你的看法不同，我不认为它是无稽之谈，我认为这位"死者代言人"说了一些真话，不管它是否符合事实。假设虫族女王和这位"死者代言人"想象得一样美好，充满善意，也并不能改变这一事实：即在战争期间，当她们已经改变了最初的意图，当她们对自己的所作所为感到后悔，她们没有办法告诉我们。因此，我们无可指责的事实也不会改变（尽管无罪并不能免除我们的责任）。

我有一个无法证实的猜想：我认为，哪怕虫族个体再依赖虫族女王，哪怕兵虫和工虫会追随女王而死，但也并不意味着她们是单一的生物，或者说女王不需要考虑个体的深层需求和意愿。由于虫人的智商很低，女王无法向他们解释微妙的问题。会不会虫族女王在最初就拒绝进行战斗，像真正的和平主义者一样，任由我们屠杀，但是虫人由生存本能驱动，展现出了强大的力量，乃至超出了主人的控制？但无论如何，我们都无法避免战争，只是虫族的战斗会缺乏凝聚力和真正的智慧，而这反过来可能会导致所有的虫人反叛他们的女王。即使是独裁者也必须尊重棋子的意愿，因为没有棋子的服从，他就没有权力。既然你问了，这些就是我对《虫族女王传》的看法，以及其他的一切。因为你需要听我的想法，而我也需要说出来。在这场战争中，你是我的虫族女王，而我是你的虫人。我曾经有两次想拒绝你的独裁；两次都是"豆子"阻止了我，把我重新置于枷锁之下。但我所做的一切都是出于自愿，就像任何优秀的士兵或仆人或奴隶一样。暴君的任务不是强迫，而是说服那些不愿服从的人，让他们相信服从比抵抗更符合他们的利益。

所以，如果你想把这艘即将抵达的飞船送到恒河星，我会跟着一起去，看看我能为维尔洛米做些什么，来帮助她对付"豆子"被绑架的儿子和他那奇怪的母亲（当然不是说她朝你吐口水有什么奇怪，我想有——或曾有几百个人愿意排队这么做）。我有种感觉，维尔洛米确实会发现自己处境非常艰难，因为在她管理的殖民星上，印度人口占据绝对优势，这将使她所有的决定看起来都对非印度人不够公正。如果这个兰德尔·菲斯和他父亲一样聪明，如果他母亲从小给他埋下了仇恨的种子，让他憎恨任何阻碍阿喀琉斯·佛兰德斯的人——其中当然包括维尔洛米——那么这就是兰德尔会加以利用的楔子，用来摧毁她并夺取权力。

尽管在国际联合舰队甚至殖民部内部都有人相信殖民星球上发生的事不会对地球构成威胁，但我很高兴你认识到事实并非如此。殖民地星球上的英勇反叛者能够激发地球上数百万，甚至几十亿人的想象力，而虫族女王可能成为其中的一部分。一个聪明的、来自殖民星球的煽动者可以披上虫族女王的外衣，激起人们强烈的情绪，让他们感觉殖民星球在某种程度上被地球"辜负"了，地球对殖民星有所亏欠。这并不符合逻辑，但有先例可循，人们曾做出更不合理的判断。

不过，即使你不能或不再想把我送往恒河星，我还是会登上那艘飞船，所以我希望我们的航行计划能带我去一些有意思的地方。华伦蒂还没有决定是否和我一起去，但由于她一直忙于历史研究，所以不管从社会关系还是情感上来看，她都不属于这颗殖民星球。

我想她会和我一起去的，因为没有我，她就没有留在这里的动力。

你终身的工蜂

安德

阿喀琉斯来到维尔洛米总督居住的茅屋前。维尔洛米刻意表现出自己住得非常简朴，只有土坯墙和茅草顶，但这完全没有必要，因为附近有那么多优质木材。维尔洛米的一举一动都是为了提高她在印度殖民者心中的威望，但这种表演让阿喀琉斯心生鄙夷。"兰德尔·菲斯。"他对站在外面的"朋友"说。维尔洛米曾说："我的朋友们站岗是为了帮我节省时间，这样我才有空冥想。"但她的"朋友"却在公共餐桌上吃饭，在粮食收获时分得一份完整的份额，因此他们给她提供的服务实际上是有偿的。他们是警察或守卫，每个人都知道这点，但印度人都说："不，他们真的是志愿者。他们在义务劳动之前，真的干了一整天的活儿。"

不过，那是一个印度人对"劳动一整天"的理解。只要天一热他们就去躺下了，这时其他正常工作的人就得替他们顶着。

难怪我的父亲阿喀琉斯大帝带领 X 国人征服了印度人。必须有人教他们如何劳作。然而，没有什么能教他们如何思考。

在茅屋里，维尔洛米正在亲自纺纱。为什么？因为甘地这样做了。他们有四台纺纱机和两台动力织机，以及足以让它们运行一百年的零部件，到那时他们应该有能力制造新的机器了，没有必要手工纺纱。而且甘地这样做是为了抗议英国纺织机使印度人失业，但维尔洛米想达到什么目的？

"兰德尔。"她说。

"维尔洛米。"他回答。

"感谢你过来。"

"没人能违抗我们敬爱的总督的命令。"

维尔洛米抬起疲惫的眼睛,看着他:"可你总是能找到办法。"

"那是因为你在这里的权力是不合法的。"阿喀琉斯说,"早在我们建立殖民地之前,莎士比亚星就宣布了独立,并且开始民主选举总督,两年一任。"

"我们也是这样做的。"维尔洛米说。

"但他们总是选你,"阿喀琉斯说,"你是被殖民部任命的人。"

"这就是民主。"

"民主只是因为你跟那些印度人操纵了牌局——就是字面的意思。你还假装圣母,让他们陷入你的奴役。"

"你读书读傻了,"维尔洛米说,"要是你真正明白'奴役'这样的词是什么意思的话。"

这让他很容易说出开场白:"为什么你要阻止公民进行自我教育?"阿喀琉斯问。

维尔洛米的表情还是很轻松。"为什么你要把每件事都跟政治扯上关系?"

"如果其他人都不关心政治,那么你就可以一个人独享,这不是很好吗?"

"兰德尔,"维尔洛米说,"我把你带到这里,不是为了让你来煽动非印度裔殖民者的。"

"但这就是我来的目的。"

"我想给你提供一个机会。"

阿喀琉斯不得不佩服她。维尔洛米一直在坚持不懈地努力,也许这就是印度女神的属性之一。

"你又要给我提供一份装样子的工作来安抚我的自尊吗?"

"你一直说你被困在这个世界,从来没有去过别的地方,因此一生都生活在印度人的统治之下，被印度文化所包围。"

"你的间谍报告很准确。"

他本来以为她会跑题，开始谈论她的情报员是否算间谍，说他们只是自由地参加公共活动，并在事后加以讨论，但显然她和他一样对这个话题感到厌倦。而且，她应该有更紧急的议程。"大约一个月后，将有一艘星际飞船抵达这里。"维尔洛米说，"它来自莎士比亚星，会给我们带来一些非常成功的杂交品种和基因改良作物，以丰富我们的农业资源。这将是一次非常重要的访问。"

"我又不是农民。"阿喀琉斯说。

"当星际飞船来到这里时，"维尔洛米说，"它并不会永久停留。他们会来，也会离开。"

现在阿喀琉斯完全明白她提供给他的是什么了。那是一个机会，还是一次非自愿的流放呢？"去哪里？"他问。

"届时，我确信飞行员将驾驶星际飞船返回地球，或者靠近地球的地方，以便研究并繁育来自莎士比亚星的样本，以及我们自己的一点儿贡献，并与所有殖民星球共享。有些产量高、气候适应性强的品种甚至可以在地球上种植。"

"他们会以你的名字给其中一个物种命名吗？"阿喀琉斯问。

"我向你提供一个机会，让你去那个广阔的世界看看。印度人目前只占地球人口的四分之一，你可以去很多地方，在那儿几乎看不到一个印度人。"

"我并非不喜欢印度人。"阿喀琉斯平静地说。

"哦？"

"我只是讨厌自以为是的专制政府搞噱头假装民主。"

"印度人在这里占多数。根据定义，这就是民主，即使你不同意。"维尔洛米说。

"地球是由一个邪恶的独裁政权统治的。"

"地球是由一个选举产生的议会统治的,并受到选举产生的霸主监管。"

"这个联盟政府的建立是通过谋杀——"

"你误认为是你父亲的人。"维尔洛米说。

这句话就像铁锤一样重击了阿喀琉斯的心。他和母亲一辈子都在保守他身世的秘密,没人听过这个秘密而真实的名字——阿喀琉斯,他总是被叫作"兰德尔"。只有在私下里,母亲才会温柔地叫他"阿喀琉斯"。只有在他自己心里,他才会叫自己这个名字。但维尔洛米知道。她是怎么知道的?

"我亲眼见过你所谓的父亲冷血地杀害儿童,"维尔洛米说,"他杀了我的一个好朋友,对方根本没有招惹他。"

"你说谎。"阿喀琉斯说。

"呵,你能找到证人反驳我吗?"

"那人肯定先挑衅了他。他努力统一世界,创造和平。"

"他是一个精神病人,杀害了所有曾经帮助过他的人,或看过他无助脆弱样子的人。"

"不是所有人,"阿喀琉斯说,"他让你活下来了。"

"我没有帮他,也没有阻止他。我一直保持默默无闻,直到最后能够从他手中逃脱。然后我开始着手解放我的国家,摆脱他对我们的残酷压迫。"

"阿喀琉斯·佛兰德斯正在创造世界和平,而你却把战争带回了他已经平定的国家。"

"但你承认了,你知道他不是你父亲,这是臆想。"

"我想,对此我的母亲比任何人都更清楚。"

"你母亲只知道别人告诉她的事,因为她只是一个代孕母亲,不是你遗传学上的母亲。你的胚胎被植入她体内，她被骗了，还把这个谎言告诉了你。你只不过是又一个被阿喀琉斯绑架的受害者。他对你的囚禁一直持续到今天，你是他最后也是最可怜的受害者。"

阿喀琉斯的手不受控制地挥了出去。他打出的这一拳并不重，远不是他的身高和力量所能发挥的力度。

"我被打了。"维尔洛米平静地说。

她的两个"朋友"走进茅屋，拉住阿喀琉斯的胳膊。

"我指控兰德尔·菲斯袭击总督。兰德尔，你承认你打了我吗？如果做伪证，你将面临责罚。"

"一派胡言。"阿喀琉斯说。

"我就知道你会这么说。"维尔洛米说，"从三个不同角度拍摄的视频应该能证实指控和你的伪证。兰德尔，当你被定罪时，我将建议将你流放到地球，你似乎认为那个地方要比恒河星好得多。你母亲可以跟你走，也可以不去，随她选择。"

她把我当猴耍，阿喀琉斯心想，我父亲绝不会忍受这一切。羞辱是无法容忍的冒犯。这就是我父亲的行为方式，也将是我今后的行为方式。

"要是播放整段记录，"阿喀琉斯说，"人们将会看到你是如何激怒我的。"

维尔洛米平静地站起身，靠近他，把嘴凑到他耳边。"整段记录，"维尔洛米说，"将向人们展示你以为自己的父亲是谁，以及你对他行为的认可，而他现在依然被全人类视为邪恶的化身。"

她从他身边退开："你可以自行决定是播放整段记录还是经过剪辑的部分。"

阿喀琉斯知道，她等着他发出威胁，可怜巴巴地虚张声势，而录制仍在继续。

"我明白你知道如何操纵一个孩子。"阿喀琉斯说,"我才十六岁,你故意挑衅,把我激怒。"

"是啊,十六岁。以你这个年纪的标准,你长得很高大,不是吗?"

"无论是心灵、头脑、皮肤还是骨骼,我都很成熟。"阿喀琉斯说,这是他的标准回答,"请记住,尊敬的总督大人,你设局陷害我是一回事,把我打败又是另一回事。"

他转过身来,等着那些抓他胳膊的人再次围过来挤在他身边。他们一起离开了茅屋,阿喀琉斯突然停了下来。"你们知道,只要我想,我可以像甩苍蝇一样把你们甩开。"

"哦,是的,菲斯先生。我们仅仅是作为证人在场,我们只是象征性地抓住你。"

"你们希望我在镜头前把你们其中一个撂倒。"

"我们希望所有人都能和平共处,不使用暴力。"

"但你们不介意成为暴力的受害者,只要可以用它来诋毁或摧毁你们的敌人。"

"你是我们的敌人吗,菲斯先生?"

"我希望不是,"阿喀琉斯说,"不过你们的女神希望我是。"

"噢,她可不是女神,菲斯先生。"他们大笑起来,好像这个想法很荒唐。

当阿喀琉斯走开时,他已经在构思下一步行动了。她要利用他父亲的名誉来对付他——他不信她会保守这个秘密,因为她是对的,他和阿喀琉斯大帝之间的任何联系都会让他声名狼藉。

如果我的父亲被普遍认为是人类历史上最坏的人,那么我必须给她匹配一个更糟糕的人。

至于母亲只是一个代孕母亲的谎言，兰德尔才不会让维尔洛米介入他和他母亲的关系。即便只是对他母亲的身份提出怀疑，也会让她心碎的。不，维尔洛米，我不会让你把我变成伤害母亲的武器。

CHAPTER
21
第二十一章

收件人：AWiggin%Ganges@ColLeague.adm
发件人：hgraff%retlist@IFCom.adm
主题：欢迎回到人类世界

我对你父母的离世表示诚挚的哀悼，但我听他们说，你们在他俩去世前有过通信，彼此都很满意。你哥哥去世的消息一定更让人意外。他还年轻，可惜心脏衰竭了。不要理会那些愚蠢的谣言，它们总是伴随伟人的逝去而出现。我看了验尸报告，彼得的心脏本来就衰弱，尽管他的生活方式很健康。整个过程很快，一个血栓让他的生命在睡梦中停止了。他在个人权力的巅峰时期过世，没有比这更好的方式了。我附上了一篇叙述他生平的精彩文章，希望你读一读。据说作者与《虫族女王传》是同一人，书名叫作《霸主传》。

当你处于休眠状态，从莎士比亚星到恒河星的航行期间，发生了一件有趣的事：我被解雇了。

以下是我没有预料到却本应料到的事（请相信，在漫长的一生中，我很少能预知事情的发生；我之所以能生存下来并完成任务，是因为有快速适应的能力）：当你每年有十个月处于休眠状态时，一个副作用便是你的上下级都会把你的苏醒视为干扰。那些曾经对你忠心耿耿的人要么退休，要么进入其他领域追求职业发展，要么被调离岗位。很快，你身边的人就全都变成了忠于他们自己、忠于他们自己的事业，或者觊觎你位子的人。

每当我醒来时，每个人都对我摆出一副恭敬的样子。他们向我汇报我上一次苏醒时做出的所有决定是如何被执行的；或者向我解释，为什么有些命令未能执行。

在最近的三次苏醒期间，我本应该注意到这些借口已经变得多么牵强，我的命令被执行得多么糟糕；我本应该看到，我多年来所经历的官僚主义已经烩成一锅浓汤，凝结在我周围；我本应该发现，长期的缺席使我的权力日渐式微。

我并没在休眠期间享受到任何乐趣，因此也没意识到这种长期休眠从实质上来说就是休假。我原本的意图是通过避免处理具体的事务来延长任期，但这算什么好主意呢？

纯粹是虚荣心作祟，安德，这是行不通的、无法持久的。我一觉醒来，发现我的名字已经不在办公室的门上了。我上了国际联合舰队委员会的退休名单——只领上校的薪水，这是对我赤裸裸的侮辱。至于退休金，那更是想都别想，因为我没有退休，而是因未履行职责被解雇了。他们列举了多年来我因休眠而缺席的会议；他们指责我没有以任何形式提交休假申请；他们甚至还追溯到那个久远的军事法庭，证明我具有"失职的行为模式"。总之，解雇我是有根据的，我现在就靠着半份上校的薪水过活。

我想他们以为我在任职期间捞足了油水，但我从来不是那种政客。不过，我也不在乎物质。我要回到地球，在那里我仍然拥有一点儿资产——我确保自己一直在交税。我将在爱尔兰一片可爱的土地上安享晚年。当年我满世界转悠，到处搜刮可以带回战斗学校压榨的儿童——当然更可能是摧毁他们。在此期间，我发现了这片土地，一下子就爱上并买下来了。在那里，没有人知道我是谁。或者说我曾是谁。我已经挨过了声名狼藉的日子。

不过关于退休，还有个情况是，我将不再拥有使用安塞波的特权——就连这封信也是以非常低的优先级发给你的，要过几年的时间才能传送出去。好在计算机不会遗忘，也不会被任何怀有恶意的人盗用，阻止我与老朋友告别。我确保系统是安全的，而国际联合舰队和地球自由人联盟的领导也明白保持网络独立的重要性。四年后当你到达恒河星，从休眠状态苏醒时，将会看到这封信。

我写信的目的有两个。首先，我想让你知道，我清楚并一直记得我本人和全世界都亏欠了你。五十七年前，在你去莎士比亚星之前，我把你在战争期间的工资（全部是以上将的军衔补发的），以及为感激你个人和你所指挥的战队所发的奖金，还有你作为莎士比亚星总督的工资，全部汇集起来并投入了六个不同的互助基金中，这些基金都有良好的声誉。

同时，我还尽我所能找了一款软件，对这些资产进行持续的审计。你可能会感兴趣，这款软件是基于"幻想游戏"的内核设计出来的（在战斗学校我们称其为"思维游戏"）。该程序能够不断监测自身和所有的数据来源和输入信号，并根据新的信息重新编程，这使它几乎成为确保你在财务方面利益最大化的不二选择。人类财务经理可能不称职，或者受到贪污的诱惑，或者因为死亡而被更差的人替代。

你可以自由地提取增值利息，不需要支付任何税款，直到你成年。由于许多儿童都在进行星际航行，现在法律上计算年龄的方法是：在飞船上度过的时间总和加上每段航行之间实际流逝的天数，休眠时间不计算在内。我已经尽我所能为你的未来提供保障，以抵御时间的变化。

这使我想到我的第二个目的。我是一个老人了，自以为可以操纵时间并活着看到所有的计划逐一实现。在某种程度上，我想我已经做到了。我在幕后拉了很多线，而我大多数的傀儡都已经跳完了舞。我已经比我认识的大多数人都活得久了，也比我所有的朋友都长寿。

除了你，我已经把你当作我的朋友了。希望我没有越界，因为我现在是以朋友的身份在给你建议。

在重读你让我送你去恒河星的信时，我从"个人的原因"这句话中看到了一种可能性，即你利用星际旅行的方式就像我曾经利用休眠技术一样，是将其作为一种延长寿命的方式。不过，就你的情况而言，并不是为了目睹所有的计划实现——我甚至不确定你有计划。我认为你在试图用几十年甚至几个世纪的时间，将你和你的过去隔开。

如果你打算隐姓埋名，在某个地方过上安静的生活，结婚生子，重新融入人类社会，那么这个计划相当巧妙。你将隐匿在人群中间，而邻居完全无法想象他们隔壁的安德鲁·维京会跟那个拯救了世界的伟人安德·维京有任何关联。

不过我也担心你在试图与别的事拉开距离。我担心你以为可以逃避自己（无意中）做过的事——在我接受军事法庭审判时，这些事不幸被人利用过。我担心你企图逃避史蒂生与邦佐·马利德的死，以及成千上万人的牺牲和数十亿虫族的消亡。他们都因你而死，因为你出色的指挥，我们赢得了不可能赢得的战争。

安德，你这样是不行的。你无法将一切抛诸脑后。在全世界所有人都遗忘之后，这些事还将存在于你的脑海，历久弥新。你曾有效地保护自己，抵抗那些试图摧毁你的孩子。如果你没有这样做，你还有能力赢得后来的伟大胜利吗？你曾保护全人类，免受我们不善言辞的敌人攻击——这个敌人在夺取自己需要的东西时，也不经意地夺走了人类的生命，摧毁了我们的世界、我们的家园、我们的成就，以及地球的未来。你为你的行为责备自己，我却为其感到骄傲。在你自责的同时，也在你的内心倾听一下我的声音吧，试着去平衡它们。

你一直都是一个勇于承担责任、能预见后果并采取行动保护他人的人。你也保护了你自己。这样的人不会轻易卸下负担。

请不要像依赖致幻剂一样依赖星际旅行，用它来寻求遗忘。我可以用自身经验告诉你，间断性地对人类社群进行短期访问的生活不是真正的生活。只有当我们成为一个社群的一部分时，我们才是人类。当你第一次来到战斗学校时，我企图孤立你，但没有成功。我用敌意包围你，你却把你大部分的敌人和对手都变成了朋友。你向他们自由地传授你所知道的一切，并培养了连我们这些教师都坦言放弃的学生。他们中的一些人最终发现了自己的伟大之处，取得了巨大的成就。你是他们的一部分，他们一生都将铭记你。你比我们更擅长教师的工作。

安德，你的战友爱戴你，他们对你的感情令我羡慕不已。我有很多朋友，但他们对我从来没有那些孩子对你那般热忱。他们愿意为你而死，每个人都是，因为他们知道你也会为他们而死。根据我从"莎士比亚"殖民星得到的报告，来自赛尔·梅纳赫、勒克司·托洛及其儿子坡和阿布拉，还有那些从未与你谋面的殖民者们，他们受惠于你为他们规划的定居点。我可以明确地告诉你，你受到普遍的爱戴和尊重，所有人都把你看作他们社群中最好的成员，他们的恩人和朋友。

我告诉你这些,是因为担心我给你上的第一课会成为你领悟最深的一课。你总是孑然一身,没有人帮助你,无论必须做什么,你只能靠自己。我无法对你的心灵深处说话,只能与你最表层的意识对话,也就是这些年来一直与我保持通信的你。我希望你能认真听我说,把下面的信息传达给一开始不相信我的那部分的你:

在我所有认识的人当中,你是最不孤独的那一个。你的心总是装满了每一个你爱的人,还有许多你不爱的人。你为这些群体创造了一个汇集地,就在你的心中。他们知道你把他们放在心里,这使他们彼此融为一体。然而,你赠予他们的这份礼物却没有人能够给你,我担心这是因为我邪恶的工作做得太成功,在你的头脑中建起了一堵墙,让你无法认清真正的你是谁。

因此,当我看到那个"死者代言人"用他那本愚蠢的小书取得了你应得的影响力时,我感到非常恼火。事实上,人们正在把它变成一种宗教——一些自称是"死者代言人"的人在葬礼上发表演讲,讲述关于死者的"真相",这是一种可怕的亵渎——谁能真正知道任何人的真相呢?我在遗嘱中留下了指示,所有这些装腔作势的人都不允许靠近我的葬礼,如果还有人不嫌烦愿意帮我举行葬礼的话。你拯救了世界,却从未被允许回家。这个江湖骗子虚构了一段关于虫族的历史,为你的哥哥彼得写了一篇辩护词,却被人们奉为神明,乃至创立了一门宗教,人类真是不可理喻。

华伦蒂在你身边,给她看看这封信,看看她是否能证实我所说的关于你的每句话。也许我在你们看到这封信时已经不在人世了,但许多在战斗学校时认识你的人仍然健在,包括你们战队的大多数人。他们都老了,但没有一个人忘记你。(我仍时不时地给佩查写信。她经历了两次丧偶,但仍拥有快乐而乐观的灵魂,令人吃惊。她与其他所有人都保持着联系)他们、我和华伦蒂都可以证明:你是人类社会的一员，你融入我们的程度比大多数人想象得更深刻、更全面。不管用什么方法，我都希望你最终能相信这一点，不要在相对论空间深不可测的黑暗深处躲避生活。

我在一生中取得了很多成就，但我最伟大的成就是找到了你，认识你是谁，并且谢天谢地，没有在你拯救世界之前毁掉你——天知道我是怎么做到的。我多希望当时也能治愈你，但看来这需要靠你自己努力了，或者靠华伦蒂，或者靠你未来的孩子。有一天你会有自己的孩子，你必须有。

因为这是我个人最大的遗憾。我从未结婚，也没有属于自己的孩子。相反，我偷了别人的孩子，训练他们，而非抚养他们。我可以轻易地说我将全人类都当作自己的孩子，但那毕竟不同于生活在一个有孩子的家庭里，重塑自己的一切，只为了帮助他学会快乐、完整和善良。

不要让孩子在你的生命中缺席，不要让你这辈子都没机会体会家里有孩子的感受。去把他抱在怀里，放在你的腿上；去体验孩子用手臂环绕你的感觉；用耳朵倾听他的声音；看他对你露出微笑，因为你把笑容放在了他的心里。

我从未拥有这样的时刻，因为我没有以这种方式对待被我绑架到战斗学校的孩子。我不是任何人的父亲，无论是生父还是养父。安德，结婚生子吧，或者去收养小孩，或者借养小孩——无论怎样都行，但不要过我这样的生活。

我做过很多伟大的事，但到头来我并不快乐。我希望曾经的我顺其自然，没有选择在时间中跳跃前进，而是停下来建立一个家庭，儿孙绕膝，并在适当的时候死去。

你看，我向你倾吐了心声。不知为何，你也把我招进了你的战队。请原谅一个老人的感伤吧，等到了我这个年纪，你会理解的。

当你在我的掌控中时，我从未像对自己儿子那样对你，但我一直像爱自己儿子一样爱你。我在这封信中对你说的话，也是我对未曾有过的儿子说的话。我想对你说：干得好，安德。祝你幸福。

国际联合舰队退役上校
希伦·格拉夫

当航行结束，安德从休眠状态苏醒过来时，他惊奇地发现华伦蒂变化很大。

"我告诉过你，我要先写完书再休眠。"她看到他的表情后说。

"你不会在整趟旅途中都保持清醒吧？"

"我是啊。"她说，"这次不像我们第一次航行那样，用两年的时间完成了跨越四十年的航程，而是用了十四个月零几天走完了跨越十八年的距离。"

安德快速算了算，发现她说得没错。加速和减速需要的时长总是一样的，而中途航行的长度决定了主观上的时间差异。"不过，"他说，"你已经是成熟的女性了。"

"你注意到了，真让我受宠若惊。但我没有让任何船长爱上我，真可惜。"

"也许部分原因是洪船长把他的妻子和家人也带上了船。"

"他们渐渐明白了成为一名星际航行者不必牺牲一切。"华伦蒂说。

"算一下，我还是十七岁，而你快二十一了。"

"我已经二十一岁了。"她说，"把我当作你的华伦蒂姨妈吧。"

"我才不会。"他说，"你写完书了？"

"我写了一本莎士比亚星的历史，截至你抵达时。如果你当时醒着，我就完不成了。"

"因为我会强调准确性？"

"因为你不会让我查看你与科尔莫戈罗夫的所有信件。"

"我的信件是用双重密码加密的。"

"噢，安德，我可是你姐姐。"华伦蒂说，"你以为我猜不出'史蒂森'和'邦佐'吗？"

"我没有那么赤裸裸地直接使用他们的名字。"

"对我来说就是赤裸裸的，安德。你以为没人真正懂你，但我能猜出你的密码，我是你的密码伙伴。"

"你是个偷窥狂。"安德说，"我迫不及待地想读这本书了。"

"别担心，我没有提你的名字。他的邮件被引用为'给朋友的信'，附带日期。"

"你真贴心！"

"别生气，我已经有十四个月没见到你了，我想你。别坏了我的心情。"

"我昨天才见了你，从那时起你就偷看我的文件，别指望我会忽视这一点。你还偷看了什么？"

"没什么了。"华伦蒂说，"你的行李上了锁，我又不是强盗。"

"我什么时候可以读到这本书？"

"你买了，下载下来就能看了，你付得起钱。"

"我没钱。"

"你还没有读希伦·格拉夫的信。"华伦蒂说，"他给你弄了一笔丰厚的养老金，你可以随时支取，而且在你成年之前都是免税的。"

"所以你的研究范围并不局限于你自己的课题。"

"除非我亲自读过，否则我永远无法得知一封信里是否包含了有用的信息，不是吗？"

"所以你读完了人类历史上所有的信件，以便写这本书？"

"只读了自第三次虫族战争后到 1 号殖民星球成立以来写的那些。"她吻了吻他的脸颊，"早上好，安德，欢迎回到这个世界。"

安德摇了摇头。"不是安德，"他说，"在这里不是，我是安德鲁。"

"啊，"她说，"那为什么不是'安迪'或者'德鲁'？"

"安德鲁。"安德重复道。

"好吧，你应该告诉总督这一点，因为她的邀请函是写给'安德·维京'的。"

安德皱起了眉头。"在战斗学校时，我们互相都不认识。"

"我想她自认为认识你，因为她曾与你们战队一半的队员都密切接触过。"

"她的战队曾被他们打得落花流水。"安德说。

"那也算一种亲密关系，不是吗？一种类似格兰特将军和李将军[1]的关系。"

"我想格拉夫提醒过她我要来了。"

"你也在旅客名单上，上面写着你曾担任莎士比亚星的总督两年，直到任期结束。这使得她能在所有叫安德鲁·维京的人当中锁定你。"

"你去过星球表面了吗？"

"还没人去过。我请求船长同意我叫醒你，这样你就可以登上第一班飞船了。当然，他很乐意为伟大的安德·维京做任何事。他是那个时代的人——当你赢得最后的胜利时，他就在艾洛斯星上。他说曾在那儿的廊道里见过你不止一次。"

安德回想了一下他在进入休眠之前与船长短暂的会面。"我没

---

[1] 指美国南北战争时期的北军将军和南军将军。

认出他来。"

"他也没指望被你认出。他真的是个好人,在工作方面比那个什么老家伙强多了。"

"昆西·摩根。"

"我记得他的名字,安德,我只是不想说,也不想听到。"

安德清洗了一下身体。休眠让他全身形成了一层薄壳,他一动皮肤就会噼啪作响,而擦洗时皮肤也会发出抗议,让他感到轻微的刺痛。他觉得这肯定对身体没好处,但格拉夫每年都冬眠十个月,他好像还挺硬朗。

他还为我争取到了养老金,真好。我想恒河星不会比莎士比亚星好到哪儿去,应该不怎么使用联盟政府的货币。不过,一旦星际贸易开始,也许地球自由人联盟的货币也会具备一些购买力。

安德擦干身体,穿好衣服,把行李从储藏室里拿了出来。他进入华伦蒂上锁的舱室,她此时已经自觉地离开了。安德打开了箱子,里面装有宇宙中最后一个虫族女王的茧。

他一度担心女王已经在航行途中死亡,但是并没有。他将茧捧在手中,几分钟后,一个图像闪现在他的脑海中。或者说,是一连串快速闪过的图像——成百上千个虫族女王的面孔。它们闪现的速度非常快,导致他根本无法记住其中任何一个,就好像在苏醒——重新启动后,这个虫族女王记忆中的所有祖先都必须在她的脑海中出现,然后才会平静下来,让她控制自己的大脑。

随之而来的不是一场对话(不能称之为对话),但当安德回想起来,他感觉就像一次对话,包括完整的对白,只是他的大脑无法记住他们之间的交流形式——直接传递图像记忆。于是,他在脑海中将其转化成了人类习惯的互动语言模式。

"这是我的新家吗?你会让我出来吗?"她问他——或者确切

地说，她向他展示自己破茧而出进入一个凉爽洞穴的图像，同时还在这幅图像中加入了一种提问的感觉，或者要求的感觉。

"还太早了。"他说出了他的脑海中真实存在的一些话，或者至少是可以转化成语言的想法，"所有人都没有遗忘，他们会被吓坏的。一旦他们发现了你或你的孩子，他们会立即杀了你。"

"还要等待，"她说，"永远等下去。"

"是的。"他说，"我将尽我所能不停远行，走得越远越好，等五百年、一千年。我不知道还要多久才能让你安全地出来，也不知道我们会在哪里。"

她提醒他，她不受时间旅行的相对论效应影响。

"我们的大脑遵循你们安塞波的工作原理，我们始终与宇宙实时相连。"为此，她使用了从他的记忆里提取的时钟图像。她对时间的隐喻是用太阳横扫过天空表示日子，太阳向北向南漂移表示年份。虫族女王从不需要将时间细分为小时、分钟和秒数，因为对她自己的孩子来说，一切都是无限的现在。

"很抱歉你必须经历所有的航行时间，"安德说，"但你希望我在航行期间休眠，这样我就能够保持年轻，直到为你找到新的家园。"

她把他的休眠与自己的蛹化进行对比。"但你出来时还是一样，没有变化。"

"我们人类在茧中不会变化，我们在成熟过程中会一直保持清醒。"

"所以对你来说，这种睡眠不是一种诞生。"

"不是。"安德说，"它是一种暂时的死亡，就像火苗熄灭了，但在灰烬中还留有火星。我连梦都不会做。"

"我一直做梦，"她说，"我梦见了我们族人的全部历史。她们是我的母亲，现在也是我的姐妹，因为我记得她们所做的一切。"

为此，她画出了华伦蒂和彼得的形象，用来表示"姐妹们"。

当彼得的脸出现时,安德记忆中带着恐惧和痛苦。"我不再害怕他了,"安德说,"也不恨他了,他最终成了一个伟大的人。"

但虫族女王并不相信。她从他的脑海中提取了他和彼得进行安塞波通话时那个老人的形象,将其与安德记忆深处彼得的孩子形象进行比较。他们太不一样了,不可能是同一个人,对此安德无法反驳。霸主彼得不是怪物彼得,也许他从来就不是,也许两者都是一种幻觉。但是,怪物彼得是深埋在安德记忆中的那个人,他不可能把他从记忆中抹去。他把茧放回它的藏身之处,锁上,然后把它放到了运往地面的行李车上。

维尔洛米实际上是来迎接飞船的,但她很快就声明,说她提供这种礼遇全是为了安德。她登上了飞船,与他交谈。

安德并不认为这是一个好兆头。当他们等待她上船时,安德对华伦蒂说:"她不希望我在这里,她想让我回到飞船上去。"

"等等看她想要什么,"华伦蒂说,"也许她只是想了解你的意图。"

当维尔洛米进来时,她看起来比安德在战争视频中看到的那个女孩要苍老得多。战败后,她经历了一两年消沉日子,之后又管理了一颗殖民星球长达十六年,这必然会产生影响。"感谢你们一早就让我来拜访。"她说。

"你太客气了,"安德说,"还亲自出来接见我们。"

"我必须先见见你们,"她说,"赶在你们正式在我们的殖民星球亮相之前。我保证,我没有告诉过任何人你们来了。"

"我相信,"安德说,"但你的话似乎暗示着人们知道我在这里。"

"不。"她说,"不,没有这样的传言,感谢神。"

安德想知道是哪个神,或者被誉为女神的她是否在感谢自己。

"格拉夫上校——哦,不管他当时的头衔是什么,对我来说他永远是格拉夫上校——告诉我他要求你过来,是因为当时他预料某对母子会有问题。"

"尼切尔·菲斯和兰德尔·菲斯。"安德说。

"是的,"她说,"碰巧,我也在准备阶段注意到了他们可能是潜在的威胁。当时我们在战斗学校,或者埃利斯岛——管它当时叫什么名字。所以我理解他的担忧。但我不明白的是,为什么他觉得你能比我处理得更好。"

"我不确定他认为我可以。也许他只是想让你有个帮手,我可以多出一些主意。他们后来造成麻烦了吗?"

"母亲就是个普通的神经质,离群索居,"维尔洛米说,"但她工作很努力。另外,即便她看起来对她的儿子有强烈的保护欲,但母子之间的关系并没有什么不正常的地方,比如她从未试图让儿子跟她同睡一张床,在他婴儿期之后也不会帮他洗澡。总之没有任何的危险迹象。他在婴儿时期小得像个玩具,但在很小的年纪就学会了走路、说话,令人难以置信。"

"他在童年时期个头也很小,"安德说,"直到青春期开始像正常人一样发育,然后就停不下来了。我猜他现在已经是个巨人了。"

"已经足足两米高了,还在继续长。"维尔洛米说,"你怎么知道的?"

"因为我知道他父母是谁。"

维尔洛米倒吸了一口气。"格拉夫知道他的生父是谁,但他没告诉我。要是他连完整的信息都不给我,怎么能指望我妥善处理这个情况呢?"

"请原谅,"安德说,"当时你还没得到广泛的信任。"

"确实。"她说,"既然他让我当总督,就应该告诉我。但那都是以前的事了,过去了。"

安德想知道格拉夫是不是也去世了。他找遍了所有的注册表，上面都没有格拉夫的名字，但他也没有过去那样的权限了。那时他是一颗殖民星球的新总督，但现在他根本没时间去进行深入的搜索。"格拉夫并不想让你一无所知，所以他告诉了我，让我来判断要告诉你多少。"

"所以你也不相信我？"她的声音听起来像在开玩笑，但也有点儿苦涩。

"我还不了解你。"安德说，"你曾向我的朋友开战，你从入侵者手中解放了自己的国家，后来你自己也成了一个充满复仇心的侵略者。我还不知道该如何处理这些信息，让我在了解你的过程中做决定吧。"

华伦蒂开口了，这还是他们打过招呼之后的第一次。"发生什么事了吗？为什么你向我们保证没有告诉任何人安德要来？"

维尔洛米转向她，恭敬地说："这关系到我和兰德尔·菲斯之间的长期斗争。"

"他不还是个孩子吗？"

维尔洛米苦笑了一下。"战斗学校的毕业生真的会对彼此说这种话吗？"

安德笑了。"显然不会。这种斗争持续多长时间了？"

"从他十二岁开始。他是个早熟的孩子，也是一流的演说家，轻易就俘获了星球上原来的居民，以及跟我一起来的非印度殖民者。最初，他是他们聪明的吉祥物，而现在更像是一个精神领袖，一个……"

"另一个维尔洛米。"安德说。

"是的。印度殖民者是怎样看待我的，他也成功地让那些追随者以同样的方式看待他。"她说，"但我从未声称自己是女神。"

"我们别争论这些老问题了。"

"我只是想让你知道真相。"

"不,维尔洛米。"华伦蒂再次插话,或者说维尔洛米看她的表情是这个意思,"你故意构建了女神的形象,当人们问你时,你会给出模棱两可的回答:'女神什么时候降临的?''女神会失败这么多次吗?'还有最具欺骗性也是最令人厌恶的话:'你觉得呢?'"

维尔洛米叹了口气。"你真是毫无同情心。"她说。

"错了。"华伦蒂说,"我同情你,只是不想保持礼貌。"

"没错。"维尔洛米说,"他通过观察我学会了我操控印度人的方式,知道他们如何崇拜我。他的社群没有一个统一的宗教和一个共同的传统,于是他成功地构建出了一个,利用了那本大家都知道的书——邪恶的《虫族女王传》。"

"为什么邪恶?"安德问。

"因为那是一堆谎言。谁能知道虫族女王的想法、感觉、记忆或意图?但对那些易受影响的傻瓜来说,这本书已经把他们心中的虫族变成了悲剧英雄,他们都争相背诵这本该死的书。"

安德笑了:"聪明的孩子。"

"什么?"维尔洛米问他,看起来很疑惑。

"我猜你告诉我这些,是因为他莫名其妙地声称自己是虫族女王的继承人。"

"荒谬绝伦,因为我们是第一颗没有建立在虫族文明遗迹上的殖民星。"

"那他是怎么做到的呢?"安德问。

"他声称,印度人——也就是总人口的百分之八十——只想在这里重建他们在地球上的文化,而他和其他人则在努力创造新的事物。他还胆敢发起所谓的'恒河原住民'运动,纯粹小儿科。他说我们印度人就像豺狼一样,在别人的土地上栖居,摧毁原住民,再窃取他们已有的一切。"

"人们相信他吗?"

"很奇怪,"她说,"没有那么多人相信他,大多数非印度裔的殖民者只想和平共处。"

"但确实有人相信他。"安德说。

"有几百万。"

"殖民者总人数都没那么多。"华伦蒂说。

"他不仅愚弄了本地居民,"维尔洛米说,"还通过安塞波把他的文章传出去,地球上大多数主要城市都有'恒河原住民'的分布。"

华伦蒂叹了口气:"我在网上只看到他们被称为'原住民',没有引起注意,原来是起源于这里?"

"他们把《虫族女王传》奉为圣经,把虫族视为精神先祖。"维尔洛米说,"然而,地球分部遵循的教义与兰德尔在这里宣扬的几乎完全相反。他们声称'地球自由人联盟'应该被废除,因为它抹去了地球上所有'真正的''本土的'文化。他们拒绝说通用语,大张旗鼓地追随本土宗教。"

"而在这里,兰德尔却因为同样的事谴责你们,"安德说,"因为你们保留了从地球带来的文化。"

"是的。"维尔洛米说,"但他声称这并不矛盾:这里并不是印度文化的发源地,而是一个新地方,所以他和他的'恒河的原住民'正在创造真正属于这个世界的本土文化,而不是打造地球旧有文化的复制品。"

安德又笑了。

"你觉得好笑吗?"维尔洛米说。

"当然不觉得。"安德说,"我只是在想,格拉夫真是个天才。

虽然不如他在战斗学校训练的那些孩子聪明,但当兰德尔还只是母亲怀里的婴儿时,他就知道他们会造成麻烦了。"

"还派你来救我。"她说。

"我觉得你并不需要拯救。"安德说。

"确实不需要,"她说,"我已经处理好了。他在我家里时,我故意激怒他,让他攻击了我。视频记录了一切,我们已经对他进行了审判并判处流放。他要回地球了,连同所有心怀不满、想和他一起走的人。"

安德摇了摇头。"难道你没有想过这正中他的下怀吗?"

"当然想过,但我不在乎,只要我不必再跟他打交道就行。"

安德叹了口气。"你当然得在乎,维尔洛米。如果他在那里已经有了追随者,又要被迫离开他所谓的'原住民世界',作为流亡者回到地球,那么你就是播下了一颗种子,他日后将推翻地球自由人联盟,打破彼得·维京好不容易创造的短暂和平,使地球再次陷入无边的战争和仇恨的混乱中。"

"那不是我该解决的问题。"维尔洛米说。

"我们这一代已经没有权力了,维尔洛米,"安德说,"除了几颗偏远的殖民星球。彼得已经死了,他的继任者只是个平庸之辈,你认为他们有能力对付兰德尔·菲斯吗?"

维洛米犹豫了一下:"不。"

"所以,如果你明知别人的身体无法抵御病毒,还故意让他们感染,这和谋杀有什么区别?"

维尔洛米把脸埋进了手里。"我知道。"她说,"我假装不知道,但我知道。"

"我还是不明白,"华伦蒂说,"为什么你对我们说的第一句话,是在辩解你没有告诉任何人安德要来?那有什么要紧?"

维尔洛米抬起脸。"因为从审判开始直到现在,他一直在利用你,还将自己与他那个怪物父亲联系起来,那个他自认为父亲的人。"

"详细一点儿。"华伦蒂提示道。

"他把你称为'异族屠灭者安德'。"维尔洛米说,"他说你是整个历史上最严重的战争罪犯,因为你杀光了这些世界所有的原住民,让强盗可以进来掠夺他们的房屋和土地。"

"可以预料。"安德说。

"彼得则被称为'异族屠灭者兄弟',因为他企图消灭地球上所有的本土文化。"

"哦,天哪。"安德说。

"阿喀琉斯·佛兰德斯并不是怪物,只是支持异族屠灭的党派需要这样宣传,说他才是唯一一个敢于反对彼得和安德邪恶计划的人。在战斗学校时他就试图阻止你,所以你的朋友就把他送回了地球,关到精神病院里。后来,当他逃脱并开始阻止霸主成为世界的独裁者时,彼得的宣传机器就开始发挥作用,对他进行诽谤。"维尔洛米叹了口气,"讽刺之处就在这儿。由于这一切,他假装对我非常敬重。他认为我是英雄,敢于跟异族屠灭者的战队对抗,包括韩楚、阿莱、佩查以及你的所有战友。"

"但他动手打了你。"

"他说是我挑衅了他,这是一个陷阱。他的体形那么壮硕,如果他想伤害我,那我就死定了。他只是想唤醒我,让我意识到我所相信和传播的谎言非常荒谬。他的追随者全盘接受了这种解释,或者根本不关心它是不是真的。"

"挺好的。即便我处于休眠状态,也被人发现了利用价值。"安德说。

"这不是开玩笑。"维尔洛米说,"在整个网络上,他的修正主义论调正在获得越来越多的支持。格拉夫军事法庭上的那些流言蜚语再次引发了关注，那些霸凌者的尸体照片——"

"哦，我能猜到。"安德说。

"在下飞船之前，"维尔洛米说，"你必须明白他不知道你会来，只是选择了这个时机引用你的名字。我想是因为我一直将阿喀琉斯的名字用作怪物的代名词，所以他决定提你的名字来把阿喀琉斯比下去。要不是那本满是谎言的《虫族女王传》，恐怕他还找不到那么多肥沃的土壤滋养他的胡言乱语。"

"他对我的指责确有其事。"安德说，"那些男孩死了，虫族也都死了。"

"但你不是杀人犯。你知道吗？我读过审判记录，我都清楚。我也在战斗学校待过，我同认识你的人交谈过，我们都知道那些成年人是如何影响我们、控制我们的。我们都清楚，你那具有毁灭性的自卫行为是军事教条完美的训练结果。"

安德对她的话置之不理，这是每当有人试图为他辩护时他的一贯做法。"好吧，维尔洛米。我不明白，你认为我应该做什么？"

"你可以回到飞船上去。"

"这就是你要我做的吗？"安德问。

"他不是来这儿接替你的工作的，"华伦蒂说，"他不会对你构成威胁。"

维尔洛米笑了。"我不是要赶走你的弟弟，华伦蒂，我欢迎他留下来。如果他留在这儿，我肯定会需要他的建议，也会接受他的帮助。对我个人而言，我很高兴有他在这里。兰德尔会把他所有的仇恨全部转移到安德身上，因此，请你留下吧。"

"我很高兴接到你的邀请，"安德说，"我接受。"

"别，"华伦蒂说，"这种情况会导致暴力发生。"

"我保证不会杀人，华伦蒂。"安德说。

"我说的是针对你的暴力。"她说。

"我也是。"安德说，"要是他煽动暴民，让他们陷入狂热的情绪——"

"不会。"维尔洛米说，"在这一点上，你没有什么可担心的，我们将全力保护你。"

"没有谁能够彻底保护任何人。"华伦蒂说。

"哦，我相信维尔洛米的人会做得很好。"安德说，"正如刚才所说，我接受你的盛情邀请。现在，让我们下船，上岸，好吗？"

"如你所愿。"维尔洛米说，"我给过你警告，也为你能留在这里感到高兴。另外，只要这艘飞船还在，你可以随时离开。当兰德尔向你发泄怒火时，那滋味可不好受，他说话很有蛊惑力。"

"只是说说？"安德说，"所以他不会使用暴力？"

"目前为止没有。"维尔洛米说。

"那我就安全了。"安德说，"谢谢你给我这个莫大的荣誉。请告诉人们我在这里，我也真的是那个安德·维京。"

"你确定吗？"维尔洛米问。

"精神病人总是很确定。"华伦蒂说。

安德笑了，维洛米也跟着笑了一下，还有点儿紧张。"今晚，我想邀请你们共进晚餐。"维尔洛米说，"只是我吃得很少，这算我的个人习惯。另外，作为一个印度教徒，我只吃素。"

"听起来真不错。"华伦蒂说。

"请告诉我们时间和地点，我们一定去。"安德说。

维尔洛米又说了几句话告别，就离开了。

华伦蒂转向安德，表情愤怒而悲伤："你把我带来是为了看你死吗？"

"我没有带你来任何地方，"安德说，"是你跟着来的。"

"你没有回答我的问题。"

"每个人都会死，华伦蒂。我们的父母都死了，彼得也死了，格拉夫现在可能也死了。"

"安德，你忘了我了解你。"华伦蒂说，"你已经决定要去送死，你要激怒这个男孩来杀了你。"

"你为什么会这样想？"

"想想你用的密码吧，安德！你不能永远带着负罪感生活。"

"不是负罪感，华尔，"安德说，"是责任。"

"不要让这个男孩杀了你。"华伦蒂说。

"我不让任何人做任何事，这样如何？"

"我应该待在家里，看彼得征服世界的。"

"哦，不，华伦蒂，我们目前所处的时空轨道更有趣。"

"我不会像你一样虚度光阴的，安德。我有工作要完成，我要写我的历史，我不会背负你的死亡心愿。"

"如果我想死，"安德说，"当年在战斗学校的浴室里，我就会让邦佐·马利德和他的朋友们把我的脑袋打开花。"

"我了解你。"华伦蒂说。

"我知道你自以为了解。"安德说，"如果我死了，你会认为肯定是我主动的选择。实际情况要复杂得多。总之我并不打算死，但我也不害怕冒死的风险。有时为了取得胜利，士兵必须把自己置于危险的境地。"

"这不是你的战争。"华伦蒂说。

安德笑了："这永远都是我的战争。"

CHAPTER 22

第二十二章

收件人：VWiggin%Ganges@ColLeague.Adm/voy
发件人：AWiggin%Ganges@ColLeague.Adm/voy
主题：如果我死了

亲爱的华尔：

　　我不认为我会死，我希望还能活着。在这种情况下，你不会收到这封信，因为我会继续发送"不投递"代码，直到即将发生的对抗结束。这是关于那个箱子的，开箱的密码是你六岁时最喜欢的毛绒玩具的名字。当你拿到里面的东西时，请把它捧在手心好好地感受一段时间。如果你有了什么好想法，那就行动起来，否则请将它按原样重新包好，并把它寄给莎士比亚星上的阿布拉·托洛。请附上这样的信息："这就是我那天发现的东西，请不要让它被毁掉。"

　　但你应该不需要这样做，因为我想我会赢得这场战斗，一如既往。

爱你的
苛刻又神秘的弟弟

安德
或者，我想我现在应该安息了

  由于这艘星际飞船没有满载新的殖民者而来，对安得拉市的大多数人来说几乎没什么影响。当然，每个人都出来观看飞船降落。开始装卸贸易货物和物资时，人群出现了一些骚动，不过，这些工作都很机械，大家很快就失去了兴趣，回到了工作中。那些听说维尔洛米总督去飞船上访问的人认为这是礼仪周到的表现，但很少有人知道或关心一般的礼节是什么，所以也没有意识到它有什么不同。而那些对传统有所了解的人只把它看作维尔洛米性格的一部分，或者是她故作姿态，没有要求访客来拜访她。

  直到当天晚餐时间，看到有陌生人前往维尔洛米的房子时——阿喀琉斯和他的"恒河原住民"伙伴喜欢将其称为"总督府邸"——人们的好奇心才被激发出来。客人是一个十多岁的男孩和一个大约二十岁的年轻女性。他们为什么会成为飞船上唯一的乘客？为什么维尔洛米要给他们特殊的礼遇？他们是新殖民者还是政府官员，或者是别的什么人？

  这艘飞船原定是要把阿喀琉斯流放到别处的，因为他犯下了殴打总督的"罪行"。他自然急于找出任何可以破坏计划的东西。这些客人不同寻常、出乎意料，既没有通知，也没有解释。这就意味着他们给阿喀琉斯提供了一个机会，至少可以让维尔洛米难堪。如果顺利的话，还能挫败甚至毁掉她。

  他的支持者花了两天时间与飞船上的工作人员混熟了，最终拿到了名单，知道了乘客的名字：华伦蒂·维京，学生；安德鲁·维京，学生。

  学生？

阿喀琉斯甚至不需要查阅资料。这艘飞船上一次停靠的地点是莎士比亚星，而在飞船到达之前，莎士比亚星的总督是安德鲁·维京。他是退役的国际联合舰队上将，也是在第三次虫族战争中备受赞誉的指挥官，经历过两次光速的星际旅行。阿喀琉斯的年龄和这个男孩的年龄正相符。他还算男孩吗？他比阿喀琉斯还大一岁。

维京的身材很高大，但阿喀琉斯更高更壮；维京被选入战斗学校是因为天资聪颖，而阿喀琉斯一生中还从未遇到比他更聪明的人。维尔洛米的聪明是属于战斗学校级别的，她会忘记的事阿喀琉斯都能记得，她会忽略的细节阿喀琉斯都会留意。她只能提前预判两步，而阿喀琉斯可以多考虑十步。即便如此，她已经是最接近他对手的人了。

阿喀琉斯已经学会了隐藏自己的智慧，假装平等地对待他人。但他知道真相，并仰仗这点生存：他比别人更快、更聪明、更深刻、更巧妙。难道不是他，一颗遥远殖民星球上的普通男孩，仅靠最低优先级的安塞波通信，就成功在地球上掀起了一场重要的政治运动吗？

不过，即使是聪明人，有时也要仰仗运气。显然，维京此刻的到访正属于这种情况。他不可能知道他来的这颗殖民星球上住着阿喀琉斯大帝的儿子。当年是安德的哥哥一手策划了谋杀阿喀琉斯的计划。而今，这个"名叫兰德尔的阿喀琉斯"怎么也没想到，就在他向安德·维京的声誉发起攻击、给他贴上"异族屠灭者"标签时，安德·维京本人会在一个月之内来到维尔洛米家吃晚餐。

拍几张维尔洛米和维京在一起的照片易如反掌。同样，从网络上找到霸主彼得与安德同龄时的照片也是轻而易举。安德和彼得长得很像，只要将他们的照片并列在一起，任何人都能一眼看出他们是兄弟。接下来，阿喀琉斯只要再放出安德和维尔洛米在一起的照片，大家就能看到彼得的弟弟与恒河星的反原住民总督勾搭在一起了。

至于当初彼得为什么要把维尔洛米流放，这其实无关紧要。阿喀琉斯认为这是明显的障眼法：维尔洛米一直是彼得计划的一部分。如果有人怀疑，那此时她与安德·维京的交往就证明了这一点。

现在，阿喀琉斯可以把他遭到流放的事实描绘成维尔洛米和她的维京主人之间达成阴谋的结果了，安德的姐姐也脱不了干系。他们把他放逐，以便在恒河星上畅通无阻地施行维京反原住民、屠灭异族的阴谋。

尽管这个故事要花一个星期才能传到地球，但计算机的工作是客观公正的，维尔洛米无法阻止他发送这些内容。而在当地，故事和图片立即被传到网上，阿喀琉斯心满意足地看着人们开始密切关注维京的一举一动。阿喀琉斯的指控形成了一种先入为主的印象，人们戴着这种滤镜去解读维京的言行。即使是那些原本对阿喀琉斯抱有怀疑或敌意的印度人也被这些照片说服了，认为他没有撒谎：到底是怎么回事？

维尔洛米，我终于让你付出了代价。你攻击了我的父亲，也通过他攻击了我。你企图流放我，希望我那讨厌的母亲也能随我一起消失。那么，作为回应，我就攻击安德·维京，并通过他攻击你。谁让你在我最需要的时刻好心收留了他，把他作为贵宾接待？

在向安德·维京公开发难的三天后，阿喀琉斯采取了下一步行动。这一次，他利用一个代笔人——一个头脑精明的支持者，擅长组织语言、撰写文章——发表指控，假装否认维尔洛米的计划是除掉兰德尔·菲斯。传言中说她会安排安德·维京本人在前往地球的途中杀掉他。尽管表面上是把兰德尔遣送到流放地，但实际上人们再也不会见到他。

因为兰德尔·菲斯不仅得罪了维京兄弟的走狗维尔洛米，还揭穿了整个联盟政府的阴谋。他必须被灭口，故事就是这样。但是，目前没有任何证据可以证实这一说法，所以这完全就是无稽之谈，我们必须对此加以否定。那么，我们还能从何种角度解释维京与维尔洛米的多次秘密会面？

兰德尔·菲斯本人在接受询问时声称，维尔洛米聪明绝顶，就算她计划对菲斯采取任何暴力行动，也不可能与维京公开勾结。因此，他毫不担心。

但我们想知道，维尔洛米是否早已预料菲斯会做出这种假设，故意让他放下防备？她是否会坚持让他进入休眠状态，再让船上的维京确保他永远不会再醒来？要伪装成一个意外太容易了。

菲斯的勇敢可能会害了自己，他的朋友比他自己更担心他的安危。

阿喀琉斯的这一次出击得到了维尔洛米的回应，而这正是他想要的。"安德鲁·维京的来访是一个明显的巧合。他启程时，兰德尔·菲斯还是星际飞船上的一个婴儿，恒河星甚至没有建立起来。"

"这个否认苍白无力。"阿喀琉斯的代笔写道，"维尔洛米说维京出现在这里是个巧合，但她没说兰德尔·菲斯在'流放'的途中不会受到维京摆布，或者像有些人断言的那样成为他的'死亡之旅'。"

争论愈演愈烈，殖民地持不同观点的人分裂为好几派。阿喀琉斯高兴地注意到甚至有印度人站在他们这一边，认为："不能把兰德尔和维京送上同一艘飞船。""维京不就是那个谋杀过两个儿童的凶手吗？""兰德尔·菲斯罪不至死。"

一股风潮正在形成，支持给兰德尔·菲斯减刑并将其留在恒河星的呼声越来越高。同时，甚至有人提出应该以反人类罪逮捕安德·维京。阿喀琉斯通过发表反对声明来大肆宣传这些提议。他写道："即便是屠灭异族的滔天大罪，诉讼时效也已经过了。自安德·维京消灭虫族女王以来已经过去整整六十一年了，现在还有哪个法庭有管辖权呢？"

此事在地球上掀起了更大的波澜。由于需求强烈，所有出自阿喀琉斯及其代笔的文章都被提高了优先级，通过安塞波第一时间传送出去。在地球上，有人公开要求国际联合舰队逮捕安德鲁·维京，并将他带回地球受审。民意调查显示，一小撮人要求对虫族女王的谋杀案进行公正审判，而这部分人正得到越来越广泛的支持。

现在，是兰德尔·菲斯与安德·维京正面交锋的时刻了。

这不难安排。阿喀琉斯的支持者们一直监视着维京姐弟。一天早晨，当安德和他姐姐以及总督沿着大河岸边走过来时，他们遇到了孤身一人的阿喀琉斯。

维尔洛米看到他时愣了一下，想带安德走开，但维京大步朝前走了过去，向阿喀琉斯伸出了手。"我一直想见见你，菲斯先生。"他说，"我是安德鲁·维京。"

"我知道你是谁。"阿喀琉斯说，声音中流露出轻蔑和欢快。

"哦，我想你知道的不多。"安德说，他表现出来的笑意更明显了，"但我早就想见你了，不过总督好像一直试图让我们保持距离。我知道你也在盼望这一刻。"

阿喀琉斯想说：你对我有什么了解？但他知道那正是维京希望他说的——维京想决定谈话的进程。所以他问了别的问题："你为什么想见我？我想你是名人。"

"噢，我们两个都很有名。"安德说，他直接笑出了声，"我是因为我所做的事而出名，你则是因为你所说的话而出名。"

说完，安德继续保持微笑。

他是在嘲笑我吗？

"你是不是想引诱我采取一些不恰当的行动，维京先生？"

"请叫我安德鲁。"安德说。

"一个基督教圣人的名字。"阿喀琉斯说，"我更愿意用恐怖的战争罪犯的名字称呼你，安德。"

"如果有办法让虫族女王复活，"安德说，"恢复她们过往的荣耀和力量，你会这么做吗，菲斯先生？"

阿喀琉斯一眼就看穿了这个陷阱。阅读《虫族女王传》，为一个消失的种族流泪是一回事，希望她们卷土重来则是另一回事。这就如同直接授意媒体发表头条新闻，说"原住民运动的领袖将带领虫族回归"。

"我不喜欢假设。"阿喀琉斯说。

"但你对我的指控也是基于假设，说我计划在返回地球的途中杀死睡梦中的你。"

"那不是我说的，"阿喀琉斯说，"我只在为你辩护时引用过。"

"你所谓的'辩护'是其他人了解这项指控的唯一途径。"安德说，"别以为你骗过了我。"

"谁骗得了你这样的天才呢？"

"好了，我们已经吵得够多了。我只是想看看你。"

阿喀琉斯浮夸地转了一个圈，好让安德能三百六十度全方位地审视他。

"这样够了吗？"

突然间，安德的眼睛里涌出了泪水。

他现在又在耍什么花样?

"谢谢你。"安德说。然后他转身离开,重新回到了他姐姐和总督的身边。

"等等。"阿喀琉斯说。他不明白那张泪眼婆娑的脸是什么意思,这让他感到不安。但安德没有等,也没有回头,径直走到其他人身边。他们转身离开河边,走回城里。

阿喀琉斯一直在用变焦镜头和麦克风录制他们的对话,他本来想把这次对峙做成宣传视频的。他原本计划激怒安德,让他发表一些冲动的言论或站不住脚的辩解,哪怕是拍下他发火的一个片段也好。但安德不为所动,没有掉进任何陷阱。而且,最后那一点儿哀伤的情绪很可能是他布下或启动的一个陷阱,而阿喀琉斯还不知道这个陷阱具体是什么。

这次遭遇无论从哪个方面看都不令人满意。然而,阿喀琉斯又无法向他的追随者解释为什么他不想使用他们费尽心思制作的视频。因此,他只好让他们发布了出去,然后提心吊胆地等待结果。

地球上的人也不知道该如何解读这件事。评论家当然注意到了安德眼中的泪水,他们进行了许多猜测。一些原住民主义者宣称那是鳄鱼的眼泪,是掠食者为受害者即将迎来的悲惨命运而哭;也有人看出了别的东西:"安德·维京看起来并不像他被塑造成的杀手和怪物的角色,相反,他似乎是一个温和的年轻人,对这场显然是计划好的对峙感到困惑不解。在我看来,最后那些虚伪的眼泪是一种怜悯,甚至可能是对挑战者的爱。到底是谁试图挑起这场争斗?"

这种言论很可怕,但好在只是众多声音中的一个。阿喀琉斯在地球上的支持者很快就回应说:谁敢挑衅异族屠灭者安德?那样的人从来没有好下场。

从小到大，阿喀琉斯都能掌控一切。即便发生了意想不到的事情，他也能迅速适应，理性分析，从中学习。而这一次，他不知道要学什么。"我不知道他在干什么，妈妈。"阿喀琉斯说。

她抚摸着他的头。"哦，我可怜的宝贝。"她说，"你当然不知道。你是如此纯真，就像你父亲一样。他也从未识破他们的阴谋，他信任那个混蛋苏利亚翁。"

阿喀琉斯其实不喜欢她这样说话。"轮不到我们来同情他，妈妈。"

"但我愿意。他有这么伟大的天赋，但最后，他轻信他人的天性背叛了他。这是他悲剧性的弱点，他太善良、太美好了。"

阿喀琉斯研究过他父亲的生平，他的性格中有强大和坚韧，以及愿意做任何必要事情的决心。然而，同情心和信任别人并不是阿喀琉斯大帝的突出品质。就让母亲按照她的意愿来缅怀他吧，毕竟她现在不是又"想起"阿喀琉斯大帝曾亲自拜访她，为了生一个儿子与她发生了关系吗？可是，在他小时候，她从没说过这样的话，只谈到过那个安排她受孕的使者，将她的卵子与阿喀琉斯宝贵的精子相结合。这件事加上其他许多记忆改变的例子，让他知道她不再是一个可靠的证人。

但她是唯一知道他真实姓名的人，且全身心地爱着他。他可以毫无顾忌地与她交谈，不必担心受到责难。"这个安德·维京，"他说，"我读不懂他。"

"我很高兴你无法理解一个魔鬼的思想。"

阿喀琉斯对安德发起宣传攻势之后，她才开始称呼他为"魔鬼"。她一直没把安德·维京放在眼里，因为他从未真正与她心爱的阿喀琉斯·佛兰德斯作战，即便他的哥哥有过。

"我现在不知道该拿他怎么办，妈妈。"

"嗯,你当然要为你父亲报仇。"

"不是安德杀的他。"

"他是个杀手,他应该死。"

"不该死在我手上,妈妈。"

"由阿喀琉斯大帝的儿子杀死怪物,"母亲说,"没有比你更好的人选了。"

"他们会说我是杀人犯。"

"他们也用这个名字称呼你父亲。"她说,"你比他强吗?"

"不,妈妈。"

她似乎认为讨论应该到此结束了,他感到很不安。她是在说希望他去谋杀一个人吗?

"霸主杀了我的阿喀琉斯,就让他最亲近的人付出代价吧。"她说,"彻底铲除维京家族,斩断恶毒的血脉。"

哦,不,她又陷入了血腥的复仇情绪中。好吧,这是他招惹来的,不是吗?他清楚应该怎么做,现在必须耐心听她说完。她喋喋不休,说只有流血才能抹去严重的罪恶。"彼得·维京在我们航行途中死于心脏病,算他运气好。"她说,"现在他的弟弟和妹妹来找我们了,你怎么能轻易放过命运送到你手里的东西呢?"

"我不是杀人犯,妈妈。"

"为你父亲的死复仇不是谋杀。你以为你是谁?哈姆雷特吗?"她接着说个不停。

通常,当她像这样爆发时,阿喀琉斯只会左耳朵进,右耳朵出。但现在,这些话深深触动了他,让他真的感觉是某种命运的预示在这时把维京带到了他面前。这很不理性,但只有数学是理性的,而且也并非总是如此。现实世界中发生过非理性的事,也发生过不可能的巧合,因为概率只说明巧合很少发生,并不是永不发生。

因此,他没有忽略她,而是开始思考:**我该如何安排才能既让安德·维京去死,又不必亲自动手?**

从这个疑问出发,他继续构思一个更微妙的计划:**我已经毁了安德·维京一半,怎样才能完成这个过程?**

杀了维京将使他成为殉道者。但是,如果能激怒维京让他再次杀人——杀死另一个孩子——他将永远被摧毁。这是他的行为模式:察觉到对手的存在,诱使他进行攻击,然后再出于自卫杀死对方。他已经这么干了两次,两次都逃脱了责罚。但他的庇护者不在了,他几乎可以肯定他们全死光了,剩下的只有事实。

"我能让他再次遵循这个模式吗?"

他把自己的想法告诉了母亲。

"你在说什么?"她问。

"如果他再次杀人,这次是一个十六岁的孩子——别管那孩子多高,总之他还是个孩子——那么安德的声誉将永远被摧毁。这次他们会把他绳之以法,判定有罪。他们不可能相信他三次都是碰巧因为'正当防卫'而杀人!这会是一种更彻底的毁灭,不仅仅是结束他的生命,我将永远毁掉他的名誉。"

"你说要让他杀了你?"

"妈妈,人们不必被安德·维京杀死,他们只需为他提供一个契机,其余的他自己就能完成。"

"但你呢?会死吗?"

"正如你所说的,妈妈,为了消灭父亲的敌人,任何牺牲都是值得的。"

她一跃而起:"我生下你不是为了让你放弃自己的生命!你比他高半个头——与你相比,他是个侏儒,怎么杀得了你?"

"他接受过军事训练,不久之前还是个士兵,妈妈,再看看我被训练成了什么？一个农民、技工。我能做的就是碰巧需要身材高大强壮、头脑聪明的青年做的零工，不是战争，不是打仗。我已经很久没和人打过架了，除了小时候。那时我个头太小，不得不一直跟别人打斗，防止被欺负。"

"你父亲和我生下你，不是为了让你像你父亲一样死在维京家人的手里！"

"严格来说，父亲是死于德尔菲克家人之手的。具体来说，是朱利安。"

"德尔菲克、维京，他们是同一枚硬币的两面。我不允许你让他杀你。"

"我告诉过你，妈妈，他会找到办法的。这是他的工作，他是个战士。"

"不！"

他花了两个小时才让她平静下来。在这之前，他不得不一直忍受她的哭泣和尖叫——他知道邻居一定在偷听，努力想弄清楚发生了什么。但最终，她还是睡着了。

他去了库存管理办公室，用那里的计算机给维京发了一条信息：

我相信我对你有误判。我们如何才能结束这一切？

他本以为要等到第二天，结果还没来得及退出登录，回复就来了：

你想在哪里见面？什么时候？

事情真的会这么简单吗？

时间和地点并不太重要，只要不受维尔洛米和她的手下干扰就行。另外还应该有足够的光线，可以拍摄视频。要是没有把一切记录下来，就是白白为他父亲送死了——维京可以随意编造事实，逍遥法外，再去杀人。

他们定好了时间地点，阿喀琉斯退出了。

然后他一直坐在那儿，瑟瑟发抖。我做了什么？这真的是安德·维京。我真的亲手安排了自己的死期。我比他更高大强壮，但死在他手里的那两个男孩也是，此外还有虫族女王，想想他们的下场。安德·维京没有输过。

但这就是我出生的目的，是母亲从婴儿时期就灌输给我的东西。我的存在是为了给父亲正名，为了摧毁联盟政府，为了推翻彼得·维京建立起的一切。好吧，也许这不现实，但至少我可以扳倒彼得·维京。我要让他杀了我，让全世界目睹整个过程。母亲会伤心的，但悲伤就是她生命的底色。

如果安德真有那么聪明，他一定知道我在计划什么，不可能相信我会突然改变主意。这是一个显而易见的计划，我怎么愚弄得了安德·维京呢？他一定能猜到我会让人录下一切。

但也许他想不到必须杀掉我，也许他认为我是一个很容易对付的对手，而他可以在不杀死我的情况下击败我。也许他认为我是一个大傻瓜，甚至不可能打中他。

也许我高估了他的智慧。毕竟，他经历了一场与外星敌人的战争，却从未怀疑过那是计算机游戏或者模拟训练。这有多蠢啊？

我会去的，看看会发生什么。我已经做好了赴死的准备，但前提是我能够打败他。

两天后，天一亮，他们就在堆肥箱后面会面了。这里臭气熏天，没人会来，除非确有必要，否则大家都会主动避开。而且，只有在一天的工作结束后，才会有人来倾倒植物废物。他的朋友已经安好了摄像机，覆盖了整个区域，他们说的每一个字都会被记录下来。安德可能已经猜到了这点——阿喀琉斯不是在网上做了所有的宣传工作吗？但即便安德走开了，这次的对峙可能也是激烈的，结果会对他不利；而要是他没走，阿喀琉斯可能根本就不会使用录像。

会面的前一天，阿喀琉斯曾数次想到死亡的可能性，每一次都像是换了一个人在接收这个消息。有时候，这简直好笑——阿喀琉斯是那么高大，也更强壮，手臂更长、体重更重；而其他时候，死亡又好像不可避免，且毫无意义。他心想：我是多么愚蠢啊。牺牲自己的生命，只是为了对死者展现出某种空洞的姿态。

但是到了最后，他意识到：我这样做不是为了父亲，也不是因为母亲从小给我灌输的复仇意识，我是为了全人类的利益。历史上那些犯下可怕罪行的禽兽几乎从未被追究过责任。他们或死于年迈，或在舒适的流放生涯中度过余生，或者因为失败而自杀。

成为安德·维京的最后一名受害者是值得的，不是为了一些私人的家庭纷争，而是因为世界必须看到，像安德·维京这样的罪恶滔天的犯人并没有逍遥法外。他们罪行累累，最终被绳之以法。

我将是最后一名受害者，以自我牺牲来扳倒异族屠灭者安德。

然而，他内心的另一部分却说：不要被你自己的宣传欺骗了。

那一部分在说：*活下去！*

但他回应了这些声音：如果只有一件关于安德·维京的事是真实的，那就是他不能忍受失败。这就是我引诱他的方式：我将让他面对失败，而他会为了避免失败而出手。当他杀了我，他就真的被打败了。这就是他的致命缺陷，可以用来操控他。

此时，在阿喀琉斯的内心深处，一个问题渐渐浮出水面，让他不得不面对：如果真是这样，这难道不意味着这并不是安德·维京的错，而是因为他真的别无选择，只能消灭他的敌人？

但阿喀琉斯立即压抑了这种想法，停止了内心的争论。我们都只是基因和教养的产物，与我们一生中的随机事件结合。"过错"和"责备"是幼稚的概念。重要的是，安德的行为是可怕的，除非被制止，否则他以后还将继续犯罪。就像现在，他可能永远活下去，不时从这里或那里冒头制造麻烦。但我会结束这一切，不是为了复仇，而是采取预防措施，因为他将成为一个典型，让其他像他一样的怪物在大规模杀人之前就被制止。

安德从阴影中现身。"嘿，阿喀琉斯。"

过了半秒——半步的距离——阿喀琉斯才意识到安德在用什么名字称呼他。

"你在私下里叫自己的名字，"安德说，"在你的梦中。"

他怎么会知道？他到底是什么人？

阿喀琉斯说："你无法进入我的梦。"

"我想让你知道，"安德说，"我一直在恳求维尔洛米为你减刑，因为我必须乘坐这艘飞船离开，但并不想回地球。"

"我想你也不会。"阿喀琉斯说，"在那里，有人大叫着想要你的命。"

"眼下是这样，"安德说，"但这些事来得快，去得也快。"

没有明显的迹象表明他知道阿喀琉斯是一切的主使。

"我有个任务要完成，把你作为流放者带回地球会浪费我的时间。我想她几乎已经被我说服了，地球自由人联盟从未授权总督，让他们把不受欢迎的殖民者扔回去。"

"我并不害怕回地球。"

"而这正是我所担心的，你做这一切是希望被送回去：'请不要把我扔到荆棘丛里！'[1]"

"在战斗学校里，他们在睡前给你读《雷穆斯叔叔的故事》吗？"阿喀琉斯问。

"在我去之前，你母亲给你读过那些故事吗？"

阿喀琉斯意识到他被带偏了，便坚决地回到了原来的话题上。"我说过我不害怕回地球，"阿喀琉斯说，"我也不认为你会一直为我向维尔洛米求情。"

"你愿意相信什么就相信吧。"安德说，"你一生都被谎言所包围，当真实的东西终于显现时，谁指望你能注意到呢？"

开始了，通过嘲弄阿喀琉斯，激怒他采取行动。但安德不明白的是，阿喀琉斯来这里正是为了被激怒，好让安德以"自卫"之名杀死他。

"你是说我的母亲是骗子吗？"

"你难道从没想过你为什么这么高大吗？你的母亲并不高，阿喀琉斯·佛兰德斯也不高。"

"也许他还没长到最高的时候，但我们永远也没机会知道了。"阿喀琉斯说。

"我知道你这么高大的原因。"安德说，"这是一种遗传性状，你一生都会以单一、稳定的速度生长。小时候很矮小，然后，当其他孩子在青春期突然发育长高时，你的体形保持正常，比他们长得慢；但当他们停止生长时，你还会继续长高，并将持续至死。你现

---

[1] 出自美国民间故事集《雷穆斯叔叔的故事》中的《狐狸先生、兔子先生和荆棘丛》。故事讲述被狐狸抓住的兔子故意求狐狸不要把他扔到荆棘丛里，狐狸以为兔子真的害怕荆棘丛，便将其扔了进去，兔子得以逃脱。

在十六岁,可能到了二十一或二十二岁时,就因为心脏无力给一个过于庞大的身躯供血而衰竭死亡。"

阿喀琉斯不知对此该作何反应。他在说什么?告诉阿喀琉斯他将在二十多岁时死去?这是不是某种巫术,为了让对手感到不安?但安德还没说完。"你的一些兄弟姐妹也有这种遗传病,另一些则没有。我们不知道你的情况,没有确切的把握。直到我看到了你,意识到你正在长成一个巨人,就像你父亲一样。"

"不要提我的父亲。"阿喀琉斯说。与此同时,他心里想:为什么我会害怕你说的话?为什么我这么生气?

"但无论如何,我还是很高兴见到你,尽管你的生命非常短暂,令人悲伤。我看着你,当你那样转过身来嘲笑我时,我从你身上看到了你父母的影子。"

"我的母亲?我看起来一点儿也不像她。"

"我指的不是抚养你的代孕母亲。"

"所以你现在企图激怒我,让我攻击你,就跟维尔洛米一样,"阿喀琉斯说,"可惜这行不通。"然而在他说这句话时,这种方法正在奏效,他也愿意让愤怒在内心酝酿升腾,因为他必须让人相信,是安德刺激他出手。这样的话,当安德杀死他时,每个看到视频的人都会知道这根本不是自卫,而且从来都不是自卫。

"在战斗学校的所有孩子中,我最了解你父亲。你知道吗?他比我强。所有的人都知道他更快、更聪明,但他一直对我忠心耿耿。在最后一刻,当一切看起来如此无望时,他仍然知道该怎么做。实际上,是他告诉了我该怎么做,但最后他还是把荣誉给了我。他非常慷慨和伟大,当我得知他的身体情况时,难过得心都碎了。他的基因背叛了他,就像现在背叛你一样。"

"是苏利亚翁背叛了他。"阿喀琉斯说,"朱利安·德尔菲克杀了他。"

"而你的母亲,"安德说,"她是我的庇护者。当我被分配到一支军队里时,指挥官讨厌我,而她是那个收留我的人。我依赖她、信任她,她竭尽全力,从未让我失望。听说她和你父亲结婚时,我发自肺腑地感到高兴。但后来你父亲死了,她最后嫁给了我哥哥。"

阿喀琉斯几乎无法消化这一切,他怒火中烧,双目眩晕。"佩查·阿卡莉?你说佩查·阿卡莉是我的母亲?你疯了吗?是她第一个为我父亲布下了陷阱,引诱他——"

"别这样,阿喀琉斯。"安德说,"你现在已经十六岁了,难道还没认识到是你的代孕母亲疯了吗?"

"她是我的亲生母亲!"阿喀琉斯喊道。作为补充,他轻轻地说:"而且她不疯。"

这不对。他在说什么?这到底是什么游戏?

"你和他们长得一模一样。不过比起母亲,你更像你父亲。当我看到你时,就像见到了我亲爱的朋友'豆子'。"

"朱利安·德尔菲克不是我的父亲!"阿喀琉斯几乎被愤怒冲昏了头脑,他的心怦怦直跳,事情正朝着预想的方向发展。

除了一件事。他稳稳地站在地上,没有去攻击安德·维京,只是站在那里承受着一切。就在这时,华伦蒂·维京跑了进来,站在了堆肥箱的后面。

"你在做什么?你疯了吗?"

"一言难尽。"安德说。

"离开这里,"她说,"他不值得你这样做。"

"华伦蒂,"他说,"你不了解情况。要是你现在出手干涉任何事,你会毁掉我的,明白吗?我有没有对你撒过谎?"

"家常便饭。"

"不告诉你一些事并不算说谎。"安德说。

"我不会让这件事发生的,我知道你在计划什么。"

"恕我直言,华尔,你什么都不知道。"

"我了解你,安德,比你自己更了解你。"

"但你不了解这个男孩。他以怪物自居,因为他以为那个疯子是他的父亲。"

有那么一会儿,阿喀琉斯的怒火消散了,但现在又回来了:"我父亲是个天才。"

"天才和怪物并不矛盾。"华伦蒂不屑地说。她又对安德说,"这不会让他们起死回生。"

"现在,"安德说,"如果你爱我,就闭嘴吧。"

他的声音就像鞭子一样,并不响亮,却很尖锐,精准打击目标。她像受到鞭笞一般退缩了。她张开嘴,刚想回答。

"如果你爱我的话。"他说。

"我觉得你弟弟想告诉你的是,"阿喀琉斯说,"他有一个计划。"

"我的计划,"安德说,"就是告诉你,你是谁。朱利安·德尔菲克和佩查·阿卡莉躲躲藏藏地生活,因为阿喀琉斯·佛兰德斯手下的特工在追杀他们,主要是因为他曾经病态地追求过佩查。"

愤怒又在阿喀琉斯心中升腾,而他沉溺其中。华伦蒂的到来几乎毁了一切。

"他们把九个受精卵委托给了一位医生,医生承诺可以消除巨人症这种基因缺陷。但他是个骗子,你现在的身体状况证明了这点。他实际在为阿喀琉斯工作,偷走了这些胚胎。你的母亲生下了一个孩子,我们发现还有七个被植入代孕母亲的体内。但希伦·格拉夫一直怀疑,他们之所以能找到那七个,是阿喀琉斯故意设的计,诱使搜索者相信他们的方法行之有效。格拉夫了解阿喀琉斯,确信第九个婴儿不会以同样的方法被找到。然后，就有了你的母亲向希伦·格拉夫吐口水的事。他开始调查她的过去，发现她的名字不是尼切尔·菲斯，而是兰迪·约翰逊。而当他查看DNA记录时，发现你和你所谓的母亲没有相同的基因。无论从何种角度来说，你都不是她的亲生孩子。"

"你在说谎，"阿喀琉斯说，"你说这话只是为了激怒我。"

"这是真的，我说出来只是希望解放你。其他孩子被找到了，回到了父母的身边。他们中的五个人没有得你这种巨人症的遗传病，而且都还活着，在地球上：贝拉、安德鲁——必须指出，他是以我的名字命名的——朱利安三世、佩查和拉蒙。你有三个兄弟姐妹是巨人——安德、辛辛那提、卡洛塔——当然他们现在已经去世了。你是剩下的那个，是他们放弃寻找的那个失踪的孩子，他们从未命名的那一个，但你的姓是德尔菲克。我认识你的父母，我深深地爱着他们。你也不是怪物的孩子，你是两个有史以来最好的人生的孩子。"

"朱利安·德尔菲克才是怪物！"阿喀琉斯喊道，向安德扑了过去。

令他惊讶的是，安德没有做出任何回避动作。阿喀琉斯一拳正中要害，把安德打倒在地。

"不！"华伦蒂喊道。

安德镇定地站了起来，重新面对他。"你知道我告诉你的是事实，"安德说，"所以你才这么生气。"

"我生气是因为你说我是杀人犯的儿子，他杀了我父亲！"

"阿喀琉斯·佛兰德斯杀了所有向他示好的人。他杀了帮助他治疗瘸腿的修女，杀了给他做手术的医生。当他在鹿特丹街头当小混混的时候，一个女孩收留了他，他假装爱她，后来却掐死了她，还把尸体扔进了莱茵河里。他炸毁了你父亲居住的房子,企图杀死他和他全家。他绑架了佩查,想勾引她,却遭到了她的鄙视。她爱的是朱利安·德尔菲克。你是他们的孩子,是他们爱和希望的结晶。"

阿喀琉斯再次冲向他,但故意显得很笨拙,这样安德就有足够的时间阻挡他,向他发动攻击。

但这一次,安德还是没有采取任何行动。他承受了这一击,这次是打在腹部的一记重拳。安德倒在地上,发出喘息,痛得呕吐。

然后,他又站了起来。"我比你更了解你自己。"安德说。

"你满口谎言。"阿喀琉斯说。

"再也不要用那个耻辱的名字称呼自己了,你不是阿喀琉斯,你的父亲是为世界除掉了那个怪物的英雄。"

阿喀琉斯再次向他出手,这次他缓慢地走了过来,用拳头狠狠地砸安德的鼻子,把安德的鼻梁打断了。鲜血喷涌而出,几乎瞬间就染红了他身上的衬衫。

当安德摇摇晃晃地跪倒在地时,华伦蒂发出了尖叫。

"还手啊!"阿喀琉斯咆哮道。

"你还不明白吗?"安德说,"我永远不会对我朋友的儿子动手。"

阿喀琉斯狠狠一脚踢向安德的下巴,他仰面翻倒在地。不同于戏剧演出的打斗场面,在那些愚蠢的视频里,英雄和恶棍都会给对方致命一击,而他们的对手总能站起来继续战斗。安德的身体真的受了重伤,他的行动变得迟缓,动作失去了平衡,要解决他易如反掌。

他杀不了我了,阿喀琉斯心想。

他松了口气,大声笑了起来。

他心想:还是母亲的计划成功了。我怎么会想到要让他来杀我呢?我是阿喀琉斯·佛兰德斯的儿子,他真正的儿子。我可以杀掉所有需要杀的人,我可以一劳永逸地终结这颗毒瘤,为我的父亲、虫族女王，以及被他杀死的那两个男孩报仇。"

当安德仰面躺在草地上时，阿喀琉斯一脚踹在他的肋骨上。骨头断裂迸发出响亮的声音，连华伦蒂都听得一清二楚，她尖叫起来。

"嘘，"安德说，"事情就是这样的。"

安德翻了个身，他的脸因为痛苦而扭曲。他轻声发出呻吟，但还是设法站了起来，把双手放进口袋。"你可以销毁录制的视频。"安德说，"没有人会知道是你杀了我，他们不会相信华伦蒂。你可以说是为了自卫，大家都会相信的。你做到了让他们都讨厌我、害怕我。为了挽救自己的生命，你不得不杀了我。"

安德想死吗？现在？死在阿喀琉斯手上？

"你在玩什么把戏？"阿喀琉斯问。

"你所谓的母亲把你养大，是为了给她幻想中的情人也就是你的骗子父亲报仇。动手吧，完成她养育你的目的，成为她计划中的人。但我不会动手打我朋友的儿子，不管你现在错得多么离谱。"

"那你真是傻瓜，"阿喀琉斯说，"因为我这么做是为了我父亲，也为了我母亲，还为了那个可怜的男孩史蒂森，以及邦佐·马利德。"

"还有虫族，以及全人类。"

阿喀琉斯开始下狠手打他，安德的肚子上又挨了一拳，脸上也是。当他躺在地上一动不动时，身体又被踢了两脚。"你也是这样对史蒂森的吗？"他问道，"一脚又一脚地踢他？报告上是这么说的。"

"我朋友的……"安德说，"儿子。"

"求你了。"华伦蒂哀求道。不过，她没有采取任何行动来制止他，也没有去寻求帮助。

"你死到临头了。"阿喀琉斯说。再朝脑袋踢一脚就够了，如果还没死，就再踢一脚。人类的大脑无法承受在头骨内这样晃来晃去。要么死，要么脑部受重创生不如死，这就是异族屠灭者安德生命终结的方式。

阿喀琉斯走向平躺在地的安德,他断裂的鼻梁仍在往外冒血,眼睛透过淋漓的鲜血仰望着阿喀琉斯。

尽管熊熊的怒火在头脑里翻滚,但出于某种原因,阿喀琉斯没有踢他。

他站在那里一动不动。

"阿喀琉斯的儿子会动手的。"安德轻声说。

我为什么不杀他?我是个懦夫吗?我配不上自己的父亲吗?

安德是对的。我父亲会杀了他,因为这是必须的,没有任何顾虑,没有半点犹豫。

就在那一刻,他明白了安德所有话语的真正含义。母亲被骗了,她被告知这个孩子是阿喀琉斯·佛兰德斯的。在他成长的过程中,她也对他撒了谎,说自己是他的母亲,但她只是一个代孕母亲。他现在已经很了解她了,知道她的故事更多的是根据她的需要捏造出来的,而不是真相本身。为什么他没有一眼就得出结论:她说的一切都是谎言?因为她每时每刻都没有松懈。她塑造了他全部的世界,不允许任何相反的证据出现。

那是老师们操控孩子为他们而战的方式。

阿喀琉斯知道,一直都知道。

安德·维京赢得了一场他并不知情的战争。他屠杀了一个种族,却以为自己是在和计算机模拟游戏对战,就像我相信阿喀琉斯·佛兰德斯是我的父亲,我要继承他的名字,完成他的使命,或者为他报仇雪恨一样。

孩子被谎言包裹,于是他紧紧抱住那些话,像抱着一只泰迪熊,像拉住母亲的手。而且谎言越恶劣,越黑暗,他就越要将其深深地融入骨髓,才能完全承受。

安德说他宁愿死也不愿对他朋友的儿子动手,但他不像阿喀琉斯的母亲那样疯狂。他不是阿喀琉斯,那是他母亲的幻想,全部都是母亲的幻想。他知道她疯了,可他活在她的噩梦中,改变着自己的生活,为了让她的噩梦成真。

"我的名字叫什么?"他轻声问道。

安德在他的脚边,低声地回答:"不知道。德尔菲克、阿卡莉,他们的面庞……在你的脸上。"

华伦蒂现在就在他们身边。"求你了,"她说,"现在能结束了吗?"

"我知道,"安德低声说,"'豆子'和佩查的……儿子,绝不可能……"

"不可能什么?他打断了你的鼻子。他本可以杀了你。"

"我是准备这么做。"阿喀琉斯说,巨大的罪恶感席卷而来,"我本打算一脚踢死他。"

"那个蠢货确实会让你踢的。"华伦蒂说。

"五分之一的机会能杀死我,"安德说,"很高的概率。"

"拜托你。"华伦蒂说,"我背不动他。带他去找医生,求你了。你很强壮。"

当他弯下腰把安德抬起来的时候,他才意识到自己的手受了多严重的伤,他打得太狠了。要是安德死了怎么办?*我现在不想让他死了,如果他还是死了怎么办?* 他背着安德,急匆匆地沿着坑坑洼洼的路往前走,华伦蒂要跑步才能跟上。他们到达医生家时,离他出诊的时间还早。

他看了一眼安德,马上给他做紧急检查。"我可以看出谁打输了,"医生说,"但谁赢了?"

"没有人。"阿喀琉斯说。

"你身上没有任何伤痕。"医生说。

"这些就是。"他说,"是我打的他。"

"他一拳也没打你?"

"他一直没动手。"

"而你还不停地打他?像这样?什么样的……"医生又转身回到了工作中。他把安德身上的衣服脱掉,他的肋部和腹部都有巨大的瘀青。医生一边摸索着可能骨折的地方,一边轻声咒骂:"四根肋骨断了,还有多处骨折。"他又抬头看了看阿喀琉斯,脸上带着厌恶,"滚出我的房子。"他说。

阿喀琉斯准备离开。

"不,"华伦蒂说,"这都是按照安德的计划进行的。"

医生哼了一声。"哦,是的,他一手策划了被人暴打。"

"或者被人杀死。"华伦蒂说,"不管发生了什么,他都心满意足。"

"是我策划的。"阿喀琉斯说。

"这只是你自以为的。"华伦蒂说,"他从一开始就在操纵你,这是一种家族天赋。"

"我母亲操纵了我,"阿喀琉斯说,"但我没必要相信她。这是我干的。"

"不,阿喀琉斯,"华伦蒂说,"这是你母亲对你日积月累的训练结果。阿喀琉斯的谎言骗了她,造成了这一切,而你终止了这一切。"

阿喀琉斯哭了出来,浑身抽搐,跪在了地上。

"我不知道现在该怎么称呼自己,"他说,"我讨厌她给我取的那个名字。"

"兰德尔?"医生问。

"不,不是。"

"他管自己叫阿喀琉斯,她这样叫他。"

"我怎么才能,"他问她,"怎么才能弥补这一切?"

"可怜的孩子。"华伦蒂说,"这也是过去的几年中安德一直想弄明白的事。我想他利用你获得了部分答案:故意让你打他,让你替史蒂森和邦佐·马利德挥出他们想挥的拳头。唯一不同的是,你是朱利安·德尔菲克和佩查·阿卡莉的儿子,所以你内心深处有一些火热或者冰冷的东西阻止了你,不让你犯下谋杀罪。也有可能这和你的父母无关,而跟你被一位患有精神疾病的母亲抚养长大有关。你了解她的病情,对她感到同情,这种共情太深,以至于你永远无法质疑她的幻想世界,也许这就是原因。或者,这跟你的灵魂有关,是上帝包裹在你身体里的东西,如今让你长成了一个大人。总而言之,不论因为什么,你都停下来了。"

"阿卡尼亚·德尔菲克。"他说。

"这是一个好名字。"华伦蒂说,"医生,我弟弟能活下来吗?"

"他的头部受到了重击。"医生说,"看他的眼睛,有严重的脑震荡,也许更糟。我们必须把他送到诊所去。"

"我来背他。"现在不是阿喀琉斯,而是阿卡尼亚在说话了。

医生皱了皱眉。"让施暴者背受害者?但我也来不及等别人了。你们选择的时机真是糟透了,在这个时候……决斗?"

当他们沿路走向诊所时,有几个早起的人疑惑地看着他们,其中一个甚至走了过来,但医生挥手让她离开。

"我本来想让他杀了我。"阿卡尼亚说。

"我知道。"华伦蒂说。

"他对其他男孩做的事,我以为他还会再做一次。"

"他就是想让你认为他会反击。"

"还有他说的那些话,跟一切完全相反。"

"但你相信了他,马上就明白了那才是实情。"她说。

"是的。"

"这让你怒不可遏。"

阿卡尼亚发出一种声音，介于呜咽和号叫之间。不是他想叫，他也不明白为什么，就像狼对着月亮嚎叫一样。他只知道这声音在他心里，必须发出来。

"但你不会杀他，"她说，"因为你没蠢到以为杀了信使就可以掩盖真相。"

"我们到了。"医生说，"我难以相信你在安慰殴打你弟弟的人。"

"噢，难道你不知道吗？"华伦蒂说，"这是异族屠灭者安德，任何人对他做任何事都是他罪有应得。"

"没人应该被这样对待。"医生说。

"我怎样才能挽回这一切呢？"阿卡尼亚说，而这一次，他指的不是安德的伤。

"你不能，"华伦蒂说，"而且一切早已注定，都蕴藏在那本《虫族女王传》里。就算你不说，别人也会这么说。一旦人类明白摧毁虫族女王是一场悲剧，就必会找出一个替罪羊，这样其他人才可以得到宽恕。就算没有你，这一切依然会发生。"

"但没有我，它就不会发生。我必须说实话，必须承认曾经的我是什么样子——"

"不，你不需要。"她说，"你必须过你自己的生活，而安德也将继续他的生活。"

"那你呢？"医生问道，语气听起来比刚才更冷嘲热讽。

"哦，我也要过安德的生活，它比我自己的要有趣得多。"

CHAPTER
23
第二十三章

收件人：ADelphiki%Ganges@ColLeague.Adm, PWiggin%ret@FPE.adm
发件人：EWiggin%Ganges@ColLeague.Adm/voy
主题：阿卡尼亚·德尔菲克，瞧瞧你母亲！佩查，瞧瞧你的儿子！

亲爱的佩查、亲爱的阿卡尼亚：

　　这件事情从许多方面来看为时已晚，但从有意义的角度出发，时机刚好。佩查，这是你最小的孩子；阿卡尼亚，这是你真正的母亲。我会让他自己来告诉你他的故事，而你可以把你的故事告诉他。格拉夫很久以前就做了基因检测，没有任何问题。因为知道无法让你们团聚，他从来没有告诉过你们实情，我想他觉得这只会徒增悲伤。可能他是对的，但我认为，如果知道真相会让你们伤心，那你们也有悲伤的权利，这是生活带给你们俩的影响。现在让我们看看，你们会对彼此的生活做些什么吧。

　　不过，请允许我告诉你，佩查，他是个好孩子。尽管他的成长过程很疯狂，但在危急关头，他展现出的样子的确是"豆子"的儿子，也是你的儿子该有的样子，他只能通过你才能真正认识他的父亲。然而，佩查，我在他身上看到了"豆子"的影子：高大的体形，柔软的内心。

与此同时，朋友们，我会按照原来的计划继续起航。阿卡尼亚，我有另一个任务需要执行，而你没有使我偏离航线。不过，在我痊愈之前，他们不会让我在这趟航行中休眠，否则伤口将无法愈合。

爱你们的
安德·维京

在离多纳特不远，一处能够俯瞰爱尔兰荒野海岸的小房子里，一位虚弱的老人弯腰蹲在花园里拔杂草。奥康纳驾驶着滑翔机送来杂货和信件，老人缓缓地站起身来接待他。"进来吧，"他说，"喝杯茶。"

"我没时间停留。"奥康纳说。

"你每次都没时间。"老人说。

"啊，格拉夫先生，"奥康纳说，"这是真的。我没法逗留，但并不是因为我不想，而是因为还有很多人家等着我送东西去，跟您一样。"

"况且我们之间也没什么好聊的。"格拉夫微笑着说——不对，应该是无声地大笑着，他虚弱的胸膛上下起伏。

"有时候，沉默也挺好的。"奥康纳说，"但有时候，确实有人没时间喝茶。"

"我曾是个胖子，"格拉夫说，"你相信吗？"

"而我曾是个年轻人，"奥康纳说，"谁都不信。"

"看，"格拉夫说，"我们毕竟还是聊了天。"

奥康纳笑了，但他还是没有留下来，帮忙把杂货放好就离开了。

于是格拉夫独自打开了华伦蒂·维京的来信。他读着信，仿佛听到她在用自己的声音讲述。这是她作为作家的天赋,现在她已经不再是曾经彼得让她扮演的德摩斯梯尼了,而是成了真正的自己,尽管她仍在用这个名字撰写历史。这是一部永远也不会出版的历史,格拉夫知道自己是唯一的读者。然而,他的身体日渐消瘦,一天比一天虚弱,他对此感到非常惋惜。她花了这么多时间把记忆装进他的大脑,它们却只能在被彻底带进坟墓之前保留很短一段时间。

然而,她执意要给他写信,他也心怀感激地接受了。他读到安德与昆西·摩根在船上的较量,以及那个自以为爱上了他的可怜女孩的故事,还有金虫的故事。其中一些安德跟他讲过,但华伦蒂的版本还引述了她对其他人的采访,因此也包括了安德不知道或故意省略的内容。

此外,在恒河星上,维尔洛米似乎干得不错,这是一种宽慰。她无疑是伟大的,尽管因为她的骄傲,曾经的荣耀化为乌有。但在此之前,她凭借一人之力教会了她的人民如何解放自己,脱离征服者的统治。最后,还有安德和兰德尔·菲斯的故事,他曾经自称阿喀琉斯,现在已更名为阿卡尼亚·德尔菲克。

读完后,格拉夫点点头,烧掉了那封信。是她要求他这样做的,因为安德不希望它的副本在地球上的某个地方流传。

"我希望被人遗忘",她引用了安德的话。这似乎不太可能,不过格拉夫也预测不了,他将以好人的名声被人铭记,还是以坏人的嘴脸被人唾弃。

"他自以为终于得到了当初史蒂森和邦佐打算给他的教训。"

格拉夫对着茶壶自言自语:"这孩子是个傻瓜,尽管他很聪明。史蒂森和邦佐是不会罢休的,他们跟'豆子'和佩查的这个孩子不同,这是安德必须想明白的。世界上真的存在邪恶、卑鄙,以及各种愚蠢的行为;真的有恶毒、残酷无情的人……而我甚至不知道我属于哪一类。"

他抚摸着茶壶。"连一个听我说话的灵魂都没有。"

在茶包完全泡开前他就喝了一口,茶味很淡,但他并不介意。如今,他几乎对所有的事都不太在意了。只要他还能呼吸,没有什么疼痛就好。

"我还是得说,"格拉夫说,"可怜的傻小子,和平主义只对那些不忍心杀害无辜的敌人有作用。你得有多幸运,才能总是遇到这样的对手?"

收到安德的信时,佩查·阿卡尼亚·德尔菲克·维京正在她儿子安德鲁与妻子拉尼以及他们最小的两个孩子(最后两个还在家的孩子)家里做客。她走进房间时,一家人正在玩纸牌。

佩查泪流满面,挥舞着那封信,说不出话来。"谁死了?"拉尼喊道,但安德鲁走到她身边,用一个大大的拥抱把她揽入怀中。"不是因为悲伤,拉尼,这是喜悦。"

"你怎么知道的?"

"母亲在悲伤时会撕东西,而这封信只是湿了,皱巴巴的。"

佩查轻轻地打了他一巴掌,但她仍然笑得很开心,现在她可以说话了。"读出来吧,安德鲁,大声地读出来。我们最后一个小男孩被找到了,安德为我找到了他。噢,要是朱利安知道该多好啊!如果我还能和朱利安说话就好了!"她又哭了几声,直到安德鲁开始读信。信很短,但安德鲁和拉尼完全理解这对母亲意味着什么,因为他们也有自己的孩子,他们和她一起流泪。两个少年嫌恶地离开了房间,其中一个说:"等你们把情绪控制好了再叫我们。"

"谁也控制不了任何事。"佩查说,"我们都是命运宝座前的乞丐，但有时它会大发慈悲！"

由于不需要搭载兰德尔·菲斯去流放，这艘星际飞船不必按照最快的路线返回艾洛斯星，这使得主观上的航行时间增加了四个月，而实际的飞行时间是六年。不过，这已经获得了国际联合舰队的批准，船长本人也不介意，他会把乘客送往他们想去的任何地方。即便国际联合舰队委员会里已没人知道安德鲁和华伦蒂·维京是谁，船长本人也一清二楚，他会向上级解释绕行的原因，而他的船员也是跟他同时出发的，他们也都记得，也不介意。

在他们的客舱里，华伦蒂一边照顾安德，保证他恢复健康，一边继续撰写恒河星的历史。

有一天，她说："我读了你那封愚蠢的信。"

"哪一封？我写了这么多。"他回应道。

"就是你死了我才能看的那封信。"

"别怪我。医生给我打了全麻，帮助我把鼻子复位，又取出了那些放不回去的骨头碎片。"

"你是想让我忘记读过的东西。"

"为什么不呢？我已经忘了。"

"你没有。"她说，"你不仅是为了逃避骂名才不断进行星际航行的，对吧？"

"我还在享受我姐姐的陪伴，她是一个爱管闲事的人。"

"那个箱子——你在找一个可以打开它的地方。"

"华尔，"安德说，"我问过你的计划吗？"

"你不必问，我的计划是一直跟着你，直到我受不了为止。"

"不管你认为你知道了什么，"安德说，"那都是错的。"

"好吧，既然你说得这么清楚。"

过了一会儿,他又说:"华尔,你知道吗?我曾一度以为他真的要杀了我。"

"噢,你这个可怜虫。意识到下错了注,对你的打击一定是毁灭性的。"

"我曾想过,如果真的到了我知道我会死去的那一刻,那会是一种解脱。一切都不再是我的问题,该轮到别人收拾这个烂摊子了。"

"是的,那就是我,非常感谢你把这一切甩给我。"

"当他回来准备了结我时,我知道他打算照着我的头踢两脚,当时我已经因为脑震荡而意识模糊了,知道这将结束我的生命。但当他走向我时,我一点儿也没感到轻松。我想站起来,如果可以的话,我会站起来。"

"然后逃跑,如果你还有脑子的话。"

"不,华尔。"安德悲伤地说,"我想站起来,先一步杀了他。我不想死,哪怕我自认罪有应得,哪怕我自认这将给我带来和平,或者至少是遗忘,但这都不重要。那时,我的脑子里没有这些,只有一件事:活下去。不惜一切代价,即使不得不杀人。"

"哇,"华伦蒂说,"恭喜你刚刚发现了其他人早就知道的生存本能。"

"有些人没有这种本能,情况不一样。"安德说,"有些人用身体去挡手榴弹,有些人冲进着火的房子救出婴儿。我们因此给他们颁发奖章,但请注意,这都是在他们牺牲后追授的荣誉,各种各样的荣誉。"

"他们也有这种本能,"华伦蒂说,"只是他们还有其他更在乎的东西。"

"我没有更在乎的东西了。"安德说。

"你让他打你,一直打到你无法还手为止。"华伦蒂说,"只有当你知道自己不能伤害他时,你才让自己感受到那种求生本能,所以别再跟我扯那些废话,说什么你还是杀了其他孩子的恶人。你通过故意输掉比赛来证明你能赢,这就够了。不要再找人打架了,除非你有意打赢。答应我,好吗?"

"没法答应,"安德说,"但我会尽量小心不被杀掉的,毕竟我还有事情做。"

[本书完]

奥森·斯科特·卡德
Orson Scott Card

1951年出生于美国华盛顿州。在加利福尼亚州、亚利桑那州和犹他州长大。

美国作家、评论家、公众演说家、散文作家、专栏作家。
作为科幻小说家十分多产,共有13个系列,
其中安德系列就有包括长篇、短篇、有声读物等30余部作品。

目前和妻子一起定居于北卡罗来纳州,
空余时间在阳台上喂养鸟、松鼠、花栗鼠、负鼠和浣熊。

安德的流亡

作者 _ [美]奥森·斯科特·卡德 译者 _ 吴倩

编辑 _ 哈兰 装帧设计 _ 何月婷 主管 _ 夏言
技术编辑 _ 白咏明 责任印制 _ 梁拥军 出品人 _ 吴涛

营销团队 _ 果麦文化营销与品牌部

果麦
www.goldmye.com

以 微 小 的 力 量 推 动 文 明

图书在版编目（CIP）数据

安德的流亡 /（美）奥森·斯科特·卡德著；吴倩译. -- 成都：四川文艺出版社, 2025.5. -- ISBN 978-7-5411-7191-8

Ⅰ.Ⅰ712.45

中国国家版本馆 CIP 数据核字第 2025FD1035 号

ENDER IN EXILE: A NOVEL by ORSON SCOTT CARD
Copyright © 2008 BY ORSON SCOTT CARD
This edition arranged with BARBARA BOVA LITERARY AGENCY
Through BIG APPLE AGENCY, INC., LABUAN, MALAYSIA
Simplified Chinese edition copyright:
2025 Guomai Culture and Media Co.Ltd
All rights reserved.

著作权合同登记号　图进字：21-2025-035 号

ANDE DE LIUWANG
安德的流亡
［美］奥森·斯科特·卡德 著　吴倩 译

出 品 人	冯　静
责任编辑	王思鋐
责任校对	段　敏
特约编辑	哈　兰
装帧设计	何月婷
出版发行	四川文艺出版社（成都市锦江区三色路 238 号）
网　　址	www.scwys.com
电　　话	021-64386496（发行部）　028-86361781（编辑部）
印　　刷	河北鹏润印刷有限公司
成品尺寸	145mm×210mm
开　　本	32 开
印　　张	13
字　　数	314 千
版　　次	2025 年 5 月第一版
印　　次	2025 年 5 月第一次印刷
印　　数	1—7,000
书　　号	ISBN 978-7-5411-7191-8
定　　价	58.00 元

版权所有　侵权必究。如发现印装质量问题，影响阅读，请联系021-64386496调换。